로셀리니가의 아들

The son of the Rossellini family
SPOLIATOR

로셀리니가의 아들

◆약탈자◆

Kaoru Iwamoto

로셀리니가의 아들

아들

◆약탈자◆

The son of the Rossellini family
SPOLIATOR

CONTENTS

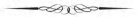

화보 · 본문 일러스트 하스카와 아이
옮긴이 심이슬

로셀리니가의 아들  약탈자

서 장

　그곳에는 꿈처럼 아름다운 남자가 서 있었다. 아니, 이 비유는 결코 과장이 아니었다. '그'는 아키라가 여태까지 본 그 누구보다도 —— 은막 속의 배우들보다도 아름다웠다.

　그러나 그 아름다움은 여성적인 아름다움이 아니었다.

　예를 들면, 칠흑빛 털을 가진 우아하고 아름다운 육식동물 같은 아름다움이었다.

　그렇다, 사반나를 달리는 흑표범을 방불케 하는……．

　'일본인이 아닌가?'

　조각상처럼 윤곽이 뚜렷한 얼굴이 '그'가 외국 사람임을 알려주고 있었다.

굵게 웨이브 진 검은 머리. 마찬가지로 어둠처럼 새까만 칠흑 같은 눈동자와 약간 거무스름한 피부의 조합이 이국적 풍모를 보다 한층 돋보이게 했다.

짙은 감색 피크트 라펠[1] 싱글 브레스티드 슈트[2]에 감싸인 장신은 놀랄 만큼 허리 위치가 높고, 팔다리가 길었다. 흰색 와이드 스프레드 칼라[3] 셔츠에 실버그레이 넥타이. 흰색 행거치프. 클래식한 옷차림이 화려하게 보이는 건 보통 사람과는 다른 스타일 때문일까?

수려하고 품위 있는 이마. 과격한 성미와 강한 의지를 나타내는 뚜렷하고 진한 눈썹. 어딘지 고귀함이 감도는 높은 콧날. 관능적인 형태를 지닌 입술. ──'그'의 외모에는 기품과 야취가 복잡하게 공존하고 있었다. 얼핏 보면 상반되는 두 가지 요소가 절묘하게 어우러져서 독특한 분위기를 자아내고 있었다.

그러나 무엇보다 인상적인 건 역시 그 용맹할 정도로 강렬한 빛을 내뿜는 검은 눈동자였다.

그저 그곳에 서 있기만 해도 보는 사람을 압도하는 강렬한 오라가 '그'의 온몸에서 피어오르고 있었다.

그러나 평범한 사람과는 일선을 긋는 이 '오라'는 아키라에게는 어딘가 친숙한 것이었다.

오히려 그리울 만큼…….

아키라는 몇 분 동안 흠뻑 넋을 잃은 채 '그'를 본 후, 미간을 꽉

---

1 피크트 라펠: 아래 깃의 각도를 크게 위로 올린 양복 깃 모양. 속칭 칼깃.
2 싱글 브레스티드 슈트: 재킷의 앞 여밈을 일렬로 한 단추로 여미는 슈트.
3 와이드 스프레드 칼라: 벌어지는 면적이 특히 넓은 셔츠 칼라.

찌푸렸다.

왜일까? 왜 처음 만난 남자에게 그리움을 느끼는 걸까?

아니 — 애당초 '그'는 경호원이 엄중하게 망을 보는 이곳에 어떻게 들어온 걸까.

이 뛰어난 미모를 가진 남자의 정체는 대체……?

"누……누구야?"

혼란스러워하면서도 갈라진 목소리로 질문한 찰나, '그'가 움직였다. 그는 긴 다리를 뻗어 마치 사냥감에게 접근하는 흑표범처럼 나긋한 움직임으로 아키라를 향해 다가왔다.

거룩하고 용맹한 오라를 내뿜는 아름다운 남자에게 매료되어 얼어붙어 있는 사이에 단숨에 거리가 좁혀졌다. 붙잡힌 오른팔이 쭉 당겨졌고, 정신을 차려 보니 아키라는 남자의 넓은 가슴에 안겨 있었다.

"………윳."

감귤향이 코를 살며시 간지럽혔다.

지근거리에서 봐도 그 미모는 완벽했다.

긴 속눈썹에 에워싸인 흑요석 눈동자에 꿰뚫린 나머지, 아키라는 마른침을 꿀꺽 삼켰다.

"…………."

말 한마디 없이 아키라의 얼굴을 지긋이 내려다보던 칠흑 같은 두 눈이 이윽고 서서히 가늘어졌다. 가늘어짐에 따라 강한 빛을 발하던 눈동자가 약간 부드러워진 것처럼 느껴진 건 기분 탓일까?

아니⋯⋯, 기분 탓이 아니다. '그'의 눈은 지금 아키라를 다정하게 바라보고 있었다.

마치 그리워하던 사람이라도 보는 듯한 향수를 머금은 눈빛에 당혹스러움을 느낀 순간, 남자의 손이 아키라의 뺨에 닿았다.

남자는 움찔 몸을 떠는 아키라를 개의치 않고 애지중지하는 듯한 손길로 살며시 뺨을 어루만졌다. 세세한 부분을 확인하는 듯한 손가락이 관자놀이에, 눈꺼풀에, 앞머리를 쓸어 올리며 이마에 닿았다.

'뭐⋯⋯지? 왜⋯⋯?'

아키라가 다정한 손길에 오히려 꼼짝 못하고 저항도 하지 못한 채 멍하니 아름다운 용모를 올려다보고 있자, 남자가 갑자기 손을 뗐다. 그러고 나서 고개를 갸웃하며 떨기나무 잎 건너편에 날카로운 시선을 향했다 —— 싶더니 유유히 어깨를 돌렸다. 그러더니 하얀 꽃이 여기저기 흩어진 치자나무 가지와 잎을 밀어 헤치며 떠나갔다.

뒤도 한 번 돌아보지 않은 남자의 뒷모습이 시야에서 사라지자마자 그와 교대한 것처럼 경호원 한 명이 모습을 나타냈다.

"지금 누가 왔습니까?"

아키라는 뛰어온 경호원의 질문에 반쯤 꿈을 꾸는 기분으로 고개를 좌우로 저었다.

"⋯⋯아니."

'⋯⋯꿈? 백일몽?'

남자가 사라진 방향을 뚫어지게 쳐다보았지만, 쥐죽은 듯 조용해진 정원에서는 작은 소리 하나 들리지 않았다.

　갑작스럽게 나타나서는, 그렇게 환상처럼 흔적도 없이 사라져버린 남자.

　'그'가 환상이 아니었다는 증거는 뺨에 남은 온기와 달콤하게 감도는 감귤향뿐이었다.

제1장

오피스가(街) 가로수에도 싱싱한 신록이 싹트기 시작한 5월 초
순.

평소와 다름없는 영업일 한낮이었다.

따르르르르릉, 따르르르르릉…….

신주쿠 서쪽 상업 빌딩 7층에 있는【와타나베 무역】사무실
── 파티션으로 나눠진 한 공간에 사무실 전화 벨소리가 울려 퍼
졌다.

"네. 와타나베 무역입니다."

사내 규정에 따라 전화벨 소리가 두 번 울리자 여직원이 전화를
받았다.

하야세 아키라는 그녀의 또랑또랑한 응답을 들으며 컴퓨터 화면을 가만히 응시한 채 손끝으로 책상을 톡톡 쳤다. 이건 유년 시절부터 뭔가를 생각할 때 나오는 버릇이었다.

── 아몬드 시럽이라.

메일에 첨부된 상품 사진을 한동안 바라본 다음, 이어서 이탈리아어로 쓰인 설명문을 대강 훑어보았다.

이탈리아 남부라고 했을 때 먼저 떠오르는 건 오렌지나 올리브 오일이지만, 실은 아몬드 산지로서도 유명하다. 이 아몬드 시럽은 본토에서는 탄산수나 우유를 섞어 마시는 게 대중적인가 보다. 그 외에 플레이버 시럽으로 홍차나 커피에 넣거나, 과자 재료로 사용할 수도 있다 ── 고 상품 설명문에 명시되어 있었다.

실제로 맛의 정도는 먹어보지 않으면 뭐라 말할 수는 없지만, 이 메라크사(社)에서 예전에 취급했던 리몬첼로[4]는 호평을 받아 오랫동안 사랑받고 있으며, 아몬드 시럽 자체가 아직 일본에 거의 수입되지 않고 있는 점이 매력이라면 매력이었다. 우선은 샘플을 들여와서 시음해보고 팔릴 것 같으면 거래 가능성을 살펴보는 것도 좋겠다.

아키라는 톡톡 소리를 내던 손끝의 움직임을 멈추고, 마우스를 잡고 프린트 버튼을 클릭했다. 읽은 메일은 '보류' 폴더로 이동시켰다.

이런 판로 확장 메일이 유럽 각국에서 하루에 20통 정도 온다. 영어, 프랑스어, 이탈리아어, 독일어 등, 언어도 여러 갈래에 걸쳐 있

---

4 리몬첼로: 이탈리아 남부에서 많이 생산되는 레몬으로 만든 술.

기 때문에 모든 메일을 훑어보는 것만으로도 몇 시간은 충분히 허비해버리는 데다, 해독해봤자 거래까지 이어지는 판로는 드물었다. 삭제하는 메일이 훨씬 많지만, 그래도 그중에는 대히트나 장기간 꾸준히 팔릴 가능성이 숨겨져 있는 아이템도 있기 때문에 소홀히 할 수는 없었다.

아키라가 근무하는 【와타나베 무역】은 수입 식재료를 인터넷에서 판매하는 일을 다루는 작은 무역회사다. 대표 이사 와타나베가 학창 시절에 설립하여 올해로 창업 8년을 맞이했다. 31살인 와타나베를 필두로 평균 나이 27살, 직원들도 다들 젊었다. 그 때문인지, 혹은 너글너글한 와타나베의 성격이 반영되어서인지, 회사 분위기는 가족 같고 자유로웠다.

29살인 아키라는 위에서 세 번째로 나이가 많은 연장자 팀으로, 입사 경력으로 봐도 꽤 베테랑이었다. 외대 재학 중에 들었던 세미나 강의 선배인 와타나베의 권유로 졸업과 동시에 입사하여 올해로 7년 차. 아키라가 입사한 당시에는 겨우 직원 세 명이서 꾸려 나갔지만, 그 후에 인터넷의 비약적 보급에 잘 편승하여 실적을 올리면서 사원 수도 36명으로 늘었다.

처음에는 아시아권에 한정되었던 거래처도 해마다 확대되어, 현재는 미국, 유럽, 오세아니아, 중근동, 아프리카, 중남미 등, 세계의 대부분을 망라하고 있다.

그중에서도 아키라의 담당은 유럽이었다. 원래 영어 외의 어학에 능통한 점을 평가받아 와타나베가 매달린 경위도 있었다.

전혀 연줄이 없는 곳부터 개척하기 시작했기 때문에 당초에는 실패도 잦았던 데다 시행 착오의 연속이었지만, 지금은 유럽권에 한해서도 거래처가 200곳이 넘고, 취급하는 상품도 500품종에 이른다.

'옛 시절을 생각하면 저쪽에서 팔려고 해주는 것만으로도 꿈 같은 일이지.'

잘될 것 같다고 생각되는 상품을 만나도 좀처럼 매입처의 신용을 얻지 못해서 현지로 건너가 농장에서 작업을 도와 겨우 거래를 허가받을 수 있었다 —— 그런 고생담에는 부족함이 없는 업무 개척 시기를 떠올리고 멍하니 감회에 잠겨 있으려니, 또다시 사무실 전화 벨소리가 울려 퍼지기 시작했다. 여느 때와 마찬가지로 전화 벨 소리가 두 번 울리자 아까와 같은 여직원이 전화를 받았다.

"저……, 죄송하지만 어디서 거셨나요?"

평소라면 "감사합니다." 하고 이어지는 매뉴얼 대응 대신에 들려온 험악한 음성을 듣고는, 생각에 깊이 잠겨 있던 아키라는 정신을 차렸다.

클레임인가?

그런 것치고는 목소리가 너무 험악했다. 불만 전화라면 우선은 저자세로 나가는 법이다.

허리를 들어 파티션 넘어로 들여다봤더니, 마찬가지로 위화감을 느낀 듯한 동료들이 사무실 이쪽저쪽에서 얼굴을 내밀고 있었다.

"대단히 죄송합니다만, 성함을 말씀해주시지 않으면 연결해드릴 수 없……, 저기, 여보세요? 여보세……."

아무래도 일방적으로 전화를 끊었나 보다. 분통한 표정으로 수화기를 놓은 그녀가 자리에서 일어났다. 그러더니 어깨를 으쓱거리며 사무실 가장 안쪽에 있는 와타나베의 자리까지 성큼성큼 걸어갔다.

"무슨 일이야?"

컴퓨터 모니터에서 얼굴을 든 와타나베가 물었다.

"무슨 이상한 전화였어요. 이름도 말하지 않고 시종일관 그저 사장님을 바꾸라고 그러더라고요."

"곧잘 오는 판매 전화 아니야? 선물 거래나 부동산 같은 거."

"팔려고 전화했으면 일단 영업스럽게 이야기를 꺼내잖아요. 하지만 지금 전화 건 남자는 엄청 질이 나빴어요. 마치 양아치처럼요. 위협하듯이 '사장 바꿔.'라면서."

입사 2년째인 여직원의 하소연을 들은 아키라는 가늘고 예쁜 눈썹을 확 찌푸렸다.

양아치처럼 —— 이라는 표현이 어렴풋이 마음에 걸렸다.

"그래서 연결 못하겠다고 했더니 뚝 끊어버렸어요. 진짜 화나요!"

"그렇구나. 다음에 전화 오면 내가 받는 편이 좋을지도 모르겠네."

"그럼 만약 또 전화 오면 사장님께 돌려드려도 괜찮아요?"

"그래, 그렇게 해줘."

와타나베는 그렇게 답했고, 그 이야기는 끝이 났다.

여직원이 자신의 자리로 돌아갔고, 손을 멈추고 돌아가는 상황을 지켜보던 사원들도 업무를 재개했다. 아키라도 의자에 다시 앉아 메일 해독 업무로 돌아갔다.

이번에는 독일어 번역에 도전하면서도 한동안 생각이 흐트러져 진정되지 않았다.

왜지? ……안 좋은 예감이 들어.

막연하게 애매한 두근거림을 주체하지 못하고 있는 사이에 금방 거래처에서 전화가 걸려 왔다. 그 이후로 연이어 울리는 전화벨도 한몫 거들며 눈앞의 우선 사항에 시름이 잊혀지듯이 가슴의 근심도 서서히 옅어져 갔다. 30분이 지났을 무렵에는 아키라의 뇌리에서 수상한 전화가 걸려 온 일은 이미 깨끗하게 사라져 있었다.

평화로운 사무실에 걸려 온 한 통의 수상한 전화.

이때 아키라는 그 전화가 훗날에 자신의 운명을 완전히 바꿔 놓을 사건의 '징조'였다는 사실을 물론 알 턱이 없었다.

*　　　*　　　*

"지금 복귀했습니다."

다음 날 오후, 거래처 회의에서 돌아온 아키라는 화이트보드에 그려진 자신의 업무 일정표 칸에 적어 놓은 '아오키 물산 회의/1:30 복귀 예정'이라는 글자를 지웠다.

몸을 휙 돌려 사무실을 한번 언뜻 본 그 시점에 문득 사무실 분위기에서 위화감을 느꼈다.

우선 평소라면 "고생하셨어요."라고 말을 거는 목소리가 없는 점.

이어서 어쩌다가 눈이 마주친 여직원이 노골적으로 시선을 피했다.

'………?'

기분 탓이라고도 생각했지만, 다른 동료 쪽으로 시선을 향해 보니 그 또한 눈이 마주칠까 말까 하는 아슬아슬한 타이밍에 얼굴을 딴 데로 스윽 돌렸다.

살짝 미간을 찌푸리고는 사무실 안을 찬찬히 관찰해보자, 동료들은 한결같이 숨을 죽이고 일에 집중하는 척하면서 뒤로 자신을 힐끔힐끔 엿보고 있었다.

팽팽한 긴박감 속에서 아키라는 다른 사람이 동요를 알아채지 못하도록 될 수 있는 한 무표정을 유지하며 자신의 자리로 돌아갔다. 그리고 책상 위에 서류가방을 놓고는, 넥타이 매듭을 살짝 풀었다. 그런 다음 숨을 후우, 하고 내뱉었다.

뭐지? 얇은 막이라도 한 장 덮인 것 같은 이 숨 막히는 분위기는?

길거리 같은 데서 전혀 모르는 누군가가 스쳐 지나갈 때마다 자신을 빤히 쳐다보는 건 아키라에게 그리 드문 일은 아니었다.

신경질적으로 보이는 인상을 주는 가는 눈썹. 눈꼬리가 깊이 째진 가늘고 긴 두 눈. 머리색이 그대로 반영된 듯한 검은 눈동자. 가는 콧날에 얇은 입술. 선이 도드라진 갸름한 턱선. 품위 있고 아름다운 이마. ── 어머니를 닮았다고 하는 갸름한 윤곽과 남자 주제에 '엄청나게 하얗다'고 평판이 자자한 피부톤 탓에 사람들의 호기심 어린 시선에 노출되는 데는 어릴 적부터 면역이 있었다.

키는 고만고만하다 —— 173센티미터는 되는데도 전체적으로 뼈가 가늘고, 몸이 호리호리한 점이 잘못된 건지도 모른다. 퇴근길에 회사원으로 보이는 술에 취한 중년 남성이 '여자 같은 형씨'라며 성가시게 구는 일도 적지 않았다. '같이 한잔 하자.' 같은 말도 안 되는 소리를 하는 중년남을 다루는 데도 언제부턴가 익숙해지고 말았지만…….

그러나 매일같이 얼굴을 마주하는 동료들이 이제 와서 그런 점 때문에 자신을 주시한다고도 생각할 수 없었다.

오전중에 회사를 나가기 전에는 이렇지 않았다. 평소처럼 목가적 분위기의 사무실이었는데.

그렇다면 자신이 외출한 사이에 무슨 일이 있었던 건가?

아키라의 생각을 깨듯이 내선 전화가 울렸다. 수화기를 들어 전화를 받았더니, 상대는 와타나베였다.

『하고 싶은 얘기가 좀 있는데, 오늘 밤에 시간 낼 수 있어?』

항상 명랑하고 쾌활한 와타나베의 목소리가 어딘지 모르게 딱딱했다. 무슨 일이 있었다고 감이 왔다. 오늘 밤이라고 하니 급한 볼일일 것이다. 그 볼일이 이 기묘한 분위기와 관련된 걸까?

순식간에 거기까지 머리를 굴린 아키라는 회선 건너편에 있는 와타나베에게 흔쾌히 대답했다.

"괜찮아요."

『그럼 여섯 시 반에 1층 로비에서 보자.』

　　　　*　　　　*　　　　*

　여섯 시 반에 건물 로비에서 와타나베와 만나 가부키쵸 외곽에
있는 그의 단골집까지 발걸음을 옮겼다.
　로비에서 얼굴을 마주했을 때부터 표정이 험악했지만, 이렇게 작
은 방 바닥에 서로 마주 보고 앉은 지금도 와타나베의 표정은 여전
히 굳어 있었다.
　"실은 말이야, 네가 외근 나가고 조금 지난 무렵인 열한 시 쯤에
나한테 전화가 왔는데, 자리를 비워서 받질 못했어."
　낯익은 사이인 여주인에게 맥주와 적당한 안주를 주문하자마자
곧바로 정면에 앉은 와타나베가 말을 꺼냈다.
　"그 전화가 말이지, 전에 왔던 그 있잖아, 양아치 같은 남자한테
서 온 전화였던 것 같더라고."
　그 말을 듣고 어제 온 수상한 전화를 떠올렸다.
　그 순간, 재생되는 기억에 질질 끌려가듯이 그때의 두근거림도
되살아났다.
　아키라는 저도 모르게 숨을 죽이고는 이어지는 이야기를 기다렸
다.
　"……그래서, 내가 없었던 탓도 있어서 전화를 받은 오가와랑 입
씨름이 있었나 보던데, 전화를 끊으려던 그때 그 양아치가 말이지."
　와타나베는 말하기 힘든 듯 한 박자 쉬고는, 하던 말을 이었다.
　"막말하듯이 '당신 네 회사에 하야세 아키라라는 남자 있지? 그

자식은 그쪽 세계 관계자야. 정리하는 편이 좋을걸.' ── 그렇게 말했다고 하더군."

'아아……, 역시.'

반사적으로 고개를 위로 향한 다음, 참고 있던 숨을 가늘게 내뱉었다.

그랬구나.

어제 양아치 같은 남자라는 말을 들은 순간에 가슴을 스친 안 좋은 예감. 기우로 끝나길 바랐지만, 바람도 허망하게 그 예감은 적중하고 말았다.

"……그래서요?"

이어지는 말을 재촉하는 목소리가 희미하게 떨렸다.

"내가 사무실에 돌아갔을 땐 이미 회사 안에 그 이야기가 자자하게 퍼졌더라고."

와타나베의 씁쓸한 목소리를 들으면서 온몸의 힘이 빠져 나가는 것을 느꼈다.

"그렇……군요."

자신과 눈을 마주치지 않으려고 얼굴을 돌리고 있던 동료들의 모습을 떠올리면서 마음도 점점 푹 가라앉아 갔다.

'회사 사람들한테도 알려지고 말았어.'

원래 아키라는 사람들과 잘 어울리지 못하는 편이었다. 태어나고 자란 특수한 환경과 감정이 겉으로 드러나기 힘든 얼굴 때문에 어릴 적부터 줄곧 '붙임성이 없다. 퉁명스럽다.'라는 말을 들어 왔고,

학창 시절에도 친한 친구는 거의 사귀지 못했다. 사회에 나온 이후에도 관계를 이어 오고 있는 사람은 옛날부터 이래저래 보살펴주는 와타나베 정도였다.

지금 회사 직원들과도 동료로서는 지극히 원만한 관계라고 생각하지만, 일이 끝난 후에 같이 술을 먹으러 가는 등, 그런 식으로 어울리는 일은 전혀 없었다. 무엇보다 이건 아키라에게 문제가 있었다. 아마 그들은 아키라가 자신들에게 선을 긋고 대한다는 것을 감지하고 필요 이상으로 발을 들여놓지 않는 것일 테다.

그래도 가족 같고 편한 지금의 직장은 마음에 들었던 데다, 아키라 나름대로 동료들도 소중히 여기고 있었다. 설령 옆에서 보기에는 알기 힘들다고 할지라도.

그런 그들에게 그저 숨기기만 했던 비밀이 알려지고 말았다.

언젠가는 이런 날이 찾아올지도 모른다는 예감은 어렴풋이 들었지만, 그래도 막상 그런 근심이 현실이 되니 크게 동요했다.

무릎 위에 올린 양손을 꽉 주먹 쥔 아키라의 앞에서 떨떠름한 얼굴을 한 와타나베가 입을 열었다.

"결국 그로부터 한 시간 정도 지나고 나서 다시 한 번 그 남자한테서 전화가 왔더라고. 이번에는 내가 받았어."

"…………."

"위협하는 듯한 말투로 또 같은 말을 하더라. 하야세 아키라는 야쿠자의 혈연이다. 그런 인간을 두고 있으면 터무니없는 의심을 받을 거다. 그렇게."

"협박……인가요?"

"그렇겠지. 놈들의 상투적 수단이잖아."

와타나베는 내뱉듯이 딱 잘라 말하고 나서 문득 아키라를 보며 "아, 미안해." 하고 사과했다.

"아니에요, 괜찮아요. 실제로 그런 수로 나오는 폭력단원은 많으니까요. 그래서 상대는 어디 관계자인지 말했나요?"

"아니, 물었더니 끊었어. 그야 그렇겠지. 폭력단 대책법이라는 법이 있는 이상, 함부로 이름을 댔다가 경찰에 신고당하면 긁어 부스럼이니까."

어깨를 움츠린 와타나베가,

"반대로 너는 짐작 가는 데가 있어?"

"……없어요."

아키라는 시선을 떨구며 고개를 가로저었다.

그 말은 사실이었다. 1년이나 전에 하야세파의 후계자 상속을 포기한 자신을 이제 와서 일부러 직장에까지 전화를 걸어 괴롭힐 사람이 누군지 짐작 가질 않았다.

하야세파는 신주쿠를 본거지로 삼는 야쿠자 일가였다.

초대 두목인 하야세 겐은 야쿠자의 세계에서는 '전설의 노름꾼'으로서 경외받으며 아직도 입에서 입으로 그의 삶이 전해져 내려오고 있었다. 아키라도 유년 시절부터 할아버지의 수많은 무용담을 자장가 대신 들으며 자랐다.

이야긴즉슨 —— 금지된 도박장을 도쿄 한가운데에서 당당하게 열었다.

경찰이 들이닥쳐도 도망치지도, 숨지도 않은 채 한 발자국도 물러나지 않고 싸웠다.

그 협기에 매료된 형사의 재량으로 나중에 하야세 겐이 연 도박장은 두 번 다시 단속을 받지 않게 되었다.

'야쿠자는 천지를 지배하는 신 아래에서 팔을 크게 휘두르며 걸어서는 안 된다. 그림자를 좇아 걸어야만 한다.'가 입버릇이었고, 항상 건달로서 사리가 일관됐으며, 생활은 고결할 정도로 청빈했다 ── 등등.

전해 들은 수많은 '하야세 겐 전설'은 확실히 남자들이 반할 만한 의협심으로 칠해져 있었지만, 그렇다고 해도 야쿠자가 무법자인 사실에는 변함이 없었다. 그 방편이 모조리 위법인 사실도.

아키라는 야쿠자 가업을 싫어했다.

저 녀석 집은 야쿠자라고 하는 동급생들과 소원했던 소년 시절, 뭘 해도 주위에서 색안경을 쓰고 보던 청년 시절. 본가의 가업을 싫어하는 이유는 일일이 하나하나 집어서 말할 수 없지만, 가장 큰 요인은 어머니가 어린 아키라를 두고 집을 나가버린 데 있을지도 모른다. 야쿠자 가업을 싫어해서 집을 나간 어머니와는 그 이후로 한 번도 만나지 않았으며, 이십 몇 년이 지난 지금, 그녀가 어디서 어떻게 지내고 있는지 알 방법도 이미 없었다.

현재는 얼마 안 남은 독립을 유지하는 야쿠자 조직 일가인 하야세파는 어느 대형 폭력단의 산하에도 속하지 않으며, 마약이나 각성제에는 손을 대지 않는 것이 신조인 옛날 기풍의 조직이긴 하지만, 그래도 야쿠자는 야쿠자였다.

2대째였던 아버지를 좋아했고, 한 사람의 인간으로서 존경하기도 했다. 아버지가 하는 일이 야쿠자 두목만 아니었다면. 그렇게 몇 번이나 생각했는지 모른다. 그런 아버지가 돌아가신 후, 외동아들인 아키라는 태어나고 자란 신주쿠 햐쿠닌쵸에 있는 저택을 나왔다.

원래 조직을 이을 생각은 없어서 대학교 졸업과 동시에【와타나베 무역】에 취직했지만, 아버지의 죽음을 계기로 집과 대지의 상속권이나 유산도 모두 포기하고 작은 아파트에서 살기 시작한 것이다.

결코 적지는 않았던 아버지의 개인 자산 상속을 포기한 이유는 아키라 나름의 '매듭'이었다.

하야세파의 대문[5]을 버리는 이상, 집도 땅도 넘기는 것이 '도리'라고 생각했기 때문이다.

포기한 재산은 하야세파에 양도했다. 중증 당뇨병을 앓다가 만년에는 병상에 누워 있는 일이 잦았던 아버지를 대신하여 실질적으로 요 몇 년 동안 조직을 도맡아 관리하던 행동대장이 두목의 자리를 이어주면서 후계자 문제도 마무리가 지어졌다. ── 약 1년 전 일이었다.

거의 몸만 가지고 집을 나온 아키라는 예전처럼 만성적으로 잠

---

5 대문(代紋): 야쿠자 일가를 나타내는 문장(紋章).

을 설치거나 밤중에 몇 번이나 깨는 일이 없어졌다. 신참 젊은이들이 몇 명이나 안잠자던 햐쿠닌쵸 저택의 특수한 환경에서 멀어지기도 했고, 언제 무슨 일이 일어날지 모르는 긴장감에서도 해방되었기 때문이다.

드디어 '전설의 노름꾼 손자'라는 눈에 보이지 않는 압박감과 조직에 얽힌 굴레에서 해방되어 앞으로는 지극히 평범한 인간으로서 살아갈 거라는 실감이 서서히 들기 시작한 시점이었다.

'그런데⋯⋯.'

겨우 기어나온 구멍에 또다시 발길질당해 떨어진 기분을 느끼며 입술을 꽉 깨물었다. 아키라에게 애처로운 눈빛을 보내고 있던 와타나베가 입을 열었다.

"이렇게 된 이상, 어설프게 숨기면 소문이 과장될 가능성이 있어. 예방책으로 내가 사원들한테 사정을 이야기해 두려고 하는데, 그래도 괜찮아?"

"⋯⋯네. 번거롭게 해드려서 죄송해요."

아키라는 머리를 깊이 숙였다.

일이 이렇게 되어버렸으니 어쩔 수 없이 태생을 밝혀야 하겠지.

애당초 보통 회사는 처음부터 자신 같은 특수한 경우의 인간을 받아들이지 않는다. 과거가 있는 인간을 사원으로 들여서 나중에 성가신 사태에 빠질 위험성을 미리 피한다. 회사를 지키는 입장이 되어 생각해보면 그 판단도 납득이 갔기 때문에 아키라 본인도 초장부터 취직은 포기한 채 이렇다 할 구직 활동도 하지 않고 있었다.

와타나베는 아르바이트로 연명하면서 어학 실력을 살려 할 수 있는 업무 기술을 몸에 익힐 생각이었던 아키라의 태생을 알면서도 자신의 회사로 들어오라고 권했다. 그 후에도 아키라의 본가가 현역 야쿠자 조직이라는 사실을 직원들에게는 덮은 채, 아키라가 지내기 편하도록 최대한 배려해주었다. 덕분에 아키라는 요 7년 동안 색안경을 끼고 보는 주위 사람 없이 편하게 일할 수 있었다.

와타나베는 햐쿠닌쵸에 있는 저택에서 나올 때 아파트 보증인도 되어주었다. 온갖 의미로 은인인 와타나베에게 본가에 얽힌 일로 폐를 끼치고 있다고 생각하기만 해도 가슴이 조이듯이 아팠다.

아키라는 천천히 고개를 들며 침통한 표정으로 무거운 입을 열었다.

"하지만 만약……, 제 존재가 사내의 조화를 어지럽힌다면 차라리……."

"그만둬서 어쩔 건데?"

말을 끝까지 마치기도 전에 와타나베가 선수를 쳤다. 아키라는 말이 꽉 막혔다. 그만둔 후에 기댈 곳 따윈 없었다. 없지만, 만약 상대의 목적이 자신을 회사에서 쫓아내는 데 있다면 무슨 문제가 일어나기 전에 물러나야만 하지 않을까?

"너희 본가는 분명히 야쿠자지만, 네 스스로 상속도 포기하고 집에서도 나왔으니 떳떳하지 못할 건 아무것도 없잖아?"

"그건 그렇지만요. 그래도……."

"여기서 협박에 굴복한다면 평생 계속 도망치며 살아가야만 할 거야. 게다가 어디로 도망친들 야쿠자의 가족이라는 과거는 따라다닐 거고."

와타나베가 하는 말은 모두 빠짐없이 맞는 말이었다. 반론의 여지도 없었다.

"난 네게 감사하고 있어. 넌 어떻게 될지 알 수가 없는 상태였던 회사에 들어와서 차근히 EU루트를 개척해주었어. 인재도 키워주었어. 네 존재가 없었다면 지금의【와타나베 무역】또한 없었을 거야."

"칭찬이 지나치세요. 회사가 이렇게까지 성장한 건 와타나베 선배의 리더십이 있었기 때문이고……."

"아니, 나 혼자였으면 지금의 형태까지로는 만들 수 없었어."

"와타나베 선……."

"그러니까 난 너를 놓을 생각이 없어."

와타나베가 그답지 않게 어두운 목소리로 단언하자, 아키라는 목구멍까지 올라왔던 말을 삼켰다.

"야쿠자 같은 놈들의 괴롭힘에 굴복하면 안 돼."

자신을 타이르듯이 낮게 중얼거린 와타나베가 생맥주를 쭈욱 들이켰다. 그러고 나서 단숨에 반으로 줄어든 맥주잔을 테이블에 탁 놓더니, 침착한 눈빛으로 아키라에게 못을 박았다.

"아키라. 그만두지 마."

"…………."

"알겠지? 절대 그만두면 안 돼."

"……네."

아키라는 주저하면서도 그 기백에 밀리듯 천천히 고개를 끄덕였다.

"회사는 내가 어떻게든 할 테니까 걱정하지 마."

"…………."

와타나베의 마음은 고마웠지만 '의리 끼치기[6]'라고들 하는 업계 특유의 행사를 통해 다른 조직의 조직원들을 수없이 봐 온 아키라는 그 '야쿠자 같은 놈들'이 진심으로 나오면 얼마나 무서운지 뼈저리게 알고 있었다.

그들에게 조직과 두목을 위해 저지르는 범죄는 훈장이었다. 죄책감이 없기 때문에 아무렇지도 않게 사람을 위협하고 다치게 한다. 요즈음의 야쿠자는 돈을 벌기 위해서라면 건실하게 사는 사람에게도 손을 댄다고 돌아가신 아버지가 한탄하던 모습이 떠올라, 기분이 무겁게 가라앉았다.

"우선 아직 무슨 일이 일어난 것도 아니잖아."

그건 확실히 그렇다. 와타나베가 말하는 대로 지금 단계에서 결단을 내리는 건 경솔한 생각일지도 모른다. 어쩌면 이것을 끝으로 아무 일도 일어나지 않는다는 가능성도 있다.

아키라는 그렇게 자신을 타이르며 가슴속에서 점점 커져 가는 정체 모를 검은 그림자를 억지로 멀리 떼어 냈다.

---

6 의리 끼치기: 야쿠자가 행하는 선대의 이름을 계승하고 피로하는 자리, 결혼, 장례, 법회, 형기를 마치고 출소한 조직원에 대한 축하 등 야쿠자 조직끼리 초대하고 초대받는 '의리' 행위의 총칭. 행사를 통해 다른 조직에게 부담을 끼치기 때문에 의리 끼치기라고 부름. 조직의 위세를 과시하는 수단이기도 함.

　　　　　*　　　*　　　*

　다음 날 이른 아침, 와타나베가 곧바로 사원들을 모아 사정을 설명해주었다.

　아키라의 본가가 야쿠자 가업을 생업으로 삼고 있는 건 사실이지만, 지금은 이미 그 집을 나와 조직과는 무관하게 살고 있다는 점. 앞으로도 연관될 가능성은 전혀 없다는 점.

　"난 태어나 자란 근간으로 그 사람을 차별할 생각은 없다. 내게 중요한 것은 하야세 아키라가 우수한 사원이며, 우리 회사에 필요한 사람이라는 점이다."

　회사의 수장이 강조하여 설명한 덕분인지, 사원들도 일단은 납득해준 것 같았다.

　아키라는 요 며칠 어수선하던 사내가 안정감을 되찾은 데 진심으로 안도했다. 자신의 개인적인 사정이 영향을 주어 회사 전체의 조화가 흐트러지거나 업무에 지장이 생기는 점이 무엇보다 힘들었다.

　그러나 그 안도감도 잠시, 다음 날부터 또다시 괴롭힘이 시작됐다.

　게다가 이번에는 회사가 있는 건물은 물론, 근처의 모든 우편함에 비방 전단지가 뿌려지는 악질적인 짓이었다.

　【와타나베 무역의 간부 사원 중에는 폭력단 관계자가 있다. 회사가 급성장한 뒷배경에는 검은 인맥이 관여하고 있다.】

아키라가 일 때문에 하야세파의 힘을 빌린 적 따위 한 번도 없는데다 폭력단과의 유착 같은 것도 완전히 헛소문이었지만 일일이 그렇게 해명하며 돌아다닐 수도 없었고, 사원들은 주눅이 들어 있는 듯했다. 다들 회사 밖에 나갈 때는 사원증을 떼게 되었다.

다음 날에도, 그다음 날에도 전단지는 계속 뿌려졌다. 그 내용도 날이 거듭될수록 과격해졌다.

날이 갈수록 정도가 심해지는 괴롭힘으로 인해 사원들의 동요는 격심했으며, 사내 분위기도 하루내내 차갑게 얼어붙어 있었다.

사장의 후배이며, 경력이 길기 때문에 면전에 대고 불평을 하는 사람은 없었지만, 날벼락을 맞고 있는 그들의 심정을 생각하면 아키라의 가슴은 미안함으로 가득찼다. 전화가 울릴 때마다 사무실에 긴장감이 도는 것도 견뎌 낼 수가 없었다.

'나 때문에⋯⋯.'

와타나베는 신경 쓰지 말라고 하지만, 그런 상황에서 아무렇지도 않게 "나도 피해자야."라고 강압적인 태도를 보일 만한 무신경함은 안타깝게도 갖고 있지 않았다.

회사에 있는 동안에는 바늘 방석에 앉아 있는 것과 마찬가지인 고통 속에서 일을 처리하고, 녹초가 되어 아파트에 돌아가도 정신적 피로로 인해 잠이 들지 못하는 밤이 계속됐다. 식욕이 떨어진 탓에 원래 적었던 몸무게가 순식간에 줄어 갔다. 간신히 무표정한 가면을 유지하며 내면의 대미지를 겉으로 드러내지 않는 게 고작이었다.

그런 아키라와 직원들을 몰아치듯이 이어서 그 다음 주, 회사 홈페이지와 관련 회사 사이트에 비방글이 올라왔다. 내용은 전단지와 같았다. ── 즉, 출처가 같다는 뜻이다.

그날 하루 내내 의심을 품은 고객으로부터 문의가 잇따르는 나머지, 업무에 현저하게 지장을 초래했다.

이대로 있으면 조만간 거래에 영향이 생기는 것도 시간 문제였다.

비열한 위협에 굴복하는 건 내심 부끄럽기 짝이 없었지만, 그렇다고 더 이상 회사에 폐를 끼칠 수는 없었다.

현재 괴롭히는 수단은 전화와 전단지뿐이었고, 사원 중 누군가가 트집을 잡히거나 폭력에 휘둘리는 피해는 없었지만……, 반대로 말하면 무슨 일이 있고 나면 그땐 이미 늦는다.

최악의 사태에 빠지기 전에 물러나야만 한다.

초조함에 등을 떠밀려 그만둘 생각을 굳힌 아키라는 다음 날 아침에 출근하자마자 사표를 제출했다. 그러나 와타나베는 완강하게 받아주지 않았다.

"절대 그만두기 없다고 했잖아. 그러면 야쿠자놈들한테 지는 거라고."

"하지만 더 이상 회사에 폐를 끼칠 수는…….."

"아무튼 이건 못 받아. 비방 건은 경찰에 상의해볼게."

그 길로 곧장 와타나베는 경찰서로 향했지만, 결과는 시원치 않았다.

현실적으로 협박이나 괴롭힘으로 입건하기는 어렵고, 더욱이 상대가 누군지 확실치 않으면 경찰에서도 대처할 방법이 없는가 보다.

낙담하긴 했지만, 어느 정도 예측하던 결과이기도 했다. 일본 최대의 환락가 가부키쵸를 거느리는 신주쿠 경찰서에는 그런 작은 사건에 관여할 여유가 없을 것이다.

"상대가 누군지 모르는 데다 동기도 불분명하면 어쩔 도리가 없대. 구체적인 피해가 생기고 나서 다시 한 번 오라고 하더라. 정말이지, 도움이 안 되네."

피해가 생기고 나면 이미 늦었다고. 벌레 씹는 듯한 표정으로 그렇게 중얼거리는 와타나베를 앞에 두고, 아키라는 전부터 느꼈던 의혹을 다시 한 번 가슴에 되새기고 있었다.

맞아. 동기를 모르겠어.

대체 누가? 뭘 위해 이런 짓을?

괴롭힘이 시작된 이후로 그 궁금증을 셀 수 없을 만큼 자신에게 던졌지만, 아직도 답이 나오지 않은 채였다. 아무리 기억을 더듬어도 짐작 가는 곳을 찾을 수 없었다.

하야세파가 아닌 건 알고 있었다. 그곳과는 이야기를 깨끗이 매듭 짓고 인연을 끊은 데다, 조직을 이은 전 행동대장과도 원한은 없었다. 게다가 하야세파의 조직원들이 이런 비겁한 수단을 쓸 만한 사람들이 아닌 점은 함께 생활했던 아키라가 누구보다도 잘 알고 있었다.

그럼 어디 사는 누가?

자신을 이 회사에서 쫓아냄에 따라 이익을 얻는 사람이 있다는 말인가?

아니면 조직인가?

아키라 본인도 자신에게 그만큼의 가치가 있다고는 도저히 생각할 수 없었기에 수수께끼는 깊어질 뿐이었다. 상대의 의도를 파악할 수 없기 때문에 집요한 괴롭힘은 한층 더 불쾌했다.

　　　*　　　*　　　*

일단 한 번 하야세파에 얼굴을 내밀어볼까?

현재 두목과는 반년 전에 연락을 나눈 게 다였고, 함부로 상의했다가 도련님께 큰일이 났다며 일가가 총출동하여 나서주어도 곤란했다. 그렇게 생각해서 굳이 궁지에 빠지고 나서도 연락을 취하지 않았지만……

야쿠자 업계는 좁다. 어쩌면 도둑으로 도둑을 잡듯 뭔가를 알 수 있게 될지도 모른다. 하야세파가 무슨 문제에 휘말려서 그 불똥이 자신에게 이르렀을 가능성도 부정할 수 없었다.

그런 생각을 하면서 역에서 이어지는 밤길을 걷던 아키라는 자신의 아파트까지 몇 십 미터 남은 지점에서 이변을 알아채고 발걸음을 멈췄다.

소박한 2층짜리 아파트 앞에 검은색 벤츠 세 대가 나란히 옆으로 주차되어 있었다. 밤눈으로 봐도 이상한 광경이었다. 근처 주민이나 통행인에 대한 배려 따윈 전혀 안중에 없었다 —— 이런 방약무인함을 그림으로 그린 듯한 방식으로 차를 대는 인종은 자신이 아는 한 한 종류였다.

'드디어……, 접촉해 온 건가?'

자신을 괴롭히던 상대가 직접 만나러 온 걸까?

한순간 발길을 홱 돌려 반대 방향으로 달려가고 싶은 충동에도 사로잡혔지만, 자택과 회사가 알려져버린 이상 도망쳐봤자 조만간 잡히는 건 시간 문제였다.

그보다도 지금은 상대의 정체와 의도를 살피고 직접 담판을 지을 기회였다.

아키라는 떨리는 무릎에 힘을 꽉 넣고 벤츠를 향해 천천히 걷기 시작했다. 번호판을 읽을 수 있는 위치까지 다가갔을 쯤에 한가운데에 있던 차 조수석 문이 열리더니, 한눈에 그쪽 인간임을 알 수 있는 젊은 남자가 나왔다. 그 남자가 뒷좌석 문을 잽싸게 열었다. 끝이 뾰족한 악어가죽 구두가 아스팔트를 자박 밟았다.

이윽고 핀 스트라이프[7] 더블 슈트에 몸을 감싼 남자가 차에서 내려 섰다. 남자의 얼굴을 본 아키라는 미간을 찌푸렸다.

"시바타 씨……."

오토와회[8] 두목, 시바타.

---

7 핀 스트라이프: 진한 바탕에 핀으로 찌른 것 같은 점이 연속으로 나열된 무늬.
8 회: 일본의 신흥 야쿠자가 세력에 따라 산하를 나눌 때 쓰는 호칭으로, 계열 야쿠자 조직 안을 어우르는 가장 큰 조직을 뜻함.

오토와회는 시바타가 10년 전에 세운 신흥 폭력단이지만, 관동 지역 제일의 광역 폭력단인 새 조직의 위광도 한몫하여 신주쿠 외곽에 거점을 둔 조직 중에서는 지금 가장 세력이 있다고 한다.

　"오랜만이군요."

　우락부락한 얼굴이 가는 눈을 더 가늘게 뜨고 아키라를 보았다.

　시바타는 일찍이 하야세파에 재적했으며, 더부살이를 하던 말단인 당시에 햐쿠닌쵸의 저택에서 아키라와 함께 지내던 시기가 있었다. 아키라가 중학교를 졸업할 때쯤까지였을까? 얼마 지나지 않아 두목이던 아키라 아버지의 화를 사고 조직을 뛰쳐나간 시바타는 광역 폭력단 간부의 부하가 되었다. 그 이후에는 타고난 폭력성과 잔인한 성질을 유감없이 발휘하여 조직 내에서 순조롭게 출세하며 독립하기에 이르렀다 —— 고 한다.

　'괴롭히던 범인은 이 녀석이었군.'

　생각지도 못한 흑막의 정체에 깜짝 놀라 망연자실하여 가만히 서 있자니, 시바타가 네모난 턱을 치켜 올렸다.

　"아무튼 제대로 얼굴을 마주하는 것도 십여 년 만이군요. 쌓인 이야기도 이래저래 많은데, 자, 서서 이야기하는 것도 뭐하니 방에 들어가게 해주시지 않겠습니까, 도련님?"

　"…………."

　뻔뻔한 요구에 관자놀이가 꿈틀거렸다.

　"난 여기서 얘기해도 별반 상관없지만, 당신이 곤란하지 않나?"

　위협하는 듯한 엷은 웃음을 띤 시바타의 빈정대는 듯한 말을 들고 아키라는 어금니를 악물었다. 이미 창문이 몇 군데 열려 있었고, 이웃 주민들이 호기심 어린 얼굴을 내민 상태였다. 더 이상 소동을 크게 만들 수는 없었다.

"알았어요. ……안에서 얘기해요."

남자의 제안에 굳은 표정으로 응한 아키라는 "그 대신에." 하고 교환 조건을 말했다.

"차를 이동시켜줘요. 여기는 주차 금지예요."

시바타는 아키라가 딱 잘라 요구하자 코웃음을 쳤지만, 그래도 부하에게 "주차장에서 대기해."라고 명령했다. 벤츠 세 대는 시바타와 보디가드 두 사람을 남기고 어둠 속으로 사라져버렸다.

아키라는 검은 슈트를 입은 세 남자를 데리고 2층 아파트 계단을 올라갔다. 2층에 있는 세 개의 방 중에서 가장 안쪽에 위치한 문을 열쇠로 열었다.

"너희는 밖에서 기다려라."

보디가드에게 명령한 시바타가 손을 뒤로 돌려 문을 닫더니, 혼자만 실내로 들어왔다. 남자가 신발을 신은 채로 들어왔음을 깨달은 아키라는 주의를 주려고 입을 열었다.

"구두……."

그러나 시바타는 안 들리는 척하면서 신발을 신은 채 방 중간까지 저벅저벅 들어오더니, 거의 꾸며지지 않은, 기능을 중시하는 실내를 휙 둘러보았다.

"햐쿠닌쵸에 있는 저택을 나와서 이렇게 보잘것없는 아파트에서 사실 줄이야. 일부러 가난한 사람처럼 사시다니, 도련님도 참 변덕스러우시군요."

아키라는 바보 취급 하는 시바타의 말에 말없이 주먹을 쥐고 화를 내보내기 위해 숨을 내뱉었다. 이런 남자에게 분노해봤자 쓸데없는 힘 낭비일 뿐이다. 원래 길게 이야기를 나눌 생각도 없었다.

"할 말이 뭔가요?"

최소한으로 필요한 예의마저 결여된 남자 쪽으로 다시 몸을 돌려 최대한 감정을 누른 목소리로 용건을 재촉했다. 잽싸게 이야기를 끝내고 한시라도 빨리 돌아가길 원했다. 같은 공기를 마시는 것만으로도 속이 울꺽거렸다.

아키라는 옛날부터 이 시바타라는 남자를 싫어했다.

사냥감으로 정한 상대의 따귀를 돈다발로 후려치고, 그래도 따르지 않는 경우에는 폭력으로 굴복시켰다. 돈을 위해서라면 수단을 가리지 않았으며, 아무렇지도 않게 남의 인생을 짓밟았다. 야쿠자의 유일한 긍지인 '인의'나 '도리', '매듭'이 없는 시바타는 조직세계 중에서도 아키라가 특히나 싫어하는 '썩어 빠진 야쿠자'의 상징 같은 존재였다. 아버지가 시바타를 파문시킨 것도 그가 조직의 규율을 어기고 각성제 매매에 손을 댔기 때문이다.

"이야기는 다름이 아니라, 하야세파에 대한 일입니다."

시바타가 아마도 남한테서 갈취한 돈으로 구입했을 고급 슈트의 어깨 부분을 움츠리며 말을 꺼냈다.

"아직도 제 부하가 된 것을 납득하지 못한 놈들도 많아서 말이죠."

실은 아키라가 저택을 떠나고 반년 정도 지났을 무렵에 하야세 파는 오토와회의 산하에 들어갔고, 명함의 직함도 '오토와회 하야 세파'로 바뀌었다.

이미 훨씬 전부터 옛날 방식으로 돈을 거두면 조직을 꾸려 나갈 수 없어진 상태였다. 그래도 아버지 대까지는 어떻게든 한계까지 조직의 독립을 유지하며 노력했다. 그러나 아버지가 돌아가시고 난 후, 대가 바뀌고 새롭게 취임한 두목은 오토와회로부터 부하가 되 라는 요구를 받아들일 것을 결의한 듯했다.

일단 아키라에게도 사전에 보고가 있었지만, "나는 이미 조직과 는 아무런 연관이 없는 사람이니, 두목이 생각하는 대로 하세요." 라는 말 말고는 달리 할 말이 없었다.

폭력단 대책법 시행 이후에 야쿠자 업계도 기업화, 큰 조직의 과 점화가 진행되었고, 작은 조직이 큰 조직의 뒷배 없이도 꾸려 나갈 수 있는 시대는 끝나 가고 있었다. 오래된 조직의 자존심이나 '협기' 만으로는 현실적인 문제를 따져봤을 때 먹고 살 수가 없었다.

조직이 도태되어 하야세의 대문 자체가 없어지는 것보다는 낫다 고 판단해서 오토와회의 부하가 된 현재 두목의 결단도 어쩔 수 없 다고 생각한다. 돌아가신 아버지와 할아버지가 고충의 선택을 어 떻게 생각할지는 모르지만, 적어도 후계자가 되기를 포기한 아키라 에게 그에 대해 뭐라 의견을 말할 수 있는 권리는 없었다.

"그 역량에 맞게 자존심 또한 높은 하야세의 조직원들을 납득시 키기 위해 당신의 이름을 원합니다."

아키라는 시바타가 하는 말 뜻을 바로 이해하지 못하고 의아해하며 다시 물었다.

"이름?"

"당신이 저와 양자결연을 맺으면 하야세파 녀석들도 저를 따르게 될 겁니다."

"무슨……."

양자결연?! 내가 시바타와?

아키라는 말도 안 되는 제안에 눈을 휘둥그레 떴다.

"무슨 말을……, 하는 거예요?"

갈라진 목소리로 말하면서 서서히 남자의 속셈을 읽을 수 있었다.

집요한 괴롭힘에 의해 회사를 그만둘 수밖에 없는 상황까지 자신을 몰아넣고는, 평범한 사회인 생활을 포기하게 만드는 일이 시바타의 목적이었던 것이다. 오늘 밤에 여봐란듯이 아파트 앞에 벤츠 세 대를 나란히 대게 한 것도 그렇다.

"뭐라 해도 그 녀석들은 하야세 겐의 손자인 당신에게 약하니까요. 젊은 주군을 따르는 가신처럼 맹목적으로 숭배하고 있죠. 당신이 상속을 거부했기 때문에 울며 겨자먹기로 놔줬지만, 속으로는 지금도 하야세의 혈통에 미련을 버리지 못하고 있을 겁니다. 설사 명목상이라 할지라도 녀석들은 당신의 명령이라면 기뻐하며 따르겠죠."

아는 체하면서 말하는 거무스름한 얼굴을 쏘아보자, 시바타가 한층 다그쳤다.

"당신한테도 나쁜 이야기는 아닐 겁니다. 저한테 오면 평생 먹고 살 걱정은 없어요. 이런 보잘것없는 집에 살면서 어울리지 않는 헌 양복 같은 걸 입을 필요도 없다고요. 개미처럼 악착같이 일할 필요도 없고. 그저 저랑 같이 사는 것만으로도 놀면서 지낼 수 있어요. 나쁜 거래는 아니죠? 어떠십니까?"

"웃기지 마요. 절대로 싫어요."

일언지하에 딱 잘라 거절하자마자, 시바타가 천천히 두 눈을 가늘게 떴다.

"……꽤나 세게 나오는군."

가는 눈이 불쾌하게 빛났지만, 여기서 한순간이라도 겁을 먹으면 지는 거다. 아키라는 정면에 있는 남자를 쏘아보는 눈초리에 힘을 넣고는, 확고하게 단언했다.

"난 이미 하야세파와는 인연을 끊은 몸입니다. 두 번 다시 야쿠자의 세계와 얽힐 생각도 없습니다. 할 이야기가 그것뿐이면 돌아가세요."

의연하게 턱을 젖히고 문을 한 손으로 척 가리키자, 시바타의 형상이 변했다.

"……옛날을 생각해서 저자세로 나와줬더니 기고만장해져선."

시바타는 칼처럼 날카로운 저음으로 위협하며 곧바로 아키라의 팔을 잡고는 난폭하게 잡아당겼다. 갑자기 태도를 바꾼 남자는 허를 찔려 휘청거리는 아키라의 균형이 무너진 다리도 들어 올렸다.

"……으앗."

몸이 뒤로 젖혀진 다음 순간, 쿵, 허리에 강한 충격을 느꼈다.

"아파……."

바닥에 엉덩방아를 찧고 등줄기를 내달리는 격통에 얼굴을 일그러뜨리고 있는 동안, 시바타가 몸을 짓누르는 바람에 카펫에 쓰러졌다.

"무슨 짓을……, 비켜!"

거부했지만, 체력에서 훨씬 월등한 시바타는 아키라의 저항에 눈 하나 까딱하지 않았다. 하반신에 체중을 실으면서 바닥에 두 팔을 묶어버리자 몸을 꿈쩍도 할 수 없게 됐다.

"이제 곧 서른이 다 되어갈 텐데 남자라고는 생각할 수 없는 요염함도, 예쁜 얼굴도 어릴 적 그대로군."

아키라의 자유를 쉽게 빼앗은 시바타가 험상궂은 얼굴을 가져다 대며 감탄 섞인 목소리를 냈다.

"난 여자라면 천 명은 안아봤지만, 아직까지 너를 뛰어넘는 살결을 가진 여자는 만난 적이 없어……. 눈꼬리가 위로 째진 그 눈이 또……, 검은자가 줄곧 젖어 있는 것처럼 까매서……, 그렇지?"

시바타가 위에서 핥는 듯한 시선으로 끈적하게 더듬자, 온몸의 털이 오싹 일어섰다.

'이 자식……?'

같이 살던 무렵부터 어렴풋이 자신을 보는 시바타의 눈빛에서 예사롭지 않은 무언가를 느꼈지만…….

아키라는 시바타가 자신에게 품고 있던 일그러진 욕망을 이제 와서 깨닫고는, 등이 쓰윽 차가워졌다.

"하야세 겐의 누님께서는 당대 최고의 명기생이었나 보던데, 너의 그 예사롭지 않은 미색은 격세유전인지도 모르겠군. 여자라면 그 점을 무기로 올라설 수도 있지만, 공교롭게도 남자는 쓸 길도 없겠어."

아키라는 입술을 음탕하게 히쭉거리는 남자를 매섭게 노려보았다.

"그러니까 내가 거두어준다고 하잖아. 평생 귀여워해줄 테니까 얌전히 내 것이 되라."

"누가……, 네 것이 될 줄 알고?"

얼굴을 일그러뜨리고 말을 내뱉었지만, 시바타의 호색스러운 웃음은 점점 깊어질 뿐이었다.

"인형같이 생긴 꼴과는 반대로 기가 센 점이 또 참을 수가 없네."

당장이라도 혀를 날름거릴 것 같은 시바타가 목덜미에 미지근한 숨을 불어 넣었다. 그러더니 혐오감으로 닭살이 돋은 피부를 꺼끌 꺼끌한 혀로 귀까지 할짝 핥아 올리는 바람에, 아키라는 온몸을 파르르 떨었다.

"왜 그래? 벌써 느껴?"

귓가에서 들리는 천한 웃음에 입술을 악물었다.

"생각했던 것보다 잘 느끼는군. 어디 보자, 다음은 귓속을 핥아 줄까?"

"그, 만해."

필사적으로 몸을 비틀면서 목청껏 고함을 지른 것과 거의 동시에 현관 밖에서 밀치락달치락하는 기척이 느껴지더니, 남자 몇 명의 노성이 들려왔다.

"네놈은 뭐야!"

"너희들이야말로 뭔데? 아키라는 어디 있어?!"

'와타나베 선배?'

"아키라!! 안에 있어?!"

"쳇."

시바타가 이웃집에 다 울려 퍼질 것 같은 큰 소리에 혀를 차더니, 바닥에 내리누르고 있던 아키라의 손을 놓고 상체를 일으켰다.

"뭐야!"

시바타가 기분이 안 좋은 듯 호통을 치자, 철문 건너편에서 "손님입니다." 하고 대꾸했다.

"안으로 들여보내."

문이 벌컥 열리더니, 슈트 차림의 남자가 넘어지듯이 뛰어 들어왔다.

"아키라! 괜찮아?!"

"이거, 이거……, 공주님을 지키는 기사님의 등장이신가?"

카펫에 쓰러져 있는 아키라와 그 위에 올라탄 시바타를 본 와타나베가 깜짝 놀라 숨을 삼켰다. 그리고 몇 초 얼어 붙어 있다가 마른침을 삼키며 갈라진 목소리를 냈다.

"아키라를……, 놔줘."

"왜 그래? 부러워서 못 참겠다는 얼굴이군."

시바타가 코웃음을 쳤다.

"솔직해져. 네놈도 그 좋은 사람인 척하는 낯짝 밑으로는 이 녀석을 범하고 싶지? 이 가느다란 몸을 난폭하게 벗겨 알몸으로 만들고 난 다음, 미쳐 발광하는 네놈의 물건을 쳐넣고 싶잖아, 응?"

사정없이 비웃음을 당한 와타나베의 얼굴이 순식간에 창백해졌다.

"지금도 이 녀석이 약해진 틈을 타서 운이 좋으면 하고 싶다는 응큼한 마음을 품고 아파트까지 온 거잖아? 아니야? 어때?"

"······너랑 같은 취급 하지 마!"

아키라는 저열한 생트집을 잡는 시바타에게 노성을 질렀지만, 당사자인 와타나베는 반론도 하지 못하고 창백한 얼굴로 잠자코 있었다. 그 모습에 위화감을 느낀 아키라는 그를 불렀다.

"와타나베 선배?"

"기사님은 정곡을 찔려서 말도 안 나오나본데? 봐봐, 이 녀석도 같은 부류야."

천천히 일어선 시바타가 재킷에 진 주름을 탁 털고는, 비뚤어진 넥타이를 꽉 잡아 고치며 현관문에 있는 와타나베를 향해 턱을 치켜 올렸다.

"그래도 난 이 녀석처럼 겉으로는 친절한 척하는 주제에 뒤로는 너를 향한 음탕한 마음으로 가랑이 사이를 탱탱 부풀리는 쪽이 훨씬 질이 나쁜 것 같지만 말이지."

시바타는 굳은 표정으로 멍하니 서 있는 와타나베를 보며 코웃음을 흥 쳤다.

"쓸데없는 방해를 당했으니 오늘은 물러나겠지만, 너를 포기한 건 아니야. 반드시 내 것으로 만들 테니 기다리고 있어라."

시바타는 아키라를 향해 거드름을 피우며 그렇게 선언하고는 부하들을 데리고 방을 나갔다.

"……누가 기다린다는 거야!"

닫힌 문을 향해 말을 내뱉은 아키라는 세 사람의 발소리가 멀어지는 것을 확인하고는, 우선 최악의 사태를 면한 데에 안심하며 어깨에서 힘을 뺐다. 그리고 카펫 바닥에서 일어나 자신을 궁지에서 구해준 남자에게 머리를 숙였다.

"불쾌하게 해드려서 죄송해요."

남자에게 당할 뻔한 한심한 꼴을 보여 멋쩍기는 했지만, 와타나베가 와줘서 살았다. 그렇지 않았다면. 그렇게 생각하자 간담이 서늘해졌다.

"예전에 하야세파에 있던 남자인데, 아파트 앞에서 잠복하고 기다리는 바람에……. 아무래도 저 남자가 일련의 소동의 흑막인 것 같아요."

"…………."

"그래도 선배가 와주셔서 정말로 살았어요. 고맙습니다."

"…………."

"와타나베 선배?"

반응이 없는 것을 이상하게 여기고 눈을 맞추고자 시도했지만, 천천히 시선을 외면당했다.

방금 전에 시바타가 퍼부은 폭언을 마음에 두고 있는 걸까? 가령 전혀 근거 없는 트집이라도 그런 식의 말을 듣게 된다면 누구라도 기분이 나쁘겠지만. 그렇다 치더라도…….

아키라는 멋쩍은 듯 고개를 숙인 채 자신을 보려 하지 않는 와타나베를 앞에 두고 무거운 침묵을 주체하지 못했다. 너글너글하고 밝은 남자의 이런 떳떳지 못한 표정을 보는 건 그를 알고 나서 처음 있는 일이었다.

*　　*　　*

와타나베가 차에 치여 다쳤다는 연락을 받은 건 멋쩍은 분위기인 채로 그가 아파트를 뒤로한 다음 날 —— 토요일 저녁이었다.

소식을 받고 자택을 막 뛰쳐나가려던 참에 휴대전화 호출음이 울리기 시작했다. 와타나베와 관련된 연락이라고 생각한 아키라가 황급히 통화 버튼을 터치하자, 독특한 저음이 들려왔다.

『기사인 척하는 네 상사는 이걸로 당분간 움직이지 못할 거다.』

"시바……타……?"

『소중한 공주님이 습격을 당해도 이제 구하러 오진 못해.』

남의 불행을 비웃는 듯한 속삭임을 듣고 핏기가 가셨다. 설마…….

"네가……, 와타나베 선배를 덮치라고 시켰어? 그런 거야?!"

회선 건너편에 있는 시바타는 아키라의 추궁에는 답하지 않은 채 큭큭 웃었다.

『이제 알겠어? 네 주위 사람을 없애는 일 정도야 나한테는 갓난 아기 손을 비트는 것과 마찬가지야. 더 이상 친구들을 상처 입히지 않기 위해서는 어떻게 해야 좋을지 잘 생각해.』

칼날처럼 날카로운 목소리를 마지막으로 회선이 뚝 끊겼다. 아키라는 그대로 멍하니 서 있었다.

드디어 시바타가 실력 행사를 하기 시작했다. ……마침내 희생자가 나오고 말았다.

'이제 안 되겠어. 더 이상은 무리야.'

그 자리에 웅크려 앉고 싶은 충동을 겨우 참고 암담한 기분으로 책상 서랍 속에 넣어 두었던 사표를 꺼냈다. 그 길로 택시를 타고 병원에 급히 달려간 아키라는 병실 앞 복도에서 와타나베의 아내와 딱 마주쳤다. 와타나베의 아내와는 같은 대학교를 다녀서 면식이 있는 사이이며, 사고가 났다는 연락을 준 사람도 그녀였다.

"선배 다친 데는 상태가 어때요?"

"왼쪽 다리가 골절됐지만, 의사 선생님이 수술은 필요 없대요."

"그래요? ……다행이다."

"길을 걷고 있는데 갑자기 뒤에서 차가 부딪쳐 왔대요. 아까 경찰분도 오셔서 이야기를 했는데, 남편은 뺑소니 차량 번호판을 못 본 것 같더라고요."

그녀의 이야기에 맞장구를 치면서 의문이 들었다.

정말 보지 못한 걸까? 아니면…….

입원 준비를 하기 위해 일단 집에 돌아가겠다는 그녀와 헤어지고 병실로 들어갔다. 급한 입원이라 빈 병실이 없었던 듯, 와타나베가 있는 병실은 1인실이었다. 새하얀 병실 중앙에 왼쪽 다리를 기브스로 고정한 채 머리에 붕대를 감은 와타나베가 누워 있었다. 아키라는 자신 때문에 다친 남자의 딱한 모습을 바로 눈앞에 두고 다시금 충격을 받았다. 죄책감이 왈칵 치밀어 올랐다.

아키라를 본 와타나베의 얼굴에도 동요가 스쳤지만, 아무 말도 하지 않고 눈을 딴 데로 슥 돌렸다. 침대 옆까지 조용히 걸어간 아키라는 창문에 얼굴을 향한 채 자신을 보려 하지 않는 남자에게 말을 걸었다.

"아까 어제 그 야쿠자한테서 연락이 왔어요. 와타나베 선배를 차로 치고 도망간 건 그 남자의 부하예요."

"…………."

"죄송해요……, 저 때문에……. 정말 뭐라 사과드려야 좋을지."

떨리는 목소리로 사과의 말을 입에 담으며 고개를 깊이 떨구었다. 얼마 후 고개를 든 아키라는 결의를 품은 목소리로 말했다.

"지금 제가 경찰에 가서 모든 사정을 이야기할게요."

"……그만둬."

병실에 들어가고 나서 처음으로 와타나베가 입을 열었다. 괴로워 보일 만큼 골똘히 생각에 잠긴 듯한 어두운 표정으로 중얼거렸다.

"경찰에는 말하지 말아줘. ……이제 더 이상 그 남자와는 얽히고 싶지 않아."

그 말을 듣고 역시 와타나베는 뺑소니 사고 범인이 누군지 짐작하고 있음을 알았다. 그러면서 굳이 경찰에는 짐작 가는 사람을 이야기하지 않은 것이다.

피해자인 와타나베가 그렇게 말하는 이상, 자신이 쓸데없는 참견을 할 수는 없었다. 게다가 시바타라는 남자가 얼마나 무서운지 몸으로 알게 된 와타나베가 두 번 다시 얽히고 싶지 않아 하는 마음도 이해하지 못하는 건 아니었다.

"알겠어요. 그럼 그렇게 할게요. 그리고 —— 이런 상황에 죄송하지만, 이걸 받아주세요."

재킷 안주머니에서 사표를 꺼내 사이드테이블에 놓았다. 하얀 봉투를 한 번 힐끔 본 와타나베가 아무 말도 하지 않고 또다시 창가에 시선을 던졌다.

거부당하지 않았으니 받아들여졌다고 여겨도 되는 걸까?

"지금까지 신세 많이 졌습니다."

붕대가 감긴 뒤통수를 향해 진심을 다해 말했다. 와타나베는 정말로 10년 가까이에 걸쳐 자신의 버팀목이 되어주었다. 아무리 감사해도 부족할 정도였다. 은혜를 원수로 갚는 듯한 이런 모양새로 갈라서는 건 무척 괴로웠지만, 이렇게 된 이상 한시라도 빨리 자신이 회사에서 사라지는 게 최소한의 보은일지도 모른다는 생각도 들었다.

불행 중의 다행이라고 할까, 유럽 루트는 거의 확립된 상태였다.

유통 시스템도 완성되었고, 후임도 키우고 있었다. 갑자기 자신이 없어져서 당분간은 다소 혼란스러울지도 모르지만, 얼마 안 있어 문제 없이 원래대로 돌아갈 것이다.

"다리……, 조심하세요."

아키라는 마지막으로 다시 한 번 머리를 깊이 숙이고 병실을 뒤로했다. 마지막까지 와타나베는 아키라를 보지 않았다. 자신에게 어지간히 분개했을 것이다.

그도 당연하다. 자신과 연관된 것만으로 야쿠자에게 생트집을 잡히고, 입원할 수밖에 없는 지경에까지 이르렀으니까.

'원망을 샀더라도 어쩔 수 없어…….'

와타나베에 대한 죄책감과, 이것으로 이제 자신은 정말 혼자라는 적적한 기분이 번갈아 가며 덮쳐 왔다. 엘레베이터 안에서 아키라는 철제 벽에 몸을 추욱 기댔다. 심장 주변이 욱신욱신 쑤셨다.

병원을 나가도 곧바로 집으로 돌아갈 기분이 들지 않아 까슬까슬한 감정을 안고 목적 없이 땅거미 속을 걸었다. 그러다 느닷없이 아키라의 겉옷 주머니가 바르르 떨렸다. 아키라는 손을 넣어 휴대 전화를 꺼냈다.

『내 것이 될 각오는 됐나?』

다짐을 굳히라는 듯 고막에 닿은 시바타의 목소리에 아키라는 어금니를 꽉 물었다.

"……회사는 그만뒀어. 그러니까 이제 회사 사람들한테는 손대지 말아 줘."

『글쎄, 그건 네가 어떻게 하느냐에 달렸어. 내 요구는 네가 나한테 오는 거다. 그때까지 네 전 동료들에게는 수난의 나날이 계속될 거야. 어휴, 불쌍해라. 베테랑 사원이 빠지고 사장이 입원한 것만으로도 충분히 운이 나쁜데, 결국 회사 자체가 망해버릴 테니까 말이야.』

"윽………."

섬뜩한 협박에 숨을 삼켰다. 아니, 헛소리가 아니다.

시바타라면……, 정말로 그렇게 할 것이다.

차가운 땀이 등골을 미끄러져 뚝 떨어졌다.

온몸이 새카만 절망감으로 덮인 아키라는 하늘을 느릿느릿 올려다보았다.

요 열흘 동안 궁지에 몰려 완전히 초췌해진 뇌리에 전 동료들의 얼굴이 차례로 떠올랐다.

바라던 바가 아닌 형태로 헤어지게 되고 말았지만, 아키라는【와타나베 무역】에 대해 남다른 애착을 품고 있었다. 소중하게 여기기 때문에 헤어지자고 결심했을 정도이다.

고생에 고생을 거듭하여 처음부터 쌓아 올린 유럽 루트에도 애착이 있었고, 무엇보다 요 7년 동안 이 회사가 '보통 사회'와의 유일한 접점으로서 아키라가 마음을 기댈 곳이 되어주었던 점이 컸다.

은인인 와타나베를 위해서도, 전 동료들을 위해서도 자신 때문에 회사를 망하게 할 수는 없었다.

그렇게 되는 것만은……, 자신의 몸과 바꿔서라도 반드시 저지해야만 한다.

아키라는 비장한 결의를 가슴에 품고, 휴대전화를 다시 세게 꽉 쥐었다.

그러고는 크게 심호흡을 하고 난 후, 바싹 마른 목 안에서 쥐어짜 내 듯 갈라진 목소리를 냈다.

"네가 바라는 대로 할게. —— 단, 그 대신에 두 번 다시【와타나베 무역】에는 손대지 않겠다고 맹세해."

제 2 장

시바타에게 양자결연을 승낙한 날 밤 아홉 시.

갑자기 아파트 앞에 대형 트럭 두 대가 나란히 주차되는가 싶더니, 열 명 가까이 되는 힘세 보이는 남자들이 아키라의 방에 우르르 들이닥쳤다. 주인의 의향 따윈 완전히 무시하는 모양새로 살림살이를 잇따라 들고 나갔다. 원래 살림살이가 적기도 해서 방 안이 비기까지는 30분도 채 걸리지 않았다.

너무나도 강제적이고 당돌한 전개에 어처구니가 없어서 멍하니 돌아가는 상황을 지켜보기만 하던 아키라를, 남자들이 마지막으로 남은 짐인냥 방에서 끌고 나가더니 검은색 벤츠 뒷좌석에 밀어 넣었다.

"어디로 가는 거죠?"

"…………."

질문에 대답은 없었다. 운전사인 젊은 남자도, 조수석에 앉은 마흔 정도 되어 보이는 험상궂게 생긴 남자도, 아키라를 사이에 끼우는 모양새로 앉은 검은 옷을 입은 두 남자도 말이 없었다.

아키라 본인도 심신이 다 피곤하기도 했기 때문에 그 이상 추궁하는 건 포기했다.

어찌됐든 목적지가 시바타가 있는 곳이라는 사실에는 변함이 없었다.

'이제 어떻게든 되라.'

포기 반, 강경한 태도 반, 거의 자포자기인 기분으로 두 눈을 감았다.

될 수 있으면 업무 인수인계 정도는 하고 싶었지만, 역시 시바타는 그렇게 후한 남자가 아니었다. 게다가……, 앞으로는 어디를 가든 시바타의 감시가 붙을 테고, 함부로 출근해서 폐를 끼치기보다는 이대로 소리 소문도 없이 사라지는 편이 나을지도 모른다.

이래저래 생각에 잠기며 차에 흔들리기를 약 2시간. 도착한 곳은 아시노코 호수가 내려다보이는 시바타가 소유한 하코네 별장이었다. 나중에 알게 된 사실이지만, 산 중턱에 가로놓인 광대한 일본 가옥은 일찍이 오래된 온천여관이었던 곳을 시바타가 매입해서 재건축했다고 한다.

차에서 내려 남자 세 명에게 끌려가듯이 이끼가 잔뜩 낀 앞문을 지나갔다. 남자들은 징검돌을 디디며 초롱불이 켜진 출입구까지 걷게 했다. 미닫이 격자문을 빠져나가 돌이 깔린 현관을 지나 나무의 촉감이 세월을 느끼게 하는 실내로 들어가자, 이번에는 검게 빛나는 판자로 된 복도를 계속 걷게 했다.

어딘가 햐쿠닌쵸의 저택을 연상케 하는 복잡하게 얽힌 복도를 몇 번인가 돈 끝에, 막 다른 곳의 방 앞에서 선두에 있던 남자가 겨우 멈춰 섰다. 맹장지문을 연 남자가 들어가라고 말하듯 말없이 재촉했다. 다다미 바닥이 깔린 일본 전통식 방에 아키라가 발을 딛자마자 등 뒤에서 맹장지문이 세차게 닫혔다. 복도를 떠나는 기척이 없는 점을 보니, 아무래도 남자들은 그대로 망을 보기 위해 남은 것 같았다.

그래도 아무튼 몇 시간 만에 우락부락한 남자 둘 사이에 샌드위치처럼 끼어 있던 상황에서 해방된 아키라는 폐 깊숙한 곳에서부터 숨을 휴우, 하고 토해 냈다. 그러고 나서 셔츠의 목 부분을 조금 풀고 실내를 휙 둘러보았다.

상좌를 높게 만든 공간을 포함하여 6평 정도 되는 방이었다. 맹장지로 구분된 4평 크기의 옆방이 아무래도 침실인 듯, 오동나무로 된 옷장과 병풍이 놓여져 있었다. 달리 가구라고 할 만한 것은 안방에 붙박아 놓은 묵직한 앉은뱅이책상뿐.

6평 정도 되는 안방은 한쪽 면이 장지로 되어 있었고, 그 장지를 열자 불투명 통유리가 끼워진 문 크기만한 창문이 나타났다. 창문에서 내다보이는 풍경은 안뜰인 것 같았다. 울창한 나무의 실루엣이 등롱의 빛에 두둥실 떠올라 보였다.

아키라는 창문을 밀어 열고 대오리로 짠 긴 걸상으로 내려가보았다. 소나무와 단풍나무, 동백나무와 같은 나무 건너편에 대나무 울타리가 있었고, 그 울타리 안쪽에 남자들이 몇 명 서 있는 모습이 보였다.

실내도 그렇고 밖도 그렇고 경호가 삼엄했다.

자신이 사로잡힌 몸이라는 사실을 실감하고는, 어두운 마음으로 실내에 돌아왔다.

텅 비어서 살풍경한 방에는 인터넷 환경은 말할 것도 없고, 전화조차 없었다. 휴대전화는 빼앗겨버렸기 때문에 외부와 연락을 취할 수단은 하나도 없는 셈이었다.

"그야말로 유폐구나……."

우울한 기분으로 혼잣말을 한 그때, 복도를 쿵쿵 걷는 거친 발소리가 들려왔다.

"아키라는 안에 있나?"

시바타의 목소리였다.

"네. 안에 계십니다."

경계 태세를 갖춘 직후, 맹장지가 드르륵 열리면서 시바타가 방으로 들어왔다. 역시 오늘은 신발을 신고 있진 않았다. 자신의 집에서는 신발을 벗는군. 아키라는 속으로 빈정대며 우락부락하게 생긴 얼굴을 힐끔 보았다.

"드디어 왔군."

시바타는 당장이라도 콧노래를 부를 것처럼 기분이 좋았다. 아키라의 바로 옆까지 다가온 시바타는 그의 턱에 손을 대고 쭉 들어올렸다.

"넌 내 신부다."

아키라는 눈을 가늘게 뜨고 속삭이는 시바타를 보며 미간을 찌푸렸다.

"무슨 소리를……."

"14년이야. 14년 기다려서 겨우 손에 넣었다."

시바타는 감회가 깊은 듯 중얼거리더니, 아키라의 얼굴을 찬찬히 바라보았다.

"햐쿠닌쵸에 있는 저택에서 함께 지내던 무렵부터 너를 내 것으로 만들고 싶었다. 당시에는 두목의 아들에게 손을 대는 건 꿈도 못 꿀 일이었지만 말이야. ……난 두목이 죽고 나서 하야세의 힘이 약해지면서 네가 내 손안에 떨어지는 이때를 줄곧 기다리고 있었다고."

14년이나 호시탐탐 노렸다고 자랑스러운 듯 이야기하는 시바타의 집념에 등골이 오싹해졌다.

"하지만 너한테는 그만큼의 가치가 있어."

그런 말을 들은들 기쁘지도 않았다. 남자의 욕망의 대상으로서 지니는 가치라니, 가지고 싶지도 않았다. 한 번도 스스로 원한 적따윈 없는데…….

"한 달 후에 양자결연을 발표하는 술잔치를 성대하게 열도록 하지. 말하자면 오늘 이 피로회는 너와 내 혼례 같은 거야."

아키라는 헛소리를 입에 담고 히죽히죽 웃는 시바타를 가늘고 길게 찢어진 두 눈으로 노려보았다. 눈빛에 힘을 담고 어금니를 악물었다.

양자결연 제안을 받아들였을 때 어느 정도는 각오를 다졌다고 생각했다.

【와타나베 무역】을 자신의 몸과 맞바꿔서라도 지키겠다 ── 그렇게 마음을 굳게 먹었다. 자신이 몸을 바침으로써 회사가, 전 동료들이 무사하다면 그걸로 충분했다.

그러나 새삼 이렇게 욕망을 숨김없이 드러내는 시바타의 시선을 한몸에 받으니 온몸에 내달리는 차가운 전율을 도무지 견딜 수 없었다. 어릴 적부터 왠지 모르게 동성인 남자들이 자신에게 성적 욕망의 화살을 향하는 일이 많았지만, 그렇다고 해서 내성이 생기는 것도 아니었다.

'역시……, 싫어!'

아키라는 반사적으로 도망치려 했지만, 시바타가 그의 팔을 잡더니 그대로 쭉 당겼다.

"안심해. 혼례를 올리는 날 밤까지는 손대지 않을게."

바로 코앞까지 다가온 거무스름한 얼굴이 천박한 웃음을 띠었다.

"새 신부는 첫날밤에 능욕당하는 법이니까."

"윽………."

"그 대신에 첫날밤까지 그 옥 같은 피부를 한껏 가꿔 놔라. 14년 이나 기다린 날 실망시키지 말라고."

시바타가 거만한 말투로 막말을 남기고는 성큼성큼 나갔다.

감금된 방에 혼자 남겨진 아키라는 아직 떨림이 멈추지 않는 몸을 말없이 껴안을 수밖에 없었다.

*   *   *

그로부터 한 달. 아키라는 그야말로 사로잡힌 나날을 보냈다.

24시간 태세로 시바타의 부하들에게 감시당하고, 목욕할 때까지 감시가 붙었다. 행동 범위는 저택 안으로만 한정되었고, 바깥 공기를 마실 수 있는 것도 안뜰뿐. 그마저 감시의 눈이 번뜩이는 가운데서 산책을 했으며, 행동의 자유는 전혀 없었다.

텔레비전은커녕 라디오조차 없는, 모든 외부 정보로부터 격리된 채 완전하게 닫힌 세계. 창살은 없지만 마치 죄인을 가둬 두는 방처럼 떨어진 방에 유폐된 지 보름이나 지나자, 오늘이 며칠인지조차 가물가물해졌다. 넥타이를 매고 슈트 차림으로 사무실에서 일하던 나날이 머나먼 옛날 기억처럼 느껴졌다…….

날짜 감각이 애매해져 감에 따라 점점 자신이 변해 가는 것을 느꼈다.

처음에 느끼던 공포심과 절망감이 서서히 희박해졌다. 감정 자체에 기복이 없어지고, 원래 표정이 없던 얼굴이 마침내 무표정이 되었다. 머릿속도 안개가 낀 것처럼 날마다 멍해져 갔다.

이것도 자기 방위 본능이 초래하는 행위일까? 우울한 생각만 골똘히 해서 정신이 망가지기 전에 앞일을 생각하지 못하도록 뇌를 멈추게 한 걸까……?

아침 다섯 시에 기상하여 밤 열 시에는 취침. 몸에 걸치고 있는 건 유카타 아니면 기모노, 단 하나 주어진 오락은 독서뿐인 승려처럼 규칙적인 나날을 보내면서 이따금【와타나베 무역】을 떠올렸다.

그 후, 회사는 어떻게 되었을까? 와타나베는 무사히 퇴원했을까? 알 도리가 없었지만, 자신을 마음에 두고 끙끙 앓지 않았으면 좋겠다.

될 수 있으면 —— 자신에 대해 하루 빨리 잊기를 바랐다.

* * *

첫 날 이후로 시바타가 한 번도 얼굴을 보이지 않은 채 이윽고 그날이 찾아왔다.

전날부터 사람의 출입이 잦은 것은 느끼고 있었지만, 오늘 아침에는 이른 아침부터 저택 안이 분주했다. 별채인 이곳에서도 느낄 정도이니 상당히 많은 수의 사람들이 피로회 준비를 위해 일하고 있을 것이다.

아키라 본인은 아침 일찍 목욕하라는 명령을 받았다.

망을 보는 감시의 시선에 노출된 채 몸을 씻는 굴욕적인 행위가 한창이던 가운데, 문득 비누에 거품을 내던 손이 멈추었다.

'오늘 밤……, 시바타가 날 범할 거야.'

그를 위해 지금 몸을 씻고 있는 것이다.

여태까지 생각하지 말자고 도피하던 비업 같은 운명을 다시 한 번 인식하고 만 나머지, 마음이 쿵 소리를 내며 무겁게 휘었다.

게다가 그 능욕은 오늘 밤 일만이 아니다. 하룻밤만에 해방시켜 줄 만큼 시바타는 호인이 아니었다.

자신을 향한 시바타의 집착 이면에 있는 것은 아마 하야세파에 대한 애증일 것이다.

하야세파를 자신의 산하로 거두어들인 일도 시바타 나름의 복수였다. 그 일로 가슴이 후련해진 남자는 하야세의 피를 이어받은 아키라를 능욕함으로써 자신을 버린 두목에게 오랜 세월 동안 쌓은 원한을 풀 심산인 것이다.

그렇다면 '기다렸다'고 하는 14년치만큼 집요하게 괴롭힐 것임이 틀림없다.

앞으로 계속……, 자칫하면 평생.

자신은 그토록 싫어하던 '썩어 빠진 야쿠자'의 노리개로 살아가야만 하는 것이다.

그게 지옥이 아니면 뭘까?

오늘만큼 하야세 가문에 태어난 자신을 저주하고 싶은 기분이 든 적은 없었다.

아키라는 감당할 수 없는 울적함을 품고 욕조에서 나와 유카타를 걸쳤다. 방에 돌아왔지만 앉을 기분도 들지 않아서 장지를 향해 다가갔다. 그러고는 통유리로 된 창문을 열고 뜰에 내려섰다.

아키라의 울렁거리는 마음과는 반대로 밖은 쾌청했다. 어제까지는 그래도 구석구석 잘 손질된 아름다운 일본식 정원에 위안을 받는 일이 이따금 있었다. 그러나 역시나 오늘만큼은 햇빛에 빛나는 소나무 가지 모양에도, 작은 콩 모양 연못에 떠 있는 연꽃에도 암담한 마음은 치유받지 못했다.

아키라는 젖은 머리를 바람에 드러낸 채 안뜰을 정처 없이 걸었다.

'아무리 그래도…….'

도망칠 수는 없었다. 자신이 도망치면 시바타는 또【와타나베 무역】관계자에게 손을 댈 것이다. 틀림없이 그를 먹이로 자신을 유인하려고 할 것이다.

자신 이외의 누군가를 희생하게 하면서까지 도망칠 수는 없었다.

친척도 없고, 친한 친구도, 연인도 없는 자신은 슬프게도 그렇게까지 해서 계속 살아갈 이유를 찾아내지 못했다…….

앞으로 가도 지옥, 뒤로 가도 지옥.

'그렇다면 차라리…….'

궁지에 몰린 까만 눈동자로 연못 주위에 군생하는 제비붓꽃을 응시하던 아키라는 누군가 땅을 힘껏 밟는 듯한 소리가 들려 어깨를 흠칫 떨었다. 그리고 반사적으로 소리가 난 방향으로 시선을 향하고는, 깜짝 놀라 숨을 삼켰다.

그곳에는 꿈처럼 아름다운 남자가 서 있었다. 아니, 이 비유는 결코 과장이 아니었다. '그'는 아키라가 여태까지 본 그 누구보다도 —— 은막 속의 배우들보다도 아름다웠다.

그러나 그 아름다움은 여성적인 아름다움이 아니었다.

예를 들면, 칠흑빛 털을 가진 우아하고 아름다운 육식동물 같은 아름다움이었다.

그렇다, 사반나를 달리는 흑표범을 방불케 하는…….

'일본인이 아닌가?'

조각상처럼 윤곽이 뚜렷한 얼굴이 '그'가 외국 사람임을 알려주고 있었다.

굵게 웨이브 진 검은 머리. 마찬가지로 어둠처럼 새까만 칠흑 같은 눈동자와 약간 거무스름한 피부의 조합이 이국적 풍모를 보다 한층 돋보이게 했다.

짙은 감색 피크트 라펠 싱글 브레스티드 슈트에 감싸인 장신은 놀랄 만큼 허리 위치가 높고, 팔다리가 길었다. 흰색 와이드 스프레드 칼라 셔츠에 실버그레이 넥타이. 흰색 행거치프. 클래식한 옷차림이 화려하게 보이는 건 보통 사람과는 다른 스타일 때문일까?

수려하고 품위 있는 이마. 과격한 성미와 강한 의지를 나타내는 뚜렷하고 진한 눈썹. 어딘지 고귀함이 감도는 높은 콧날. 관능적인 형태를 지닌 입술. ——'그'의 외모에는 기품과 야취가 복잡하게 공존하고 있었다. 얼핏 보면 상반되는 두 가지 요소가 절묘하게 어우러져서 독특한 분위기를 자아내고 있었다.

그러나 무엇보다 인상적인 건 역시 그 용맹할 정도로 강렬한 빛을 내뿜는 검은 눈동자였다.

그저 그곳에 서 있기만 해도 보는 사람을 압도하는 강렬한 오라가 '그'의 온몸에서 피어오르고 있었다.

그러나 평범한 사람과는 일선을 긋는 이 '오라'는 아키라에게는 어딘가 친숙한 것이었다.

오히려 그리울 만큼…….

아키라는 몇 분 동안 흠뻑 넋을 잃은 채 '그'를 본 후, 미간을 팍 찌푸렸다.

왜일까? 왜 처음 만난 남자에게 그리움을 느끼는 걸까?

아니 —— 애당초 '그'는 경호원이 엄중하게 망을 보는 이곳에 어떻게 들어온 걸까.

이 뛰어난 미모를 가진 남자의 정체는 대체……?

"누……누구야?"

혼란스러워하면서도 갈라진 목소리로 질문한 찰나, '그'가 움직였다. 그는 긴 다리를 뻗어 마치 사냥감에게 접근하는 흑표범처럼 나긋한 움직임으로 아키라를 향해 다가왔다.

거룩하고 용맹한 오라를 내뿜는 아름다운 남자에게 매료되어 얼어붙어 있는 사이에 단숨에 거리가 좁혀졌다. 붙잡힌 오른팔이 쭉 당겨졌고, 정신을 차려 보니 아키라는 남자의 넓은 가슴에 안겨 있었다.

"………윳."

감귤향이 코를 살며시 간지럽혔다.

지근거리에서 봐도 그 미모는 완벽했다.

긴 속눈썹에 에워싸인 흑요석 눈동자에 꿰뚫린 나머지, 아키라
는 마른침을 꿀꺽 삼켰다.

"…………."

말 한 마디 없이 아키라의 얼굴을 지긋이 내려다보던 칠흑 같은
두 눈이 이윽고 서서히 가늘어졌다. 가늘어짐에 따라 강한 빛을 발
하던 눈동자가 약간 부드러워진 것처럼 느껴진 건 기분 탓일까?

아니……, 기분 탓이 아니다. '그'의 눈은 지금 아키라를 다정하게
바라보고 있었다.

마치 그리워하던 사람이라도 보는 듯한 향수를 머금은 눈빛에
당혹스러움을 느낀 순간, 남자의 손이 아키라의 뺨에 닿았다.

남자는 움찔 몸을 떠는 아키라를 개의치 않고 애지중지하는 듯
한 손길로 살며시 뺨을 어루만졌다. 세세한 부분을 확인하는 듯한
손가락이 관자놀이에, 눈꺼풀에, 앞머리를 쓸어 올리며 이마에 닿
았다.

'뭐……지? 왜……?'

아키라가 다정한 손길에 오히려 꼼짝 못하고 저항도 하지 못한
채 멍하니 아름다운 용모를 올려다보고 있자, 남자가 갑자기 손을
뗐다. 그러고 나서 고개를 갸웃하며 떡갈나무 잎 건너편에 날카로운
시선을 향했다 —— 싶더니 유유히 어깨를 돌렸다. 그러더니 하얀
꽃이 여기저기 흩어진 치자나무 가지와 잎을 밀어 헤치며 떠나갔다.

뒤도 한 번 돌아보지 않은 남자의 뒷모습이 시야에서 사라지자마자 그와 교대한 것처럼 경호원 한 명이 모습을 나타냈다.

"지금 누가 왔습니까?"

아키라는 뛰어온 경호원의 질문에 반쯤 꿈을 꾸는 기분으로 고개를 좌우로 저었다.

"······아니."

'······꿈? 백일몽?'

남자가 사라진 방향을 뚫어지게 쳐다보았지만, 쥐죽은 듯 조용해진 정원에서는 작은 소리 하나 들리지 않았다.

갑작스럽게 나타나서는, 그렇게 환상처럼 흔적도 없이 사라져버린 남자.

'그'가 환상이 아니었다는 증거는 뺨에 남은 온기와 달콤하게 감도는 감귤향뿐이었다.

*　　*　　*

그 사람은······, 누구였을까?

방에 돌아가서도 아키라의 머리에서는 수수께끼의 남자, 그의 존재가 떠나지 않았다. 통유리 창문에 어깨를 기댄 채 초여름의 화초로 알록달록한 안뜰을 바라보면서 기억을 더듬었다.

전에 만난 적은 없었다. 그건 분명하다.

그만큼 인상 깊은 남자라면 기억에서 누락되는 일은 우선 있을

리가 없었다. 가령 단 한 번의 해후였다 하더라도 반드시 기억하고 있을 터.

그런데도 왠지 모르게 예전부터 '그'와 면식이 있는 것 같은 착각에 사로잡혔고, '그'도 자신을 보고 그리워하는 듯한 표정을 지었다.

향수를 띤 눈빛으로 자신을 바라보던 검은 눈동자를 상기하자 이상하게도 가슴이 술렁거렸다.

어째서 이곳에? 왜 그런 표정을?

'누구……일까?'

아키라는 답이 나오지 않는 몇 개의 물음표를 머릿속에서 굴리면서 저도 모르게 자신의 뺨에 손끝을 대고 있었다. 사랑스럽다는 듯이 살며시 닿은 손바닥의 감촉.

── 크고 따뜻했어.

'그'의 손에서 느껴지던 온기를 되새기고 있는 동안에도 피로회 시간은 시시각각 다가왔다. 낮에는 기모노를 입혀주는 여자가 와서 옷을 갈아입으라고 재촉했다.

하야세의 가문(家紋)을 등에 하나 새긴 새하얀 기모노와 그 위에 걸치는 겉옷, 센다이히라[9]로 만든 줄무늬 하카마[10]로 갈아입혀진 아키라는 감실[11]에 모셔진 커다란 방으로 이동했다.

"이쪽입니다."

시중을 들던 남자가 복도에 무릎을 꿇고 맹장지를 스르륵 열었

9 센다이히라: 일본 센다이 지방 특산의 견직물.
10 하카마: 일본 전통 의상 겉에 입는 하의.
11 감실(龕室): 신주를 모셔 두는 장.

다. 이미 시바타는 상좌에 앉아 있었다. 몹시 만족스러운 듯 기뻐하는 그 표정을 보고 위가 짓눌리는 것처럼 욱신거렸다.

'이윽고 시작되는 건가.'

가문을 박아 넣은 겉옷을 걸친 예식용 기모노에 하카마 차림인 시바타의 등 뒤에는 그야말로 혼례처럼 봉황이 그려진 금으로 된 병풍이 쳐져 있었다. 손님들은 커다란 방에 시바타와 마주 보듯이 몇 줄로 나란히 앉아 있었다. 그들 앞에는 각각 옻그릇이 담긴 상이 놓여진 상태였다.

가장 앞줄이 오토와회와 관동 지역 일대를 좌지우지하는 상부 조직 간부 패거리, 그 뒤로는 하야세파 간부들의 얼굴도 보였다. 성대한 피로회를 개최하겠다고 했던 시바타의 선언대로 쟁쟁한 멤버들이었다.

그 어마어마함에 미간을 찌푸린 채 손님들의 얼굴을 슥 둘러본 아키라는 흘려보내던 시선을 어느 한 줄에서 딱 멈추었다. 예복 기모노 차림을 한 사람들이 쭉 늘어앉은 가운데, 이질적이게도 양장을 입고 있는 다섯 사람이 옆으로 나란히 앉아 있었기 때문이다. 윤곽이 또렷한 얼굴, 검은 양복 위에서도 알 수 있는 넓은 어깨와 두터운 가슴팍 —— 잘 보니 그들은 일본인이 아니었다.

'………아.'

다섯 사람 중 가운데에 위치한 —— 이채를 띠는 남자들 중에서도 유달리 눈에 띄는 미모를 가진 남자에게 자연스럽게 시선이 끌렸다. 남자는 등을 꼿꼿이 펴고 몸에 밴 정좌 자세로 상좌에 앉은 시바타를 똑바로 쳐다보고 있었다.

"………윽."

그 남자였다. 안뜰에서 만난 수수께끼의 남자……!

'그'와의 생각지도 못한 재회에 심장이 쿵쾅 뛰었다. 관자놀이가 확 뜨거워지며 부채를 든 손이 희미하게 떨렸다. 복근에 힘을 꽉 주고 당황스러운 마음을 겨우 억누른 아키라는 옆에 서 있는 시중 드는 남자에게 작은 목소리로 물었다.

"저 사람……, 저기 있는 외국에서 온 손님들은 누구야?"

"이탈리아에서 오신 손님입니다."

한 달 동안 같이 지내며 말 몇 마디는 나누게 된 젊은 조직원이 마찬가지로 목소리를 낮추고 대답했다.

"확실히는 모르겠지만 유명한 마피아 패밀리인데, 한가운데에 계신 분이 우두머리인 것 같습니다. 우연히 일로 일본에 오신 참에 오늘 피로회 이야기를 듣고 아무쪼록 야쿠자의 의식에 참가하고 싶다는 말씀을 하셨다고 합니다. 상부 조직 간부분께서 소개하셨다던데요."

"마피아……."

아키라는 예상외의 대답에 두 눈을 크게 떴다.

마피아로 말할 것 같으면 이탈리아는 시칠리아를 발상지로 삼으며, 미국, 중국, 러시아, 콜롬비아 등, 지금은 전 세계에 네트워크를 넓힌 범죄 조직의 총칭이다. 세계의 지하 경제를 지배하고 있다고도 일컬어지고 있다. 일본의 야쿠자와 거의 동의어일 것이다.

'마피아였구나.'

'그'도 시바타와 같은 부류의 인종임을 알고 낙담하는 자신에게 위화감을 느꼈다. 그와 동시에 납득도 갔다.

정원에서 만났을 때 그리운 감동에 사로잡힌 건 조직의 정상에 선 자가 가진 특유의 오라에 돌아가신 아버지와 상통하는 감정을 느꼈기 때문일지도 모른다. 마찬가지로 조직의 정상에 있어도 그저 위압적인 시바타와는 달리, '그'에게는 왠지 모르게 기품과 위엄 같은 것을 느꼈으니까.

"그렇군……. 오늘 피로회의 손님이었구나."

"네?"

"아니, 아무것도 아니야."

어쩌면 익숙하지 않은 일본 가옥을 헤매던 중에 우연히 그 안뜰로 잘못 들어오고 만 것임이 틀림없다.

그건 그렇다 쳐도, 저렇게 젊은데 보스라니…….

마피아의 두목이라고 하면 관록 있는 중년남이라는 이미지가 있었기 때문에 깜짝 놀랐다.

"아키라 ── 뭘 꾸물거리는 거야? 손님들을 기다리시게 하지 마."

시바타의 질책에 정신을 차렸다.

"안으로 들어가십시오."

시중 들던 남자에게 재촉당한 아키라는 커다란 방 상좌로 발걸음을 옮겼다. 안으로 들어선 아키라는 금으로 된 병풍을 등지고 시바타의 옆에 앉았다.

손님들과 마주 보자마자 무의식적으로 젊은 마피아 두목을 찾았더니, '그' 또한 아키라를 보고 있었는지 시선과 시선이 맞부딪쳤다. 그 찰나에 불꽃이 파지직 튄 것 같은 착각에 사로잡히며 어깨가 움찔 떨렸다.

"…………."

흔들림없이 이쪽을 응시하는, 강하고 도발적인 눈빛에 진 아키라는 천천히 눈을 내리깔았다. 그런데도 숙인 이마 주위에 그의 시선이 있는 듯한 기분이 들어 진정되지 않았다.

얼마 안 있어 시작된 식 내내, 아키라는 끊임없이 '그'의 눈빛을 느꼈다.

*　　*　　*

무사히 모든 술자리를 마치고, 그 후 축하회도 끝났다. 날이 저물 무렵에는 대부분의 손님들이 각각 본인이 사는 곳으로 돌아갔다.

낮과는 일변하여 저택에서 사람의 기척이 사라지고 쥐죽은 듯이 조용해진 밤 여덟 시가 지났을 무렵——.

기모노와 하카마를 벗고 순백색 비단 나가주반[12] 하나만 입은 아키라는 별채에 있는 방 한구석에서 무릎을 꿇고 앉아 있었다.

맹장지를 사이에 둔 복도에서는 젊은 조직원 몇 명이 자신을 감

---

12 나가주반: 기모노 안에 받쳐 입는 긴 속옷.

시하고 있었다.

첫날밤을 연출하려는 건지, 옆방에는 금실로 수놓인 주홍색 침구 두 세트가 깔려 있었다.

……저속하기 짝이 없군.

남자인 자신을 '새 신부'라고 치고 혼자서 흡족해하는 시바타에게는 분노를 넘어 이미 경멸의 감정밖에 느껴지지 않았다.

악취미인 장난에 어울려야 하는 자신은 결국 시바타가 품은 일그러진 욕망의 산재물인 건가.

작은 장지 유리창 넘어로 보이는 수국을 우울하게 바라보는 동안, 피로회 마지막에 인사를 하러 온 하야세파의 간부들이 한 말이 되살아났다.

——오늘은 정말 멋지셨습니다. 오토와회의 산하로 내려간 일은 고충의 선택이었습니다만, 이렇게 또다시 아키라 님과 인연이 생기다니, 저희 입장에서는 뜻하지 않은 기쁨입니다.

양자결연은 명목일 뿐. 시바타가 사실 하야세의 피를 이은 자신을 능욕하기 위해 자신의 호적으로 받아들였다는 사실을 알면 그들은 어떻게 생각할까?

아키라는 한순간 모든 것을 다 말해버리고 싶은 충동도 들었지만, 고민하던 끝에 아무 말도 하지 않은 채 하야세파의 간부들을 배웅했다.

아키라가 말하면 그들은 그를 구하려 할 것이다. 그렇게 되면 하야세파와 오토와회의 항쟁으로 발전한다.

자신을 위해 무익한 피가 흐르는 건 싫었다. 야쿠자에게도 부모 형제, 처자식이 있다. 조직을 위해 목숨을 버리는 건 야쿠자 마음이 지만, 그 때문에 우는 사람이 확실히 존재한다는 사실을 생각하면 염치없게 구해달라고 할 만한 마음이 들지 않았다.

"…………."

아키라의 입술에서 무거운 한숨이 휴우 소리와 함께 넘쳐 떨어졌다.

이제 곧 시바타가 나타나 지옥 같은 시련이 시작될 거라 생각하니 오장육부가 꾹 눌리듯 아프고, 명치가 욱신욱신 쑤시기 시작했다. 몸이 한가운데부터 차가워지며 손가락, 발가락 끝까지 얼어붙는 것 같았다.

솔직히 무섭지 않다고 하면 거짓말이다. 하지만 이렇게나 괴로운 데도 시바타에게 매달려 정을 베풀어달라고 구걸하는 짓만큼은 하고 싶지 않았다. 분명히 지금 자신은 더없이 비참한 경우에 있지만, 비열한 야쿠자에게 자존심을 내던지는 짓만큼은 절대로 하고 싶지 않았다.

아키라는 떨리는 몸을 억누르기 위해 양손을 꽉 쥐었다. 숨을 내뱉으면서 천천히 감은 눈꺼풀 안쪽에 문득 한 남자의 모습이 떠올랐다.

칠흑 같은 눈동자를 가진 이국적인 미모.

그러고 보니 그 마피아 일당은 뭘 하고 있을까? 이미 호텔에 돌아갔을까? 연회 동안에도 나이 든 간부들이 춤을 추거나 시를 읊거나 하는 모습을 예의 있게 지켜보고 있었는데.

'결국 목소리는 듣지 못했어.'

그 또한 시바타와 같은 인종이라는 사실을 안 다음에도 어째선지 모르겠지만 그 남자와는 한 번 이야기를 해보고 싶었다. 나이는 자신과 동갑일까? 조금 위일까?

그렇게 젊은 나이에 일족의 정상에 선다는 것은 어떤 심경일까?

시선이 몇 번인가 마주쳤지만 마지막까지 말을 나누지는 않았던 젊은 마피아 두목을 어렴풋이 떠올리고 있으려니, 쿵쿵, 거친 발소리가 다가왔다. 깜짝 놀라 몸이 굳은 직후, 맹장지문이 벌컥 열렸다. 시바타가 하카마를 벗은 차림으로 방에 들어왔다.

"오래 기다리게 했군."

우락부락한 얼굴이 씨익 웃었다. 다다미 바닥을 삐걱삐걱 울리며 거리를 좁혀 온 시바타가 갑자기 아키라의 한쪽 팔을 잡아 난폭하게 끌어당겼다.

"앗⋯⋯."

시바타의 가슴에 쓰러지는 것과 동시에 발효된 술내가 코를 확 찔렀다. 벌개진 얼굴이 쭉 다가오자, 아키라는 필사적으로 몸을 비틀었다. 그러고는 팔을 구속하는 시바타의 손을 혼신의 힘을 다해 뿌리쳤다.

"이거 놔⋯⋯."

"얌전히 있어!"

손바닥으로 뺨을 철썩 맞은 아키라가 그 반동으로 다다미 바닥에 옆으로 나자빠지자, 시바타는 잽싸게 그를 넘어뜨렸다. 몸을 짓 누르는 시바타의 술내 나는 숨이 목덜미에 닿았다.

"……넌 이제 내 것이라는 사실을 몸으로 기억하게 해주지."

핏발 선 눈으로 낮게 신음한 시바타가 아키라의 양손을 하나로 모아 다다미 바닥에 꽉 눌렀다. 그렇게 해서 몸의 자유를 빼앗고 나 서는, 목덜미에 두터운 입술을 대고 빨기 시작했다. 젖은 혀가 날름 날름 기어다니자, 등골에 오한이 오싹 내달렸다.

"그만, 해!"

그러나 물론 그런 말로 시바타가 물러날 리가 없었다. 그러기는 커녕 아키라가 싫어하면 싫어할수록 목덜미에 닿는 숨이 거칠어졌 고, 나가주반 위에서 하반신을 더듬는 손놀림도 거칠어졌다. 이윽 고 흥분한 남자가 말을 타듯 올라타자, 압박당한 하복부에서 강렬 한 구토감이 치밀어 올랐다.

"으……앗."

어깻죽지가 삐걱거리고, 손등이 다다미 바닥에 쓸려서 아프고, 압 박감과 혐오감, 맹장지 하나를 사이에 두고 복도에 안면이 있는 조직 원들이 있는 상황 아래에서 너무나도 싫어하는 남자에게 능욕을 당 하는 굴욕—— 여러 가지 요소가 뒤섞여 눈꼬리에 눈물이 고였다.

요 한 달 동안 서서히 체념의 경지에 이르러 각오를 다졌다고 생 각했다.

목숨까지 빼앗기는 게 아니다. 그 몇 시간만 참으면 끝나는 일이 라고 마음 먹으려고도 해보았다. 몸은 더럽혀져도 마음까지 더럽혀지는 건 아니라고.

하지만 역시 자신에게는 무리라고 몸소 깨달았다.

아무리 해도……, 견딜 수가 없어!

한창 갈등하는 중에도 시바타의 울퉁불퉁한 손이 옷자락을 헤집고 나가주반 속으로 들어왔다.

"좋았어. 속옷은 확실히 입지 않았군."

확실히다 뭐다 할 것 없이 개인 물품은 모두 빼앗겨버렸기 때문에 이곳에 오고 나서 한 번도 자신의 의지로 옷을 고른 적 따윈 없었다.

"촉감이 좋군. 여자와 다르게 너무 부드럽지도 않고 팽팽해서……, 게다가 촉촉해서 손바닥에 착 달라붙는 것 같아."

소리 없이 웃는 시바타가 허벅지 안쪽을 거칠게 더듬었다. 아키라는 필사적으로 다리를 오므리려 했지만, 통나무처럼 굵은 팔에 방해당해 의지대로 하지 못했다.

"왜 그래? 응? 느끼고 있으면 목소리를 내."

"누, 가……."

"새 신부가 고집이 세군. ……하지만 이래도 아직 고집을 부릴 수 있을까?"

시바타가 그렇게 말하자마자 다 드러난 가랑이를 꽉 쥐었다.

"힉."

아키라는 급소를 쥐이자 본능적인 공포심에 몸을 움츠렸다. 그 모습을 보고 씨익 웃은 시바타가,

"움직이지 마. 움직이면 으스러뜨릴 거다."

못을 박고 나서 아키라의 손을 놓더니, 마을 처녀를 욕보이는 악덕 관리처럼 허리띠를 풀기 시작했다.

"……크윽."

아키라는 급소를 눌려 꼼짝도 못하는 상태로 미간을 꽉 찌푸렸다. 폭력을 심심풀이로 삼아 살아온 남자를 앞에 두고 자신의 무력함을 다시금 깨달았다. 힘으로는 아무리 해도 대적할 수 없다…….무력감이 물밀듯이 목까지 차올랐다.

'이대로 완력으로 범해질 정도라면……, 차라리.'

비업의 운명에 저항할 수도, 체념할 수도 없다면 남은 길은 하나.

아키라는 요 한 달 동안 한탄하고 번뇌한 답이 겨우 나왔음을 느끼며 가만히 눈을 감았다.

—— 스스로 그 숙명을 끊을 수밖에 없어.

스스로를 타이르듯 가슴속으로 중얼거리고는, 혀에 살며시 이를 세운 그때였다.

"뭐 하는 놈들이야? 어디서 들어왔어?!"

맹장지 건너편에서 들려오는 노성에 누워 있던 몸이 움찔 뛰어올랐다. 시바타의 움직임도 딱 멈췄다.

"어디 소속이냐! 이름을 대, 이 자식들아!"

"흙 묻은 발로 들어오다니, 제법이군!"

복도가 단숨에 소란스러워지는 바람에 무슨 일인가 하고 실눈을 뜨자, 엉거주춤 일어난 시바타가 언짢은 표정으로 맹장지를 노려보고 있었다.

"무슨 소란이야!"

시바타가 복도를 향해 호통을 친 —— 다음 순간, 맹장지가 기세 좋게 벌컥 열렸다.

"……윽."

아키라는 열어젖혀진 입구에 있는 슈트 차림의 훤칠한 장신을 인식하고는 두 눈을 크게 떴다.

그곳에는 '그'가 —— 젊은 마피아 두목이 서 있었다.

'그'의 등 뒤에는 검은 슈트 차림의 힘세 보이는 남자 네 명이 그들의 보스를 보호하듯이 등을 맞대고 서 있었다. 모두 피로회에 참석했던 이탈리아인이었다.

게다가 그 뒤에는 살기를 띤 시바타의 부하들이 제각각 손에 목도와 칼을 쥔 채 침입자들을 빙 둘러싸고 있었다.

'어, 어째서……, '그'가 이곳에?'

예기치 못한 전개에 말을 잃은 아키라의 위에서 시바타가 몸을 일으켰다. 그는 일어나자마자 입구에 있는 '그'를 향해 고함을 질렀다.

"무슨 볼일이냐!"

"밤중에 실례하겠다."

그 미모에 어울리는 요염한 테너톤의 목소리.

육감적인 입술에서 나온 말은 의외로 유창한 일본어였다.

아키라도 꽤나 놀랐지만, 시바타 또한 '그'가 일본어를 할 줄 아는 사실을 몰랐나 보다.

완벽한 악센트에 허를 찔린 듯 한동안 눈을 부릅뜨고 있었지만, 이윽고 얼굴을 새빨갛게 물들이고는 격분했다.

"남의 방에 양해도 없이 쳐들어오다니, 무슨 생각이야! 아무리 손님이라도 사정에 따라선 용서 못한다."

"그 점은 사과한다. 하지만 내가 착각하는 게 아니라면, 그가 싫어하는 것처럼 보이는데?"

그 —— 라는 부분에서 이국의 남자가 아키라 쪽으로 얼굴을 돌렸다. 칠흑 같은 눈동자와 눈이 마주치자 고동이 쿵쾅 뛰었다. 아래로 슥 이동한 '그'의 시선을 따라 눈을 내린 아키라는 자신의 망측한 모습을 깨닫고는, 황급히 나가주반 앞섶을 여몄다.

"시끄러워……. 이 녀석은 내 거다. 어떻게 하든 내 마……!"

탁한 저음으로 위협하던 시바타가 말하던 도중에 숨을 삼켰다.

재킷 가슴에 오른손을 미끄러뜨리듯 넣은 '그'가 주머니에서 검게 빛나는 권총을 꺼냈기 때문이다. 나긋나긋한 동작으로 총을 잡고는, 총구를 시바타의 이마에 정확히 고정시켰다. 조금의 흐트러짐도 없는, 흘러가는 듯한 일련의 동작을 저도 모르게 넋을 잃고 보던 아키라는 시바타의 부하들이 술렁이는 탓에 정신을 차렸다.

"두목!"

"두목님!"

그러나 그들이 주머니의 총을 빼는 것보다 마피아 멤버들이 홀더에서 총을 빼고 자세를 취하는 쪽이 몇 초 빨랐다. 철컥, 슬라이드를 뒤로 젖히는 불길한 소리가 울리자, 심장과 이마로 총구가 향

해진 조직원들이 그 자리에서 얼어붙었다.

아키라 본인도 태어나고 자란 특수한 환경 때문에 권총을 보는 건 처음이 아니라서 알았지만, 무표정한 이탈리아인들은 확실히 조직원들보다 총기를 다루는 수준이 훨씬 위였다. 그 점은 총구가 향해진 조직원들도 깨달았을 것이다. 금세 그들의 얼굴이 창백해졌다.

"뭐……뭐가 목적이냐?"

팽팽하게 얼어붙은 분위기 속에서 시바타가 울대뼈를 위아래로 크게 움직이며 갈라진 목소리로 물었다. 그러자 '그'가 아키라를 힐끔 보며 말했다.

"설 수 있으면 알아서 일어나라."

한순간 누구를 향해 한 말인지 몰랐다.

"못 서겠나?"

짜증이 난 듯한 목소리가 되풀이되자 겨우 자신에게 한 명령임을 깨달았다.

"………아."

아키라는 자신에게 집중된 전원의 눈빛을 따갑게 느끼며 무릎과 복근에 힘을 넣고 비틀비틀 일어섰다. 확실한 이유는 스스로도 잘 알 수 없었지만, 그렇게 해야만 할 것 같은 기분이 들었다.

"좋았어. ── 이쪽으로 와."

희미하게 고개를 끄덕인 남자가 깊은 음색으로 속삭였다. 보이지 않는 실로 조종당해 끌려가기라도 하는 것처럼 시바타의 옆을 빠져나간 아키라는 '그'를 향해 걷기 시작했다.

30센티미터 되는 거리까지 다가가자, '그'의 손이 뻗어 오더니 위 팔을 잡았다. 아키라를 자기 곁으로 쭉 끌어당겨 어깨를 안는 남자 를 보며 시바타가 얼굴을 찡그렸다.

"설마 당신……, 처음부터 이 녀석이 목적이었어? 그래서 오늘 여 기 온 거야?"

젊은 두목은 시바타의 질문에 대답하지 않고 총을 잡은 손을 내 렸다. '그'와 배턴터치를 하듯, 이번에는 등 뒤에 있던 마피아 한 사 람이 시바타를 노렸다. 올려다볼 만큼 덩치가 크고 턱수염을 기른 남자는 시바타에게 총구를 향한 채 천천히 다가가더니, 한쪽 팔을 잡고는 난폭하게 끌고 갔다. 일본인치고는 꽤 몸집이 큰 부류인 시 바타도 수염 난 남자의 옆에 나란히 있으니 호리호리해 보이는 바 람에 깜짝 놀랐다.

"이거 놔, 이 괴물 같은 놈아!"

날뛰는 시바타를 한쪽 손으로 가볍게 받아넘긴 수염 난 남자는 추격타를 가하듯 권총을 관자놀이에 밀어붙이고는 우는 아이도 울 음을 그치게 하는 야쿠자의 입을 다물게 했다.

"제……제기랄!"

부하들의 눈앞에서 굴욕적인 취급을 받은 시바타가 분하다는 듯 이를 갈았다.

"두목님!"

우두머리를 인질로 잡힌 조직원들이 또다시 소란스러워지기 전에 '그'가 휙 돌아보더니, 쩌렁쩌렁하게 울려 퍼지는 목소리로 말했다.

"안심해라. 너희 보스의 목숨을 빼앗는 게 목적이 아니다. 쓸데없는 참견만 안 하면 보스는 확실히 다친 데 없이 돌려보내 주겠다."

'시바타가 목적이 아니라고?'

그럼 뭐가 목적이지?

의문을 가슴에 품고 마른 침을 삼키며 상황을 지켜보던 아키라는 자신의 어깨를 껴안은 손이 떨어지는 것을 느끼고 '그'에게 시선을 향했다.

권총을 주머니에 넣은 '그'가 몸을 슥 구부렸다 —— 고 생각한 다음 순간 몸이 두둥실 떴고, 정신을 차려 보니 아키라는 마치 짊어진 짐처럼 가볍게 '그'의 왼쪽 어깨에 업혀져 있었다.

"……응?"

아키라는 곧바로 상황을 파악하지 못한 채 위아래가 거꾸로 된 자세로 두 눈을 깜박거렸다.

'뭐, 뭐야? 어째서…….'

당황한 아키라의 귀에 '그'의 깊이 있는 테너톤 목소리가 닿았다.

"새 신부는 이 레오나르도 로셀리니가 받아 가겠다. 되찾고 싶으면 시칠리아에 있는 로셀리니 저택까지 와라. 단 초대받지 못한 손님인 이상, 그 나름대로 각오를 다지고 오길. 우리 일족은 성질이 과격한 사람이 많거든. 무사히 섬에서 나갈 수 있다고는 보증하지 못하니, 그렇게 알도록."

　　　　　*　　　*　　　*

　선두에 시바타를 방패로 세우고 좌우로 갈라진 조직원들 사이를 빠져나간 마피아 일당이 복도를 단숨에 뚫고 나갔다.

　"내, 내려놔!"

　어깨에 업혀 있던 아키라는 이따금 다리를 파닥이면서 풀어달라고 하소연했지만, '그'의 발걸음은 조금도 흔들림이 없었다.

　일행이 저택 밖으로 나가자, 타이밍을 재고 있었던 것처럼 검은 외제차 두 대가 현관 앞으로 스윽 미끄러져 들어왔다. 수염 난 남자가 총으로 시바타를 찌르며 쫓아온 조직원들을 위협하고 있는 사이에 '그'가 아키라를 어깨에서 내렸다. 그러더니 이번에는 아키라의 발이 땅에 닿자마자 턱으로 차를 가리키며 재촉했다.

　"타라."

　싫든 좋든 아무 말도 못하게 하겠다는 명령투. 아까도 그랬지만, 이 남자가 명령하면 어째선지 저항할 수 없어지고 만다. 그래도 역시 솔직하게 응하는 데는 저항감이 들어서 머뭇거리고 있으려니 팔을 잡혔다. '그'는 꽤나 강제로 두 대 중 앞에 있는 차량 뒷자석에 아키라를 밀어 넣었다.

　"어째서 나를?"

　이어서 차에 탄 '그'에게 물었지만, 대답을 듣지는 못했다.

　"왜 이런 짓을……."

　머리가 세차게 혼란스러워졌다.

시바타에게 범해지기 직전에 자신을 구해주었다. 덕분에 혀를 깨물지 않고 끝났다.

그건 감사하다. 하지만······.

'그'의 목적을 모르겠다.

왜 일부러 일면식도 없는 나를?

나를 납치하면 이들에게 무슨 이익이 있는 걸까?

뜻밖의 전개에 머리가 따라가질 못해 곤혹스러워하는 동안에도 거의 전원이 차 두 대에 나눠 탔다. 마지막으로 시바타를 퍽 하고 크게 밀친 수염 난 남자가 승차하는 것과 동시에 차가 출발했다.

돌아보니 뒷창문 너머로 땅바닥에 엉덩방아를 찧은 시바타가 보였다. 귀신 같은 얼굴로 노려보면서 뭐라고 고래고래 소리치고 있었다. 날뛰는 두목의 주위를 안색이 바뀐 조직원들이 에워쌌다. 그러자 그중 한 사람에게서 권총을 빼앗은 시바타가 달아나는 차를 향해 발포했다.

탕! 탕, 탕!

연이어 나는 총성에 목을 흠칫 움츠리자, 옆에서 낮은 목소리가 들렸다.

"괜찮다. 여기까지는 닿지 않아."

방금 총을 치켜들고 야쿠자한테서 자신을 약탈한 전말 따위 전혀 엿볼 수 없는 태연하고 침착한 조각상 같은 옆얼굴을 노려보며 아키라가 중얼거렸다.

"시바타를 화나게 하다니······, 당신, 바보네."

'그'가 시선을 힐끔 옆으로 보냈다.

"'당신'이 아니야. 레오나르도다. 레오라고 불러."

"레오?"

그러고 보니 그가 아까 레오나르도 로셀리니라고 이름을 댔던 일을 떠올렸다.

―― 새 신부는 이 레오나르도 로셀리니가 받아 가겠다. 되찾고 싶으면 시칠리아에 있는 로셀리니 저택까지 와라.

기억의 연쇄로 도발적인 대사가 되살아난 순간, 초조함이 덜컥 치밀어 올랐다.

"당신……, 시바타가 어떤 남자인지 알고서 이런 짓을 한 거야?"

"…………."

"만약 몰랐다면 너무 무모했어. 그 녀석은 자신의 얼굴에 먹칠을 한 당신을 죽어도 용서하지 않을 거야. 그 녀석은 뱀처럼 집념이 깊고 잔학한 데다 무서운 야쿠자란……."

"이 몸이 그 정도밖에 안 되는 남자를 두려워하기라도 한다는 건가?"

따지고 드는 아키라의 말꼬리를 뚝 끊은 '레오'가 입가에 엷은 웃음을 지었다.

아키라가 고개를 돌려 이쪽을 본 남자의 거만한 눈빛에 압도당한 직후, 남자가 아키라의 팔을 쭉 끌어당겼다. 그러더니 남자의 품 안에 쓰러진 아키라의 턱에 손을 대더니 확 들어 올렸다. 위에서 지 그시 내려다보는 칠흑 같은 눈동자가 서서히 가늘어졌다.

"생각보다 수다스럽군."

"무슨……!"

"목적지에 도착할 때까지 입을 다물고 있어줘야겠어."

레오는 중얼거리자마자 재킷 안주머니에서 은색 약 케이스를 꺼내더니, 뚜껑을 열고 작은 알약을 한 알 끄집어냈다. 그런 다음 자신의 입안에 그 흰 알약을 던져 넣더니, 그대로 아키라의 입술을 틀어막았다.

"읍……."

불의의 기습에 깜짝 놀라 저도 모르게 살짝 벌리고 만 입술 사이로 그가 지체 없이 혀를 집어넣었다. 게다가 치열을 가르자, 그때서야 뒤늦게나마 자신이 남자에게 키스를 —— 게다가 하필이면 딥키스를 당하고 있다는 것을 깨달은 아키라는 미친 듯이 날뛰었다.

"읍, 으응, 음 —— !"

팔을 떠밀치고 몸을 비틀면서 열심히 저항하고 있는 동안에도 남자의 강인한 혀는 더욱더 안쪽으로 쳐들어왔다.

"응, 큽."

이윽고 혀와 함께 목 안쪽으로 밀려 들어 온 알약을 무심코 삼키고 말았다. 황급히 토하려고 했지만, 아키라를 덮은 남자의 입술이 그렇게 하기를 허락하지 않았다.

"……으, ……으……응."

저항하지 못하도록 커다란 손으로 턱을 꽉 고정당하고 뜨거운 입술에 빈틈없이 막힌 채 젖은 단단한 혀로 입안을 유린당하는 사

이에 점차 머리가 몽롱해졌다.

　잠시 후, 갑자기 온몸의 힘이 빠지더니 ── .

　'아……, 떨어……진다.'

　나락으로 떨어져 가는 감각에 휩싸인 가운데, 아키라는 천천히 의식을 놓았다.

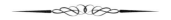

제3장

"……응, ……눈, 부……셔……."

얼굴에 내리쬐는 햇살에 미간을 찡그리며 천천히 무거운 눈꺼풀을 들어 올렸다.

초점이 맞지 않는 시야에 확 들어온 것은 화려한 색채로 그려진 프레스코화[13]였다. 천사가 춤추고, 아폴론과 마르스, 비너스 등 신화에 등장하는 신들이 각자의 이야기를 연기하고 있었다.

'천장에……, 프레스코화?'

아키라는 두 눈을 휘둥그레 떴다.

분명 어제까지는 잠에서 깨면 먼저 눈에 오는 건 나뭇결이 보이

---

13 프레스코화: 회반죽을 벽면에 바르고 채색한 회화로, 대표적인 벽화 화법 중 하나.

는 천장과 검게 윤이 나는 대들보였다.

이상하다. 뭔가가 이상했다.

막연한 위화감은 느끼면서도 안개가 낀 것처럼 머리가 멍한 탓에 뭐가 구체적으로 이상한지까지는 알 수 없었다.

어쨌든 일어나보았다. 그러나 복근에 도무지 힘이 들어가지 않았고, 상체를 몇 센티미터 일으키기만 했는데도 힘이 다해서 뒷통수가 베개에 푹 가라앉고 말았다.

'푹?'

곁눈으로 좌우를 살펴보고는, 그때서야 자신이 자고 있는 데가 이불이 아니라 침대라는 사실을 겨우 깨달았다. 게다가 고급 호텔 스위트룸에서도 이런 사이즈는 좀처럼 볼 수 없는 엄청나게 넓고 큰 침대였다. 새하얀 침구는 전부 깃털처럼 부드러웠고, 비교적 폭신폭신한 듀베커버[14]에서는 햇빛 냄새가 났다.

······정말 이상해.

몸을 옆으로 돌려 또다시 일어나기를 시도한 아키라는 시간은 걸렸지만 이번에는 겨우 몸을 일으킬 수 있었다.

아키라는 시트에 팔꿈치를 대고 몸을 반쯤 일으킨 상태로 주위를 둘러보았다.

본 적 없는 방이었다. 휙 둘러보기만 해도 상당히 넓었고, 천장은 올려다볼 정도로 높았다. 샹들리에가 드리워진 천장에는 방금 전에 봤던 프레스코화가 넓은 범위에 걸쳐 그려져 있었다.

---

14 듀베커버: 고급 호텔에서 주로 사용하는 침대 커버 겸 이불.

꽤나 호화롭고 잘 꾸며진 방이었다. 천으로 덮인 벽에는 액자에 넣어진 그림과 사진이 비좁게 걸려 있었고, 고양이 다리가 붙은 캐비닛에는 촛대와 색이 화려한 꽃이 수북이 꽂힌 꽃병이, 침대 옆에 있는 테이블에는 갓이 달린 램프와 물주전자가 놓여 있었다.

침대 정면에는 유화 초상화와 난로, 왼쪽 맞은편 벽에는 아름다운 양각 무늬가 새겨진 문, 오른쪽 벽에는 발코니로 통하는 아치 모양의 프랑스식 창문이 있었다. 창문은 크게 열린 채 레이스 커튼이 바람에 하늘거리고 있었으며, 눈부실 정도로 찬란한 햇빛이 실내에 비쳐 들어왔다.

과일 향을 머금고 있는 건지 달콤한 향이 나는 상쾌한 바람을 얼굴로 쐬고 있는 동안에 머리가 조금씩 개운해졌다. 그에 따라 묻혀 있던 기억도 서서히 되살아났다.

'그래. 어제 나는⋯⋯.'

── 넌 이제 내 것이라는 사실을 몸으로 기억하게 해주지.

피로회 후에 시바타에게 당하던 중에 이제 여기까지라며 각오를 다졌던 그때, 마피아 일당이 뛰어들어 오더니⋯⋯.

── 새 신부는 이 레오나르도 로셀리니가 받아 가겠다. 되찾고 싶으면 시칠리아에 있는 로셀리니 저택까지 와라.

마피아의 손에 의해 시바타의 별장에서 끌려나온 것이다.

그리고 차 안에서 그 레오라고 하는 마피아 두목이 억지로 약 ── 혹은 수면제를 먹이는 바람에 의식을 잃었다.

자는 동안의 기억은 혼돈에 빠져 있었다. 아무튼 많은 꿈을 꾸었다.

아직 어머니와 함께 지내던 어릴 적 꿈. 아버지가 살아 계셨을 적 꿈. 【와타나베 무역】 동료들이 나온 꿈. 사로잡혀 있던 한 달 동안 의 꿈…….

꿈에서 꿈으로 이동하는 막간에 몇 번인가 의식이 희미하게 수 면 위로 떠오르다가 말았던 것 같은 기분도 들었다. 그러나 그때마 다 누가 물과 함께 알약을 먹여서 각성할 새도 없이 잠의 늪 바닥으 로 가라앉고 말았다.

한 달 이상 잠이 얕은 생활을 하기도 했고, 오랜만에 수면을 푹 취한 탓인지 온몸이 무겁고, 사지에 힘이 들어가지 않았다.

그건 그렇고, 여기는 어디일까?

침대에서 내려가볼까 고민하던 그때였다.

"일어나셨습니까?"

아키라는 조용하게 자신을 부르는 목소리에 어깨를 작게 떨고 는, 고개를 돌려 목소리가 들린 방향으로 얼굴을 향했다.

어느샌가 왼쪽 문이 열려 있었고, 열어젖혀진 문 입구에는 등에 판자라도 들어 있지 않을까 의심이 갈 정도로 허리를 쫙 편 '집사'가 서 있었다. ……그보다 진짜 살아 움직이는 집사를 본 적은 태어나 서 처음이었고, 실제로 그가 집사인지 아닌지도 모르지만, 초로의 남자는 그렇게밖에 표현할 수 없는 차림을 하고 있었다.

검은 상의, 하얀 스탠드칼라 셔츠에 크로스오버 타이, 회색 베스 트에 세로 줄무늬 바지. 끈 달린 검은 구두는 급할 때 거울 대용으 로 써도 될 만큼 번쩍번쩍 광 나게 닦여 있다. 백발이 섞인 머리는 조금의 흐트러짐도 없이 딱 붙여서 올백으로 쓸어넘겼다.

"목이 마르시죠?"

그는 아무리 봐도 일본인이 아니었지만, 유창한 일본어 —— 게다가 완벽한 존댓말 —— 을 구사했다.

"지금 마실 것을 준비하겠습니다."

그렇게 말하더니 발길을 휙 돌려 사라졌다.

"……저기."

프레스코화에, 난로에, 이번에는 일본어를 유창하게 구사하는 '집사'……. 아무래도 아직 꿈속에 있기라도 한 듯한 비현실감에 혼란스러워하면서도 아무튼 일어나자며 담요를 걷어 낸 아키라는 몸이 딱 굳었다. 왜냐하면 담요 속에 있던 자신이 알몸이라는 사실을 깨달았기 때문이다. 그것도 속옷 하나 입지 않은, 과장이 아니라 정말로 알몸이었다.

'왜……, 알몸이지?'

언제 옷을 벗었는지 전혀 기억이 없었다.

아니……, 스스로 벗은 게 아니라 의식이 없던 동안에 벗겨진 것일지도 모르지만.

아무튼 이대로는 일어날 수 없었다.

"옷……, 옷은?"

실내를 두리번두리번 둘러보며 옷을 찾는 사이에 방금 전에 왔던 집사가 은쟁반에 도자기로 된 머그컵을 들고 돌아왔다. 그러더니 침대 옆까지 와서 컵을 들어 아키라에게 살며시 내밀었다.

"따뜻하게 데운 우유에 벌꿀을 넣었습니다. 갑자기 고형물을 드시는 건 몸에 부담이 갈 거라 생각되니, 우선은 이것부터 드셔보시죠."

받아 들까 말까 잠시 망설였다. 신원을 모르는 사람이 내민 음식을 느닷없이 입에 대는 데는 저항감이 들었다. 애당초 여기가 어딘지도 모르는데.

어떡하지…….

머뭇거리는 동안에도 머그컵에서 피어오르는 달콤한 향에 이끌려 목이 마르기 시작했다.

아키라는 몸을 구부리고 컵을 내민 채 그가 받아 들기를 가만히 기다리고 있는 집사의 성실해 보이는 회갈색 눈동자를 바로 눈앞에서 보고는 결심했다. 이런 맑은 눈을 가진 사람 중에 나쁜 사람은 없을 것이다.

아키라는 담요에서 손을 내밀어 컵을 받아 들었다. 양손으로 안아 들듯이 입술까지 가져와선 킁킁 냄새를 맡고 난 다음, 결심하고 한입 머금었다. 금세 입안에 벌꿀의 어렴풋한 단맛과 녹아서 하나로 섞인 농후한 우유 맛이 퍼졌다.

'맛있어.'

저도 모르게 컵을 기울이며 정신없이 다 마셨다. 만족스러운 한숨을 후우, 하고 흘리며 얼굴을 들자, 침대 옆에 서 있는 집사와 눈이 맞았다. 아무래도 아키라가 우유를 마시는 모습을 계속 지켜보고 있었던 듯한 그가 조심스럽게 미소 지었다.

"오렌지꽃 벌꿀입니다만, 입에 맞으셨습니까?"

아키라의 긴장을 누그러뜨리는 따뜻한 미소였다.

"맛있었어요. 잘 먹었습니다."

"다행입니다. 그럼 치우겠습니다."

벌꿀이 든 우유와 그의 미소로 기분이 조금 진정된 차에 컵을 쟁반에 치우던 집사에게 물었다.

"저⋯⋯, 여기는 어딘가요?"

스스로도 얼빠진 질문이라고 생각했지만, 집사는 조금도 이상하다는 듯한 기색을 보이지 않고 지극히 진지한 표정으로 대답했다.

"로셀리니 저택입니다."

"로셀리니?"

들은 적이 있다. 아마 그 레오인지 뭔지 하는 마피아 두목이 자신을 그렇게 소개했다.

"즉⋯⋯, 여긴."

"시칠리아다."

깊이 있는 테너톤에 아키라는 몸을 움찔 움직이며 어깨를 홱 돌렸다.

"⋯⋯윽."

방 입구에 장신의 남자가 서 있었다.

굵게 웨이브진 검은 머리. 또렷하고 진한 눈썹. 그 아래에 어둠처럼 새까만 칠흑 같은 눈동자. 높은 콧날. 관능적인 형태를 그리는 입술.

── 레오.

갑자기 눈앞에 나타나 시바타에게서 자신을 빼앗고 납치한 남자.

여전히 숨을 헉 삼킬 만한 이국적인 미모, 그리고 강렬한 오라를 온몸에서 내뿜고 있었다. 오늘 아침의 레오는 검은색 슈트로 몸을 감싸고, 흰색 셔츠 단추를 두 개 푼 모습이었다. 조금 편한 스타일 탓인지, 아니면 가슴팍에서 보이는 거무스름한 피부 때문인지 야생적인 측면이 전면에 부각되고 있는 듯한 기분이 들었다.

"겨우 눈을 떴군."

방에 들어온 레오가 침대 옆에서 발걸음을 멈추자마자 몸을 구부려 아키라의 얼굴을 들여다보았다. 칠흑 같은 눈동자가 똑바로 찌르는 듯한 시선으로 쳐다보는 바람에 아키라는 슬금슬금 눈을 피했다.

의식을 잃기 전의 마지막 기억이 남자의 입술에서 느껴진 감촉이라는 사실을 불현듯 떠올렸기 때문이다.

약을 먹이는 수단이었다고 하더라도 동성인 남자와 딥키스를 한 기억은 강렬해서…….

멋쩍게 고개를 숙인 찰나, 자신이 실오라기 하나 걸치지 않은 무방비한 모습임을 깨닫고 황급히 담요를 어깨까지 끌어 올렸다.

"안색은 좋은 것 같군."

그러나 레오는 아키라의 당혹감 같은 건 전혀 개의치 않는 모습으로 중얼거렸다.

"우유도 다 드셨습니다."

집사의 보고에 만족스럽게 고개를 끄덕이는 남자와 큰 마음을 먹고 시선을 마주친 아키라는 방금 전에 확인하지 못했던 질문을 던졌다.

"시칠리아라니……, 설마 이탈리아?"

"그래. 지중해에 떠 있는 이탈리아 공화국 최남단에 있는 섬이다."

아키라는 반신반의로 확인한 질문을 쉽게 긍정하는 대답에 눈을 크게 떴다.

"정말로, 정말로 시칠리아야?"

몇 번이고 확인하자, 레오가 약간 퉁명스러워졌다.

"거짓말해서 뭐가 되는데? 밖으로 한 발자국만 나가봐도 알게 될 일을."

"그건……, 그럴지도 모르지만……."

'아무리 그래도……, 당장에는 믿을 수가 없어.'

본 적도 없는 호화로운 방이긴 했지만, 그래도 일본 국내 어딘가인 줄 알았기 때문에 충격은 컸다. 불시에 얼굴 측면을 공격당한 것처럼 머리 한가운데가 휘청거렸다. 충격이 너무 커서 한동안 다음 말이 나오지 않았다.

"…………."

"약이 들어서 정말 잘 자더군."

그 약을 억지로 먹인 당사자가 태연하게 말했다.

"사흘이나 계속 잤으니 몸이 꽤 나른하지?"

"사흘이나?!"

새로운 충격에 또다시 큰 목소리를 냈다.

그럼……, 어제라고 생각했던 피로회는 이미 사흘 전 일인가?

시바타에게 범해질 뻔한 그때 마피아 일당이 쳐들어왔고, 레오의 어깨에 업혀져서 나간 일도……, 차에 태워져 억지로 알약을 먹은 일도 사흘 전?!

약으로 잠이 들었던 사흘 동안 —— 어떤 수단을 쓴 건지는 모르겠지만 —— 멀리 바다를 건너서 유럽까지 옮겨졌다는 말인가?

기억이 없는 채로 타임슬립한 기분을 느끼고 있으려니, 레오가 집사에게 명령했다.

"먼저 목욕을 해야겠군. 치장이 다 끝나면 내 방으로 데리고 오도록."

"알겠습니다."

집사가 공손하게 분부를 받들었다.

*　　*　　*

"이 옷을 걸치십시오."

레오가 떠난 후, 옆방에서 집사가 양손으로 받쳐 들고 온 것은 놀랍게도 기모노였다. 보랏빛이 도는 감색 천에 화초와 봉황이 물든 것처럼 수놓인 아름다운 기모노였다.

남자인 내가 여자 기모노를?

충격의 여운에서 완전히 깨지 않은 사이에 또다시 아연실색했다. 곤혹스러움에 미간을 찌푸리면서 어쩌면 외국인은 남자용과 여자용의 차이를 구별하지 못하는 걸지도 모른다는 생각에 이르렀다. 일본을 방문한 외국인이 성별 차이에 관계없이 앤티크한 기모노를 가지고 돌아가서 실내복으로 사용한다는 이야기를 들은 적이 있다.

"제가 이걸요?"

그래도 일단 확인해봤지만.

"네. 레오 님께서 실내복으로 입으시라고 하셨습니다."

그에게 레오의 명령은 절대적인지, 조금의 흔들림도 없는 집사의 표정을 보고 무언가와 닮았다는 생각이 들었다. ……그렇다. 두목이 '검은색'이라고 하면 흰색도 검다고 말하는 야쿠자 사회의 맹목적 주종 관계였다.

주인이 어느 날 갑자기 어디서 정체 모를 일본인을 데리고 와도 일절 의문을 품지 않고 명령대로 충실히 보살핀다 ──. 역시 마피아와 야쿠자는 같은 냄새가 났다.

이 성실해 보이는 집사도 마피아 패밀리의 일원이라고 생각하니 복잡한 마음이 가슴속을 스쳤지만, 적어도 그 본인은 나쁜 사람이 아니다. ……아니라고 생각한다. 느낌일 뿐이지만, 그래도 이런 종류의 감은 빗나간 적이 없었다.

'어쩔 수 없군. ……알몸보다는 낫겠지.'

아키라는 집사가 어깨에 걸쳐준 감촉이 부드러운 비단 기모노에 떨떠름하게 팔을 꿰고 앞자락을 여민 다음, 담요를 걷어 냈다.

자신을 납치하고는 무리한 수법으로 본인의 영역에 끌고 들어온 그 남자 —— 레오의 명령에 고분고분 따르는 건 부아가 치밀었지만, 그렇다고 해서 언제까지고 침대에 누워 있을 수도 없었다.

게다가 욕조에서 목욕을 하는 건 매력적이었다. 뜨거운 물에 잠기면 아직 약이 완전히 빠진 것 같지 않은 듯한 이 불안하게 둥둥 떠 있는 감각도 사라질지 모른다.

그렇게 생각하고 침대에서 고블랭 카펫에 다리를 내리려 하자, 한쪽 다리를 세우고 무릎을 꿇은 집사가 가죽 실내화를 앞으로 스윽 미끄러뜨렸다.

"신으십시오."

"아……, 네."

규중처자라도 된 듯한 기묘한 기분을 느끼며 실내화에 발을 넣었다. 그러나 일어서려고 무릎에 힘을 넣은 순간, 몸이 기우뚱 기울었다. 곧바로 앞쪽에서 집사가 팔을 뻗어 지탱해주었다.

"오래 누워 계셨기 때문에 발밑이 조금 위험하신 듯하네요. 괜찮으시다면 저를 잡으십시오."

"죄……죄송해요."

여자처럼 몸을 기대는 건 창피했지만, 스스로도 놀랄 만큼 다리에 힘이 들어가지 않아서 어쩔 수가 없었다. 사흘 동안 먹지도 마시지도 않고 종일 누워 있던 데다, 약의 후유증이 있을 수도 있었다.

집사의 도움을 받아 휘청거리는 걸음으로 가까스로 방을 가로질렀다. 침대 옆에 있는 문을 열어 보니 방이 연결되어 있었다. 방금 전에 있던 방보다 넓고, 라이팅 데스크와 캐비닛, 테이블, 팔걸이 의자와 소파 등 모두 골동품 같은 도구가 아름답게 배치되어 있었다.

그럼 이곳이 주실이고, 아까 그 방이 침실이라는 건가?

어찌 됐든 이런 멋진 서양식 건물이 일본에 존재하지 않는 점만은 분명했다.

이곳이 이국이라는 실감을 느긋하게 음미하고 있으려니, 주실을 가로질러 또 다른 문까지 아키라를 인도한 집사가 문손잡이에 손을 댔다.

"이쪽이 욕실입니다."

열어젖혀진 문 건너편은 전체가 대리석으로 된 욕실이었다. 일면이 거대한 거울로 덮인 파우더룸과 샤워 부스, 그리고 욕조가 있는 욕실로 구성된 —— 이 또한 꽤 큰 방이었다. 여기만 해도 자신이 살던 아파트 방 전체를 합친 면적보다도 넓었다…….

중국풍 병풍으로 공간이 나뉜 욕실에 놓여진 고양이 다리가 달린 욕조에는 이미 물이 찰랑찰랑 받아져 있었다.

"저는 옆방에 대기하고 있겠습니다. 물 상태나 다른 볼일이 있으실 땐 불러주십시오."

집사가 나간 것을 보고 흑단 병풍 뒤에서 기모노를 벗은 다음, 살며시 욕조에 몸을 담그었다. 절묘하게 기분 좋은 온도의 물에 어깨까지 푹 잠겨 깊은 숨을 내뱉은 그때, 문이 달칵 열렸다. 틀림없이 집사라고 생각하고 입구 쪽을 돌아본 아키라는 소스라치게 놀라 눈을 휘둥그레 떴다.

검은 원피스에 하얀 에이프런을 맨 외국인 여자가 조용히 들어왔기 때문이다. 게다가 자신과 그렇게 나이가 차이 나지 않는 여자가 하나도 아니고 셋이나.

'······에엥?'

허둥대는 사이에 여자들이 욕조 주위를 빙 에워쌌다. 고전풍 메이드옷으로 몸을 감싼 그들 중 한 사람이 손에 들고 있던 도자기 병을 기울이더니, 끈적한 적갈색 액체를 욕조 안에 떨어뜨렸다. 그후, 셋이서 바닥에 무릎을 꿇고 물에 손을 집어넣어 휘젓기 시작했다. 물에서는 금세 거품이 났고, 풍윤한 과일향이 욕실 전체에 충만해졌다.

놀란 나머지 잠시 얼어붙어 있던 아키라는 세 사람이 제각각 손에 든 스펀지로 자신의 몸을 씻기기 시작한 순간에 깜짝 놀라 정신을 차렸다.

"저, 저기······, 혼자서 할 수 있어요!"

다급히 소리를 지르고 나서 일본어로 말했다는 사실을 깨닫고 이탈리아어로 바꿔 말해봤지만, 아무래도 전해지지 않은 듯했다. 그녀들은 묵묵히 계속 손을 움직였다.

읽고 쓰기는 비즈니스에서도 통용되는 수준이라는 자부심이 있었고, 듣기도 문제없다고 생각했는데, 회화는 역시 영어처럼 되지 않는 것 같았다.

그러나 말이 통하지 않는다고 해서 여자를 때리고 도망칠 수도 없는 노릇……

"정말 이제 괜찮아요……, 아……, 머리는 제가 알아서."

울먹이며 호소해도, 열심히 저항해도 다 헛된 짓이었다. 결국에는 세 사람에게 머리 꼭대기부터 발가락 사이까지 씻기고 말았다.

30분은 족히 걸린 목욕이 끝났을 쯤, 아키라는 여러 가지 의미로 피곤해서 기진맥진해지고, 이탈리아어 회화 능력에도 자신감을 상실한 탓에 메이드들이 하는 대로 가만히 있었다.

욕조에서 젖은 몸을 닦은 다음 파우더룸으로 이동하자, 또다시 세 사람이 온몸에 로션 같은 것을 꼼꼼하게 발라주었다. 메이드들이 양손, 양발의 손톱을 줄로 정돈하고 탄력이 없는 머리카락을 삭삭 빗질하는 동안, 집사가 갈아입을 옷을 한 벌 들고 나타났다.

"이 옷을 입으십시오."

이미 저항할 기력도 없던 아키라는 순순히 실크 드레스셔츠에 팔을 꿰고, 집사의 손을 빌려 마치 맞춘 것처럼 몸에 딱 붙는 다크 슈트를 몸에 걸쳤다. 발에는 검은 실크 양말과 코에 장식이 없는 깔끔한 검은색 플레인토 구두를 신었다.

마무리로 목 언저리에 리본 타이를 매어준 집사가 한 발짝 뒤로 물러나서 아키라를 찬찬히 바라보며 만족스럽게 고개를 끄덕였다.

"무척 잘 어울리십니다."

집사는 작은 목소리로 중얼거리더니, 회갈색 눈을 천천히 가늘게 떴다. 그러고는 감회 깊은 표정으로 한동안 아키라의 얼굴을 빤히 쳐다보고 나서 문득 본분으로 되돌아온 것처럼 어흠 기침을 했다.

"레오나르도 님께서 방에서 기다리고 계십니다. 가시죠."

아키라는 집사의 재촉에 복도로 나갔다.

실내와 마찬가지로 천장이 높은 복도는 차가 다닐 수 있을 정도로 폭이 넓었고, 대리석 바닥 위에 비색 카펫이 깔려 있었다. 왼쪽 벽에는 돌로 된 흉상과 회화가 교대로 나란히 놓여져 있었다. 마치 작은 미술관 같았다. 오른쪽 벽에는 등간격으로 나란히 이어진 아치 모양 창문에서 밝은 햇살이 쏟아져 들어오고 있었다. 아무래도 창문 건너편은 훤히 트인 안뜰인가 보다.

"걸음은 괜찮으십니까?"

약간 앞을 걷고 있던 집사가 돌아보며 물었다.

"아, 네, 괜찮아요."

뜨거운 물에 느긋하게 몸을 담갔던 덕분에 혈액 순환이 좋아지고 부기가 빠진 탓인지 발밑이 휘청거리는 증상이 풀어진 것 같았다.

온몸의 권태감도 없어졌고, 머리도 꽤 개운해졌다(우유와 벌꿀 효과로 혈당치가 높아진 걸지도 모른다). 그에 따라 거의 정지 상태였던 머리가 돌아가기 시작했다.

지탱 없이 스스로의 다리로 걸으면서 이번에는 아키라가 집사에게 말을 걸었다.

"하나 여쭤봐도 될까요?"

"무슨 이야기신가요?"

"어째서 일본어를 할 줄 아세요?"

아까부터 계속 의문으로 여기고 있던 점을 입에 담자, 한순간 간격을 두고 대답이 돌아왔다.

"저는 사모님께 배웠습니다."

"사모님? 레오의 부인 말인가요?"

"아니요. 선대 주인님의 세 번째 사모님이십니다."

"세 번째?"

그 선대인지 뭔지는 아내를 많이 들였나 보다.

그건 그렇다 치더라도 그 세 번째 사모님은 어째서 일본어를 할 줄 알았던 걸까?

계속해서 질문을 하려던 그때, 집사가 발걸음을 멈췄다.

"이쪽 방에서 레오나르도 님께서 기다리십니다."

집사는 유달리 아름다운 조각이 새겨진 문 앞에서 그렇게 말하고 나서 다시 아키라를 향해 돌아섰다.

"저는 단테라고 불러주십시오."

"아, 저는……."

"알고 있습니다."

공손하게 고개를 숙인 단테가 또다시 몸의 방향을 바꿔 문을 살며시 노크했다.

"단테입니다. 아키라 님을 모시고 왔습니다."

        *   *   *

단테가 문을 양쪽으로 밀어 열었다.

그 방은 아키라가 아까까지 있던 방 전체를 더한 만큼 넓었다.

먼저 눈에 띈 것은 발코니로 통하는 커다란 프랑스식 창문 두 개였다. 제각각 모스그린색 벨벳 드레이프 커튼이 드리워져 있었다.

역시 진한 초록색 벽에는 당초무늬가 금실로 그려져 있었으며, 많은 종교화와 초상화가 걸려 있었다.

둥글게 부풀어 오른 반구형 천장에는 정교하고 아름다운 양각 무늬가 새겨져 있었고, 크리스털 물방울이 무수히 반짝이는 샹들리에 두 개가 무겁게 아래로 드리워져 있었다.

"자, 들어가십시오."

아키라는 한쪽 문을 누른 단테의 재촉에 아라베스크[15]문양 카펫이 전면에 깔린 실내로 발을 들여놓았다. 안으로 들어가자, 이번에는 돌난로 위에 있는 액자에 끼워진 태피스트리에 시선을 빼앗겼다. 세로 3미터, 폭 5미터는 될 것 같은 거대한 태피스트리에는 아까 침실에서 봤던 프레스코화와 마찬가지로 신화를 모티브로 한 '신들의 전쟁'이 그려져 있었다.

난로 좌우에는 높이가 3미터는 되어 보이는 그리스 석상이 거치되어 있었다.

---

15 아라베스크: 아라비아에서 시작된 장식 무늬로, 기하학적인 직선 무늬나 덩굴무늬 등을 교묘하게 배열함.

'굉장해……'

아까까지는 아직 어딘가 머리가 멍해서 현실감도 없었기 때문에 감동이 좀 약했지만, 이렇게 냉정한 눈으로 보니 마치 미술관처럼 멋진 수많은 예술품에 압도되는 기분이었다. 방 이쪽저쪽에 아무렇지도 않게 설치된 콘솔 테이블이나 진열장, 고양이 다리가 달린 로코코풍 팔걸이 의자, 아르누보 양식[16] 카우치소파 같은 것도 한눈에 보고 알 수 있을 만큼 오래되고 고가로 보이는 물건이었다. 아마 역사적 가치도 상당할 것이다.

그중 하나인 모스그린 카우치소파 밑에 엎드려 있던 크고 검은 개가 아키라에게 반응하며 벌떡 일어났다. 수상한 침입자라고 생각했을 수도 있다.

'우와……, 크다.'

엎드려 있었을 때도 상당한 크기였지만, 일어나니 더 컸다. 흑표범과 착각될 만한 대형견이 자신을 향해 느릿느릿 다가오는데도 다리가 움츠러들어서 움직일 수 없었다. 숨을 죽이고 경직한 동안에도 거리는 좁혀졌고, 결국 개가 바로 발밑까지 와서는 축축한 콧등을 꾹 눌렀다.

── 왔다!

대형견은 슬랙스 자락에 코를 집어넣더니 킁킁 냄새를 맡았다. 아키라가 꼼짝도 하지 못하고 굳어 있으려니, 어디선가 깊은 테너

---

16 아르누보 양식: 19세기 말에서 20세기 초기에 걸쳐 유행한, 연속적 곡선의 선율을 강조한 미술 양식.

톤이 개를 불렀다.

"파고."

새까만 대형견이 움찔하며 얼굴을 들더니 뒤를 보았다. 아키라
도 시선을 들고 목소리의 주인을 찾았지만, 모습이 보이지 않았다.

"손님을 위협하지 말고 이쪽으로 와."

목소리는 난로 앞에 놓인 천으로 덮인 안락의자에서 들려왔다.
단지 의자 자체가 엄청나게 큰 데다 이쪽을 등지고 놓여 있었기 때
문에 목소리의 주인은 여전히 보이지 않았다.

꼬리를 흔들며 총총 뛰어간 개가 뒤를 향해 놓인 의자 측면으로
돌아 들어가더니, 팔걸이에 놓인 손에 코끝을 비벼 댔다. 목소리의
주인은 끄응 울며 어리광 부리는 개의 머리를 커다란 손으로 쓰다
듬더니, 꼬고 있던 다리를 내리고 일어섰다.

검은 슈트에 몸을 감싼 젊은 마피아 보스가 드디어 그 장신을 드
러냈다.

"레오나르도 님."

단테가 몸을 돌리고 얼굴을 보인 주인 앞으로 나아갔다.

"아키라 님을 모시고 왔습니다."

레오는 문 앞에서 했던 말과 같은 말을 되풀이하는 충실한 집사
의 노고를 위로했다.

"고생했다."

단테가 가볍게 인사를 하고 물러나자, 아키라는 남자와 단둘
—— 정확하게는 두 사람과 한 마리가 방에 남았다. 긴 다리를 움

직여서 천천히 거리를 좁혀 온 레오가 아키라의 1미터 정도 앞에서 발걸음을 멈추었다.

레오는 머리 꼭대기부터 구두 끝까지 구석구석 더듬듯이 아키라의 온몸에 시선을 보내고, 때때로 두 눈을 가늘게 뜨며 찬찬히 검사한 후, 만족스럽게 고개를 끄덕였다.

"기모노 차림도 좋지만, 슈트도 잘 어울리는군."

그 표정이 어쩐지 아까 "무척 잘 어울리십니다."라고 했던 단테와 겹쳤다.

한편, 자신을 납치한 남자와 새삼 얼굴을 마주한 아키라의 뇌리에는 여러 가지 의문이 소용돌이치고 있었다.

이유는 모르지만, 자신은 이 레오라는 남자에게 납치당해 멀리 바다를 건너서 시칠리아까지 끌려왔다.

유괴는 마피아 집안의 장기라고 소문으로도 듣긴 했지만, 남자의 의도는 뭘까?

무엇 때문에 자신을 납치했을까?

자신을 어떻게 할 생각일까?

그리고……, 어떻게 하면 이곳에서 —— 이 남자의 손에서 벗어나 일본으로 돌아갈 수 있을까?

아키라는 머리를 정리하기 위해 우선 최대한 생각나는 의문점을 열거해보고 나서 눈앞에 있는 남자를 똑바로 응시했다. 그리고 그대로 입을 열었다.

"……질문 몇 가지 해도 돼?"

"뭐지?"

"우선 날 여기까지 어떻게 옮겼어?"

"자가용 비행기를 사용했다."

그렇게 쉽게 대답해주지 않을 줄 알았는데, 의외로 레오는 간단히 대답해주었다.

"여권은?"

다음 질문에는 넓은 어깨를 움츠렸다.

"없으면 만들면 돼."

즉, 위법인 속임수를 썼다는 뜻일 것이다. 일본 국내에 총기를 가지고 들어온 마피아 입장에서 보면 위조 여권 같은 건 전문 영역이라는 건가?

그러나 그렇게 말은 해도 일본인 성인 남자를 한 명 유괴한다면 그만 한 위험이 따를 터.

그렇다면 수수께끼는 점점 깊어 갈 뿐이었다.

자신은 정치적 가치가 있는 것도, 뭔가 특별히 우수한 재능을 가진 것도, 대기업 상속자도 아니다. 그런 자신이 굳이 위험을 짊어지면서까지 납치할 가치가 있다고는 생각할 수 없었기 때문이다.

연쇄적으로 피어오르는 의혹에 등을 떠밀린 아키라는 레오를 추궁했다.

"왜 나 같은 사람을 유괴한 거야? 날 유괴한들 득 볼 건 없잖아? 몸값을 지불할 친족도 없고……."

"돈 같은 건 원하지 않아."

레오는 말꼬리를 끊듯이 단호하게 잘라 말했다. 그 말에는 설득력이 있었다. 이만큼 호화로운 저택에 살고 많은 사용인들을 거느리는 남자가 돈에 궁할 거라고는 도저히 생각되지 않았다.

"시바타에 대한 교섭 도구로 쓸 생각이야?"

남자가 그 아름다운 얼굴에 노골적인 조소를 띠웠다.

"그런 피라미 같은 것한테는 볼일 없다."

거만한 말투로 부정당한 아키라의 곤혹스러움은 더욱더 커졌다.

돈도 아니고 교섭 도구도 아니라면 대체⋯⋯?

"질문은 끝났나? 그럼 이번에는 내 차례다."

골똘히 생각에 빠져 있으려니 반대로 주도권을 빼앗겼다.

"왜 '하야세파'를 잇지 않았지? 넌 전설의 노름꾼 —— 하야세 겐의 손자잖아?"

그 직후, 아키라는 이탈리아인의 입에서 나온 조부의 이름을 듣고는 두 눈을 휘둥그레 떴다.

"할아버지를⋯⋯, 알아?"

"일본의 야쿠자에 대해서는 약간의 지식이 있다."

레오가 아키라의 확인에 고개를 끄덕였다.

"그는 남자 중의 남자였다. 그의 의협 정신은 우리 일족과 통하는 점이 있지. 그런 그의 피를 잇는 네가 '하야세파'를 버린 이유를 알고 싶다."

레오가 진지한 얼굴로 묻자, 아키라는 천천히 미간을 찌푸렸다.

"착각하고 있는 것 같은데, 야쿠자 후계자는 세습제가 아니야.

오히려 야쿠자만큼 실력주의 세계는 없지. 정상에 설 그릇을 가진 자가 대문을 이어 가는 거야. 아버지가 '하야세파'를 이은 건 그럴 만한 실력이 있었기 때문이고, 나한테는 없었어. 나는 하야세 대문을 짊어질 그릇이 아니었어. 그저 그뿐이야."

그러나 레오는 아키라의 설명에 납득이 가지 않은 듯했다. 그는 한쪽 눈썹을 슥 치켜 올리고 추궁했다.

"네가 그럴 만한 그릇이 아니라고 누가 정한 거지?"

아키라는 생각지도 못한 반격에 말이 턱 막혔다.

"그건……, 스스로 판단해서……."

"스스로? 그럼 객관적 평가가 아니라는 말이군."

"뭐……, 그렇지."

괴로운 목소리로 인정하자, 레오가 꿰뚫을 것 같은 날카로운 시선을 향했다.

"중책을 맡기가 싫어서 멋대로 그렇게 믿고 있는 것뿐 아닌가? 아니면 그저 단순히 패기가 없어서 도망치고 있는 건가?"

"………윽."

다그치는 것 같은 혹독한 말에 가슴이 찔려 어깨가 흔들렸다. 당황스러운 마음을 참고 눈앞에 있는 남자를 노려본 아키라를, 칠흑 같은 두 눈이 내려다보았다.

"도망친 결과가 그 시바타인지 뭔지 하는 피라미의 노리개가 되는 인생인가? 전설의 노름꾼의 피를 이은 자가……. 한심하군."

그가 말을 내뱉듯이 나무라자 머리가 확 뜨거워졌다.

"………큭."

분했지만, 하나하나 정곡을 찌르는 레오의 지적에는 반박할 수 없었다. 그 점에 대해서는 아키라 스스로도 마음대로 어떻게 할 수 없는 복잡한 감정을 품고 있었기 때문에 더욱더 피가 거꾸로 흐르는 것 같은 기분이었다.

'제길. ……잘난 체하면서 말하긴. 아무것도 모르는 주제에.'

손톱이 살을 파고들 정도로 양손으로 주먹을 꽉 쥐고는, 부글부글 끓어오르는 격정을 억눌렀다.

이 상황에 상대에게 덤벼서 기분을 상하게 하는 건 아무리 생각해도 득책이 아니었다.

── 진정하자. 열 내지 마.

기분을 진정시키기 위해 배 속에서부터 숨을 내뱉고는, 다시 한번 눈을 위로 힐끔 뜨며 남자를 응시했다. 마른 목 안에서 될 수 있는 한 냉정한 목소리를 쥐어짜 냈다.

"아무튼……, 나 같은 걸 곁에 두어도 아무런 이익은 없을 거야. 수고를 들여봤자 그만큼 부질없다고. 일본으로 돌려보내줘."

"일본에 돌아간들 또 그 인간 말종 야쿠자에게 잡혀서 강제로 당하는 게 결말인데도?"

남자는 아키라의 요구에 대해 냉담하게 되받아쳤다.

"애당초 돌아간들 기다리는 사람도 한 명 없잖아? 아니야? 부모님은 돌아가셨지. 형제는 없지. 일도 그만두었지. 아니……, 억지로 그만두게 됐다는 게 정답인가?"

담담하게 사실을 말하는 목소리에 눈살을 찌푸렸다.

"어째서 그런 걸 알고 있지?"

아까부터 조부의 이름을 알고, 조직을 잇지 않은 일도 알고. 이 남자는 어째서 이렇게 자신의 성장 배경과 신상을 자세히 알고 있는 걸까?

이미 의심을 넘어 강한 위화감을 느낀 아키라는 정체 모를 남자에게 의혹을 터뜨렸다.

"당신……, 대체 누구야?"

"이미 이름을 댔잖아."

남자가 아무렇지도 않게 받아넘겼다.

"레오나르도 로셸리니. 로셸리니가의 다섯 번째 당주다."

"그러니까 이름이 아니라, 왜 그렇게 나……를……."

잘 아느냐고 이으려던 말이 중간에 끊어졌다. 한 손을 천천히 뻗어 온 레오에게 위팔을 잡혔기 때문이다.

"………윽."

그대로 품 안에 끌려 들어갈 것 같은 기척을 예측한 순간, 저번의 그 키스에 대한 기억이 뇌리에 되살아났다. 오랜 시간에 걸쳐 입안을 집요하게 희롱당한 일을 떠올림과 동시에 온몸이 확 뜨거워진 나머지, 아키라는 충동적으로 레오의 손을 뿌리쳤다.

아키라는 몸을 홱 돌려 남자에게 등을 돌린 채 뛰기 시작했다. 문은 닫혀 있었기 때문에 순간적으로 프랑스식 창까지 달려갔다. 기세 좋게 레이스 커튼을 젖히고 반쯤 열린 문에서 발코니까지 구르듯이 나간 순간, 내리쬐는 태양에 눈이 타들어 갈 뻔했다.

"눈부셔……."

저도 모르게 두 눈을 꽉 감고 얼굴을 돌렸다. 태양 광선은 그 정도로 강렬했다.

"…………."

손바닥으로 이마 위를 가리면서 천천히 눈꺼풀을 들어 올린 아키라는 눈 아래에 펼쳐진, 분명히 일본이 아닌 광경에 숨을 삼켰다.

아무래도 이곳은 저택 2층 부분이었나 보다.

구름 한 점 없는 푸른 하늘과 눈 앞에 펼쳐진 얕고 짙은 녹음.

그야말로 아키라의 발밑부터 녹색 카펫을 양쪽으로 가르듯이 쭉 곧은 길 하나가 뻗어 있었고, 그 황토색 직선 저 멀리 전방에 문이 보였다. 즉, 저 문까지 이어지는 땅은 모두 이 저택의 소유물이라는 뜻이다.

어디까지나 계속되는 광대한 과수원, 더욱이 그 안으로는 금색 언덕이 이어졌다.

또한 그 끝에는 청녹색 해안선이 반짝이고 있었다.

'정말로…….'

정말로 이곳은 시칠리아였다.

태양신 헬리오스가 사는 곳이자, 시인 호메로스가 '태양신의 섬'이라 불렀던 이탈리아 반도 최남단에 위치한 섬.

이제야 바다 건너 있는 이국으로 끌려왔다는 실감이 든 나머지, 철제 발코니 난간을 잡은 손이 떨렸다.

"지금 네 눈에 비치는 모든 것이 로셀리니가의 영지다."

어느샌가 레오가 등 뒤에 서 있었다.

"나는 너를 감금할 생각은 없다."

그 말을 듣고 돌아보자, "그러니까 만약 도망치고 싶다면 도망쳐도 된다."라고 말하고 싶기라도 한 듯한 거만한 눈빛과 마주쳤다.

"단, 근처 동네로 가는 교통 수단은 차 말고는 없다. 국제공항이 있는 카타니아까지도 차로 몇 시간은 족히 걸린다고."

레오는 깊은 테너톤으로 덧붙여 말하더니, 그 입가에 불손한 미소를 새겼다.

제 4 장

    의식을 되찾은 다음 날, 아키라는 단테에게 로셀리니 저택【팔라
초[17]로셀리니】의 부지 안을 한 차례 안내받았다.

    단테의 말에 의하면 로셀리니 저택은 1500년대에 세워졌으며, '바
글리오'라고 불리는 시칠리아식 영주관 스타일 건물이라고 한다.

    안뜰이 있는 로마식 건축 양식 주택 자체는 지상 3층 건물로, 1층
에는 현관 홀과 대응접실, 살롱, 식당, 주방, 서고, 제단이 놓인 자가
용 예배당 등이 있었으며, 2층에는 객실을 포함하는 거실 공간으로
구성되어 있었다. 아키라에게 주어진 커넥팅 룸[18]도 2층에 있었다.

---

17 팔라초: 중세 이탈리아의 도시국가 시대에 세워진 정청이나 왕궁, 귀족의 저택.
18 커넥팅 룸: 두 개 이상의 방이 연결도어로 이어진 객실.

3층에는 사용인의 방이 나란히 있었다.

1500년대라고 하면 시대적으로는 르네상스 양식이겠지만,【팔라초 로셀리니】의 내부 설비와 장식은 그 후 수백 년 역사의 변이가 새겨져 있었다.

르네상스부터 바로크, 로코코, 신고전주의, 앙피르, 리버티 등 갖가지 양식의 가구가 뒤섞여 있었다. 또한 시칠리아라는 지방의 특성인지, 기둥이나 벽 장식에는 그리스와 아랍권의 영향도 현저했다.

만약 자신이 어느 정도 미술에 연관된 일을 하고 있었다면 이렇게 산더미처럼 쌓인 역사적 가치가 높은 미술품을 앞에 두고 미칠 듯이 기뻐하며 춤췄을 것이다. 컬렉션으로서 미술관에 보관되어 있어도 이상하지 않을 듯한 희소 가치가 있는 앤티크 가구가 여기저기에 굴러다니고 있기 때문이다. 게다가 실제로 지금도 가구로 사용되고 있으니 굉장하다.

각방 천장에 그려진 프레스코화와 현관 홀의 예수 그리스도의 모자이크[19]도 일반 공개가 됐다면 틀림없이 전 세계에서 관광객이 밀어닥쳤을 것이다.

이렇게까지 저택을 유지하는 것만으로도 막대한 비용이 들지 않을까? 문득 그런 쓸데없는 걱정을 하고 마는 자신은 날 때부터 서민이라는 점을 뼈저리게 깨달았다.

---

19 모자이크: 여러 가지 색상의 돌과 유리조각, 도편(陶片)들을 사용하여 평면에 늘어놓고 모르타르나 석회, 시멘트 등으로 접착시켜 무늬나 그림 모양을 표현하는 기법.

"굉장하네요. 마치 비스콘티[20]의 필름 속으로 빠져든 것 같아요."

"처음 저택 안을 둘러보시는 손님께서는 다들 그렇게 말씀하십니다."

"이건 혹시 로셸리니가의 문장인가요?"

저택의 파사드[21]인 정면 현관의 커다란 문, 살롱의 입구 등 저택의 온갖 곳에서 포도 잎과 사자 머리 부분을 본뜬 문장을 발견한 아키라는 단테에게 확인했다.

"네. 로셸리니가의 문장입니다."

"로셸리니가는 어떤 집안인가요?"

아키라는 자신이 마피아 일족이라는 점밖에 모른다는 것을 깨닫고는 거듭 물어보았다.

"초대는 토지 귀족인 영주에게서 영지를 맡아 운영과 관리를 일임하신 농지 관리인이었다고 들었습니다."

그 '농지 관리인'이라 불리는 자들이 후에 마피아의 기원이라는 사실은 예전에 일 관계로 알던 시칠리아 출신 이탈리아인한테서 들은 적이 있다.

그는 상사에 근무하는 평범한 비즈니스맨으로, 현재는 밀라노에 살고 있음에도 불구하고 마피아 이야기를 할 때면 수화기 입구에서 목소리를 낮추곤 했다. 그만큼 시칠리아 사람에게 있어 마피아라는 존재는 뿌리 깊은 공포의 대상이라는 뜻일 것이다.

---

20 비스콘티: 루키노 비스콘티. '베니스에서의 죽음' 등으로 유명한 이탈리아의 영화 감독.
21 파사드: 건물의 주된 출입구가 있는 정면부로, 건물 전체의 인상을 단적으로 표현하는 중요한 부분.

그는 마피아에게는 '침묵의 규칙(오메르타)'가 있다고 말했다.

특히 시칠리아 마피아는 입이 무거워서, 가령 자신의 목숨이 위험에 노출되는 사태에 빠졌다고 하더라도 결코 패밀리의 멤버를 팔아 넘기는 짓은 하지 않는다고 한다. 그 결속력은 혈연보다 강하다. 그래서 시칠리아 마피아는 무섭다……고 했다.

그의 낮은 목소리를 떠올리고 있으려니, 단테가 말을 이었다.

"그 후, 초대는 직접 토지를 소유하고 영주가 되셨습니다. 이 저택은 어느 귀족의 별장이었는데, 레오나르도 님의 증조부에 해당하시는 분께서 물려 받으셨다고 합니다. 당시의 귀족은 자신의 영지에 살기를 꺼려 하여 팔레르모에서 지내는 일이 많았던 듯합니다."

"그럼 이곳은 원래 귀족의 저택이었군요."

어쩐지…….

아키라는 납득하면서 아칸서스 잎이 모티브로 새겨진 정교한 양각 무늬를 바라보았다.

"선조이신 사모님 중에는 귀족의 피를 이어받은 분도 계십니다. 레오나르도 님의 어머님께서도 시칠리아 귀족의 후예셨습니다."

단테가 엄숙하게 말하자, 아키라는 저도 모르게 발걸음을 멈추었다. 뇌리에 레오의 아름다운 얼굴을 떠올렸다.

수려한 이마와 높은 콧대에 귀족적인 풍격이 감돈다고 생각했는데……, 그럼 정말로 귀족의 피를 이어받았구나.

'즉, 그 남자는 마피아인 부친과 귀족인 모친 사이에서 태어났다는 뜻이군.'

대극적 관계인 듯한 두 피가 한데 섞여 맺은 결실이 —— 레오나르도 로셀리니.

그 특이한 혈통을 생각하니 기품과 야성이 한데 섞인 듯한 그 독특한 오라도 납득이 갔다.

그 레오와는 어제 그의 방에서 대화를 나눈 이후로 얼굴을 마주하지 않고 있다.

—— 단, 근처 동네로 가는 교통 수단은 차 말고는 없다. 국제공항이 있는 카타니아까지도 차로 몇 시간은 족히 걸린다고.

그렇게 말하고 입가에 불손한 미소를 새긴 레오는 다시금 단테를 불러 "손님이 체류 중일 때는 자네가 신변을 돌보도록." 하고 명령했다.

게다가 "때를 봐서 식사하게 해."라고 명령하더니, 이제 할 말은 다 했다는 듯 아키라를 방에서 내보냈다. 그 후에는 두 번 다시 레오에게서 호출을 받은 적이 없었다.

오늘 아침에는 또 일찍부터 외출한 것 같았다. 단테는 "일을 보시러 밀라노에 가셨습니다."라고 설명했지만.

"저기……, 레오는 무슨 일을 하나요?"

아마 마피아라는 사실은 공공연하게 알려지지 않았을 터.

마피아라는 사실을 공언하는 마피아는 없다. —— 이것도 아까 그 시칠리아 사람한테서 들은 말인데, 특히 지금의 마피아는 표면적으로는 정치가나 유명한 실업가 같은 직업이라고 한다.

그런 지식을 바탕으로 레오에게도 표면적으로 다른 직업이 있을 것이라고 추측하여 한 질문이었다.

"로셀리니가는 대대로 와인, 올리브 오일, 시칠리아 오렌지 제조와 교역을 하고 있었습니다만, 레오나르도 님의 아버님 대부터 규모를 확대하셔서 현재는 다방면으로 폭넓게 사업을 전개하고 계십니다."

역시 표면적으로는 사업을 경영하고 있는 것 같았다.

"현재 로셀리니 그룹의 대표 자리는 레오나르도 님께서 물려받으셨습니다. 그래서 레오나르도 님께서는 거의 1년 내내 이탈리아 국내는 물론 세계 각국을 돌고 계십니다. 레오나르도 님께서 이 저택에 돌아오시는 건 많아봤자 한 달에 열흘 정도일 겁니다."

"로셀리니 그룹⋯⋯."

세계를 두루 돌아다닐 만큼 그렇게나 굉장한 그룹인가? 듣고 보니 그 이름을 들은 적이 있는 것 같은 기분이 들었다.

아키라는 순수한 호기심에 사로잡혀 물었다.

"폭넓은 사업 전개라는 건 예를 들면 어떤 건가요?"

"물론 지금도 와인이나 올리브 오일 제조는 이어 가고 있지만, 그 외에도 호텔이나 레스토랑 경영을 하고 계시며, 의류 브랜드도 가지고 계십니다."

"의류 브랜드?"

호텔이나 레스토랑 같은 건 그런대로 와인의 흐름으로 봤을 때 이해할 수 있었지만, 의류는 예상 밖이었다. 의외라는 듯한 목소리를 내자,

"의류 사업과 호텔 사업에 관해서는 차남이신 에두아르 님께서 총괄하고 계시고……."

설명하던 단테가 갑자기 말을 끊었다. 발걸음을 멈추고 돌아보자, 단테가 정색을 한 표정으로 아키라를 쳐다보았다.

"말씀드려야만 하는 이야기가 있습니다."

단테는 무슨 일인가 싶어 경계하는 아키라에게 묘한 표정을 지으며 입을 열었다.

"이 저택 안에서는 어떤 방이든 자유롭게 출입하셔도 괜찮습니다만, 단 하나, 이 방에만은 들어가지 않으시길 부탁드립니다."

단테가 오른손으로 가리킨 곳은 2층에서 가장 안쪽에 위치한 방이었다. 밖에서 보면 문의 장식도 다른 것과 비교했을 때 눈에 띄게 호화롭거나 소박하지도 않았으며, 이 저택 안에서는 지극히 평균적인 수준으로 만들어진 방처럼 보였다.

왜 이 방만?

이상하게 생각했지만, 단테가 가만히 대답을 기다리고 있었기 때문에 일단 고개를 끄덕였다.

"알겠어요."

"말씀은 그렇게 드렸어도 실제로는 잠겨 있기 때문에 들어가시는 건 불가능하지만, 만일을 위해서 말씀드렸습니다."

단테가 그렇게 못을 박고 나서 또다시 천천히 걷기 시작하길래 아키라도 뒤를 따랐다. 2층 끝까지 와버렸기 때문에 계단을 내려갔다. 계단을 내려간 곳에는 그윽한 향기로 충만한 밝은 안뜰이 펼쳐졌다.

"이쪽이 저택의 중심 부분에 해당하는 파티오[22]입니다."

가로막는 지붕 없이 훤히 트인 공간의 상공에서 초여름의 햇살이 눈부시게 쏟아져 내렸다. 빈틈없이 손질된 싱싱한 녹색 잔디의 면적 반을 감귤계 수목, 부겐빌레아, 히비스커스 등 남국 꽃이 흐드러지게 핀 화단이 점령하고 있었다.

화단 한가운데에서 가지와 잎을 크게 펼치고 있는 것은 수령이 수백 년은 될 것 같은 훌륭한 올리브 나무였다.

또한 파티오 네 귀퉁이에는 꽃의 여신상이 서 있었다. 네모난 파티오를 에워싼 회랑에는 직사 일광을 피하면서 아름다운 꽃들의 경연을 바라볼 수 있도록 대리석 벤치가 설치되어 있었다.

"예쁘네요……."

아키라는 한순간 자신이 사로잡힌 몸이라는 사실도 잊고 황홀해하며 흐드러지게 핀 꽃을 넋을 잃고 보았다. 이 저택에는 세세한 부분에 이르는 데까지 어디 할 것 없이 온통 아름다웠지만, 역시 자연이 만들어 내는 '미'에는 필적할 수 없었다. 옆에 서 있는 단테도 눈을 가늘게 뜬 채 화원을 바라보고 있었다.

"예전에는 곧잘 저 올리브 나무 아래에서 가족분들이 단란하게 지내셨습니다만……."

머나먼 날을 상기하는 듯한 목소리를 듣고는 곁을 살펴보았다. 그러자 단테가 아키라의 시선을 느끼고 정신을 차린 듯, 커다란 올리브 나무에서 눈을 뗐다.

---

22 파티오: 바닥에 타일을 깔고 분수대나 관상 식물 등을 배치한 스페인식 안뜰.

"저택 안은 한 차례 돌았으니 밖으로 가시죠."

아키라는 단테에게 조용하게 재촉당하며 저택 밖으로 나갔다.

옅은 산호색 벽돌로 덮인 【팔라초 로셀리니】의 정면에는 분수를 중심으로 한 광장이 있었으며, 그곳에서 정면까지 이어진 외가닥 길이 오렌지와 레몬, 그리고 올리브밭을 똑바로 관통하고 있었다. 어제 레오의 방 발코니에서 본 풍경이었다.

게다가 그 끝에는 수백 헥타르 되는 포도밭이 펼쳐졌다. 단테가 아득히 멀리 보이는 약간 높은 언덕까지 전부 로셀리니 영지라고 알려주었다. 정문에 이르기까지 펼쳐진 부지만 해도 상당한 넓이였 지만, 영지는 상상을 초월하는 면적인 듯했다.

"영지 전체를 걸어서 도는 건 불가능합니다. 말이나 차를 이용해 야만 하죠."

단테가 그렇게 말하길래 정문에 다다른 지점에서 발길을 돌리기 로 했다.

광대한 부지 안에는 그 밖에도 옥외 수영장, 테니스 코트, 마구 간, 경비행기 발착장 등이 있었다. 그곳을 쭉 둘러보는 것만으로도 한 시간 가까이 걸려서, 감금 생활로 무디어졌던 다리가 아플 정도 였다.

"부지 내에 있는 어느 시설이든 다 자유롭게 쓰시도록 레오나르 도 님께서 아키라 님께 전언을 남기셨습니다."

단테가 옥외에서 【팔라초 로셀리니】의 저택 안으로 가는 길에 말했다.

'자유…….'

그 말을 가슴속에서 되풀이했다.

아무래도 목욕할 때까지 감시를 붙인 시바타와는 달리, 레오는 어느 정도 행동의 자유를 허락해줄 생각인가 보다.

그러나 그건 진정한 의미의 '자유'가 아니었다.

오늘 부지 안을 걸어보고 통감했다.

역시 마피아의 본거지인 만큼 수비가 견고하다고.

우선 먼저 부지 주위에는 온통 성벽처럼 우뚝 솟은 철책이 둘러쳐져 있었다. 물론 정문에는 막힌 곳이 있었으며, 그곳에는 상주 경비원이 견고한 문을 지키고 있었다.

게다가 사용인들이 빈번하게 부지 내를 왕래하고 있는지, 어디를 가도 요소요소에 몹시 힘이 세 보이는 보디가드가 서 있었다. 단테는 온통 검은색 복장을 한 그들을 마치 존재하지 않는 것처럼 무시했지만.

──나는 너를 감금할 생각은 없다.

도망치고 싶으면 도망치면 된다는 말이라도 하고 싶은 듯한 어제 봤던 레오의 거만한 눈빛을 떠올렸다.

──단, 근처 동네로 가는 교통 수단은 차 말고는 없다. 국제공항이 있는 카타니아까지도 차로 몇 시간은 족히 걸린다고.

실제적 문제는 그 이전에……, 마을로 향하는 교통 수단 때문에 고민하기 이전의 문제였다.

부지 내에서 빠져나가는 일 자체가 우선 불가능했다.

결론에 달한 아키라는 눈앞에 있는 밝은 벽돌 저택을 올려다보았다. 2층에 있는 레오의 방을 찾아 어두운 눈빛으로 노려보았다.

레오가 준 '자유'는 어디까지나 구역이 한정된 ——【팔라초 로셀리니】부지 내에 한정된 '자유'인 것이다.

설령 날개를 펼 수 있다 하더라도 새장 속의 새라는 점은 변함없었다.

*　　*　　*

레오와 거의 얼굴을 마주칠 기회가 없이 —— 따라서 레오가 자신을 유괴한 목적도 파악하지 못한 채 ——【팔라초 로셀리니】에 연금된 상태로 며칠이 지났다.

일로 밀라노에 갔던 레오는 이틀 후 밤 아홉 시가 지나 저택으로 돌아와서 일단 아키라의 방에 얼굴을 내밀었다.

"어디 불편한 점은 없나?"라는 질문에 "밖에 나갈 수 없는 것 말고는 없어."라고 아키라가 대답하자, "그럼 문제는 없군."이라며 뻔뻔한 표정으로 되받아치고는 금세 사라졌다. 아무래도 다음 날 아침에 또 어딘가로 여행을 떠난 것 같았다. ……아무튼 바쁜 남자였다.

사실 단테가 무척 잘 보살펴주는 덕분에 부지 내에서 지내는 한 완벽하다고 해도 좋을 만큼 불편한 점은 없었다.

사용인들도 예의가 바른 데다 느낌이 좋았고, 천천히 말하면 아키라의 서툰 이탈리아어로도 의사 소통을 꾀할 수 있다는 사실을 나중에 알게 됐다. 첫날에는 메이드 셋이서 씻겨주던 목욕도 다음 날부터는 "알아서 씻을 수 있어요."라고 설명하고 혼자서 할 수 있 게 되었다.

마치 사이즈를 재서 맞춘 것처럼 몸에 딱 맞는 옷과 구두도 일상 복부터 턱시도까지 얼추 옷장에 담겨 있었다. 그 모든 것이 천도 그 렇고 재단도 그렇고 전부 최상급품뿐이었다. 일상복으로는 색이 화려한 앤티크 옷이 주어졌다.

행동 범위에 제약은 있지만, 부지 내만 해도 면적이 상당하기 때 문에 운동 부족이 될 일도 없었다. 또한 도서관 같은 서고에는 세계 각국의 희귀한 서적이 갖춰져 있어서 시간을 주체 못할 일도 없었 다.

유일하게 불편한 점이 있다면 저택 안에 전화가 없다는 것이었 다. 당연하지만 인터넷도 연결되지 않았다. 그 점을 봤을 때【팔라 초 로셀리니】안은 19세기 초반에서 시간이 멈춰 있다고도 할 수 있었다.

사용인들이 어떻게 외부와 연락을 취하고 있는지는 모르지만, 아마 각자 휴대전화를 가지고 다닐 것이다. 단테가 그런 기색을 보 인 적은 한 번도 없지만.

단테가 매일 아침 카푸치노와 함께 가져다주는 이탈리아 신문을 읽으면 세계 정세 같은 건 대략 알 수 있었지만, 일본에 대해서는 어지간히 큰 사고나 사건이 없는 한 보도되지 않았기 때문에 정보 에서 처지는 느낌은 부정할 수 없었다.

그건 그렇다 쳐도 전화도 인터넷도 쓸 수 없게 되니……, 어쩔 도리가 없었다.

일본 대사관에 구조를 요청하려고 해도 제1관문으로 전화가 있는 곳까지 당도해야만 했다.

레오는 그날 밤 대담하게도 자신의 정체를 밝혔지만, 시바타가 경찰에 신고하는 건 우선 생각할 수 없기 때문에 대사관에서 찾으러 올 가능성은 제로에 가까웠다.

자신이 납치당한 일은 아마 공공연하게 알려지지 않았을 것이다.

애당초 수색원을 낼 만한 친척도 없는 데다, 가령 하야세파 간부들한테서 문의가 있었다고 해도 시바타는 무슨 이유 —— 장기로 해외에 나가 있다든가 —— 를 대서 얼버무렸을 것이다.

틀림없이 입이 찢어져도 마피아에게 약탈당했다고는 자백하지 않을 것이다. 그런 추태가 알려지면 자신과 조직의 체면이 말이 아니기 때문이다.

그러는 사이에 해외에서 연락이 두절되었다느니 하면서 소식 자체를 흐지부지 덮어버릴 가능성도 있었다. 그렇게 연간 수천 명이라고도 일컬어지는 행방불명된 사람 중 하나가 되어 —— 어느새 모두에게 그 존재가 잊혀지고…….

거기까지 생각을 굴리던 아키라는 무척 침울한 기분에 빠졌다. 애당초 다른 사람들과의 깊은 교제를 피하며 살아온 탓도 있지만, 이렇게 되어보니 자신이라는 인간은 정말로 고독하다는 생각이 들었다.

없어져도 누구 하나 찾아주는 사람이 없으니까.

단 하나 위안이라고 한다면 자신이 마피아에게 끌려온 일로 인해【와타나베 무역】이 시바타의 독수에 걸릴 위험이 사라졌다는 점이다.

그런 식으로 억지로 자신을 위로하고 있으려니, 문 쪽에서 까득까득 긁는 소리가 들려왔다.

"멍!"

열어달라는 말을 하고 싶은 듯 한 번 짓는 소리에 사색을 중단한 아키라는 카우치소파에서 일어나 문까지 걸어갔다. 문을 연 순간, 그 틈으로 검은 코끝이 쑥 밀고 들어왔다. 아키라가 걸치고 있는 기모노에 축축한 콧등을 들이밀고 킁킁 냄새를 맡았다.

"파고."

처음에는 그 크기에 깜짝 놀라 경직했지만, 의외로 파고는 사람을 잘 따르고 온화한 성격을 가진 개였다. 지금은 완전히 아키라를 따르며 이따금 방에 얼굴을 보이곤 했다. 아마 주인인 레오가 저택을 자주 비워서 외로울 것이다. 몸을 구부리고 목을 쓰다듬어주자, 기쁜 듯이 꼬리를 휙휙 흔들었다.

"문을 닫을 테니 안으로 들어와."

아키라가 말한 대로 실내에 들어온 파고가 아키라의 뒤를 따라오더니, 또다시 카우치소파에 앉은 그의 발밑에 얌전히 몸을 웅크렸다.

아키라는 그 머리를 쓰다듬으면서 다시 사색에 잠겼다.

'레오는······.'

앞으로 자신을 어떻게 할 속셈일까?

시바타에게서 약탈하여 자신의 본거지인 귀족 저택으로 데리고 돌아와서는 사용인 중에서도 가장 지위가 높은 집사에게 직접 보살피게 하고, 훌륭하게 재단된 옷과 아름다운 기모노, 그리고 좋은 음식을 주고……

거기까지 생각한 아키라의 머릿속에 문득 엉뚱한 발상이 떠올랐다.

'설마 포동포동 살을 찌워서 먹을 생각인가?'

동화의 한 구절 같은 엉뚱한 상상을 하고는, 그럴 리가 없다며 고개를 가로저었다. 고딕풍 저택에서 생활을 하다 보니 생각까지 영향을 받아버린 것 같았다.

……그렇지 않다고 하더라도 어딘가로 팔아넘길 속셈은 아니겠지?

인신매매 —— 마피아가 속하는 지하세계에는 인간이 인간을 경매로 팔아넘기는 '어둠의 옥션'이 있다고 소문으로 들은 적이 있지만……, 설마.

절세 미녀라면 그렇다 쳐도, 자신에게 그런 상품 가치가 있을 거라고도 생각되지 않았다. 남자이고, 게다가 그렇게 젊지도 않은 자신에게.

부정하는 한편 막연한 불안이 치밀어 오른 나머지, 정신을 차려 보니 파고의 머리를 쓰다듬던 손이 멈춰 있었다. 그러자 파고가 몸을 벌떡 일으키더니, 목을 길게 빼고 아키라의 뺨에 콧등을 들이밀었다.

"끄웅."

불안을 헤아리고 위로해주려 하는 파고를 보자 자연스럽게 웃음이 흘러나왔다. 동물이 가까이 있는 생활은 처음이지만, 이렇게나 사람의 마음을 날카롭게 감지해주는 존재인 걸까?

아키라는 감사의 마음을 가슴에 담으며 파고의 따뜻한 목덜미에 뺨을 대고 중얼거렸다.

"……네 주인은 무슨 생각을 하고 있을까?"

다음에야말로 —— 레오와 다음에 얼굴을 마주했을 때야말로 그 진의를 확실하게 캐묻자. 답을 알아내기 전까지는 절대로 물러나지 않겠다. 그리고 자신의 요구를 전할 것이다.

아키라는 파고를 끌어안으며 마음속으로 맹세했다.

* * *

연금 생활이 시작된 지 일주일째 아침, 눈을 뜨니 저택 안이 분주했다. 아침 식사를 가지고 온 단테에게 무슨 일인지 묻자, 내일은 로셀리니가 일족의 무리들이 본가인 이곳 【팔라초 로셀리니】로 집결한다고 한다.

"모든 가족분들이 모이시는 건 무척 오랜만입니다."

단테가 기분 탓인지 들뜬 말투로 말했다.

"내일은 무슨 일이 있나요?"

"삼남이신 루카 님의 생신 축하 파티를 열 예정입니다."

"생일 축하 파티요? 그 사람은 몇 살인가요?"

"내일로 스무 살이 되십니다."

완전히 소년인 줄 알았는데, 스무 살이라고 하면 다 큰 성인이다. 그 성인 남자를 위해 일족의 무리들이 모여서 생일 파티를 연다니…….

내심 몰래 어처구니없어하고 있으려니, 그 낌새를 헤아린 듯한 단테가 진지한 얼굴로 설명했다.

"시칠리아 사람은 가족의 유대를 무엇보다도 소중히 여깁니다. 게다가 루카 님께서는 형님들께 무척이나 예쁨을 받고 계십니다."

단테의 이야기에 의하면 레오에게는 남동생이 둘 있는데, 바로 밑의 남동생이 에두아르, 그리고 삼남인 루카는 각각 밀라노와 피렌체 저택에 살고 있다고 한다.

아내를 먼저 잃은 전 당주 카를로 에르네스토 로셀리니는 장남인 레오에게 가산을 물려주고, 현재는 로마 저택에서 유유자적하며 은거 생활을 보내고 있었다.

아키라는 이야기를 듣는 동안에 문득 치밀어 오른 기본적인 의문을 단테에게 질문했다.

"저……, 그래서 레오는 지금 몇 살인가요?"

"레오나르도 님은 올해로 28살이 되십니다."

"스물여덟?!"

높은 곳에서 사람을 내려다보는 듯한 거만한 눈빛과 실제 나이의 차이에 저도 모르게 큰 소리를 내고 말았다.

그런 사람이 나보다 한 살 연하?!

자신감이 넘쳐흐르는 태도도 그렇고, 뻔뻔한 말투도 그렇고, 도저히 자신보다 연하로는 보이지 않았다……. 그만큼이나 되는 위엄과 풍격을 몸에 지녔는데 아직 서른 전이라니, 믿겨지지가 않았다.

아키라는 경악하면서도 그 김에 하나 더 마음에 걸리던 점을 입에 담았다.

"레오는 독신인가요?"

저택 안에 여주인스러운 여자의 모습은 보이지 않았지만, 다른 저택에 살고 있을 가능성도 있다고 생각한 것이다.

"네. 독신이십니다."

"독신……."

"로셀리니가의 당주이신 데다 그토록 아름다우시니 무척이나 인기가 많으시지만, 지금은 아직 생애의 반려자로 정한 여성분은 계시지 않습니다."

대답을 듣고 나서야 당사자가 없는 곳에서 몰래 사생활을 캐는 짓을 하고 있는 자신에게 약간의 죄책감을 품었다. 단테가 정직하게 대답해주는 걸 기회 삼아서…….

그러나 이곳에서 해방되기 위해서는 어떻게 하면 좋을지 레오와 이야기를 나눈다 하더라도, 우선은 교섭 상대인 그의 사람 됨됨이를 알아야 대책을 세울 수 있다. 게다가 레오에게 직접 묻고 싶어도 정작 중요한 장본인이 부재 중이라서 어쩔 수가 없었다.

그날 하루는 바쁜 사용인들이 분주하게 움직이는 모습을 본체만체하며, 그렇다고 어떻게 손을 댈 수도 없어서 평소처럼 독서와 산책을 하며 낮을 보냈다.

그리고 밤이 되었다.

"방금 전에 피렌체에서 돌아오셨습니다."

며칠 만에 레오가 돌아왔다는 소식을 알리러 온 단테가 생글생글 웃으며 말했다.

"레오나르도 님께서 함께 저녁 식사를 하시자는 전언이 있었습니다."

어딘가 기뻐 보이는 집사는 오후 여섯 시가 지나서 디렉터즈 슈트[23]에서 턱시도로 갈아입은 상태였다.

'드디어 돌아왔군!'

게다가 레오와 저녁 식사. 바라지도 않던 기회였다. 식사를 하면서 이야기를 할 수 있다.

아키라는 설레는 마음을 억누르며 표면상으로는 지극히 침착하고 온화한 말투로 "알겠습니다." 하고 대답했다.

"레오나르도 님께서 저택에서 식사를 하시는 건 무척 오랜만이라 요리장도 힘껏 실력을 발휘할 것 같습니다."

식사는 항상 단테가 방까지 가지고 와주지만, 그런 사정으로 말미암아 오늘 밤은 저녁 식사를 위해 일부러 기모노에서 슈트로 갈아입고 1층 식당까지 내려가게 됐다.

오늘 밤에야말로 레오의 진의를 캐묻겠다. 그리고 자신의 요구를 전할 것이다.

결의를 가슴속에 숨기고 식당으로 발을 들여놓았다.

---

23 디렉터즈 슈트: 준예장 신사복. 검정색 재킷과 흑백 줄무늬 바지를 짝지은 복장.

처음 안으로 들어간 식당의 벽 일면은 입체적인 금속박 꽃무늬가 찍힌 고급 벽지로 덮여 있었다. 실내 중앙에는 열 명은 족히 앉을 수 있을 것 같은 다이닝 테이블이 있었으며, 새하얀 테이블클로스가 깔린 세로로 긴 테이블을 둘러싸듯이 의자가 나란히 놓여 있었다. 그러나 오늘 밤에는 난로를 등진 정면 자리와 그 자리와 마주보는 한 자리에만 테이블 세팅이 되어 있었다.

며칠 만에 얼굴을 마주하는 레오는 이미 자리에 앉아 있었다. 차콜 그레이 재킷에 클레릭 칼라 셔츠[24]. 넥타이 대신에 목덜미에서 보르도색 행커치프가 언뜻 보였다. 여전히 틈이 없는 미장부의 모습이었다.

"잘 지낸 것 같군. 여기 생활은 마음에 들었나?"

레오는 평소처럼 약간 가늘게 뜬 눈으로 아키라를 바라보며 말했다.

"……단테를 비롯한 저택에 있는 모든 사람들이 잘 해주니까."

"그렇군. 다행이네."

너그럽게 고개를 끄덕인 레오가 앉으라는 듯이 한 손으로 신호를 보냈다.

이튼 재킷[25]을 입은 급사가 의자를 빼주자 로셀리니가의 문장이 들어간 접시 앞에 착석하게 된 아키라는 새삼 정면에 있는 레오에게 시선을 향하고는 실망했다.

---

24 클레릭 칼라 셔츠: 몸통이 줄무늬나 색깔이 있는 무지이며, 깃이나 커프가 하얀 셔츠의 총칭.
25 이튼 재킷: 접은 깃이 달렸으며, 허리 길이의 짧은 웃옷을 조끼와 함께 앞을 터 놓은 채로 입는, 연미복의 꼬리를 자른 듯한 짧은 재킷.

거리가 멀었다. 3, 4미터는 됐다.

게다가 은촛대와 수북하게 꽂힌 꽃에 방해당해 얼굴이 잘 보이지 않았다.

'이러면 이야기를 할 수가 없잖아.'

예상대로 말을 거의 나눌 틈도 없이 식전주가 나오며 저녁 식사가 시작되고 말았다.

신선한 해산물이나 야채를 듬뿍 사용한 전채 요리를 시작으로, 이어서 프리모 피아토[26]인 성게 카펠리니도 레스토랑처럼 아름답게 담겨 나온 데다 무척 맛있었다. 단테가 말했던 요리장이 힘껏 실력을 발휘했다는 이야기는 사실인가 보다. 대접받은 와인도 나무랄 데가 없었다. 일로 취급했다고는 한들 아키라 본인은 입에 대기만 해도 산지나 빈티지를 알 만큼 와인에 밝지 않았지만, 그래도 매우 품질이 높은 와인이라는 점은 알 수 있었다.

맛있는 요리와 와인의 절묘한 조합에 감탄하면서도 가슴에 걸리는 사안이 너무 많아서 그 훌륭함에 진심으로 푹 잠겨 있을 수는 없었다.

'……어떡하지?'

와인 잔을 입으로 옮기면서 위로 힐끔 눈짓을 하며 레오의 모습을 살폈다. 정면에 앉은 남자는 일체의 군더더기가 없는 손놀림으로 나이프와 포크를 다루며 순식간에 접시를 깨끗하게 비워 갔다.

이대로 있으면 정말로 제대로 대화도 하지 못한 채 식사가 끝나

---

26 프리모 피아토: 이탈리아 코스 제1요리. 파스타 등 면 요리가 주됨.

고 말 것이다.

바작바작 초조해져서 침착하지 못한 아키라의 심정과는 반대로 세콘도 피아토[27]인 비스테카(새끼 양 스테이크), 콘토르노[28]인 허브 샐러드, 이렇게 아무 탈 없이 저녁 식사가 진행되었고, 결국 마지막 음식인 돌체[29]가 나왔다.

[난 돌체는 됐어. 가지고 가.]

급사에게 그렇게 말한 레오가 입가를 닦은 냅킨을 테이블 위에 놓았다.

"말도 안 돼……. 벌써 끝이야?"

아키라는 멍하니 혼자서 중얼거리자마자 의자를 덜컹 끌며 일어났다. 그러더니 레오에게 뚜벅뚜벅 걸어가자, 벽 쪽에 대기하고 있던 단테가 놀란 모습으로 말을 걸었다.

"아키라 님, 무슨 일이십니까?"

레오가 가까이 다가오려 하는 집사를 한 손으로 제지했다.

[괜찮아. 둘이서 이야기를 좀 하고 싶으니 너희는 이제 나가봐.]

주인의 명령에 따라 단테와 급사가 식당에서 나갔다. 방에 단둘이 남아 안도한 찰나, 아키라는 더욱더 걸음을 옮겨 레오가 앉은 의자 바로 앞에서 발걸음을 멈추었다. 약간 비스듬한 위치에 선 채 위에서 윤곽이 뚜렷한 그 얼굴을 내려다보자, 레오 또한 아키라에게

---

27 세콘도 피아토: 이탈리아 코스 제2요리. 메인 요리이며, 육류나 생선 요리가 이에 해당함.
28 콘토르노: 메인 요리에 곁들이는 사이드디시로, 주로 샐러드나 감자튀김.
29 돌체: 이탈리아 요리의 디저트로, 티라미수 등 케이크나 과일.

시선을 향했다.

"뭐 볼일 있나?"

사람을 멋대로 납치한 끝에 일주일이나 방치해 두고는 무슨 볼일이 있냐고 물어보는 건 대체 무슨 말투지?

아키라는 실은 한 살 연하였던 남자의 퉁명스러운 태도에 뱃속에서 부글부글 끓어오르는 화를 꾹 참으며 낮은 목소리로 "묻고 싶은 게 있어."라고 대답했다.

"묻고 싶은 거? 뭔데?"

"왜 나를 이곳으로 데리고 왔어?"

"또 그 얘긴가?"

하찮다는 듯이 중얼거린 레오가 양손을 팔걸이에 올리더니, 의자 등받이에 몸을 기댔다.

"또라니? 아직 단 한 번도 그 어떤 대답도 듣지 못했다고. 날 시바타한테서 약탈한 목적은 뭐지?"

이번에야말로 반드시 그 이유를 알아낼 것이다 —— 라는 기합이 충만한 아키라에게, 남자는 매정하게 대답을 내던졌다.

"목적 같은 건 없다."

"……뭐?"

아키라는 인신매매가 목적이 아니었다는 데 안도할 여유도 없이 천천히 눈을 크게 떴다.

"없다니……, 그런 말이……."

생각지도 못한 대답에 몇 초 말이 막혀 있다가,

"그럼 넌 목적도 없이 사람을 납치해? 일부러 위험을 무릅쓰면서 까지?!"

약간 높아진 목소리로 추궁하자, 남자가 어깨를 움츠렸다.

"그러게……. 뭐, 군이 이유를 들자면 너를 원했기 때문이다."

될 대로 되라는 것처럼 느껴지는 말투로 남자가 아무렇지도 않게 한 엄청난 말을 듣고는, 관자놀이가 실룩 경련했다.

―― 원했기 때문, 이라고?

"거짓말하지 마!"

말을 내뱉은 아키라를 칠흑 같은 레오의 눈동자가 흔들림 없이 인식하더니, 이번에는 딱 잘라 말했다.

"거짓말 아니야."

"그럴 리가……, 없잖아?"

말을 받아치는 목소리가 분노로 떨렸다.

'그걸 말이라고!'

레오의 목적이 아키라 본인이라니, 그런 농담은 도저히 믿을 수 없었다.

시바타가 자신에게 집착한 이유는 하야세파와의 관계에 얽힌 일이었기 때문에 그나마 이해가 갔다.

그러나 지위, 권력, 재력, 미모, 모든 것을 가지고 태어난 레오 정도 되는 남자가 일부러 약탈까지 해 가면서 동성인 자신을 원하다니, 아무리 생각해도 이상했다. 마음만 먹으면 어떤 미녀라도 애쓰지 않고 손에 넣을 수 있는 남자가……. 말도 안 된다.

백 보 양보해서 만약 그렇다고 한다면 자신에게 더 관심을 가지고 있을 것이다.

가령 아무리 바빠도 좀 더 어떻게 접근했을 것이다.

그러나 레오는 접점을 가지려고 하기는커녕 되도록 얼굴을 마주하지 않으려고 이쪽을 피하고 있다는 생각마저 들었다.

마치 이국에서 털색이 다른 동물을 데리고 돌아오긴 했는데, 예상 외로 귀염성이 없어서 주체를 못하겠다는 것처럼…….

── 그렇다. 아마 변덕이었던 것이다.

불현듯 대답이 번뜩 스쳤다.

시바타에게서 빼앗은 것도, 자신의 저택으로 데리고 돌아온 것도, 앤티크 기모노를 입힌 것도……, 모두 귀족의 놀이에 지나지 않는 것이다.

지금까지 줄곧 수수께끼였던 레오가 취한 행동의 이유를 느닷없이 이해한 기분이 든 아키라는 참고 있던 숨을 내쉬었다. 오랫동안 답답했던 가슴이 쑥 가라앉는 것과 동시에 무겁게 깔려 있던 비구름에 균열이 가면서 한 줄기 광명이 비쳐들었다.

변덕으로 시칠리아까지 데리고 온 점에는 화가 났지만, 덕분에 시바타한테서는 벗어날 수 있었으니, 이 상황에서는 발상을 전환하여 사태를 긍정적으로 파악해야만 한다.

정신을 가다듬고는, 안달난 마음 그대로 물었다.

"이제 만족했어?"

"……뭐라고?"

레오가 모양 좋은 눈썹을 수상쩍다는 듯 찌푸렸다.

"곁에 둔다 한들 난 당신이 바라는 고분고분한 일본 인형이 될 수 없어. 그러니까 일본으로 돌려보내줘."

레오는 아키라의 요구에 기분이 언짢다는 듯 미간을 찌푸렸다.

"요전에도 물어봤지만, 일본으로 돌아가서 어떻게 할 건데? 그 야쿠자에게 다시 잡혀도 괜찮나?"

"도쿄로는 돌아가지 않을 거야. 어디 지방에서 지낼 생각이야."

요 일주일 동안 생각한 일이었다. 다행히 맨몸이라서 어디로든 갈 수 있다. 관동권을 떠나 하야세파와 완전히 연을 끊으면 시바타와의 관계도 자연스레 끊길 것이다. 이번을 기회로 인생을 재정비하는 것도 나쁘지 않을지도 모른다.

하지만 레오는 순순히 물러나지 않았다.

"도쿄를 떠났다고 해서 그 야쿠자한테서 벗어날 수 있다고 정해진 게 아니다. '그 남자는 뱀처럼 집념이 깊다.' —— 그렇게 말한 사람은 너라고."

그건……, 분명히 그렇게 말했지만.

"일본에 있는 한, 항상 그 남자의 그림자를 두려워하며 지내야 한다. 그렇게까지 하면서 일본에 구애될 의미가 있나?"

그런 식으로 추궁당하니 잘 모르겠다.

친척도 없고, 소속된 직장도, 돌아갈 집도 없는 자신이 일본에 구애될 만한 이유가?

'……있나?'

"어차피 오래 살아 정든 땅을 떠날 거라면 이곳에서 지내는 것도 마찬가지야. 아닌가?"

마음 속으로 자문하는 와중에도 잇달아 다그침을 당하자 점점 머리가 혼란스러웠다. 아키라는 강인한 레오의 설득에 저항하듯이 고개를 가로저었다.

'……아니야.'

이곳은 스스로 선택한 땅이 아니었다. 자신의 의지와 상관없이 레오에게 끌려온 곳이다. 그곳에 조금씩 자리잡고 사는 일은……, 설령 멀리 시바타의 손이 미치지 않는 땅이라고 해도 역시 다르다.

"이곳은……, 달라."

레오의 아름다운 용모가 계속 고개를 젓는 아키라를 보더니 험악함을 띠며 부루퉁해졌다.

"손님으로서 더할 나위 없을 만큼 최상급으로 대접하고 있는데, 뭐가 불만이지?"

"불만이 있거나 그런 게 아니야. 확실히 다들 무척 잘해줘. 여기는 자연이 풍부해서 아름다운 땅인 데다, 음식도 맛있어. 하지만……, 스스로 원해서 온 게 아니라 억지로 끌려왔잖아……."

"억지로?"

레오의 한쪽 눈썹이 치켜 올라갔다.

"그렇군. 그럼 그대로 그 남자에게 범해지는 편이 나았나?"

빈정거리는 말투에, 이번에는 아키라가 울컥해서 곧게 뻗은 눈썹을 찌푸렸다.

"무슨 말을……."

"야쿠자에게 둘러싸인 채 밤마다 그 남자를 위해 다리를 벌리는 편이 나았단 말이야!"

"그럴 리가 없잖아!"

발끈해서 고함친 직후, 뻗어 온 커다란 손에 위팔을 잡혔다. 그러고는 아래로 쭉 끌려가는 바람에 상반신이 구부정한 자세가 되었다.

"………윽."

숨이 닿을 만한 지근거리에 레오의 얼굴이 다가와 있음을 인식한 순간, 날카로운 눈빛에 꿰뚫렸다.

"이봐, 잘 들어."

평소보다도 약간 낮은 테너톤이 조용하게 말했다.

"두 번 다시 나를 향해 언성을 높이지 마."

조용하기 때문에 위협을 느끼게 하는 명령에 숨을 삼켰다.

그러나 사람을 복종시키는 데 익숙한 남자를 어기차게 노려보았다. 여기서 굴하면 아마 앞으로 쭉 이 남자에게 계속 굴복해야만 할 것이다. 그런 예감이 들었기 때문이다.

"…………."

한동안 숨이 막힐 듯한 눈싸움이 계속됐다.

바로 가까이에서 느껴지는 강한 시선에 겁을 먹을 뻔한 자신을 질타하며 안광에 계속 힘을 주었다. 그러자 문득 팔을 잡던 힘이 풀어졌다. 아키라의 팔을 놓은 레오가 그 손으로 앞머리를 쓸어 올렸다. "……고집이 세군." 하고 중얼거리더니, 또다시 아키라의 얼굴을 올려다보며 말했다.

"아무튼 나는 너를 놓아줄 생각이 없다."

"뭐……!"

아키라는 폭군이 내놓은 '대답'에 두 눈을 크게 떴다.

"말도 안 돼."

"이 저택에 있는 한, 당주인 나의 결정은 절대적이다. 몇 명이든 거스르는 행위는 용서하지 않는다. 설령 먼 데서 온 손님이라 할지라도."

이게 결론이라는 듯한 거만한 말투에 말을 잃었다.

먼 데라니……, 멋대로 일본에서 납치해 왔으면서……. 하는 말이 다 엉망진창이었다. 말할 거리가 안 된다. 교섭 같은 걸 할 만한 판국이 아니었다.

엄청난 횡포에 독기가 빠져 가벼운 현기증마저 느끼고 있으려니, 레오가 의자를 끌고 일어났다. 이번에는 십 몇 센티미터 상공에서 아키라를 흘겨보며 말했다.

"그리고 하나 더, 내일은 여러 손님들이 올 거다. 그동안 너는 2층에 있는 네 방에서 지내."

"뭐……? 언제까지?"

"모든 손님이 돌아갈 때까지. 그때까지는 절대로 1층으로 내려오지 마. 알았나?"

무조건적인 명령에 기분이 팍 상했지만, 레오는 아키라의 대답도 듣지 않고 재빨리 출구를 향해 걸어가고 말았다. 그러더니 뒤도 한 번 돌아보지 않고 문을 양쪽으로 열어젖히고는 방으로 돌아갔다.

쾅!

그 장신이 시야에서 사라진 순간, 아키라는 레오가 앉아 있던 의자 다리를 발로 퍽 찼다. 상당히 오래되고 가치 있는 물건이라는 사실은 알고 있었던 데다 단테가 보면 틀림없이 졸도할 만한 폭거였지만, 오장육부가 끓어오르는 것 같아서 도저히 참을 수가 없었다.

'얼간이 같은 남자. 얼간이 같은 남자. 얼간이 같은 남자야!'

거만하고, 독재자에, 폭군! 게다가 마피아!!

"빌어먹을."

한때는 광명이 보인 것 같은 기분이 들었기 때문에 교섭이 결렬되어 더더욱 충격이 컸다.

시바타와 달리 레오는 말하면 알아줄 거라는 생각 따위를 했던 자신의 낙관적인 사고 방식이 후회됐다. 마음 어딘가에서 시바타에게서 약탈해준 일을 감사하고 있었던 어수룩한 자신을 저주하고 싶은 기분이었다.

결국에는 레오도 시바타도 다르지 않았다. 자신의 욕구를 채우기 위해서라면 강탈마저 불사하는 점도, 아무렇지도 않게 남의 인생을 짓밟는 점도, 사람을 사람이라고 여기지 않는 오만불손한 점도.

어차피 야쿠자와 마피아는 똑같다.

국제적으로 사업을 전개하고, 중세에 지어진 저택에 살면서 귀족 같은 생활을 영위하고 있어도, 본질적인 부분은 같았다.

"······반드시 도망쳐주겠어."

아키라는 입술을 꽉 깨물고는 중얼거렸다.

이곳에서. 이 앤티크한 새장 속에서 도망쳐주겠어.

아키라는 레오가 나간 문을 도발하듯이 노려보며 새로운 결의를 가슴에 새겼다.

＊　　　＊　　　＊

다음 날에는 저택 안이 어제보다 훨씬 분주했다. 방 안에 있어도 복도를 다급하게 왔다 갔다 하는 사용인들의 기척을 알 수 있을 정도였다.

단테도 아침 식사를 가지고 온 이후로 점심까지 얼굴을 보이지 않았다. 평소에는 거의 한 시간마다 상태를 확인하고자 얼굴을 내밀기 때문에 무척 드문 일이었다. 꽤나 바쁜가 보다.

떠들썩한 주위와는 대조적으로 아키라의 방은 조용했다. 아무도 상대해주지 않아 꼬리를 늘어뜨리고 도망쳐 온 파고를 발밑에 앉히고는 글을 쓰고 책을 읽으며 지냈다.

어젯밤 레오와의 교섭이 결렬된 후에 흥분한 상태로 좀처럼 잠이 들지 못한 아키라는 의자 팔걸이를 손끝으로 툭툭 두들기면서 새벽까지 저택을 빠져나갈 계획을 짰지만, 결국 이렇다 할 아이디어는 떠오르지 않았다.

골똘히 생각에 잠긴 끝에 차라리 사용인 중 누군가를 인질로 잡아서……. 그런 거친 수법까지 떠올렸지만, 금세 생각을 버렸다. 단테를 필두로 사용인들은 모두 착하고 다정한 사람뿐이었다. 그런 그들을 방패로 삼는 짓 따윈 할 수 없었다. 애당초 마피아의 본거지에서 익숙하지 않은 거친 술수를 반복한들 일찌감치 프로 보디가드에게 도리어 당하는 게 고작일 것이다.

특기를 가진 것도, 유달리 신체 능력이 뛰어난 것도 아닌 자신이 여기서 탈출을 꾀하려면 역시 철벽 가드의 허를 찌르는 수밖에 없었다.

조만간 구체적인 방법을 생각한다 치고, 결행할 날을 위해서라도 지금은 될 수 있는 한 얌전하고 고분고분하게 행동해 두는 편이 좋을 것이다. 적을 속이기 위해서는 일단 방심하게 만들어야 한다.

그렇게 결론을 내고 일단 레오를 향한 화를 동결시킨 아키라는 손님 방문 시간대에는 명령대로 방 밖으로 나가지 않고 실내에 틀어박히기로 결심했다.

단테도, 물론 레오도 얼굴을 내밀지 않은 채 오후를 느긋하게 보내고, 저녁이 됐다.

여섯 시에 단테가 저녁 식사를 가지고 왔다. 아키라는 파고와 함께 얌전히 방에서 저녁을 먹었다.

저녁 식사도 다 끝냈을 무렵부터 복도의 발소리가 한층 더 분주해졌고, 저택 현관 앞에 고급스러워 보이는 리무진이 연달아 옆으로 줄을 지어 주차됐다. 커튼 틈으로 밖의 상태를 살펴보자, 검은색 차 안에서 턱시도 차림의 남자와 긴 드레스를 입은 여자가 내렸다.

그 이후에도 고급차는 끊임없이 도착했고, 그때마다 잘 차려입은 손님들이 저택에 내려섰다.

생일 파티라고 하길래 가족들만 모인 축하회라고 생각했는데, 사람 수가 엄청났다. 금세 리무진이 광장을 가득 메웠고, 검은 옷을 입은 주차 요원이 뛰어다니는 모습이 보였다. 고작 생일 파티인데 이만 한 손님들이 급히 찾아오는 모습에서 로셀리니가의 위광을 본 것 같은 기분이 들었다.

화려한 차림의 남녀가 잇달아 【팔라초 로셀리니】로 빨려 들어가는 모습을 2층에서 내려다보면서 문득 생각했다.

'맞다.'

파티가 시작되면 몰래 아래로 내려가서 손님 중 누군가에게 도움을 요청해보는 건 어떨까? 가까운 동네까지라도 괜찮으니 차로 데리고 가주지 않겠냐고 부탁해보는 건?

하지만 잠시 후, 묘안이라고 생각된 번뜩임을 머리에서 지웠다. 가족끼리 하는 파티에 불렸다는 건 그들도 마피아 일당이거나, 그렇지 않더라도 로셀리니가에 인연이 있는 사람이라는 뜻이다. 그런 그들이 가장이자 조직의 두목이기도 한 레오의 뜻을 거스르고 일면식도 없는 일본인을 도와줄 리가 없었다.

"하아."

아키라는 낙담의 한숨을 쉬고는, 프랑스식 창문에서 카우치소파로 되돌아왔다.

이윽고 아래층에서 떠들썩한 웃음 소리와 음악이 들리기 시작하며 축화회가 시작됐음을 알렸다.

몇 시 쯤에 끝날까?

이제 막 시작됐을 뿐인데도 그런 생각을 했다. 이곳에 오고 나서는 부지 안을 한정해서 아무런 제약 없이 생활할 수 있었기 때문에 기간 한정이라고는 해도 방에서 나갈 수 없는 상태는 꽤나 정신적 대미지가 됐다. 어쩌면 시바타의 저택에서 보냈던 가혹한 감금 생활이 트라우마가 된 건지도 모른다.

빨리 끝났으면 좋겠다…….

'빨리…….'

바이올린과 피아노 연주를 들으며 될 수 있는 한 빨리 파티가 끝나길 바라면서 어느새 카우치소파에서 꾸벅꾸벅 졸고 말았나 보다.

"…………."

목이 말라 어렴풋이 눈을 떴더니, 방 안이 어두웠다.

"으……음."

뒤척거리는 몸과 쉰 목소리 때문에 발밑에 있던 파고가 흠칫 반응했다.

지금 계절에는 아홉 시가 지나도 밝을 텐데……. 사이드테이블 위에 놓인 램프를 켜고 탁상시계를 보자마자 깜짝 놀랐다. 어느새 열 시가 지나 있었다.

"……네 시간이나 자버렸네."

어젯밤에 거의 잠을 자지 못한 탓에 아무래도 무심코 푹 잠을 자버린 것 같았다.

카우치소파에서 일어난 아키라는 발코니로 나가 지상을 내려다보았다. 현관에 올망졸망 모여 있던 리무진도 꽤 줄어들어 몇 대 남지 않은 상태였다.

슬슬 끝나나? 안도함과 동시에 급격한 갈증을 느꼈다. 저녁에 먹은 어란 파스타가 조금 짰나 보다.

그러나 베네치아글래스 주전자는 텅 비어 있었다. 평소라면 단테가 부지런히 채워주지만, 그러고 보니 오늘은 한 번도 채워주지 않았다. 차가운 미네랄 워터가 상비된 곳은 1층 주방뿐이었다.

'어떻게 하지?'

망설이고 있는 동안에도 갈증은 절박해져 갔다.

레오가 아래층으로 내려오는 것을 금지했지만, 이미 대부분의 손님이 돌아간 것 같으니 주방에 가서 미네랄 워터를 받아오는 일 정도는 문제없지 않을까?

그렇게 판단한 아키라는 실내복 기모노에서 하얀 셔츠와 슬랙스로 갈아입었다. 함께 따라가려 하는 파고를 "금방 올게."라며 타이르고 혼자서 방을 나갔다.

복도로 나가자마자 음악 소리가 커졌다. 창문에서 내려다본 파티오에서는 바이올린, 비올라, 첼로 현악 삼중주가 달콤하고 애절한 곡조를 연주하고 있었다. 남아 있는 손님들이 대리석 벤치에 앉아 연주를 경청하고 있었다.

계단으로 1층까지 내려가서 사람 눈을 피하듯 주방을 향해 걸어가기 시작했다. 도중에 살롱 앞을 지나던 아키라는 살짝 열린 문 바로 앞에서 발걸음을 멈추었다. 안에서 레오의 목소리가 들린 것 같았기 때문이다.

틈으로 살며시 엿보자, 실내에는 남자들 몇 명의 모습이 있었다. 레오를 중심으로 두고 주위를 에워싸듯이 각자 소파나 의자에 편히 앉아 있었다. 모두가 검은 턱시도를 착용했으며, 각각 와인 잔 아니면 시가를 손에 들고 있었다.

[아무튼 이대로라면 우리 일족의 세력은 쇠퇴해질 뿐이야.]

한 남자가 시가 연기를 뿜으며 레오에게 말을 걸었다.

새까만 머리를 올백으로 넘기고, 피부가 거무스름한 남자였다. 약간 윤곽이 진한 전형적인 라틴계 이탈리아인의 얼굴이었지만, 눈가나 입가에 어딘지 모르게 거만함이 감돌았다. 몸짓이 유난히 컸다.

[시대는 변하고 있어. 200년이나 이어진 명문가라고 해도 언제까지고 로셀리니 패밀리의 이름만으로는 통용되지 않아.]

꽤나 빠른 어조의 이탈리아어이긴 했지만, 요 일주일 동안 메이드들과 대화를 해 온 성과인지 이야기의 내용은 거의 이해할 수 있었다.

[그러니까 차라리 마피아 간판 따윈 내려버리자고.]

이번에는 다른 남자가 발언했다.

은발에 가까운 플래티나 블론드에 아이스블루색 눈동자를 지닌, 레오와는 풍기는 분위기가 다르지만 아름다운 남자였다. 화려한 미모를 가진 남자가 레오에게 도발하는 듯한 시선을 쏟으며 말했다.

[지금 관여하고 있는 사업만으로도 충분하잖아? 로셀리니 그룹은 이미 국내에 머물지 않고 세계를 시야에 넣은 글로벌 기업이 되어 가는 중이야. 일족을 둘러싼 상황이 변한 지금, 꺼림칙한 과거의 굴레 따윈 끊는 게 제일이야.]

[에두아르, 그 바깥 사업이 여기까지 성장한 배후에는 패밀리의 후원이 있었다는 사실을 잊지 마라.]

레오가 단호하게 못을 박자, 플래티나 블론드색 머리의 남자가 울컥하여 미간을 찌푸렸다. 위태로운 분위기를 비집고 들어오듯, 아까 전의 그 올백남이 또다시 입을 열었다.

[바깥 사업이 순조로운 건 좋지만, 뒷세계에서 발휘하는 힘은 미국이나 나폴리의 신흥 세력에게 눌려 쇠퇴하기만 할 뿐이라고. 그러니까 몇 번이나 말했듯이 마약 매매에 손을 대지 않는 마피아 따윈 시대에 뒤떨어…….]

[마리오!]

레오가 날카로운 목소리로 발언을 막으며 올백남을 노려보았다.

[입이 가벼운 카모라[30]나 코사 노스트라[31]와 같은 수준으로 떨어질 셈인가?]

[기품만 높아 봤자 시대의 거친 파도를 극복할 순 없다고.]

마리오라 불린 남자가 도전적인 말투로 단언하더니, 옆에 있는 의자에 앉은 신사에게 시선을 돌렸다.

---

30 카모라: 나폴리 지방 마피아로, 담배 밀수를 통해 성장함.
31 코사 노스트라: 이탈리아 시칠리아를 기반으로 조직되어 미국 이민과 함께 해외 진출로 성장한, 세계에서 가장 영향력 있는 마피아.

[돈 카를로, 어떻게 생각하시나요?]

관심이 쏠린 신사는 그라파가 담긴 잔을 테이블에 놓더니, 높이 꼰 다리 앞으로 우아하게 손을 모았다. 슬슬 중년의 영역에 들어서려 하는 나이였지만, 젊었을 땐 굉장히 잘생겼을 것으로 여겨지는 달콤하고 단정한 마스크의 소유자였다.

'돈 카를로? 그렇다는 건 설마…….'

[난 이제 돈[32]이 아니다. 은퇴한 몸이야.]

신사가 조용하지만 힘 있는 목소리로 말했다.

[앞으로의 일은 카포(보스)인 레오의 생각에 맡기겠다.]

역시 레오의 아버지였어!

새삼 부친과 아들을 비교해 보니 확실히 미장부다움과 온몸에서 발산되는 독특한 오라에 공통점이 있음을 느꼈다.

레오가 부친의 말을 받아 마리오에게 말했다.

[잘 들어. 로셀리니의 이름을 더럽히는 짓만은 하지 마라. 내 뜻을 거스르는 짓은 패밀리의 규율을 어기는 것과 같다. 설령 사촌이라 할지라도 그것만은 용서하지 않겠다.]

[……흥.]

매서운 말을 들은 마리오가 불만스럽다는 듯 코웃음을 쳤다. 미간을 찌푸린 레오는 불만을 숨기지 않는 사촌을 낮은 목소리로 불렀다.

[마리오.]

---

32 돈: 마피아의 대부, 조직 내 서열 1위를 지칭하는 말.

레오는 사촌의 시선을 억지로 되돌리는가 싶더니, 흔들림 없는 눈빛으로 응시하며 당부했다.

[……알겠지?]

젊은 보스의 기백에 압도된 것처럼 시선을 딴 데로 돌린 마리오가 시가를 뻑뻑 피며 겨우 고개를 끄덕였다.

[대답은?]

마리오는 거듭 말로 복종을 강요당하자, 떨떠름한 표정으로 [……알았어.]라고 중얼거렸다.

지금의 대화에서 추측하건대, 로셀리니 패밀리는 마약 매매에 손을 대고 있지 않으며, 사촌인 마리오는 그 점이 불만인 것 같은데…….

[저…….]

마른침을 삼키며 마피아 사이의 공방전을 지켜보던 아키라는 누가 말을 걸 때까지 등 뒤의 기척을 전혀 알아채지 못했다.

[당신, 누구야?]

수상쩍어하는 질문에 어깨를 흠칫 떨며 뒤를 휙 돌아보았다. 그러자 동그랗고 까만 눈동자가 신기하다는 듯 이쪽을 바라보고 있었다.

'일본인……?'

다정해 보이는 외모에 가녀린 청년을 보고 그렇게 생각한 바로 다음 순간,

[루카? 무슨 일이야?]

살롱 안에서 목소리가 날아왔다.

'루카? 그럼 이 청년이 삼남?'

세 사람이 각각 어머니가 다른 이복 형제라는 사실은 단테한테서 들었지만.

저도 모르게 눈앞에 있는 검은 머리 청년의 얼굴을 빤히 쳐다보고 있는 동안에 플래티나 블론드색 머리의 남자가 일어나서 보폭이 큰 걸음으로 다가왔다. 고작 몇 초 만에 입구까지 당도한 남자는 문을 밀어젖혔다. 그러더니 황급히 도망치려고 하던 아키라의 팔을 잡고는 쭉 끌어당겼다. 몸이 뒤로 돌아갔다.

정면에서 아키라의 얼굴을 본 남자의 아이스블루색 두 눈동자가 점점 휘둥그레졌다.

[……넌?]

"………아."

질문에 어떻게 대답해야 좋을지 머뭇거리고 있으려니, 어느새 근처까지 와 있던 레오가 남자의 어깨를 잡고 [에두.] 하고 불렀다. 그때가 되어서야 겨우 깨달았다. 머리색이 플래티나 블론드인 남자가 의류와 호텔 관련 사업을 도맡아 관리하고 있는 차남이라는 사실을.

[비켜.]

명령에 발끈해서 미간을 찌푸리는 동생을 억지로 밀친 레오가 꼼짝도 안 하고 서 있는 아키라의 위팔을 잡았다.

[따라와.]

레오는 살기를 띤 무서운 얼굴로 명령하자마자, 아키라를 끌고 가듯이 거칠게 그의 팔을 잡아당겼다.

　　[레오, 그는 대체……?]

　　레오는 차남의 질문에는 대답하지 않고 복도를 걷기 시작했다.

　　"아파……, 아파, 레오!"

　　[레오! 어디 가?]

　　등 뒤에서 쫓아오는 목소리에도 걷는 속도를 늦추지 않았다.

　　[파티는?!]

　　그는 뒤돌아보지 않은 채 소리쳤다.

　　[끝이다!]

제 5 장

살롱 앞의 복도에서부터 레오에게 질질 끌려 억지로 계단을 올라갔다.

"아파……, 아파……, 레오!"

도중에 몇 번이나 호소했지만 다 무시당했다. 미간을 콱 찌푸리고는 입가를 일자로 꾹 다문 레오가 개인실로 주어진 아키라의 방문을 거친 손놀림으로 열었다.

"멍!"

레오는 기쁜 듯이 마중 나온 파고를 복도로 내쫓더니, 대신에 아키라를 실내에 쿵 밀어 넣고는 손을 뒤로 돌려 문을 닫았다. 난폭하게 내던져진 아키라는 한두 발자국 헛발을 디뎠고, 달칵, 문을 잠그는 소리를 듣고는 등 뒤에 있는 남자를 조심스레 돌아보았다.

문을 등에 지고 선 레오는 여태까지 본 적 없는 턱시도 차림이었다.

드레스셔츠 목 부분에 나비 넥타이, 허리에 커머번드[33]를 두르고, 발에는 오페라 펌프스[34]. 캐시미어 도스킨[35]으로 된 턱시도 슈트는 레오의 귀족적 매력을 최대한으로 끌어내고 있었지만, 그 표정은 여태까지 본 적이 없을 만큼 사납고 험악했다.

"…………."

숨을 멈추고 온몸에서 험악한 오라를 뿜어내는 남자를 쳐다보고 있으려니, 느닷없이 레오가 폭발했다.

"왜 방을 나갔지?!"

아키라는 그 무섭고 사나운 기세에 저도 모르게 어깨가 흔들렸다.

"모, 목이 말라서……, 물……, 물을 가지러 가려고."

드높아진 목소리로 횡설수설하며 변명을 입에 담았지만, 아무래도 레오는 처음부터 아키라가 하는 말을 들어줄 생각이 없던 것 같았다.

"무슨 목적으로 그런 곳에서 몰래 엿듣고 있었던 거지?"

모멸이 담긴 말투로 누명을 쓴 아키라는 얼굴이 화끈 달아올랐다.

---

33 커머번드: 남성용 연회복을 입을 때 착용하는 복부에 감는 띠.
34 오페라 펌프스: 발등 부분이 깊게 파이고, 끈이나 여밈 장식이 없는 남성 예복용 구두.
35 도스킨: 최고급 보타니 양모로 제작한 천. 표면을 역모 처리하여 감촉이 암사슴 가죽의 모피처럼 매끈하고 치밀한 방모직물. 주로 코트, 슈트, 신사복 등에 쓰임.

"엿듣지 않았어! 우연히 살롱 앞을 지나가다가 안에서 당신 목소리가 들려서 그런 거야!"

"내가 방을 나가지 말라고 했을 텐데."

"그……그러니까 그건 참을 수 없을 정도로 목이 마르길래……, 이제 거의 파티도 끝났겠다 싶어……서."

레오의 냉담한 시선에 압도당한 나머지, 어미가 힘없이 끊겼다.

"변명은 듣고 싶지 않다. 어젯밤에 말했을 텐데. 이 저택에 있는 한, 당주인 나의 말은 절대적이라고."

"그 말은……, 들었지만, 그래도."

"말대답은 필요 없어!"

큰 소리로 고함을 치는 바람에 또다시 어깨가 흠칫 떨렸다. 그런 자신이 한심스러웠다.

"몇 번이나 말하게 하지 마. 내 명령을 거스르는 짓은 용서하지 않아. 그리고 거스르지만 않으면 넌 자유롭게 있을 수 있어."

무조건적인 통고에 입술을 꽉 깨문 아키라는 난폭하기 짝이 없는 폭군을 향해 시선을 올리고 그를 노려보았다.

'……뭐가 자유라는 거야!'

자유든 뭐든 다 네 왕국 안에서만이잖아!

사람이 하는 이야기를 들으려 하지 않는 남자의 오만불손한 얼굴을 노려보고 있는 사이에 봉인의 잠금쇠가 튕겨 나가면서 뱃속에 가두고 있던 분노의 감정이 울컥 솟아올랐다.

멋대로 납치하고 가둬 놓고는, 명령을 거스르지 말라고?!

독선도 정도껏 하라고!

난 네 인형이 아니야.

아키라는 머리 위에서 압박을 가하는 레오의 눈빛을 받아치듯이 턱을 젖혔다.

방심하게 만들기 위해 순종적인 척하려고 결심했던 참이다. 하지만…….

'역시 못 참겠어!'

아키라의 반항적인 눈빛을 본 레오의 두 눈이 험악한 기운을 품었다.

"뭐야? 무슨 불만 있나?"

"……똑같아."

"똑같다고?"

"결국 너희는……, 야쿠자도 마피아도 근본은 똑같아."

낮은 목소리로 말을 내뱉자, 레오가 미간을 찌푸렸다.

"뭐라고?"

"독선적이고 거만한 데다, 남의 의지 따위 아랑곳하지 않아. 자신의 욕망을 채우기 위해서라면 아무렇지도 않게 남을 짓밟고, 법도 어기지. 다른 사람과 공갈이나 폭력으로밖에 의사 소통을 못하고. 사람으로서 중요한 무언가가 결여되어 있어. ……국적과 인종이 달라도 어차피 너랑 시바타는 같은 종류의 인간이야."

"……그런 쓰레기랑 똑같은 취급 하지 마."

레오의 안색이 바뀐 건 알았지만, 한 번 터진 격정은 오래 담아 두고 있었던 만큼 그렇게 쉽게 수습되지 않았다.

"똑같잖아! 명문이라느니 귀족이라느니 점잔 빼고 있으면서, 하는 짓은 납치, 감금. 시바타와 아무것도 다를 것 없어. 똑같지?!"

관자놀이를 실룩 떨던 레오가 목소리를 낮추었다.

"그 이상의 모욕은 용서하지 않는다."

"이 훌륭한 저택도 영지도 살벌한 약탈의 역사 위에서 성립됐을 텐데. 아무리 귀족의 피로 정화한들, 뿌리가 마피아인 사실은 뒤집어 엎을 수 없어. 피 묻은 과거는 지울 수 없다고."

"적당히 해…… 날 진짜로 화나게 할 셈인가?"

레오가 엄청난 형상으로 두 손을 뻗어 오더니, 아키라의 위팔을 잡았다. 그러더니 턱시도로 덮인 가슴에 끌어당겨 강한 힘으로 흔들었다.

머리 한구석에서 더 이상은 하면 안 된다고 경고의 종을 울렸지만, 아드레날린이 상승한 탓인지 스스로는 이제 억제하지 못하게 되고 말았다.

"당신의 손은 피로 더럽혀졌어!"

"입 닫아."

"야쿠자도 마피아도 인간 쓰레기……!"

한창 욕을 하던 도중에 턱을 거칠게 잡혔다.

맞는다!

그렇게 생각하고 반사적으로 눈을 꽉 감은 바로 직후였다. 뜨거운 감촉이 입술을 덮었다.

'………어?'

천천히 눈을 뜨고 너무 가까워서 초점이 맞지 않는 남자의 얼굴을 한동안 멍하니 바라보고 난 후, 입맞춤을 당하고 있다는 사실을 겨우 깨달았다.

거짓말. 왜?

"어째……, 음……, 응."

경악으로 눈을 휘둥그레 뜬 아키라는 억지로 당한 입맞춤에서 어떻게든 벗어나고자 팔을 휘두르고 몸을 비틀었지만, 저번에 그가 약을 먹이기 위해 입술을 빼앗았을 때와 마찬가지로 남자의 구속은 전혀 흔들림이 없었다.

"으……웃."

레오는 아키라의 저항을 봉쇄한 채 억지로 치열을 밀고 들어오려 했다.

"응……, 흐……읍."

격렬한 공방을 반복한 끝에 아키라는 레오의 혀에 이를 세우고 말았다. "큭." 하는 낮은 신음 소리로 정신을 차렸지만, 때는 이미 늦었다.

밀치듯이 아키라의 입술을 떨어뜨린 레오가 입술을 손등으로 스윽 닦았다.

그러더니 어깨를 들썩이며 가쁜 숨을 몰아쉬는 아키라를 번뜩이는 눈빛으로 꿰뚫으며 중얼거렸다.

"그렇게까지 말하니……, 그 야쿠자와 같은 식으로 다루어주지."

여태까지 들었던 목소리 중에 가장 낮은 음색을 듣고는, 자신이 무의식적으로 남자의 안에 있는 야수를 풀어 놓고 말았다는 사실을 알았다. 핏기가 싹 가셨다.

'정말로……, 화나게 했나?'

등이 싸늘하게 차가워지고 몸이 바르르 전율한 직후, 또다시 팔을 잡혔다. 그러고는 질질 끌리듯이 옆방인 침실로 끌려 갔다.

항상 자고 일어나는 침대로 벌렁 나자빠진 아키라가 자세를 가다듬을 틈도 없이 레오가 그를 덮쳐 눌렀다. 남자 두 사람 체중에 매트리스가 끼익 삐걱거렸다.

"이거 놔……!"

아키라는 하반신에 체중이 실린 상태로 필사적으로 저항했다. 그러나 간단히 머리 위로 두 손을 한데 잡히는 바람에 꼼짝도 할 수 없어져버렸다. 아키라를 깔고 누운 레오의 눈빛은 뭔가에 씌이기라도 한 것처럼 어두운 열기를 띠고 있었다.

"마피아한테는 공갈과 폭력밖에 없다고 했지?"

아름다운 얼굴이 숨이 닿을 만큼 다가오자, 바싹 마른 목 깊은 곳에서 겨우 목소리를 쥐어짜 냈다.

"그……래."

"스스로의 욕망을 채우기 위해서라면 아무렇지도 않게 사람을 짓밟는다 —— 인간 쓰레기다, 그렇게 말했지?"

"…………."

"보스인 이 몸을 모욕하는 건 패밀리를 폄하하는 것과 마찬가지다. 마피아의 명예를 더럽혔으니 그 나름의 각오가 되어 있겠지?"

사나운 눈빛을 내뿜는 칠흑 같은 두 눈을 보니 꼼짝도 하지 못하게 되어 마른침을 꿀꺽 삼켰다.

──그 나름의……, 각오?

무슨 뜻인지 몰라 굳어 있자, 무언을 긍정이라 받아들였나 보다.

"……훌륭하군. 그렇다면 나도 마피아답게 마피아의 방식으로 죗값을 치르게 해주지."

레오가 낮은 목소리로 선언하자, 온몸의 솜털이 곤두서며 소름이 끼쳤다.

마피아의 방식으로 죗값을 치르게 한다고?

불길한 말을 곱씹음에 따라 초조함이 서서히 치밀었다.

뜨겁게 열이 받은 뇌리에 언젠가 시칠리아에서 태어난 이탈리아인에게서 들었던 이야기가 되살아났다.

시칠리아 마피아는 무엇보다도 '명예'를 중시한다. 그들에게 '명예'는 목숨보다도 중대한 존재라고.

자신은 그 '명예'를 자각도 없이 멸시하고 만 건가……?

레오가 아키라의 창백한 얼굴을 차가운 시선으로 응시하면서 그의 셔츠 옷깃에 손을 대고는, 기세 좋게 끌어 내렸다. 천이 쭈욱 찢어지는 소리가 울리더니, 앞에 달린 단추가 다 날아가면서 셔츠 앞이 확 벌어졌다.

"………윽."

맨살을 쓰다듬는 공기에 숨을 삼킨 찰나, 팔의 구속이 풀어지더니 벌렁 누운 상태였던 몸이 반대 방향으로 뒤집어졌다. 그리고 엎드린 상태로 찢어진 셔츠가 팔꿈치 부근까지 쭉 내려졌다.

"무슨 짓을……, 아파!"

곧바로 양팔이 등 뒤로 돌아가는 바람에 어깻죽지에서 삐걱거리는 통증이 느껴진 나머지 얼굴을 찡그렸다. 항의의 목소리를 높이려고 했지만, 그럴 새도 없이 얽혀 있던 셔츠로 양팔이 묶이고 말았다.

다시 한 번 몸이 뒤집히더니, 지근거리에 있는 레오와 눈이 마주쳤다.

"놔……놔줘."

뒤로 돌아간 채 묶인 양손을 풀어달라고 부탁했지만, 매정하게 무시당했다. 대신에 레오는 몸을 조금 일으켜서는, 상공에서 아키라의 알몸 상반신으로 거침없는 시선을 쏟아부었다.

빈약한 어깨와 쇄골, 살이 붙지 않은 가슴, 평평한 복부 —— 천천히 값을 매기는 듯한 눈빛으로 더듬자, 아키라의 얼굴이 서서히 열을 띠었다. 자신의 몸이 남자치고는 희멀겋고 호리호리한 점은 충분히 알고 있었기 때문에 이런 식으로 남의 시선을 적나라하게 받는 건 굴욕일 뿐이었다. 게다가 상대가 보통 사람 이상으로 타고난 몸을 가진 이탈리아 남자라면 더더욱 그렇다.

"보……지 마."

아키라는 수치와 굴욕으로 눈가를 희미하게 물들인 채 애원했다.

"하얀군. ……일본인은 다들 이런가?"

그러나 두 눈을 가늘게 뜬 레오는 손바닥으로 맨살을 만지기 시작했다. 그가 도자기를 만지는 것처럼 신중한 손놀림으로 살며시 쓰다듬자, 등줄기를 근질거리는 것 같은 감각이 오싹오싹 기어올라왔다.

"매끄럽고……, 마치 고급 실크 같아."

감탄 섞인 목소리로 혼잣말을 한 레오가 이어서 팔이 뒤로 돌아간 탓에 앞으로 내민 듯한 상태가 되어버린 가슴의 뾰족한 부분을 손가락으로 만졌다. 생각지도 못한 동작에 허를 찔린 아키라는 몸을 흠칫 떨었다.

"민감하군."

아키라는 입술 가장자리를 요염하게 끌어 올린 묘하게 관능적인 표정의 그를 노려보았다.

"아, 아니……."

반론하려던 목소리가 목 안에서 막혔다. 레오가 손가락 끝으로 돌기를 꽉 잡아 당겼기 때문이다.

"………앗."

저도 모르게 입에서 나온 목소리는 평소의 목소리보다 옥타브가 높았다.

'뭐……뭐지?

스스로 자신의 반응에 당혹스러워하고 있는 동안에도 악랄한 손가락은 평소에는 그 존재조차 잊고 있던 가슴에 달린 장식을 계속해서 가지고 놀았다. 아키라가 저항하지 못하는 것을 틈타 선단을 꾹꾹 눌러 찌부러뜨리는가 싶더니, 반대로 잡아당기고 손톱으로 긁었다.

"벌써 단단해졌어."

속삭이는 쉰 목소리에 "거짓······말." 하고 중얼거리자, "거짓말이겠어?" 라고 말하며 그 단단함을 알려주듯이 돌기의 모양을 천천히 손가락 바닥으로 어루만졌다.

"아직 덜 익은 포도알처럼 내 손가락을 튕겨 내고 있어."

손톱 끝으로 탁 튕기자, 아키라의 몸이 마치 전류가 통한 것처럼 뒤로 젖혀졌다.

"아앗."

단단하게 서기만 한 게 아니라 엄청나게 민감해져 있음을 깨닫고 깜짝 놀랐다.

믿겨지지 않았다. 어째서 이곳이 이렇게······?

"점점 익어서······, 빨갛게 색을 띠기 시작했군."

레오의 말이 거짓이 아니라는 사실은 그곳이 점차 열을 머금으며 욱신욱신 쑤시기 시작한 점으로도 알 수 있었다. 게다가 질금질금 저리는 듯한 그 동통은 빨갛게 물든 가슴 끝에서 차차 온몸으로 퍼지고 있었다. 남자 주제에 가슴을 농락당하기만 했는데도 반응하는 자신에게 참을 수 없을 만큼 수치심이 치밀어 올라서 어떻게든 감추고자 발버둥을 쳤지만, 레오에게 간단히 들키고 말았다.

"가슴을 만지기만 했는데 여기도 단단해졌나?"

하의 위에서 흥분한 그것을 만진 남자가 야유하듯 속삭였다. 마치 음란하다는 듯한 말투에 얼굴이 화끈거렸다.

"아니야! 그런 게 아……."

"아니야? 그럼 이건 뭐지?"

가랑이 사이를 꽉 잡히는 바람에 몸이 흭 움츠러들었다. 급소를 잡힌 충격에 몸이 굳어 있자, 레오는 손에서 힘을 풀었다. 그러더니 그대로 아키라의 욕망의 징조를 천 위에서 애무하기 시작했다. 생각지도 못한 다정한 손놀림에 목소리가 새어 나올 뻔한 아키라는 미간을 찌푸리며 필사적으로 견뎠다.

"응……, 읏."

하지만 긴 손가락이 가하는 애무는 믿겨지지 않을 만큼 정교해서……, 꽉 문 치열에서 새어 나오는 달콤한 한숨을 도저히 참을 수 없었다. 그다지 시간을 두지 않고 속옷 안에 담겨 있는 것이 고통스러울 정도로 흥분하고 말았다. 물론 레오가 그 변화를 알지 못할 리 없었고 ── .

"잘 느끼는군."

레오가 일부러 귓가에 입술을 대고 속삭이는 바람에 아키라의 목덜미가 붉게 물들었다. 부정할 수가 없어서 분했다. 아무리 요 몇 달 동안 자위조차 하지 않았다고 한들, 증오하는 남자의 애무로 너무나도 쉽게 느끼고 있는 자신이 믿겨지지가 않았다.

"이런 건……, 이런 건 싫어."

"뭐가 싫은데? 이렇게 단단해져서는."

레오가 고개를 흔들며 싫어하는 아키라를 비웃듯이 나무랐다. 더군다나 입고 있던 옷을 속옷까지 통째로 끌어 내리더니 다리에서 빼버렸다. 하반신을 덮는 것이 모두 치워진 데다 다급히 오므리려던 다리를 잡힌 나머지, 아키라의 입에서 무심결에 비명이 튀어나왔다.

"그……그, 만."

열심히 저항했지만 결국은 강한 힘으로 인해 다리가 갈리며 커다랗게 벌어졌다. 아키라의 양쪽 무릎을 잡고 좌우로 억지로 벌린 남자가 평소에는 남의 눈에 닿지 않는 부끄러운 곳에 시선을 쏟았다.

"싫, 어……."

다 보여졌어…….

옅은 체모도, 단단하게 위축된 두 개의 구슬도, 떨면서 일어서고 있는 욕망의 모습도 모두 있는 그대로.

수치를 넘어 어질어질 현기증이 났다.

"…………."

레오가 이런 굴욕적인 자세를 강요해 놓고는 아무 말도 하지 않으니 더더욱 견딜 수가 없어서, 뜨거운 눈빛에서 벗어나듯이 얼굴을 돌렸다. 하지만 그렇게 해서 도피한들 남자의 시선에 남김없이 드러난 부분이 타오르듯 뜨거운 사실은 변함이 없었다.

아까 전에 "마피아의 방식으로 죗값을 치르게 해주지."라는 말을 듣고 뒤로 손을 묶였을 땐 틀림없이 가혹한 폭력에 휘둘릴 거라 생각하여 겁을 먹었다.

그러나 이렇다면 차라리 맞는 편이 그나마 나았다.

'이렇게 창피를 당할 정도라면…….'

더할 나위 없는 치욕에 어금니를 꽉 깨물고 있던 중, 문득 어떤 생각이 번뜩였다.

왜 레오가 이런 짓을 하는지 몰랐는데……, 그렇구나.

이건 '능욕'인 것이다.

양팔이 묶이고 다리가 크게 벌어진 비참한 모습을 남자의 시선에 불타며 그을린다.

옷과 함께 남자로서의 자존심을 송두리째 빼앗긴다.

어떤 의미로는 죽음보다도 고통스러운 굴욕이었다.

레오는 그 무엇보다 잔혹한 수단으로 마피아의 '명예'를 폄하한 데 대한 보복을 자신의 몸에 내리려고 하는 것이다.

앞으로 얼마나 많은 치욕을 맛보게 될까?

보이지 않는 앞날에 대한 공포에 전율하던 그때, 레오가 움직였다. 무릎을 잡고 있던 오른손을 떼고는, 그 손을 가랑이 사이로 뻗었다. 욕망을 맨살 그대로 잡힌 아키라는 그것을 감싸는 손바닥의 열기에 등을 흠칫 떨었다.

"………아."

걱정하던 것보다 부드럽게 천천히 위아래로 움직이자, 굳어 있던 몸에서 힘이 빠져나갔다. 커다란 손바닥과 긴 손가락을 사용한 애무는 한순간 이 행위가 '보복'이라는 사실을 망각할 만큼 달콤했다.

"앗……, 앗……, 아."

레오가 뒤쪽 힘줄의 약한 부분을 집중적으로 괴롭히자, 참을 수 없는 교성이 마침내 입 밖으로 흘러나왔다.

"하……, 흑……."

요 몇 달 동안 자신에게 성적 욕망이 있다는 사실조차 잊고 있었다. 정신적으로도 육체적으로도 완전히 피폐해진 상태였기 때문에 전혀 그런 기분이 들지 않았다.

그런 스님처럼 금욕적인 생활을 보내던 반동일까?

레오가 느리게 훑기만 했는데도 아플 정도로 느꼈다. 눈동자에 눈물로 된 막이 쳐졌고, 무의식중에 허리를 흔들고 말았다.

"응, ……응, 아."

"얼굴에 어울리지 않게 경망스럽군."

낮은 목소리로 희롱하는 듯한 말조차 쾌감을 부채질하며……, 이미 단단하게 부풀어 오른 욕망은 아랫배에 달라붙을 만큼 뒤로 휘어져 있었다. 무겁게 부은 두 개의 구슬 안을 짜내듯이 주물러 대자, 선단에서 꿀이 왈칵, 하고 흘러넘쳤다.

"젖어 있어."

레오가 짓궂은 목소리를 귓바퀴에 불어넣었다. 뚝뚝 떨어지는 쿠퍼액이 축을 따라 레오의 손을 적시고 있었다. 젖은 물소리가 질척질척 들려오는 바람에 몸이 더욱더 뜨거워졌다. 평소보다 확실히 몇 도는 높은 체온으로 인해 위를 향한 하얀 목 안에서 한숨이 새어 나왔다.

"흐……아, 아."

커다란 손바닥 전체로 강약을 조절하며 훑자, 그곳에 점점 열이 모이면서 —— .

"아, ……이, 제."

달콤한 고문에 어처구니없이 함락된 아키라는 절정을 맞이할 조짐을 느끼며 눈을 꽉 감고 온몸을 파르르 떨었다.

—— 갈 것 같아.

그런데 이제 조금만 더하면 절정에 다다르는 바로 직전에 레오가 손을 떼고 말았다.

"아……….."

아키라는 포물선 정점 바로 앞까지 몰리다가 갑자기 내쳐진 충격에 두 눈을 느릿느릿 떴다.

'어……째서?'

시선 앞에 있는 레오에게 눈으로 호소하자, 그는 고혹적인 낮은 미성으로 질문했다.

"가고 싶나?"

그사이에도 갈 곳을 잃은 열이 간헐적으로 밀려 올라왔다. 아키라는 고통에 얼굴을 일그러뜨리며 고개를 끄덕였다.

……가고 싶다. 한시라도 빨리!

그건 자존심을 억누를 정도로 절실한 욕구였다.

그러나 레오는 아키라의 턱을 잡더니, 꽉 다문 통통한 입술을 손가락으로 훑으며 더한 복종을 가해 왔다.

"가고 싶으면 이 입으로 제대로 빌어봐."

"너무……해……."

막판에 가혹한 요구를 입에 담는 남자를 눈물을 머금은 채 노려보았다.

"난 마피아라서 말이야."

입술을 일그러뜨린 레오가 그 아름다운 얼굴에 오싹할 정도로 관능적인 미소를 띠우며 말했다.

"말 안 하면 이대로 있을 건데?"

한 손으로 촉촉히 젖은 아키라의 욕망을 꽉 잡고 방출을 막은 채, 다른 한 손으로 잔혹하게 몰아쳤다. 점액이 마찰하는 음탕한 소리가 격렬해지면서 머리가 하얗게 흐려졌다.

"앗……, 앗……."

하복부가 아플 정도로 욱신욱신 쑤셨고, 끈적하게 무르익은 관능이 출구를 찾아 미친듯이 소용돌이쳤다. 산소 결핍이 된 것처럼 의식이 몽롱해지면서……, 이미 아무 생각도 할 수 없었다.

아키라는 오로지 편해지고 싶은 마음에 마지막 자존심을 손에서 놓았다. 그리고 파르르 떨리는 입술로 간절히 애원했다.

"부탁이야……, 가……게 해줘."

"'부탁드립니다. 가게 해주세요.'라고 해."

모질고 단호한 질책이 떨어졌다. 아키라는 남자의 강렬한 눈빛에 움츠러져 목을 작게 울렸다.

"부탁……드립……니다. 가게 해……주세……요."

꼬이는 혀로 더듬거리면서도 말을 끝낸 찰나, 축을 꽉 쥐고 있던 손의 압박이 느슨해졌다.

"아, 아앗."

그 순간, 한계까지 달해 있던 욕망이 확 터졌다. 기세 좋게 뿜어진 하얗고 탁한 액체가 레오의 얼굴까지 튀었다.

"하……아, ……아."

몇 달 만에 맞이한 방탕은 길게 꼬리를 끌었고, 아키라는 여운에 몸을 흠칫흠칫 떨면서 몇 번이나 정액을 쿨럭쿨럭 쏟아냈다.

"무척이나 쌓여 있었나 보군."

쓴웃음과 함께 중얼거린 레오가 뺨에 묻은 정액을 닦았다.

레오는 반쯤 정신이 나간 채 녹초가 되어 리넨에 드러누운 아키라를 남기고 침대에서 내려갔다. 곧바로 인접한 욕실에 들어가더니, 잠시 후에 무슨 병을 손에 들고 돌아왔다. 그리고 발길을 돌려 또다시 침대 위로 올라오는가 싶더니, 무릎을 세우고 일어선 자세로 재킷을 벗기 시작했다.

벗은 턱시도 재킷을 아까워하는 기색도 없이 바닥에 내던지더니, 나비 넥타이를 잡아 뜯고, 커머번드도 벗어서 바닥에 던졌다.

마지막으로 드레스셔츠 단추를 능숙하게 풀었다.

"…………."

좀처럼 허탈 상태에서 벗어나지 못한 채 일련의 동작을 멍하니 바라보던 아키라는 셔츠 아래에서 나타난 근육질 몸을 보고는 숨을 삼켰다.

완만한 융기를 그리는 탄탄한 가슴과 단단한 복근. 미켈란젤로의 조각상을 연상시키는 아름다운 갈색 나체에서는 농후한 수컷의 페로몬 냄새가 풍겼다.

'······굉장하다.'

같은 남자인데 이렇게나 다른 법인가?

그 박력에 압도되어 있으려니 흠잡을 데가 없는 육체가 가까이 다가와선, 아직 힘이 들어가지 않은 아키라의 몸을 획 뒤집었다. 아키라는 베개에 얼굴을 묻은 채 네발로 기는 듯한 자세가 되어 엉덩이를 높이 들어 올려졌을 때 겨우 정신을 차렸다.

"무슨······."

이건 뭐지?

자신이 취하고 있는 말도 안 되는 포즈에 얼굴이 화끈 달아올랐다.

방금 전에 다리를 크게 벌린 자세로 희롱당했을 땐 더 이상의 치욕은 없을 줄 알았는데, 그 생각이 안이했음을 뼈저리게 느꼈다.

이건 마치 동물이나 하는 복종 자세가 아닌가.

레오가 밖으로 드러난 채 굴욕에 떨고 있는 아키라의 엉덩이에 손가락을 대더니, 좌우로 쭉 벌렸다.

"········읔."

너무나도 큰 충격에 목에서 높은 비명 소리가 튀어나왔다.

자신도 본 적이 없는 치부를 남에게 —— 하필이면 레오에게 보이다니!

"앗······, 싫어."

패닉에 빠진 아키라는 미친듯이 몸을 비틀었지만, 양손을 묶인데다 뒷통수를 위에서 꽉 눌린 상태로는 안타깝게도 손도 발도 뻗지 못했다.

레오는 아키라의 저항에도 개의치 않고 억지로 파헤친 곳에 끈적한 액체를 떨어뜨렸다. 오렌지 향기가 금세 실내에 충만해졌다.

"뭐……야……?"

"향유다."

머리 위에서 대답을 내던진 레오가 향유를 흘린 오므라진 곳을 손가락으로 농락했다. 경계 주변을 어루만지듯이 푼 다음, 알맞은 때를 가늠하기라도 하듯 향유로 범벅이 된 손가락을 푹 찔러 넣었다.

"앗……."

이물질이 삽입되자 몸을 움츠리며 열심히 밀어 내고자 저항했지만, 향유로 적셔진 오므라진 그곳은 레오의 손가락을 주르륵 삼키고 말았다.

"싫, 어……, 싫단 말이야."

"날뛰지 마. 안을 다쳐."

몸부림치는 아키라에게 일갈하고는 내리누른 손에 힘을 넣은 레오가 천천히 손가락을 넣었다 빼기 시작했다.

"응……, 응."

몸을 들썩거리는 것조차 금지당한 아키라는 미간을 꽉 찌푸리고 입술을 깨물며 몸 안을 유린당하는 굴욕을 견뎠다. 이윽고 안쪽에

서 질척, 쿨럭, 점액이 마찰하는 물소리가 들리기 시작했다. 남자의 손가락이 안에서 꿈틀거릴 때마다 등줄기가 발작하듯 떨렸다.

아키라의 몸이 나타내는 거부 반응을 달래는 것처럼 신중하게 내부를 탐색하던 레오의 손가락이 어떤 곳에 닿은 순간이었다. 아키라의 허리가 실룩 출렁거렸다.

"뭐, 뭐야?"

자신의 몸에 무슨 일이 일어났는지 이해하지 못하고 당혹스러운 목소리를 흘렸다.

"여기인가?"

레오가 확인하듯이 또다시 그곳을 비비자, 이번에는 분명하게 허리가 흔들렸다. 손톱 끝으로 긁힌 찰나에 저도 모르게 새된 소리가 튀어나왔다.

"아앗."

"여기구나?"

그런 식으로 물어도 뭐가 '여기'라는 건지 모르겠다.

고개를 홱홱 가로저었는데도 레오는 확신을 얻었다는 듯이 그 한곳을 괴롭히기 시작했다. 손가락 바닥으로 문지른 부분에서 달콤한 자극이 생겨나더니, 서서히 온몸에 전해졌다. 허벅지 안쪽이 가늘게 경련했고, 허리가 음란하게 넘실거렸다.

"아, 아, 아……."

자신의 의사와는 반대로 레오의 손가락을 꽈악 조이고 말았다.

"너무 조이잖아. 내 손가락을 물어 뜯을 생각이야?"

쓴웃음이 섞인 야유에도 반박할 여유가 없었다. 간헐적으로 덮쳐 오는 희열의 파도에 농락당하여……

'이건 뭐……뭐지……?'

아키라는 태어나서 처음으로 알게 된 미지의 쾌락에 촉촉해진 두 눈을 깜박였다.

자신의 몸은 그런 곳에 손가락이 들어갔는데도 분명히 쾌감을 느끼고 있었다. 게다가 이성도 억제도, 그 모두가 깨끗이 사라지는 것처럼 제어가 불가능한 쾌락을 ── .

정신을 차려 보니 방금 전에 막 터졌던 욕망도 또다시 일어서고 있었다. 전혀 만지지도 않았는데, 레오의 딱딱한 손가락을 느끼며 참을 수 없는 곳을 자극당할 때마다 흥분한 선단에서 꿀이 뚝뚝 떨어지며 리넨에 얼룩을 만들었다.

"응……, 아, 아……으응."

어느샌가 두 개로 늘어난 손가락이 녹아드는 내벽을 휘젓자, 귀를 막고 싶을 만큼 달콤한 교성이 쉴 새 없이 흘러나왔고 참으려고 해도 도저히 멈춰지지가 않았다.

수치심과 당혹감, 그리고 부자연스러운 자세를 강요당한 몸의 고통이 한데 뒤섞여 호흡이 흐트러졌고, 눈동자가 점점 젖어갔다.

이런……, 이런 느낌은 모른다. 이런 자신은……, 모른다.

'……무서워.'

막연한 공포심이 치밀어 오르며 온몸에 소름이 돋았다.

이대로라면 자신이 자신이 아니게 되고 말 것 같았기 때문에.

29년 동안 살아오면서 스스로도 몰랐던 미지의 자신이 파헤쳐지는 것 같아서……, 무서웠다.

등을 바르르 떤 그때, 느닷없이 뒤에서 손가락이 빠져나갔다.

"아………."

갑자기 찾아온 상실감에 저도 모르게 허리가 흔들렸다. 마치 못내 아쉬워하기라도 하는 듯한 그 한심한 움직임에 머리 한가운데가 하얘졌다.

믿겨지지 않아. 어째서……?

베개에 얼굴을 묻은 채 어금니를 악물고 있으려니, 어깨를 잡히며 몸이 뒤집혀졌다. 레오와 마주 보자마자 무릎 뒤쪽을 잡혔다. 허벅지가 가슴에 닿을 정도로 두 다리가 접혀 올려졌다.

난폭한 취급에 얼굴을 찡그린 그다음 순간, 향유와 욕망에서 뚝뚝 떨어진 액체로 젖은 오므라진 그곳에 작열하는 덩어리가 바짝 닿았다.

―― 뜨거워.

사나운 수컷을 바짝 댄 채 열을 머금은 눈빛으로 자신을 내려다보는 레오의 얼굴은 평소보다 한층 요염하고, 숨을 삼킬 만큼 아름다웠다. 아키라는 사나운 정복욕으로 끓어오르는 그 검은 눈동자에 매료되듯 자신을 깔고 누운 남자를 올려다보았다.

"넌 우리 패밀리의 '명예'를 더럽혔다."

이윽고 관능적인 형태를 지닌 입술이 벌어지더니, 갈라진 저음이 아래로 떨어졌다.

"그게 얼마나 큰 죄인지, 밤새도록 천천히 그 몸에 가르쳐주겠다."

비정한 선언과 함께 등줄기에 전율이 내달리는 것과 동시에 살을 비집어 열듯 흉기의 선단이 꾸욱 하고 박혀 들어왔다.

"………히익."

손가락과는 비교도 되지 않는 질량의 쐐기가 침입하는 충격에 식은땀이 왈칵 솟아 나왔다. 목 깊은 곳에서 비명이 커졌다.

"윽……."

그러나 비명은 아키라를 덮은 뜨거운 입술에 막혀 갈 곳을 잃었다. 그렇게 어느샌가 태풍 같은 입맞춤에 삼켜져 갔다.

*　　*　　*

다음 날은 침대에서 일어나지 못했다.

몸에 있는 관절이란 관절은 다 삐걱거렸고, 근육통인지 온몸이 무겁고 나른했다. 특히 장시간 묶여 있던 팔에는 아직 저린 느낌이 남아 있어서 스스로의 힘으로는 팔을 올릴 수가 없을 정도였다.

너무 울어서 얼굴은 부어 있는 데다, 목은 쉬었고, 물론 허리도 아팠다.

굴욕과 치욕으로 범벅이 된 어젯밤의 기억을 지워 없애고 싶어도 아직 몸에 생생하게 남은 능욕의 조흔이 그를 허락해주지 않았다.

레오는 선언대로 하룻밤에 걸쳐 아키라의 몸을 천천히 열고 구석구석까지 '정복'했다.

사나운 수컷에게 몸을 갈린── 태어나서 처음으로 체험한 격통은 지금 떠올려도 몸서리를 칠 정도였지만, 오히려 진정한 의미로 고통스러웠던 건 아픔이 아니라 쾌락이었다.

미워하는 남자에게 억지로 범해졌는데도 몸이 멋대로 느끼고 말았다.

── 앗……, 아, 응, ……앗.

동성인 남자에게 안겨 그 열을 몸 안 깊숙이 받아들이고 교성을 지르는 자신을 믿을 수가 없었다. 의지와는 관계없이 희열에 빠지고 마는 몸이 고통스러워서 몇 번이나 "이제 용서해줘." 하고 매달리며 졸랐다.

하지만 아무리 울며 용서를 빌어도, 레오는 그 모진 고통에서 해방시켜주지 않았다. '보복'의 이름 아래에서 정신이 아찔해질 정도로 흔들리고, 꿰뚫리고, 목소리가 나오지 않을 때까지 울었다.

삽입까지 강요당한 건 두 번이었지만, 그 후에도 손가락이나 입으로 셀 수 없을 만큼 절정에 달했고……, 마지막에는 기진맥진해져서 몽롱한 상태로 의식이 없었다.

그래도 안개가 낀 기억 속에서 처음으로 몸을 이었을 때 나눈 대화는 희미하게 기억하고 있었다.

── 남자는 내가 처음인가?

── 그……야……, 당연……하지!

자신의 단단하고 곧은 음경에 꿰뚫리며 그 견고한 질량에 신음하면서도 모욕당한 데 분노를 표하는 아키라를 향해 레오는 왠지 모르게 무척이나 기쁜 듯이 웃었다.

'그 남자도 그런 표정을 지을 수 있구나.'

푹신한 베개에 가라앉아 천장의 프레스코화를 멍하니 바라보면서 그때 레오가 짓던 표정을 떠올리고 있으려니, 복도에서 이탈리아어로 오가는 대화가 들려왔다.

[아키라 님께서는 기분이 좋지 않으십니까?]

단테의 목소리였다.

[조금 피로해진 것 같다. 오늘 하루는 자게 해 두는 편이 좋겠어.]

염려하는 질문에 대답하는 레오의 테너톤 목소리.

[의사 선생님을 부르는 편이 좋을까요?]

[아니, 오늘은 내가 곁에 있을 수 있으니 의사는 필요 없다.]

곁에 있어? 레오가?

아키라는 예상치도 못한 폭군의 말에 두 눈을 깜박거리고는 휘둥그레 떴다.

확실히 의사에게 보여줄 수 있는 상태는 아니지만…….

열 시가 다 된 시각에 혼수상태와도 같은 잠에서 깼을 때, 이미 어젯밤에 당한 능욕의 흔적은 깨끗하게 씻겨지고, 두 사람의 정액으로 끈적거리던 침구도 새것으로 교체되어 있었지만(아마 자신이 기절해 있는 동안에 레오가 뒷처리를 했을 것이다), 그래도 의사에게 몸을 보이면 무슨 일이 있었는지 틀림없이 바로 알아채고 말 것이다.

[용건이 있으면 부르겠다. 그때까지는 대기하고 있도록.]

[알겠습니다.]

다른 대답은 필요 없다는 명령조로 단테를 내쫓은 레오가 문을 열고 방 안으로 들어왔다. 그는 곧장 침대로 다가와서 아키라의 얼굴을 들여다보았다.

"기분은 어떤가?"

좋을 리가 없잖아. 남자에게 억지로 당했다고.

그렇게 나무라고 싶었지만, 빈정대는 말을 할 기력도 나지 않아서 말없이 눈을 감았다. 이쪽에 이렇게나 대미지를 줘 놓고는, 본인은 전혀 손상 없이, 그러기는커녕 평소 이상으로 요염해 보이는 레오의 얼굴을 시야에 들이고 싶지 않았기 때문이다.

"어디 아프진 않나?"

"…………."

"허리는? 괜찮아?"

네가 몇 번이나 들어갔다 나갔다 한 곳은 따끔따끔 아프고, 아직 단단한 것이 끼어 있는 것 같은 위화감이 사라지지 않는다 —— 라고 입이 찢어져도 말할까 보냐.

치밀어 오르는 화를 참으며 무시하고 있으려니, 레오가 갑자기 담요를 홱 벗겼다.

"……뭐야!"

실오라기 하나 걸치지 않은 알몸이 시칠리아의 밝은 햇살에 드러나자, 깜짝 놀라 눈을 부릅 떴다.

"무슨 짓……."

"보여줘봐."

레오는 그렇게 말하자마자 아키라의 몸을 홱 뒤집었다. 무슨 일이 일어났는지 이해하지 못한 채 있자, 엉덩이 사이에 손가락을 대더니 그곳을 쭈욱 벌렸다. 너무나도 심한 처사에 사지의 아픔도 한순간에 깨끗이 사라졌고, 아키라는 다리를 바둥거리며 날뛰었다.

"그……그만해!"

"이제 와서 창피해하지 마. 어젯밤에는 더 엄청난 짓도 했잖아?"

"그거랑 이건 이야기가 다르…………, 윽."

아키라는 상반신을 일으키던 도중에 허리에 격통이 내달리는 바람에 풀썩 엎드렸다.

"크……으……."

"바보. 날뛰니까 그러지."

혀를 차며 아키라를 혼낸 레오가 "적어도 오늘 하루는 얌전히 있어."라고 거드름을 피우며 타일렀다.

'젠……장.'

엄청난 곳을 시선으로 파헤쳐진 수치를, 시트를 꽉 쥐고 견뎠다.

"……빨갛게 부어 있군."

실제로는 30초도 지나지 않았을지 모르지만 아키라에게는 몇 분으로 길게 체감된 시찰 후, 레오가 불만스럽다는 듯 중얼거렸다.

너 때문이잖아! 하고 큰 소리로 화를 내고 싶은 마음을 꾹 참았다. 어설프게 대들어서 이 남자를 화나게 한 결과, 무서운 '벌'이 기다린다는 사실을 어젯밤에 몸으로 뼈저리게 깨달은 참이었다.

두 번 다시 그런 굴욕은 맛보고 싶지 않다. 뱃속에서 아무리 저주를 토해 내려고 해도 표면적으로는 고분고분하게 굴어야만 한다. ……언젠가 새장의 새에서 벗어나는 날을 위해서라도.

"그래도 상처는 없는 것 같네."

그 말에는 조금 안심했다. 그 정도라면 아마 2~3일 지나면 통증도 나을 것이다.

안도하는 것과 동시에 생각했다.

완전 초심자인 자신이 이 정도 대미지로 끝난 건 사실 상처 입히지 않도록 신경 써주었다는 뜻일까?

어젯밤에는 농락당하기만 했을 뿐이라 그런 점을 깨달을 여유도 없었지만.

하지만 잘 생각해보니, 레오는 "죗값을 치르게 하겠다."라고 했으면서 자신의 쾌락만 좇지 않고 이쪽에도 제대로 애무를 해주었다. 향유를 사용하여 손가락으로 정성껏 풀고 나서 몸을 이었고, 그 뒤에도 초심자인 자신을 능숙하게 리드하여 절정에 달하게 해주었다.

'보복'이라기보다는 마치 연인끼리 하는 섹스처럼……

꽤 억지이긴 했지만, 때려서 굴복시키는 짓은 하지 않았다. 그런 의미로는 최소한의 배려는 베풀어 주었다고 할 수도 있겠다.

곰곰이 그런 생각을 하고 있는 동안에 레오가 또다시 아키라의 몸을 뒤집더니, 담요를 어깨까지 끌어당겨 주었다. 베개 위치를 조절한 레오가 전에 없이 다정한 목소리로 물었다.

"뭐 필요한 건 없나?"

"……딱히."

어젯밤에는 그렇게나 짓궂었던 주제에 변모한 모습이 기분 나빠서 저도 모르게 퉁명스러운 목소리가 나왔다.

"목은 안 말라?"

어르는 듯한 말투로 묻는 질문에 목을 좌우로 저었다.

"배는?"

"안 고파."

레오는 경계심을 숨김없이 드러낸 채 말 붙일 틈도 주지 않는 아키라를 보며 어깨를 움츠렸다.

"그럼 무슨 볼일이 생기면 말해."

레오는 그렇게 말하고는, 사이드테이블 위에 있는 책을 집어 벽쪽에 있는 카우치소파까지 걸어갔다. 그러더니 긴 다리를 뻗고 자리에 누워 두터운 가죽 장정본을 펼쳤다. 그 발밑에 어느샌가 방에 들어와 있던 파고가 엎드려 누웠다. 꼬리가 기쁜 듯이 탁탁 흔들렸다.

"……당신, 일은?"

"오늘과 내일은 쉬는 날이다."

그로부터 한나절 동안 레오는 정말로 아키라의 곁을 떠나지 않았다. 거의 딱 붙은 채 이것저것 바지런하게 보살펴주었다.

화장실을 갈 때는 어깨로 부축하며 같이 가준 데다, 단테가 가지고 온 점심 식사도 아기새에게 먹이를 주는 어미새처럼 스푼으로 먹여주었다. ……이건 역시 갓난아기 같아서 싫었지만, 팔이 생각처럼 움직이지 않아서 그의 도움에 기댈 수밖에 없었다.

"좋았어. 제대로 다 먹었군."

스푼을 끈기 있게 왕복하며 리소토를 아키라의 입안에 다 밀어넣은 레오가 만족스러운 듯 눈을 가늘게 떴다. 입가를 냅킨으로 닦아주고, 잘했다는 듯이 머리를 쓰다듬어주니 아키라는 왠지 정말로 어린아이로 퇴행한 것 같은 복잡한 기분이 들었다.

"창문을 열고 공기를 환기시키자."

식사를 마치자, 레오가 일어나서 발코니로 통하는 프랑스식 창문으로 향했다. 아키라는 그 균형 잡힌 뒷모습에 당혹스러운 시선을 보냈다.

의외로 보살펴주는 걸 좋아하나?

……그러고 보니 장남이었지.

거만한 폭군에서 일변하여 잘 보살펴주는 건 좋지만, 평소와의 격차가 너무 컸다.

'보복'이라고는 해도 역시나 억지로 범한 건 도가 지나쳤다고 반성한 걸까? 반성이라는 단어는 마피아 사전에 실려 있지 않은 듯한 기분도 들지만.

그러나 만약 레오가 어젯밤의 행위를 후회하고 있다고 해도 역시 쉽게 용서할 만한 일이 아니었다.

행위가 초래한 것이 고통만이 아니었다고 해도……, 용서해서는 안 된다.

아키라는 레오가 슬쩍 보이는 의외의 일면에 마음이 흔들릴 뻔한 자신을 경계했다.

애당초 사람을 굴복시키기 위해 몸을 범한다는 발상 자체가 인간성을 무시한 처사이며, 그야말로 마피아다웠다.

'……내가 정말 싫어하는 야쿠자와 똑같아.'

아무리 신사스럽게 행동해도 그 본성은 한 꺼풀 벗기면 시바타와 똑같다는 점이 어제로 분명해지지 않았는가. 이 다정함도 변덕일지 모른다. 또 언제 적의를 드러낼지 모른다. 절대로 마음을 허락해서는 안 된다.

거스르지만 않으면 기분이 좋은 점만은 알았으니, 같은 전철을 밟지 않기 위해서도 앞으로는 한결같이 고분고분하게 굴자.

레오가 유리문을 열자, 오렌지 향기가 바람을 타고 살며시 실내에 감돌았다. 문득 어젯밤 몸을 포갰을 때 땀에 젖은 레오의 목덜미에서 난 감귤계 향을 떠올렸다. 향기의 기억에 질질 끌리듯이 그을린 것처럼 뜨거웠던 감촉이 되살아나며 몸이 서서히 뜨거워졌다. 그 작열하는 덩어리가 초래한 무서운 쾌감도…….

'바보야……, 떠올리지 마.'

잊어. 어제 일은 이제 사고였다고 생각하고 잊어야만 한다. 레오도 '보복'만 끝나면 남자인 자신에게 일부러 손을 대는 일은 없을 터.

아키라는 엉겨 붙는 오렌지 향을 떨쳐버리듯이 고개를 흔들었다.

"바람이 불기 시작했군."

아키라는 파고를 데리고 발코니에 선 레오의 등을 덤벼들 것처럼 응시했다.

그게 정 소원이라면 네 취향인 얌전한 일본 인형을 연기해주지.

그렇게 해서 언젠가 반드시 이곳에서 도망쳐주겠어.

*　　　*　　　*

밤이 깊어져도 레오는 자신의 방으로 돌아가지 않았고, 열두 시가 넘은 무렵에는 당연하다는 듯 아키라가 자고 있는 침대로 들어왔다.

"뭐……뭐야?"

'보복' 의식은 어젯밤으로 끝났다고 생각한 게 안이했나?

아키라는 예상외의 전개에 움츠러들었지만, 레오는 그런 그를 온화한 저음으로 "걱정하지 마." 하고 달랬다.

"같이 자는 것뿐이야. ……아무 짓도 안 해."

그런 말을 들어도 당장에는 믿을 수가 없어서 몸을 경직시키고 있으려니, 긴 팔이 뻗어 왔다. 아키라가 겁을 먹어 몸을 흠칫 떤 직후, 레오는 맨가슴에 그를 세게 끌어안았다.

거짓말쟁이! 역시 무슨 짓을 하려는 거잖아!

"이……이거 놔……!"

어젯밤의 치욕투성이 행위가 플래시백되는 바람에 거의 울상을 지으며 저항했지만, 아키라를 끌어안는 다부진 팔은 꿈쩍도 하지 않았다.

"그렇게 겁먹지 마. 잡아먹지 않으니까."

레오가 이마에 입술을 꾹 누르고는 중얼거렸다.

"같이 자는 것뿐이야."

커다란 손이 달래는 것처럼 아키라의 등을 쓰다듬었다.

"…………."

"밤중에 어디가 갑자기 아프거나 무슨 일 있으면 꺼리지 말고 깨워. 알겠지?"

정말로? 정말로 같이 자기만 하는 거야?

의심은 풀리지 않았지만서도 '함부로 거스르면 안 된다.'라는 교훈을 가슴속으로 되풀이하며 숨을 죽였다. 한동안 온몸이 딱딱하게 굳고, 심장 소리도 시끄러울 정도였다. 하지만 열을 띠는 탄탄한 육체에 감싸여 힘찬 심장 소리에 귀를 기울이고 있는 사이에 점점 의식이 멀어지며……, 어느샌가 잠이 들었다.

정신을 차려 보니 아침이었다.

"………음."

레오의 품 안에서 눈을 가늘게 뜬 아키라는 천천히 고개를 들어 시야에 비쳐 들어오는 비주얼을 보고 두 눈을 깜박였다.

또렷하고 예쁜 눈썹. 높은 콧날에 그림자를 드리우는 긴 속눈썹. 관능적으로 부푼 도톰한 입술.

이렇게 가까이서 봐도 완벽한 외모. 그러나 오늘 아침에는 안광이 날카로운 두 눈이 눈꺼풀에 가려진 탓인지 28살이라는 나이에 걸맞게 보였다.

처음으로 보는 듯한 무방비한 얼굴을 잠깐 동안 넋을 잃고 보다가 깜짝 놀라 정신을 차린 아키라는 레오의 품 안에서 살며시 빠져나왔다. 그리고 조심조심 상반신을 일으켜 몸에 이변이 없는지 확인했다.

괜찮아. ……아무 짓도 안 당했어.

안도의 한숨을 휴우 내쉰 직후, 등 너머로 목소리가 닿았다.

"몸 상태는 어때?"

아키라는 어깨를 흠칫 흔들며 느릿느릿 고개를 틀었다. 어느 틈에 일어났는지, 레오가 눈을 뜬 채 이쪽을 보고 있었다. 가만히 쳐다보는 탓에 마음이 불편했지만 손과 다리를 움직여보았다.

"……꽤 괜찮아."

"그렇군."

레오는 아키라의 대답에 고개를 끄덕이며 육식 동물을 연상시키는 나긋한 움직임으로 침대에서 바닥에 내려왔다. 그러더니 앤티크 의자로 걸어가 등받이에 걸어 놓았던 실내복을 손에 들고 침대까지 되돌아와선, 색이 화려한 그 옷을 아키라의 하얀 어깨에 살짝 덮어주었다.

"걸을 수 있으면 오늘은 잠깐 밖에 나가자. 네게 보여주고 싶은 것이 있다."

*　　*　　*

아침 식사를 마치고 저택 안을 나간 두 사람의 뒤를 파고가 당연하다는 듯 따라왔다.

레오가 아키라를 데리고 간 곳은 오렌지와 레몬 과수원보다 더 안쪽에 끝없이 펼쳐진 포도밭이었다. 아키라는 멀리서 바라보긴 했지만 실제로 발을 들인 건 처음이었기 때문에 모든 것이 다 신기해서 두리번거리고 말았다.

"이런 식으로 땅에서 직접 올라오는 포도 나무는 처음 봤어."

아키라가 중얼거린 말에, 레오가 고개를 끄덕였다.

"일본 포도는 시렁에서 축 늘어진 게 대부분이니까."

"높이도 균일하게 해 놨네."

"높이뿐만 아니라 나무를 엄선해서 가지치기한 다음, 한 그루당 포도 수확량을 억제하고 있지. 그렇게 함으로써 농축도가 높고, 장기 숙성에 버텨 내는 와인이 만들어지는 거야."

"그런 거야?"

광대한 면적의 밭에 정연하게 열을 이룬 푸른 포도 나무 사이를 느긋한 걸음으로 거닐면서, 레오가 "와인에 대해서는?" 하고 화제를 던졌다.

"회사에서 취급했었지만⋯⋯, 담당이 아니었기 때문에 그다지 자세히는 몰라."

그러자 레오는 어깨를 살짝 움츠리더니 설명하기 시작했다.

"와인의 완성을 결정하는 건 떼루아, 포도의 품종, 그리고 만든 사람의 솜씨다. 이 세 가지가 갖추어져야 비로소 역사에 이름을 새길 만한 빈티지 와인이 태어나지."

아키라는 빈티지가 포도를 수확한 연호라는 점은 알았지만, 귀에 익지 않은 단어에 고개를 갸우뚱했다.

"……떼루아?"

"떼루아라는 건 토양, 지형, 기후 등, 포도를 재배하는 환경이나 그 토지의 특성을 총괄하는 말이다. 떼루아가 와인의 개성에 주는 영향은 크지."

"흐음."

"이상하게도 토양은 풍요롭다고 다 좋은 것도 아니야. 비옥한 토지에서는 잎과 가지가 너무 자라서 그만큼 열매로 가는 양분이 적어지고 말기 때문이지. 포도는 오히려 메마르고 배수가 잘 되는 토지에서 훨씬 품질이 좋은 열매를 맺는다. 포도가 물과 영양분을 원해 땅속 깊숙이까지 뿌리를 뻗기 때문이야. 그 결과, 여러 지층의 영양분이 뒤얽힌 복잡한 맛이 탄생하지."

"아, 그렇구나."

산기슭 사면에 밭이 있는 건 그 때문인가? 그렇다고 해도 가지가 빨아들이는 지층의 양분에 따라 맛에 미묘한 차이가 생긴다는 점은 흥미로웠다. 예전부터 같은 포도 품종을 사용하는데 어째서 그렇게나 맛이나 향에서 차이가 나는지 이상하게 생각하긴 했지만.

"지금은 잎의 계절이지만, 개화는 6월이야. 포도꽃은 본 적이 있나?"

앞을 걷던 레오가 발걸음을 멈추고 돌아보았다.

"아니……, 없어."

"꽃 자체는 수수하지만, 백합과 장미가 섞인 듯한 훌륭한 향기를 내뿜지. 1년에 며칠 포도꽃이 피는 시기에는 지역 사람들이 다들 환희에 들떠 일이 손에 잡히지 않을 정도야. ……안타깝군. 한 달 일찍 왔으면 네게도 그 더없는 행복의 향을 맛보게 해줄 수 있었는데."

아키라는 진심으로 아쉬워하는 듯 중얼거리는 남자를 보며 당혹스러운 시선을 보냈다.

'……레오?'

"열매를 맺고 나서 수확까지 약 100일을 요하지. 열매가 색을 띠게 되는 건 8월이 되고 나서부터야. 지금은 아직……, 봐, 잎과 같은 색이지?"

몸을 구부린 레오가 녹색 잎을 들어 올리자, 언뜻 봐도 아직 딱딱할 것 같은 포도 송이가 나타났다. 작은 알로 된 열매는 확실히 잎과 같은 색이었다.

"왠지 작고 귀엽네."

"이 열매가 한 달 정도 지나면 색을 띠기 시작하고, 최종적으로는 깊은 보라색이 될 거다. 수확이 시작되는 건 그해 포도 생육 기간에도 따르지만, 대체로 9월 중순부터 하순 정도이고. 포도 수확은 어린아이부터 노인까지 모두 나와서 진행된다. 마을이 1년 중 가장 활기를 띠는 시기이지."

포도에 대해 이야기하는 레오는 묘하게 즐거워 보였다. 안광이 날카롭고 위압의 오라가 피어오르는 평소보다도 생기 있어 보이는 데다, 표정에서도 나이에 맞는 젊음이 느껴졌다.

또다시 걷기 시작하여 산책을 계속하는 동안에 포도 잎을 뜯고 있는 농부와 만났다. 햇빛에 탄 나이 50 정도 되어 보이는 남자가 생글생글 웃으며 [Buongiorno, signor Leonardo.] 하고 인사를 했다.

[좋은 아침, 미켈레. 무릎 상태는 좀 어떤가?]

[소개해주신 의사 선생님 덕분에 꽤 좋아졌습니다. 감사합니다.]

[그렇군, 다행이야. 하지만 무리는 하지 말도록. 힘든 작업은 아들인 안토니오 보고 대신해달라고 해.]

대화에서 받는 인상으로 보아하니, 아무래도 레오는 꽤나 빈번하게 농부들과 이야기를 나누는 것 같았다. 미켈레가 자신의 고용주인 레오에게 호감을 갖고 있다는 사실은 대화를 할 때의 표정을 보니 자연스럽게 전해져 왔다. 고용주로서도, 마피아의 수령으로서도 좀 더 두려움의 대상일 줄 알았기 때문에 의외로 허물없이 어울리는 관계라는 사실에 놀랐다.

미켈레와 헤어지고 나서 또 잠시 후에 다른 농부와 만났다. 이번에는 노인이라고 해도 될 만한 연배의 남자였다. 레오를 알아챈 남자는 밀짚모자를 벗고 백발 머리를 깊이 숙였다.

[줄리오, 올해 상태는 어떻지?]

[올해는 아시는 대로 개화가 불과 6일 만에 끝났습니다. 이건 열매가 균일하게 성숙한다는 좋은 징조입니다. 지금은 비도 적정량 왔고, 이대로 맑은 날이 계속되면 요 몇 년 동안의 Vendemmia(빈티지) 중에서도 뛰어난 성과를 이룰 수 있을 것 같습니다.]

농부라기보다는 철학자라고 하는 편이 딱 들어맞는 얼굴을 한 노인이 침착한 목소리로 보고했다.

[기대할 만하겠어. 수확이 기다려지는군.]

아키라는 땅속의 벌레를 파내는 파고의 머리를 쓰다듬으며 신바람이 난 레오의 목소리를 듣고 있었다.

'정말 즐거워 보이네.'

이런 레오는 처음 보았다.

노인과 헤어진 레오와 아키라, 그리고 파고는 이번에는 뒷문을 빠져나와 부지 안에서 밖으로 나갔다. 저택의 뒤쪽에 가로놓인 구릉을 돌계단을 이용하여 오르기 시작했다. 완만한 사면에도 녹색 계단식 밭이 펼쳐져 있었다.

"너희 회사에서는 이탈리아 와인을 취급했었나?"

계단을 20단 정도 올라갔을 때쯤에 옆에 있던 레오가 물었다.

"당연하지. 단, 피에몬테나 베네토, 토스카나 같은 데가 주 거래처고, 남부는 그다지……."

솔직히 대답하자, 레오는 기분이 상한 낌새도 없이 "그렇군." 하고 긍정했다.

"세계 제일의 생산량을 자랑하는 이탈리아 중에서도 남부 와인은 오랫동안 품질이 떨어진다는 말을 들어 왔지. 시칠리아는 비교적 이탈리아에서 처음으로 와인이 만들어진 역사가 있음에도 불구하고, 벌크 판매—— 즉, 대량 생산하여 통 위주로 판매를 했고, 병에 담아 파는 와인은 거의 없었다."

"응. 어쩐지 남부라고 하면 테이블 와인의 이미지가 강했어."

"하지만 최근에는 사정이 변하고 있어. 남부의 잠재 능력을 깨달은 북부 양조가나 기업이 적극적으로 투자를 시작한 덕분에 남부 와인의 품질 수준이 꽤나 높아졌지. 요 몇 년 동안 시칠리아 토착 품종도 주목받기 시작했다. 내 입장에서 말하자면 '겨우' 시작됐다고 할 수 있겠지만."

레오가 어렴풋이 입술을 삐죽거리며 중얼거렸다.

"토착 품종이라니?"

"그 토지에서 나는 포도 품종을 말한다. 시칠리아라면 청포도인 카타라토, 검은 포도인 네로 다볼라 등이 그에 해당하지. 네로 다볼라는 에트나 근교의 강한 석회질 토양과 궁합이 좋거든."

시칠리아의 상징이라고도 할 수 있는 에트나 산은 아직까지 활발한 활화산이다. 레오는 화산재가 축적된 것이기도 한 새하얀 흙 또한 포도 맛의 풍미를 높여준다고 말을 이었다.

"우리 회사에서는 이미 꽤 예전부터 토착 품종의 연구에 힘을 들여 왔지만, 최근에는 시칠리아의 많은 와이너리가 국제 품종인 '샤르도네'나 '메를로'뿐 아니라 네로 다볼라의 재배에도 나서고 있지. 대학교에서 양조를 전공한 젊은 양조 기술자도 늘었고, 양조나 블렌드 기술도 수준이 향상되고 있어. 지방 산업이 적은 시칠리아에서 농업에 뿌리내린 와인 산업이 활기를 띠는 건 정말 기쁜 일이야."

로셀리니 가문이 대대로 포도원을 꾸려 왔다는 이야기는 단테에게서 들었지만, 세계를 상대로 다종다양한 사업을 전개하고 있는 현재는 명색뿐인 사업이라고 생각했기 때문에 와인에 대해 열심히 이야기하는 레오의 모습은 솔직히 예상 밖이었다.

"몸이 힘들 것 같으면 오늘은 이쯤까지만 걷고 슬슬 돌아갈까?"

언덕 중턱에서 발걸음을 멈춘 레오가 숨을 몰아쉬는 아키라를 돌아보았다.

"아니, 괜찮아. 올라갈 수 있어."

모처럼 배려해줬지만, 딱 잘라 말하며 고개를 가로저었다. 조금 더 레오와 이야기를 나누고 싶었다.

지금까지는 얼굴을 마주하면 싸우기만 했고, 이런 식으로 천천히 이야기를 나누는 건 처음이었으니까…….

게다가……, 아직 레오가 자신에게 보여주고 싶다고 한 것을 보지 못했다.

레오는 아키라의 얼굴을 잠시 동안 말없이 쳐다보고 나서 작게 웃었다.

"그럼 천천히 올라가자."

꽤 느린 속도이긴 했지만 어찌어찌 언덕 꼭대기까지 올라가 무릎에 손을 얹고 흐트러진 숨을 골랐다.

"네게 보여주고 싶었던 건 여기서 보는 풍경이다."

레오의 재촉에 등 뒤를 돌아본 아키라는 눈 아래에 펼쳐진 윤택한 토지를 보고 숨을 삼켰다.

끝없이 펼쳐진 진한 녹음.

어디까지고 쭉 이어지는 광대한 과수원.

눈이 탁 트이는 청록색 지중해.

금색 언덕 건너편에 옆으로 길게 뻗은 구름이 옅게 둘러진 유럽 최고봉 화산 —— 에트나 산이 태연하게 펼쳐져 있었다.

"여기서는 에트나 산이 잘 보여."

"……아름다워."

웅대한 자연에 압도되는 것과 동시에 매료되어 무의식적으로 감탄의 소리가 흘러나왔다.

"고대에 에트나 산은 불의 신 불카누스의 화로였어. 그리스 철학자 엠페도클레스는 신과 하나가 되기 위해 스스로 에트나 산 분화구에 몸을 던져 죽었다고 하지."

아키라의 옆에 선 레오가 입을 열었다.

"난 마음에 망설임이 생기면 언덕을 올라 여기서 에트나 산을 바라봐. 그 웅대한 모습을 바라보고 있으면 내 고민이 작게 여겨지거든."

고민 —— . 아키라는 폭군 레오에게서 그런 말이 나온 데 놀라며 내심 눈을 휘둥그레 떴다.

"시칠리아의 역사는 곧 침략의 역사다. 우리 선조는 오랜 세월에 걸쳐 이민족에게 지배당해 왔지. 신이 은혜를 베풀어주신 기후, 그리고 이만큼 풍족한 토지를 가졌으면서도 시칠리아인은 이국에서 온 지배 계급에게 계속해서 착취당해 왔다."

레오가 에트나 산을 똑바로 응시한 채 묻지도 않은 말을 하기 시작했다.

"착취와 부패의 역사 가운데에서 시칠리아 특유의 '명예'를 중시하는 삶이 생겨났다. 시칠리아인은 다툼이 일어났을 때 이국인의 사법에 의지하지 않고 스스로 해결하길 바랐지. 농민을 보호해주는 보답으로 그들에게서 상납금을 받는 무장 집단. 그게 마피아의 기원이라고 일컬어진다."

"…………."

"마피아의 형용사인 '마피오소(Mafioso)'는 원래 남자의 용기와 대담함을 가리키는 말이야. 너희 나라의 임협(任俠)과 비슷하지."

레오가 아키라에게 시선을 향하며 살짝 웃었다.

"물론 그 시대에 따라 마피아의 자세는 변해 왔다. 허울 좋은 말만 할 생각도 없어. 네가 말한 대로 마피아의 역사는 피로 더럽혀져 있다. 하지만 빈곤했던 이 섬이 마피아를 필요로 해 왔다는 배경도 있어."

공업화가 진행되는 이탈리아 북부와는 대조적으로 농업이 주체인 남부는 여전히 가난했으며, 빈부 격차가 벌어질 뿐이었다. 직업이 없는 젊은이들이 일확천금을 꿈꾸며 마피아의 일원이 된다. 그 구도는 일본의 야쿠자와 비슷하다는 생각이 들었다.

하야세파의 문을 두드리는 젊은이의 대부분이 부모가 없거나 돌아갈 집이 없는 등, 갈 곳이 없는 사회에서 소외된 자들뿐이었다. 돌아가신 아버지는 그런 청년들의 부모 대리를 자처했다. 두목을 정점으로 둔 유사 가족인 '조직'과 마피아의 '패밀리'가 구성되는 과정은 역시 어딘가 상통하는 점이 있음을 느꼈다.

"네 할아버지께서 일으킨 조직이 신흥 세력의 수중에 들어간 것처럼 우리도 마찬가지로 시대의 파도에 떠밀려 변혁을 요구받고 있다."

레오가 혼잣말처럼 불쑥 중얼거렸다.

그 험악한 옆얼굴을 바라보고 있는 사이에 저번 생일 파티 밤에 살롱에서 오가던 대화가 뇌리에 떠올랐다.

동생 에두아르는 마피아이길 포기해야만 한다고 주장했고, 사촌인 마리오는 마피아로서 살 거라면 시대의 흐름에 편승해야만 한다며 레오를 물고 늘어졌다.

결속이 굳은 로셸리니 패밀리 또한 아무래도 단결력이 굳건하진 않은 것 같았다.

이 남자는 이 나이에 일족의 우두머리로서 많은 사람들의 인생을 좌우하는 결단을 강요받고 있었다. 레오가 처한 경우를 상상하기만 해도 왠지 숨 쉬기가 힘들었다.

자칫 잘못했으면 자신도 같은 입장에 처했을 것이다. 레오와 마찬가지로 고뇌했을지도 모를 가능성을 생각하니 도저히 남 일로는 여겨지지 않았다.

결국 자신은 그곳에서 도망쳐 버렸지만······.

아키라는 무거운 책임에서 벗어나지 않고 그 어깨에 많은 짐을 진 채, 그럼에도 고상하게 턱을 치켜 올리고 선 젊고 아름다운 보스를 눈부시다는 듯 바라보았다.

'어쩌면.'

레오는 야쿠자 집안에 태어난 자신에게 스스로의 경우를 동일시하고 있는 걸까?

레오가 자신을 납치한 이유는 거기에 있을까?

제6장

　포도밭을 산책한 그날 오후, 레오는 점심 식사를 마치고 또다시 아키라를 방에서 데리고 나갔다.

　이번에는 옥외가 아닌 저택 안이었다. 앞서 가는 레오의 뒤를 따라 파고와 함께 1층 복도를 걸었다. 전에 단테가 한 차례 안내해주었을 땐 들어가지 않았던 저택의 가장 북쪽 동까지 발을 들인 후 복도를 한동안 나아갔을 때쯤, 레오가 걸음을 멈추었다. 그가 막다른 곳에 위치한 거대한 양문을 밀어서 열자, 아래로 내려가는 계단이 보였다.

　"……지하가 있었어?"

　지하실이 있다는 사실은 알려주지 않았기 때문에 무척이나 놀랐다. 레오가 계단을 내려가기 시작하자, 파고가 그 뒤를 따랐다.

"발밑이 조금 어두우니까 조심해."

도중에 돌아본 레오가 주의를 촉구하자, 아키라도 흠칫거리며 돌계단을 내려가기 시작했다. 계단을 하나 둘 내려갈 때마다 기온이 조금씩 내려가는 것을 피부로 느꼈다. 도착한 지하실은 이곳이 여름의 시칠리아임을 한순간 잊게 할 만큼 서늘했다.

상상하던 것보다도 훨씬 천장이 높았고, 안쪽까지의 길이도 꽤 되는 것 같았다.

벽이나 천장에 전등은 달려 있었지만, 창문이 없기 때문에 지상과 같은 밝기는 어림없었다.

이윽고 그 빛의 양에 눈이 익숙해지면서 울퉁불퉁한 석재를 쌓아 올린 벽의 자세한 부분이 보이기 시작했다. 즐비한 그리스풍 버팀대도, 천장이나 바닥도 모두 돌로 되어 있었으며, 마치 중세의 성 안으로 잘못들어 헤매는 것 같았다.

"여기는 어디야?"

"테누타(Tenuta) —— 와인 양조장이다."

레오가 아키라의 질문에 답했다.

"······양조장."

그렇게 듣고 눈여겨보니 나란히 있는 버팀대 건너편 저 멀리에 탱크로 보이는 원기둥꼴 실루엣이 보였다. 걷기 시작한 레오의 뒤를 따라 그 원기둥꼴 물체에 다가갔다. 옆까지 가까이 가서 보니 역시나 거대한 탱크였다. 아름다운 은색을 띠고 있었으며, 회전식 핸

들과 온도계 아니면 압력계 같은 것이 달려 있었다. 올려다볼 만한 높이의 은 탱크 다섯 개가 정연하게 놓인 모습은 중세 유럽의 정취를 느끼게 하는 지하 공간에는 이질적으로 여겨졌다. 여기만 근대적 공장 같았다.

다섯 개의 탱크 주변에는 다수의 사람 그림자가 있었으며, 레오를 알아챈 그들은 입을 모아 [Buongiorno, signor Leonardo.] 하고 인사를 했다. 스무 살쯤 된 청년도 있고, 그 청년의 할아버지 정도 나이로 보이는 노인도 있었다.

"아."

레오의 곁에서 와이너리 직원들이 움직이는 모습을 흥미롭게 바라보던 아키라는 그중에서도 가장 나이가 있어 보이는 남자의 얼굴을 본 순간 목소리를 높였다.

"아까 그⋯⋯."

아까 전에 막 포도밭에서 만난 철학자 분위기의 얼굴을 한 노인이었기 때문이다.

[마에스트로 줄리오 트룰리. 우리 양조 책임자다.]

레오가 노인을 소개해주길래 아키라도 [하야세 아키라입니다.] 하고 이탈리아어로 자기 소개를 했다.

[줄리오는 할아버지 대부터 우리 양조장에서 일해주고 있다. 마을 사람들로부터 존경의 뜻을 담아 '마에스트로'라고 불릴 만큼 우수한 기술자인 데다, 특히 네로 다볼라의 육성에 있어서는 견줄 사람이 없는 제1인자지. ── 줄리오, 손님에게 양조 시스템을 간단

하게 알려주게.]

노인이 알았다는 증표로 [Si.] 하고 살짝 머리를 숙였다.

마에스트로 줄리오의 설명에 의하면, 포도 수확은 9월~10월에 이루어지며, 네로 다볼라는 9월 말. 우선은 수확한 포도 열매를 선별하여 조금이라도 상처를 입거나 상한 것은 아까워하지 않고 버린다. 이 과정이 와인의 품질을 유지하기 위한 가장 중요한 포인트인가 보다.

다음으로 선별 끝에 합격 기준에 달한 포도는 자루 부분을 제거하고 통째로 찌부러뜨려 발효 탱크(아까 그 은색 탱크다)에 넣는다. 통상적으로 7일~10일 동안 두지만, 이 와이너리는 발효에 25일 동안 시간을 들인다. 이건 오랜 세월 동안에 걸친 연구와 시행 착오의 결과, 마에스트로가 이끌어 낸 네로 다볼라 발효에 가장 적합한 일수라고 한다.

그 뒤에는 압착기를 써서 과즙을 짠 다음, 과육, 씨, 껍질을 제거하고 통에 채운다. 와인에 따라서는 블렌드하고 나서 숙성시킨다.

통에서의 숙성 기간은 일반적으로는 14~16개월이지만, 2년 이상 두는 와이너리도 있는 것 같았다.

[와인 제조에는 정답이 없습니다. 품종이나 떼루아, 빈티지에 따라서도 변하고, 같은 조건에서 조금도 다르지 않은 제조 방법으로 만들어도 매년 맛이 변합니다. 그렇기 때문에 재미있는 겁니다. 저는 와인 제조 일을 한 지 이래저래 60년이 됩니다만, 해마다 그 심오함을 깨달으며 매료될 뿐입니다.]

마에스트로의 이야기를 들으면서 장소를 이동했다. 천장이 아치형으로 된 가늘고 긴 공간에는 2단으로 쌓인 오크통이 나란히 쭉 놓여 있었다.

[숙성용 셀러입니다. 저희는 숙성에 새로 만든 오크통을 사용합니다. 통에 귀를 대면 포도 과즙이 숙성되는 소리가 들릴 겁니다.]

아키라는 줄리오의 재촉에 둥근 모양의 통에 다가가서는, 표면에 귀를 바싹 붙여보았다.

[……정말이네. 톡톡 소리가 나!]

저도 모르게 흥분한 소리를 내자, 노인이 미소를 지었다. 지하인 탓인지 생각 이상으로 목소리가 반향이 되어 울렸다. 마에스트로의 뒤에서 레오까지 웃고 있는 모습을 보고 어린아이 같은 자신의 리액션이 창피해졌다.

[큰 소리를 내서 죄송해요…….]

[아닙니다. 몇 살이 되어도 신선한 충격을 갖는다는 건 소중합니다. 작게 들리는 그 톡톡 소리는 포도 과즙이 호흡을 하고 있는 소리입니다.]

[왠지 정말로 살아 있다는 느낌이 드네요.]

아키라의 말에 마에스트로가 천천히 고개를 끄덕였다.

[살아 있답니다. 저희 양조장에서는 이 호흡을 돕기 위해 일부러 침전물을 빼지도, 여과도 하지 않습니다.]

숙성용 저장고에서 계단을 더 내려가 지하 2층 부분에 있는 장기 숙성용 셀러로 이동했다.

셔츠 하나만 입은 상태로는 싸늘할 정도인 어두컴컴한 공간에는 나무틀로 짜여진 저장 선반이 비좁게 나란히 놓여 있었고, 그 전체에 와인병이 꽉꽉 들어차 있었다.

[수량이 엄청나네요…….]

옆으로 놓인 병의 개수에 압도되어 중얼거렸다. 병의 표면에 하얗게 쌓인 먼지가 와인이 잠든 세월을 말해주고 있었다.

[작황이 좋은 해에 수확된 포도로 만들어진 와인은 병에 넣어 15년 이상 재우지. 그럭저럭 괜찮은 빈티지 와인이라고 해도 마실 만하게 될 때까지 5~6년은 걸려.]

레오가 그렇게 말하더니 선반에서 병 하나를 꺼내들었다. 병의 목 부분을 잡고, 꾸밈 없는 검은 병에 하얀 페인트로 갈겨 쓴 숫자를 읽었다.

[1991년. 아버지한테서 이 해는 멋진 빈티지였다는 얘기를 들었다.]

줄리오가 주름이 깊이 진 눈을 점점 가늘게 뜨며 [Si, si, si.] 하고 동의했다.

[1991년은 훌륭한 해였습니다. 원래 수량이 적은 데다 요즘 네로 다볼라가 유행하며 인기를 얻게 된 영향도 있어서 이 1991년은 수집가들 사이에서도 상당한 고가로 거래된다고 합니다.]

[런던에서 열린 와인 옥션에서 6병에 1800파운드로 경락됐다고 하더군.]

[1800파운드?!]

두 사람의 대화를 듣던 아키라의 입에서 놀란 목소리가 튀어나왔다.

1병에 5만 엔 전후라는 건 이곳이 프랑스 보르도나 브르고뉴 같은 와인 산지가 아니라는 점을 감안하면 파격적인 가격이 아닐까?

애주가가 몹시 탐내는 대상이라는 빈티지 와인을 흥미롭게 쳐다보고 있으려니, 레오가 병을 치켜 올리고 물었다.

[마셔보겠나?]

[어? 하, 하지만······.]

아키라는 생각지도 못한 제안에 당황하여 고개를 가로저었다.

[그렇게 희소한 와인은 나처럼 생판 모르는 사람한테는 아까워······.]

[신경 쓰지 마. 마침 마실 만할 시기거든.]

[드실 거면 이쪽에 출하용으로 침전물을 거르고 다시 코르크 마개를 끼운 와인이 있으니, 이걸 드세요.]

줄리오가 다른 저장 선반에서 가지고 온 것은 라벨이 붙은 새 병이었다.

라벨에는 포도 잎과 사자 얼굴을 본뜬 로셀리니가의 문장과 함께【ROSSO DEL LEONE】——사자의 레드 와인——이라는 표기가 있었다.

세 사람은 와인병을 손에 들고 또다시 지하 1층에 올라가 의자와 테이블이 놓인 테이스팅 룸으로 이동했다.

신중한 손놀림으로 마개를 뽑은 줄리오가 코르크를 코에 가까이

대고 킁킁 냄새를 맡았다. 그러더니 만족스러운 듯 고개를 끄덕이고 나서 와인 잔에 아름다운 석류색 액체를 따랐다.

[네로 다볼라 100퍼센트 ROSSO다.]

아키라는 레오가 내민 잔을 긴장한 표정으로 받아 들었다.

[먼저 빛에 비추어 색을 보도록 해.]

아키라는 레오의 동작을 흉내내며 잔을 들어 올려 백열등 빛에 비추어 보았다.

[……예쁜 루비색이야.]

오래된 와인이기 때문에 더 탁하거나 칙칙할 줄 알았는데.

[밝고 투명한 건 품질이 좋다는 증거다. —— 색을 충분히 즐긴 다음에는 향을 맛보도록.]

레오가 잔에 코를 가져다 댔다. 아키라도 따라 했다.

[마개를 빼고 난 후 바로 와인에서 피어오르는 향이 아로마. 포도 본연의 향기다. 어때? 느껴져?]

아키라는 레오의 질문에 대답했다.

[음……, 블랙체리나 자두 같은……, 과일향이 제법 나.]

그러자 레오가 이번에는 잔의 다리 부분을 잡고 몇 번 빙글빙글 돌렸다.

[이렇게 잔을 돌리면서 스월링[36]을 하면 공기에 닿은 와인이 잠에서 깨어나지. 시간이 있을 땐 디캔팅[37]을 하면 좋지만.]

---

36 스월링(swirling): 디캔팅 효과를 얻기 위해 와인 잔에 담긴 와인을 빙빙 돌리는 행위.
37 디캔팅(Decanting): 와인병 안의 불순물을 가라앉혀 침전물을 걸러 내고 깨끗한 와인을 분리해 옮기는 과정.

레오는 보충 설명을 해주더니, 또다시 잔에 코를 가져다 댔다.

[이때 감도는 향은 숙성에 의해 태어난 두 번째 향, 부케다.]

[아……, 정말이다. 리코리스 향으로 변했어!]

이런 식으로 제대로 순서를 따라 와인을 맛본 적은 없었기 때문에 신선한 놀라움이 느껴졌다.

와인 잔을 손에 든 줄리오가 감탄을 자아내는 아키라의 옆에서 말을 거들었다.

[스월링했을 때 잔의 안쪽을 타고 떨어지는 방울을 '와인의 눈물'이라고 부릅니다.]

['와인의 눈물'이요? ……아아, 이거요?]

아키라는 잔 윗부분에 희미하게 남은 루비색 그러데이션을 가리켰다.

[이 '눈물'이 천천히 떨어지는 와인이 알코올을 더 많이 포함하고, 맛이 부드러운 데다 단맛이 강하고, 목넘김이 좋습니다.]

확실히 눈앞에 있는 잔에 생긴 물방울은 아직 완전히 떨어지지 않았다. 이건 상당히 맛있는 와인임이 틀림없다는 기대가 높아졌다.

[자. 그럼 드디어 지금부터가 진짜다.]

아키라는 레오의 재촉에 긴장하면서도 와인 잔을 입가에 가져갔다. 그리고 그대로 한입 머금고 입 안 이곳저곳으로 고루고루 맛볼 수 있도록 혀로 액체를 굴리고 나서 꿀꺽 삼켰다.

잠시 동안 눈을 감고 여운을 맛본 다음, 천천히 눈을 떴다. 감상을 기다리고 있는 레오와 줄리오의 얼굴에 차례로 시선을 응시하고는 말을 자아냈다.

[입에 머금었을 때 가장 처음 느낀 인상은 묵직했는데, 그런데도 혀에 닿는 감촉이 벨벳처럼 매끄럽고……, 목넘김도 부드럽네요.]

와인을 만든 당사자를 앞에 두고 감상을 말하는 건 물론 처음 겪는 경험이라서 심장이 두근거렸지만, 일단 느낀 점을 늘어놓아 보았다.

[베리 계열 과일 외에도……, 미묘하게 헤이즐넛이나 후추 같은 향신료 맛도 나고……, 맞다, 마지막에는 초콜릿 풍미도 느껴졌어요.]

[호오….]

줄리오가 흰 눈썹을 한쪽만 치켜 올렸다.

[뭐라 잘 말할 수 없지만, 아무튼 무척 힘찬데도 기품이 있다고 할까.]

아키라는 감각을 말로 표현하는 어려움을 실감하면서 문득 레오 같다는 생각이 들었다.

야성적이며 귀족스러움. 이 와인은 마피아와 귀족 양쪽의 피를 이어받은 레오 그 자체였다.

[죄송해요……. 제대로 표현을 못해서.]

아키라가 자신의 유치한 말에 창피해하며 약간 빨개진 얼굴로 사과하자, 줄리오는 [아닙니다.] 하고 고개를 저었다.

[절대로 그렇지 않습니다. 이 와인이 내포하는 잠재력을 정확하게 맞추셨습니다. 거의 초심자분이 이렇게까지 맞추시는 건 드문 일입니다.]

[그래……, 그렇지.]

그 말에 동의한 레오도 눈에 놀라움의 색을 띄우고 있었다.

[아무래도 당신은 미각에 관련한 뛰어난 감성을 가지고 계신 것 같군요. 앞으로 경험을 쌓아 가면 더 심오한 부분까지 간파하실 수 있을지도 모릅니다.]

마에스트로에게 칭찬을 받으니 겉치레인 건 알아도 기뻤다.

[하지만 정말로 맛있어요. 아직 입안에 깊은 맛과 향의 여운이 남아 있어요…….]

손에 든 잔을 황홀하게 쳐다보는 아키라의 옆에서 줄리오도 잔을 치켜 올렸다.

[땅을 느끼게 하는 안정된 향, 밀도가 높은 과실의 맛, 존재감 있는 산미, 힘차면서도 저속하지 않은 개성 —— 네로 다볼라는 시칠리아의 떼루아 그 자체입니다. 저는 이 포도가 시칠리아 와인의 평가를 끌어올리고, 나아가서는 섬의 지역 산업에 활기를 불어넣어 주기를 진심으로 바라고 있습니다.]

포도밭에서 레오가 했던 말과 어딘가 상통하는 희망을 이야기한 뒤, 와인 제조에 인생의 대부분을 소비한 노인은 자신의 걸작을 들이켰다.

*　　*　　*

"레오나르도 님께서 저택에서 이렇게나 오래 지내시는 건 이래저래 몇 년 만에 있는 일입니다."

단테가 그렇게 말해도 실감이 나지 않지만, 처음 일주일 동안에는 거의 외출한 상태라 얼굴을 마주치지 않았던 일을 생각하니 확실히 레오는 최근 들어 비교적 바지런히【팔라초 로셀리니】로 돌아오는 것 같기도 했다. 전에는 사무실이 있는 팔레르모의 별장에 머무는 일이 많았던 듯하다.

여전히 오늘은 밀라노, 내일은 로마다 하며 바쁘게 돌아다니고는 있지만, 해외 출장만 없으면 자가용 비행기를 사용하여 그날 안에 저택으로 귀가하게 되었다.

일이 빨리 끝난 날은 아키라와 함께 식당에서 저녁 식사를 하고, 주말에는 제대로 하루를 비우고는 종일 저택에서 지내기 때문에 단테뿐만 아니라 파고도 기뻐하는 것 같았다.

주말인 일요일, 아키라는 레오에게서 승마를 배웠다.

완전 초심자이기 때문에 주뼛주뼛 말의 목을 만지는 것부터 시작해서 조심스레 마구간에서 말을 내보낸 다음, 악전고투 끝에 승마 도구를 장착하고 말을 끌어 승마장으로 데리고 나와 —— 그래도 레오의 정성스러운 지도 덕분에 그날 저녁에는 간신히 말을 탈 수 있었다.

로셀리니가의 말들은 다들 영리하고 인내심이 강하기 때문에 움직임이 어색하고 딱딱한 아키라를 흔들어 떨어뜨리는 일도 없이 보통 걸음으로 승마장을 한 바퀴 천천히 달려주었다.

그건 그것대로 만족스러웠지만, 칠흑색 애마 네로와 한 몸이 되어 승마장을 질주하는 레오를 본 순간, 언젠가 자신도 저렇게 말을 완벽하게 타고 싶다는 당치않은 야망이 싹트고 말았다. 레오는 "3년은 걸릴 거다."라며 비웃었지만.

아키라는 실력이 늘기 위한 비법은 무엇보다 말들과 어울리며 신뢰 관계를 쌓는 것이라는 말을 듣고는, 하루에 한 번은 마구간에 다니기로 마음 먹었다.

그 외의 시간은 레오가 저택에 없는 평일 오전중에는 마에스트로 줄리오, 파고와 밭에 나갔고, 오후에는 지하실로 발걸음을 옮겼다 —— 그것이 양조장을 방문한 이후 아키라의 일과가 되었다.

품질이 높은 와인을 만들기 위해서는 무엇보다도 흙투성이가 될 것.

그 철학에 따라 마에스트로 줄리오는 아무리 더운 날이라도 매일 반드시 밭에 나갔다.

가지치기 방법. 비료 주는 방법. 고목 보호. 밑나무의 중요성. 포도 나무의 건강 유지에 필요한 일.

불필요한 잎을 뜯거나 흙을 갈거나 하면서 띄엄띄엄 이어 가는 줄리오의 강의에 귀를 기울이고 있으려니, 몇 시간은 눈 깜짝할 사이에 지나가고 말았다. 거장의 수업 그 자체도 무척 흥미로웠지만, 어느샌가 아키라에게 하루하루 성장해 가는 포도의 생육을 지켜보는 일이 큰 기쁨이 되었다.

양조장에서도 처음에는 줄리오와 그의 밑에서 일하는 직원들의 모습을 바라보는 것만으로도 충분히 즐거웠지만, 매일 얼굴을 내미는 사이에 와인에 대해 더욱 깊이 알고 싶어져서 이래저래 질문하게 되었다.

직원들이 바빠 보일 때는 서고에 틀어박혀 와인에 관한 책을 탐독했다. 역시 와인 제조업을 생업으로 삼아 온 만큼, 저택 서고에는 와인 관련 장서가 국적을 불문하고 갖춰져 있었다.

그러나 읽으면 읽을수록 와인 세계의 끝없는 깊이를 뼈저리게 느끼게 되었다——.

그러고서 밤에는 레오의 품 안에서 잠들었다.

지금 생각해보면 능욕이 있었던 다음 날, 침대에 들어온 레오를 확실히 거부하지 않았던 게 패배의 원인이었을지도 모른다. 그날 밤부터 레오는 조금씩 아키라의 방에서 아침까지 보내게 되고 말았다.

아무 생각 없이 유야무야 그렇게 되어버리고 나서도 며칠 동안은 또 언제 당할까 안절부절못했지만, 그 불안과 반대로 레오가 손을 대는 일은 없었다. 가슴에 아키라를 끌어안고 자는 일은 있어도, 그 이상은 아무 짓도 하지 않았다. 굿나잇 키스조차 없었다.

정말로 그저 함께 자기만 할 뿐.

그래도 살을 맞대고 자는 날이 일주일이나 계속되니 곁에 있는 체온에 몸이 익숙해져서……, 레오가 일 때문에 돌아오지 않는 밤에는 혼자서 자는 게 외롭다는 느낌마저 들고 말았다.

당연히 있어야 할 존재가 곁에 없는 상실감.

레오가 미국으로 간 지 이틀째, 침대의 넓이가 신경 쓰여서 한잠도 못 잔 다음 날 아침, 아키라는 찬란하게 눈부신 아침 햇살을 받으며 우울한 기분을 주체하지 못하고 있었다.

함께 자기 시작한 무렵에는 타인의 숨소리와 체온, 심장 소리가 성가셨는데…….

'……최악이야.'

곁에 남자 —— 게다가 알몸인 —— 가 없으면 잠을 잘 수 없다니 최악이다.

처음에는 그렇게나 반발했던 주제에, 어느샌가 레오에게 길들여진 자신에게 화가 났다.

이렇게 있으면 안 된다.

다시 한 번 자신이 처한 상황을 떠올리라고!

레오는 자신을 손님이라고 소개하지만, 사실은 손님이 아니다. 레오에게 납치되어 억지로 이곳으로 끌려온 것이다. 부지 안에서는 자유롭지만, 밖으로는 나갈 수 없었다. 사로잡힌 몸이었다.

아무리 주위의 모든 이들이 좋은 사람들뿐이라고 해도, 최근의 레오가 비교적 온화하고 가끔씩 놀랄 만큼 다정해도 그 점에 만족하고 편하게 있을 상황이 아니었다.

앞으로 평생 새장 안의 새로 있어도 좋을까?

'아니 —— 좋지 않아.'

아키라는 자문자답하며 고개를 가로저었다.

이곳의 생활에 익숙해진 척하는 이유는 레오를 필두로 저택 안의 사람들을 방심하게 한 다음, 그 틈을 노려 도망치기 위해서였다.

새삼 당초의 목적을 가슴에 되새기고 자신을 질책한 다음 날.

평소처럼 오후부터 지하로 내려가 장기 숙성용 셀러 안을 탐색하던 아키라는 마침 들여다본 저장 선반 뒤에 숨을 죽인 듯이 조용히 숨어 있던 문을 발견했다. 꽤 오랫동안 사용되지 않았는지, 문손잡이가 녹슬어 있었다.

아마 잠겨 있을 거라고 생각하면서도 일단 손잡이를 돌려봤더니 의외로 자물쇠는 채워지지 않은 상태였고, 문이 안쪽을 향해 열렸다.

문 안쪽은 깜깜했기 때문에 일단 방으로 촛대를 가지러 돌아갔다가 또다시 지하 2층으로 발길을 돌렸다.

촛불 빛으로 비추자, 그곳은 돌벽으로 에워쌓인 작은 방이었다. 방 안으로 들어가 벽 사방을 촛대로 비추었다.

—— 지하도?

꽤 깊이가 있는 것 같았다.

사람 한 명이 겨우 서서 걸어갈 수 있을 정도로 좁은 통로에 흠칫거리며 발을 들여봤지만, 가도 가도 전혀 출구가 보이지 않아 점차 불안감이 커져 갔다. 초도 다 떨어질 것 같았기 때문에 중간에 발길을 돌렸다.

일찍이 와인을 옮기기 위해 사용된 통로 같은 것일까?

양조장 직원들에게마저 잊혀진 듯한 지하도는 어디까지 이어져 있을까?

그 뒤로 아키라는 오후 내내 서고를 뒤졌다.

저녁 가까이 되어서야 겨우 찾아낸【팔라초 로셀리니】의 배치도에 의하면, 아까 그 지하도는 긴급시 탈출용으로 만들어진 길인 것 같았다. 머나먼 옛날에는 어쩔 수 없이 도망쳐야 했던 몰락 귀족이나 마피아가 사용한 적이 있었을지도 모르지만, 오랜 시간 사용되지 않은 동안에 주인도 그 존재를 잊어버린 것이다.

길은 밑에 있는 그 방에서 시작되어 과수원 끝까지 이어져 있나 보다.

과수원의 끝 —— 이라는 건 정문 건너편이다.

책상에 펼친 배치도를 탁탁 두드리던 아키라의 손끝이 딱 멈췄다.

이 지하도를 사용하면 정문 감시에 검문받지 않고 여기서 도망칠 수 있을지도 모른다.

*　　　*　　　*

지하도를 사용하여 탈출할 책략을 짜면서 이틀을 보냈다.

결행하려면 집 안에 있는 사람들이 잠이 든 밤. 레오가 저택에 없는 날이어야 한다.

저택 안에서 제대로 빠져나갈 수 있었다 하더라도 가장 가까운 동네까지는 히치하이킹을 할 수밖에 없다. 밤 동안에는 과수원 어딘가에 몸을 감추고, 날이 밝아옴과 동시에 큰 도로를 향해 나간다. 동네에 도착하면 경찰을 찾아 일본 대사관에 연락을 취해달라고 하자.

탈출 준비를 위해 먼저 서고에서 이 근처 지도를 찾아냈고, 초도 슬쩍 챙겨 두었다. 서재 서랍에서 나침반도 찾아 확보했다.

이래저래 준비하고 있는 사이에 레오가 미국 출장에서 돌아왔다.

돌아오자마자 아키라의 방에 얼굴을 내민 레오가 "뉴욕에서 사 온 선물이다."라고 말하더니, 메이드가 몇 명나 달려들어야만 옮길 수 있는 개수의 상자를 바닥에 쌓아 올렸다. 옷이며 구두며 액서세리며 —— 연달아 상자 안에서 끄집어내 눈앞에 펼쳐놓자, 아키라는 당혹스러운 기색을 띠며 고개를 저었다.

"이렇게 많이 필요 없어."

거절하자, 레오가 노골적으로 토라졌다.

"네 사이즈에 맞춘 거다. 네가 받아주지 않으면 단순한 쓰레기야."

넌지시 버릴 거라고 협박하니 결국 다 받아주지 않을 수 없었다.

자신은 나이 서른에 가까운 남잔데……, 옷을 사주는 심리를 잘 이해할 수 없었다.

그날 밤 아홉 시가 지났을 무렵,【팔라초 로셀리니】에 손님이 왔다.

"마리오 님께서 레오나르도 님과 이야기를 나누고 싶다고 하시면서 1층 응접실에서 기다리고 계십니다."

단테가 사촌의 방문을 알린 순간, 그때까지는 아키라의 방에서 뉴욕에서 사 온 선물 이야기를 기분 좋게 하고 있던 레오의 얼굴이 험악해졌다. 레오는 노골적으로 불쾌함을 드러내며 말했다.

"내 방으로 들여보내."

"알겠습니다."

단테가 내려가자, 레오도 사촌을 맞이하기 위해 자신의 방으로 돌아갔다.

손님이 와 있는 동안에 서고에서 시간을 보내고자 2층 복도를 걷고 있던 아키라는 레오의 방에서 들려온 큰 호통 소리에 흠칫 놀라 어깨를 떨었다.

[몇 번이나 같은 말을 하게 하는 거야!]

레오였다. 꽤 격앙된 기색을 느끼고 주먹 싸움이 시작되는 건 아닌지 불안해하던 아키라는 문에 가까이 다가가 귀를 가져다 댔다.

[말해 두는데, 패밀리의 낡디낡은 속박에 불만을 가지고 있는 사람은 나뿐만이 아니라고.]

다른 남자의 목소리도 들렸다. 사촌인 마리오일 것이다. 이쪽도 꽤나 짜증이 나 있다는 사실이 목소리에서 전해져 왔다.

[젊은 병정들도 지금 상황에 불만을 품고 있어. 요새 세계 어디를 봐도 마피아의 자금원은 마약 밀매야. 우리가 오래된 인습에 사로잡혀 있는 동안에 짭짤한 거래처는 미국에서 진입한 신흥 조직한테 다 빼앗겨버리고 말았다고.]

[난 절대로 마약만은 인정하지 않는다. 그건 인간을 파괴하는 악마의 약이야.]

[난 딱히 쓰라고 강요하는 게 아니야. 우리가 팔지 않아도 다른 조직이 팔 거야. 망가질 놈은 내버려 둬도 망가져. 그렇다면 두 눈

을 멀뚱멀뚱 뜨고 수수방관하면서 한 몫 잡을 수 있는 걸 보고 그냥 지나칠 수는 없다고. 안 그래?]

[마리오!]

레오의 위협적인 저음이 사촌의 이름을 불렀다.

[이게 마지막 통고다. 우리 패밀리에 이름을 올린 이상, 규칙을 거스르는 자는 용서하지 않는다.]

[…………]

[내 명령을 거역하면 패밀리에서 추방하겠다. 사촌이라 하더라도 가차 없다.]

마리오가 그의 낮은 으름장에 입을 다물었다. 승부는 난 것 같았다.

아키라는 살며시 문 앞에서 떨어져 자신의 방으로 발길을 돌렸다.

마약 취급을 강경하게 거부하는 레오의 모습이 돌아가신 아버지와 겹쳤다. 아버지도 그 점에 관해서는 결코 양보하지 않았다. 그 일선을 사수했다고 해서 다른 위법 행위가 용서되는 것도 아니겠지만, 그게 방침이라면 누가 무슨 말을 하든 관철해 주었으면 좋겠다.

아키라가 방에 돌아가고 잠시 후, 노크 소리가 울렸다. 문을 열자, 보기 드물게 피곤한 표정을 한 레오가 들어왔다. 그는 그대로 카우치소파로 뚜벅뚜벅 걸어오더니 털썩 앉았다. 바닥에서 엎드려 누워 있던 파고가 주인의 거친 움직임에 흠칫 놀라 귀를 쫑긋거렸다.

"손님은?"

"……갔어."

한숨 섞인 대답을 한 레오가 느릿느릿 고개를 들더니, 카우치소파에 앞에 선 아키라의 얼굴을 쳐다보았다.

"무슨 일 있었어?"

사촌과 격한 말싸움을 한 건 알고 있었지만, 일부러 모르는 척하고 물었다. 두 눈을 천천히 가늘게 뜬 레오가 혼잣말을 하듯 중얼거렸다.

"그 녀석은……, 마리오는 사업에 실패해서 돈이 궁해."

"…………."

"그래서 초조해하는 거야."

아키라는 띄엄띄엄 무거운 말투로 말하는 레오의 이야기에 말없이 귀를 기울였다.

조만간 상납금이나 농지 임대료만으로는 꾸려 나갈 수 없다 —— 시대의 흐름에 선견지명이 있던 레오의 조부는 와인 제조와 수출업으로 얻은 자산을 자본금으로 삼아 재빨리 회사를 일으켰다.

사업 수완이 뛰어났던 선대 돈 카를로는 부친으로부터 이어받은 회사를 더욱더 확대, 성장시켜 세계적인 성공을 거두었다. 어느새 로셀리니 그룹은 호텔, 레스토랑, 의류 사업을 폭넓게 전개하며 관련 기업을 몇 개나 소유한 일대 콘체른[38]기업으로 성장했다.

---

38 콘체른: 유럽, 특히 독일에서 흔히 볼 수 있는 기업 형태. 법적으로는 독립되어 있는 여러 회사들이 통일된 관리 아래 하나의 단일한 경제체를 이루는 것. 콘체른에 소속된 회사들은 계열사라고 불린다.

그러나 일족 중에는 사업을 궤도에 올리지 못한 자도 있었다.

마리오는 건설 회사를 일으켰지만, 겨우 5년 만에 사업을 접고 말았다. 사업 실패로 인해 선조로부터 이어받은 토지를 잃고 뒷장사를 하며 사는 삶을 선택한 그는 마약 밀매로 새로운 돈줄을 찾아내고자 기를 쓰고 있었다.

한편, 로셀리니 그룹의 의류, 호텔 부문을 총괄하는 차남 에두아르는 마피아의 존재를 끔찍하게 싫어하며, 자신 안에 그 피가 흐르고 있다는 사실을 부끄럽게 여기고 있었다.

"에두는 시칠리아를 싫어해서 어머니의 본가인 파리에 있는 대학교에 진학했고, 졸업하고 나서는 밀라노로 이주했다. 태어나고 자란 이곳에는 웬만해서는 발길을 향하지 않는 데다, 설사 온다고 하더라도 볼일이 끝나면 바로 밀라노로 돌아가지. 그 녀석은 태어난 고향을 버림으로써 패밀리의 굴레를 끊으려고 하는 거야."

생일 파티 밤에 들었던 차남의 싸늘한 목소리가 되살아났다.

── 그러니까 차라리 마피아 간판 따윈 내려버리자고.

가업을 싫어해서 집을 나간 부분에서는 하야세파에 등을 돌린 자신과 겹치는 점을 느꼈지만.

"그렇지만 난……, 조상 대대로 내려온 토지를 버릴 수는 없다."

레오가 약간 고개를 숙인 채 이를 악문 것처럼 괴로운 목소리를 냈다.

"설령 여러 가지 문제를 안고 있다 하더라도 태어나 자란 시칠리아를 버릴 수는 없어."

아키라는 스스로를 타이르는 듯한 그의 낮은 목소리를 듣고는, 시칠리아의 토착 품종인 네로 다볼라를 레오와 동일시했던 일을 떠올렸다.

―― 네로 다볼라는 시칠리아의 떼루아 그 자체입니다.

마에스트로 줄리오의 말을 빌리자면, 레오는 시칠리아 그 자체였다.

완고하며, 긍지가 높고, 강하며, 아름답다.

시칠리아 토박이인 레오가 자신의 심정을 토로할 수 있는 상대는 이국 사람인 자신밖에 없는 것이다.

패밀리의 보스인 카포가 고민하거나 망설이는 건 허락되지 않는다.

돌아가신 아키라의 아버지가 그랬던 것처럼 가장이라는 존재는 어느 때라도 의연하고 자신감이 넘치며, 오만하게 보일 정도로 강해야만 하기 때문이다.

그래도 아무리 강한 남자인들, 지쳐서 약해질 때가 있다…….

레오처럼 20대라는 젊은 나이에 패밀리와 그룹 양쪽을 두 어깨에 짊어진 입장이라면 더더욱 그 무거운 책임이 묵직하게 내리누를 때가 있을 것이다.

항상 그 위압감 있는 오라 탓에 실제 연령보다도 나이가 많아 보이는 레오가 지금은 그 나이에 걸맞는 청년으로 보였다.

책임과 중압감에서 도망쳐버린 자신이 위로의 말을 할 자격 같은 건 없지만.

아키라는 말없이 자신보다 한 살 연하인 남자의 머리에 손을 얹었다. 의외로 부드러운 검은 머리를 손가락으로 빗어주고 있으려니, 레오가 손을 뻗어 아키라의 손목을 잡았다.

"…………."

한동안 말없이 손과 손을 포갠 채 전해져 오는 서로의 체온에 빠져들었다. 이윽고 두 사람의 곁으로 온 파고가 레오의 무릎에 두 손을 얹었다.

"끄응."

주인을 열심히 위로하려는 애완견의 머리를 다른 한 손으로 쓰다듬으며, 레오가 희미하게 웃었다.

"걱정을 끼쳤군. 이제 괜찮아."

*   *   *

그러나 다음 날, 일을 마치고 돌아온 레오는 또다시 기분이 좋지 않았다.

말수가 적은 남자와 이렇다 할 대화 한 마디 나누지 못한 채 저녁 식사를 끝낸 후, 살롱 앞을 지나치던 아키라는 단테와 레오의 대화를 듣고 그 이유를 알았다.

[루카 님께서는 벌써 성인이신 데다, 이미 훌륭한 패밀리의 일원이십니다.]

[그 녀석은 아직 애야.]

[주제 넘는 줄은 압니다만……, 루카 님께서는 지금까지 자기 주장을 별로 하지 않으셨던 분입니다. 그런 루카 님께서 유학을 바라시니, 당연히 강경한 의지와 물러나지 못할 결의를 가지고 계시지 않을까요?]

항상 순종적인 단테가 보기 드물게 주인의 말을 거스르자, 레오는 불쾌하다는 듯 미간을 찌푸렸다. 이야기의 흐름으로 추측하건대, 막냇동생인 루카가 유학을 희망하고 있으며, 아무래도 레오는 그게 마음에 들지 않는 것 같았다.

[에두는 뭐라고 하나?]

[에두아르 님께서도 유학에는 반대하고 계신 듯합니다.]

생일 파티를 위해 싫어하는 시칠리아에 일부러 발걸음을 옮겼을 정도이니, 에두아르도 상당히 루카를 귀여워할 것이다. 마피아 본연의 자세에 대해서는 서로를 반박하는 장남과 차남이지만, 막내에 관해서는 의견이 일치하나 보다.

[거 보라고.]

레오가 귀신의 머리라도 벤 듯 기고만장하게 말하자, 단테가 조용히 충고했다.

[하지만 선대께서는 찬성하고 계십니다.]

[아버지는 루카한테 물러.]

[걱정하시는 마음도 이해합니다만, 귀여운 자식일수록 고생을 시켜야 한다는 말이 있듯이…….]

[알았다. 이제 됐어.]

단테의 말을 가로막은 레오가 의자에서 벌떡 일어났다. 그리고 그대로 곧바로 문 입구까지 걸어오더니, 문 뒤에 있던 아키라를 알아채지 못하고 살롱을 나갔다.

　복도를 떠나가는 레오의 등이 왠지 모르게 쓸쓸하게 보인 나머지, 아키라는 그의 뒤를 쫓아갔다.

　계단으로 2층에 올라간 레오는 한 번도 뒤를 돌아보는 일 없이 복도를 성큼성큼 돌진하더니, 막다른 곳에 있는 방 앞에서 발걸음을 멈추었다. 그리고 재킷 안주머니에서 열쇠를 꺼내 문을 열어 방 안으로 들어갔다.

　레오가 사라진 방 앞까지 발걸음을 옮긴 아키라는 닫힌 문을 쳐다보았다.

　전에 단테가 "이 방에만은 들어가지 않으시길 부탁드립니다."라고 못을 박았던 방.

　항상 잠겨 있기 때문에 안에 들어간 적은 물론 없었다. 누군가가 실내에 들어가는 모습도 지금 처음 보았다.

　방 앞을 지나칠 때마다 단테가 했던 말이 떠올라 신경이 쓰이긴 했지만.

　대체 안에 뭐가 있을까? 외부인이 보면 안 되는 것이라도 있나?

　숨길수록 진실을 알고 싶어 하는 게 인간의 심리이다. 문 앞에 우두커니 서서 이런저런 상상을 하고 있으려니, 달칵 소리가 나며 문이 열렸다. 예상외로 빨리 방에서 나온 레오와 정면에서 눈이 마주치자 흠칫 주눅이 들었다. 레오도 아키라가 이곳에 서 있다는 데 꽤나 놀란 것 같았다.

"여기서 뭐 하는 거지?"

허를 찔린 것처럼 한순간 눈을 휘둥그레 뜨고는 모양 좋은 눈썹을 찌푸린 레오가 무서운 목소리로 추궁했다.

"뭐 하냐니……, 그냥 지나가던 것뿐인데……."

아키라는 오랜만에 위압적인 레오를 보고는 기가 죽어 어물쩍 상황을 넘기고자 적당한 말을 고르다가 문득 생각했다.

이 기회를 놓치면 두 번 다시 물어보지 못할지도 모른다.

호기심에 등을 떠밀린 아키라는 큰 마음을 먹고 전부터 가지고 있던 의문을 입에 담았다.

"이 방 안에는 뭐가 있어?"

그러자 레오의 표정이 더욱더 험악해졌다.

"너하고는 상관없는 것."

아키라는 성가셔하는 레오의 말투에 기분이 팍 상했다. 그리고 말을 받아치려고 입을 연 순간, 팔을 잡혀 쭉 끌려갔다. 아키라는 자신의 손을 끌며 말없이 걷기 시작한 레오에게 항의의 목소리를 높였다.

"갑자기 뭐 하는 거야……!"

그 말에는 상대하지 않고 손을 쭉쭉 잡아당겨 방금 전에 막 걸어왔던 복도를 되돌아간 레오가 아키라의 방문을 열었다.

아키라는 실내에 끌려오자마자 몸을 돌린 레오의 품에 안겼다. 강한 힘으로 꽉 안기는 바람에 숨을 삼켰다.

"………윽."

" —— 아키라."

처음으로 이름을 불린 아키라는 두 눈을 크게 떴다. 레오를 만나고 나서 지금까지 계속 거만한 투로 '너'라고 불린 적밖에 없는데.

"아키라. ……아키라."

귓가에서 몇 번이나 이름을 불리는 사이에 가슴속에서 괴로우면서도 달콤새큼한 이상한 감정이 서서히 배어 나왔다. 그런 자신을 느끼며 당황하고 있자, 목덜미에 얼굴을 묻은 레오가 갈라진 목소리를 흘렸다.

"넌……, 어디로도 가지 마."

매달리는 듯한 그 말에 심장이 쿵쾅 뛰었다.

설마 지하도를 사용하여 탈출하려는 걸 알아챘나?

하지만 곧바로 그 가능성을 부정했다. 레오가 알 턱이 없었다. 만약 알았다고 하더라도 이런 식으로 애원할 필요 따윈 없다. 그저 지하도를 봉쇄하면 되는 일이다.

'……그게 아니라.'

아마 이 남자는 고독하고 외로운 것이다.

재산과 명성을 남아돌 만큼 가졌으며, 받들어 모시는 사람이 아무리 많아도……, 정점에 선 자가 예외없이 고독한 것처럼.

이국에서 납치해 온 자신을 가두고 자유를 빼앗아야만 할 만큼.

산처럼 높은 자존심과 마피아 보스로서 가져야 하는 자부심 때문에 쉽게 본심을 털어놓지도, 약점을 드러내고 응석 부리지도 못하는……, 고독한 폭군.

아끼던 막냇동생이 형의 비호에서 자립하고자 하는 점도 고독감에 박차를 가하고 있을 것이다.

레오의 오라가 한번도 본 적이 없을 정도로 약해졌음을 느낀 찰나, 아키라를 껴안고 있던 팔의 힘이 갑자기 풀렸다. 레오는 살며시 몸을 떼고 칠흑 같은 눈동자로 가만히 내려다보았다. 시선을 얽은 채로 천천히 얼굴이 다가오면서 숨결이 입술에 닿았다.

키스……할 건가?

서로의 입술이 닿기 직전에 아키라는 레오에게서 얼굴을 돌렸다.

"아키라?"

레오는 아키라의 위팔을 잡은 채 불안한 듯 그를 불렀다.

"…………."

아키라는 눈을 마주치려는 남자에게서 벗어나기 위해 열심히 고개를 비틀었다.

아무리 레오의 입장과 그 심정에 공감했다고 해도, 대역은 싫었다.

쓸쓸함을 채우기 위해 한때의 위안으로 루카의 대역이 되는 건……, 싫었다.

왠지 그런 생각이 강하게 들었다.

"아키라."

애절하게 이름을 부른 레오가 한 손으로 턱을 잡고 아키라의 시선을 되돌렸다.

꿰뚫는 듯한 눈빛에 사로잡히자 어깨가 떨렸다. 큰일이라고 생각했을 때는 이미 뜨거운 감촉이 덮어 와서…….

"………으음."

열흘 만에 닿은 레오의 입술은 타들어 갈 것처럼 뜨거웠다.

그 열에 빨려 들어가듯이 몸에서 점점 힘이 빠졌다.

'안 되겠어…….'

부옇게 흐려진 머리 어딘가에서 경종이 울리고 있었다.

남자와의 키스에 도취되어 있을 상황이 아니다. 지금 당장 밀치고 도망쳐야만 한다.

도망쳐.

그렇지 않으면 돌이킬 수 없는 일이 일어나고 말 것이다.

초조와 고민 사이에서 흔들리고 있는 동안에도 레오는 살며시 콕콕 쪼듯이 다정한 키스를 반복하였고 —— 그렇게 아키라의 긴장이 풀어질 때를 가늠하듯이 혀끝으로 틈을 훑었다.

그가 안에 들여보내달라고 조르자, 아키라의 눈꼬리가 서서히 열을 품었다. 부드러우면서도 관능적인 혀끝이 주는 자극에 등이 오싹오싹 떨렸다.

억지로 빼앗긴다면 그래도 아직은 변명의 여지가 있다.

하지만 스스로 받아들이고 만다면…….

안 돼. 거부해. 마음의 목소리가 그렇게 외치고 있는데.

"응……, 흐……웃."

레오가 원하는 대로 입술을 살짝 벌려 스스로 입안에 뜨겁고 사

나운 혀를 받아들였을 무렵에는 경종도 이성의 목소리도 멀리 들리
지 않게 되었다.

*　　　*　　　*

두 사람은 서로 뒤엉키듯 침대에 쓰러졌다. 레오가 입을 맞추면
서 거친 손놀림으로 셔츠를 벌리고 하의도 다리에서 벗겨 내더니,
실오라기 하나 걸치지 않은 모습의 아키라를 이불에 넘어뜨렸다.

역시 한 번 몸을 겹친 탓일까? 레오의 열기에 부채질당하여 그
기세에 휩쓸리고 있는 자신을 머리 한구석으로 자각하면서도 처음
했을 때만큼의 저항감은 없었다.

그렇다고 해도 물론 두 다리를 크게 쩍 벌리고, 더욱이 그 안에
있는 비밀스러운 곳이 남자의 손가락에 의해 벌어지며 남자의 시선
에 모든 것이 노출되는 굴욕에는 도저히 익숙해질 수 없었지만.

"붓기는 이제 완전히 가라앉았군."

진지한 얼굴로 그런 감상을 입에 담은 남자가 향유로 범벅이 된
손가락으로 안을 휘저었다. 그 창피한 행위가 동성인 레오를 받아
들이기 위해 피할 수 없는 의식이라고 생각하니 더더욱 참을 수 없
는 마음이 치밀어 올랐다.

"응……, 크, ……웃."

굳게 닫힌 꽃봉오리가 풀리는 ── 질척질척, 젖은 소리를 입술
을 깨물며 참고 있으려니, 불현듯 손가락이 빠져나갔다. 그 대신에

단단한 쐐기가 꾹 닿았다. 벌어지기 시작한 점막에 닿은 그 열기로 인해 온몸이 파르르 떨렸다.

'응? ………벌써?'

저번에는 천천히 시간을 들이며 아키라가 "이제 용서해줘."라고 울면서 빌 때까지 집요하게 희롱했는데, 오늘의 레오는 내몰린 짐승처럼 성급했다. 가슴도 성기도 거의 애무하지 않은 채 오므라진 곳을 풀기만 하고는 몸을 이으려 했다.

"괜찮아. 아프지 않게 할게."

그렇게 귓가에 속삭인 레오가 겁을 먹어 위축된 몸을 달래듯이 무릎에 입술을 가져다 댔다. 그는 몇 번이나 짧은 키스를 하고 난 다음, 아키라의 한쪽 다리를 안아서 어깨에 올렸다.

"넣는다."

여유 없는 목소리로 선언함과 거의 동시에 작열하는 덩어리가 꾸욱 들어왔다.

"힉……, 아앗!"

레오가 밀고 들어오자, 몸을 갈리는 충격에 몸이 뒤로 젖혀지며 새된 비명이 튀어나왔다. 크게 뜬 두 눈에서 눈물이 왈칵 넘쳐흘렀다.

아프지 않게 하겠다고 그랬으면서, 거짓말쟁이. 그렇게 따지고 싶었지만 목소리가 나오지 않았다. 경험이 있다고는 해도 전혀 편해지진 않았다. 안이하게 예상했던 자신에게 후회가 들었다.

"좀 더……, 힘을 빼."

마찬가지로 고통스러운 듯한 저음에, 아키라는 고개를 가로저었다.

"못······해."

그러자 레오가 아키라의 성기를 잡고 천천히 훑었다.

"아·········."

달래는 것처럼 부드러운 움직임에 높은 목소리가 새어 나왔다. 급소를 파악한 손으로 성감대를 정확하게 애무당하자, 충격에 시들어 있던 욕망이 조금씩 힘을 되찾았다.

"응······, 웃······, 응."

그에 따라 경직되어 있던 몸에서 여분의 힘이 빠져나갔다.

레오는 그 기회를 놓치지 않고 단숨에 몸을 앞으로 움직였다. 매끈거리는 향유의 힘을 빌려서 점막을 휘감듯이 가장 깊숙한 곳까지 돌진했다.

아키라는 그렇게 모든 것이 담겨지자 꽤 편해졌다.

"후우······."

뿌리까지 틈새없이 꽉 메워진 상태로 숨을 내뱉었다.

"힘들어?"

눈꺼풀을 느릿느릿 들어 올려 레오의 얼굴을 보았다. 눈물로 흐려진 시야에 비친, 뭔가를 참는 듯한 요염한 표정. 어렴풋이 미간을 찌푸린 채, 이마에는 살짝 땀이 배어 있었다. 이윽고 육감적인 입술이 내려오더니, 아키라의 속눈썹에 맺힌 눈물 방울을 살며시 빨아냈다.

"어디 아픈 데는 없어?"

"괜찮……아……."

레오가 두 사람의 체온이 익숙해지고 동화되는 때를 가늠하던 것처럼 천천히 움직이기 시작했다.

"으읏."

처음에는 고통이 더했지만, 점차 안이 뜨뜻해지면서……, 단단한 것이 왕복하고 있는 그곳에서 끈적끈적한 쾌감이 배어 나왔다. 깊은 피스톤질이 이루어지는 부분에서 새어 나오는 질척, 쿨럭, 망측하고 음탕한 소리에도 부채질당했다.

"윽……, 흐읏……."

레오의 탄탄한 복근에 쓸리고 있는 욕망에서도 꿀이 끈적하게 떨어졌다. 열정적인 피스톤질에 내벽의 주름이 뜨겁게 녹아들어 몸 안에 들어와 있는 수컷을 망측하게 휘감고 있는 것을 스스로도 알 수 있었다. 그것을 감지한 레오가 아키라의 고관절이 삐걱거릴 정도로 그의 다리를 크게 벌리더니, 가장 깊은 곳까지 단숨에 힘껏 찔러 넣었다.

"아앗."

레오가 체중을 실어 꿰뚫은 채로 사납게 흔들자, 아키라의 가는 허리가 음란하게 꿈틀거렸다. 온몸이 발끝까지 달콤하게 저려 왔고, 단정치 못하게 벌어진 입술에서 쉴 새 없이 교성이 흘러나왔다.

"앗……, 응……, 하앙……, 아."

위에서 찔러 넣은 단단한 끝으로 유달리 느끼는 약점을 찔리자,

아키라의 등이 공중에 떴다. 레오가 뒤로 젖혀진 하얀 목에 물어뜯는 것처럼 달라붙었다. 가장 부드러운 곳을 세게 빨리는 그 고통조차 성감이 됐다.

선단에서 또다시 쿠퍼액이 질질 흐르는 것을 알 수 있었다.

쿠퍼액만으로 이미 음모가 흠뻑 젖어 있었다.

온몸이 끈적끈적 녹아들어서 엄청나게 뜨거웠다.

"레오……, 레오."

정신을 차려 보니 아키라는 자신을 괴롭히는 남자의 이름을 부르며 다부지고 단단한 그의 등에 정신없이 매달리고 있었다. 레오 또한 강한 힘으로 아키라를 끌어안으며 촉촉히 젖은 품속에서 육박하는 절정의 예감에 몸을 파르르 떨고 있었다.

온몸이 두둥실 뜬 것 같은 느낌이 들더니 ──.

"가……가……갈 것 같아, 앗……, 아아아앗!"

아키라는 숨이 넘어갈 것 같은 목소리를 내며 사나운 수컷을 몸 깊숙이 받아들인 채 한계에 이르렀다. 머리에 하얗게 불꽃이 튄 찰나, 무의식적으로 몸 안에 있는 레오를 꽈악 조이고 말았나 보다.

"………크윽."

신음 소리가 난 바로 직후, 레오의 욕망이 크게 부풀더니 터졌다. 튀어 오르는 물방울을 흠뻑 뒤집어쓴 가장 깊숙한 곳이 뜨겁게 젖는 느낌에 그물 안의 물고기처럼 아키라의 알몸이 흠칫흠칫 뛰더니, 위를 향해 젖힌 목에서 뜨거운 한숨이 새어 나왔다.

"아……, 아……, 아……."

이런 식으로 언제까지고 여운이 가시지 않는 절정감은 레오와 이렇게 될 때까지는 몰랐다. 여자가 '절정에 달하는' 느낌과 비슷할까?

"하아……, 하아……."

얕은 호흡을 반복하는 아키라의 입술에 레오의 입술이 포개졌다. 쪽, 쪽, 키스의 비가 얼굴 전체에 쏟아져 내렸다. 자신과 마찬가지로 빠르게 고동치는 가슴에 안겨 정사의 여운 같은 키스에 나른하게 몸을 맡기고 있으려니, 낮게 쉰 목소리가 들렸다.

"어디에도 가지 마. ……여기에 있어."

아키라는 레오가 아까와 같은 말을 다시 한 번 속삭이는 바람에 젖은 눈을 휘둥그레 떴다.

'……레오?'

시선 끝에 있는 칠흑 같은 눈동자는 절정에 달해도 여전히 시들지 않은 욕정을 머금고 있었다. 그 뜨거운 눈빛에 두려움을 느낀 직후, 몸 안의 수컷이 꿈틀 움직였다.

"앗……."

놀랍게도 그것은 아직 충분히 씩씩하고 힘을 잃지 않은 상태였다.

단단하게 휜 끝으로 방금 막 절정에 달한 안을 문지르자, 그렇게 한 것 만으로도 아키라는 또다시 한계에 이를 뻔할 만큼 느꼈다. 관능의 불씨가 다시 타오르려 하는 낌새에 등이 떨렸다.

무섭다.

자신이 무척이나 음란한 생물이 되고 만 것 같아서⋯⋯, 무섭다.

"아키라⋯⋯, 더⋯⋯, 원해."

그런데도 매력적인 테너톤이 귓바퀴에서 조르자, 몸이 흐물흐물 녹아들면서 ── .

쾌락에 휩쓸리고 있는 자신을 싫어하면서도 자신을 원하는 남자를 도저히 거부할 수 없었다.

자신은 어디까지 휩쓸려 갈까?

"아⋯⋯, 레오⋯⋯, 레⋯⋯, 읏⋯⋯, 아, 응⋯⋯, 아⋯⋯."

아키라는 미워하던 남자에게 안기면서 바닥의 깊이를 알 수 없는 늪처럼 깊은 곳으로 떨어져 가는 자신을 느끼고 있었다.

제7장

다음 날 아침, 눈을 떴을 때 이미 레오의 모습은 없었다.

아무래도 아침 일찍부터 팔레르모에 있는 사무실로 외출했나 보다.

아키라는 녹초가 되어 나른한 몸으로 침대에 누워 천장의 프레스코화를 바라보는 사이에 어젯밤의 갖가지 추태가 되살아나는 바람에 무거운 한숨을 내쉬었다.

어젯밤의 그 행위는 완전히 합의로 이루어졌다. 첫 번째처럼 억지로 빼앗겼다는 변명은 통하지 않는다. 그건 누구보다 자신이 가장 잘 알고 있었다.

레오가 원했지만 거부할 수도 있었는데 그렇게 하지 않았다. 노도의 기세에 휩쓸렸다 —— 고 변명해본들 스스로 원해서 안긴 사실에는 변함이 없었다.

게다가 엄청나게 느껴서 문란해지고 말았다.

처음 했을 때는 고통스러운 시간이 길었던 데다, 몸도 레오의 기교에 반응했을 뿐이었다. 하지만 어제는……, 아픔보다도 쾌락이 훨씬 분명히 강했다.

레오가 하는대로 수동적으로 치우쳐져 있던 저번과는 다르게 적극적으로 레오가 주는 쾌감을 달게 받은 자신이 있었다…….

몸 안에 있는 레오를 세게 조이고, 달콤한 교성을 지르며 밤새 몇 번이나 절정에 달했던 일을 떠올리자 죽고 싶어졌다.

정말로……, 자신은 대체 어떻게 되어버린 걸까?

일본에서 납치당해 와서 귀족의 저택에 연금되어 폭군 같은 남자에게 안기고.

그렇다. 지금의 자신은 그야말로 레오의 애인이었다…….

밤이면 밤마다 함께 잠들고, 섹스 상대도 하고 있으니까.

야쿠자의 노리개가 될 뻔한 상황에서 간발의 차이로 구조되었는데, 어느새 마피아의 애인이 된 자신.

이리저리 떠돌던 끝에 도달한 얄궂은 현재 상황을 새삼 감안해 보니 암담한 마음이 들지 않을 수 없었다.

더욱이 도쿄에서 보낸 바쁜 일상과는 달리 천천히 시간이 흐르는 시칠리아의 자연 속 생활에 편안함을 느끼기 시작한 자신을 깨닫자, 등줄기로 초조함이 바짝바짝 기어 올라왔다.

이대로 서서히 길들여지면서 도망치고자 하는 적극적인 마음도 옅어져 가면……, 그 앞에 뭐가 있을까?

키워지는 개처럼 낮에는 오로지 주인이 집에 돌아오기를 기다리고, 밤에는 밤대로 주인의 품안에서 잠이 드는 나날?

줄곧 혼자 살아왔다.

특수한 성장 배경 때문에 마음을 허락할 수 있는 친구도 연인도 사귈 수 없었다.

혼자서 보내는 생활에 몸도 마음도 익숙해져 있었기 때문에 외롭다고 생각한 적도 없었다.

그런데도 그런 식으로 안겨 함께 잠든 피부의 온기를 기억하고 만다면.

머지않아 레오에게 완전히 의존하여 그가 없으면 살아가지 못하는 몸이 되어버리는 건 아닐까?

레오가 버팀목이 되어주지 않으면 스스로의 다리로 설 수도 없게 되고…….

아키라는 자신이 자신이 아니게 되어버리는 듯한 막연한 불안을 느끼고는 작게 몸서리를 쳤다. 자신의 몸을 두 손으로 꽉 끌어안았다.

그렇게 되기 전에 도망쳐야 해.

레오에게 완전하게 길들여지기 전에, 때를 놓치기 전에. ── 한시라도 빨리!

*　　*　　*

　그날, 저녁 식사가 끝난 밤 여덟 시 무렵에 아키라는 방을 빠져나
왔다.

　【팔라초 로셀리니】의 사용인 모두가 잠들어 고요해진 한밤중이
가장 최선이었지만, 이 이상 늦으면 레오가 돌아와버릴 위험이 있
었다.

　같은 침대에서 자는 한, 심야에 몰래 침실을 빠져나가는 일은 불
가능했다. 그렇다고 레오가 해외 출장을 가기를 기다릴 만큼 마음
의 여유는 없었다.

　될 수 있으면 단테나 마에스트로 줄리오를 시작으로 신세를 진
저택의 모든 이들에게 작별 인사를 하고 싶었지만, 그건 이룰 수 없
는 바람이라며 포기했다.

　아키라는 마음속으로 한 사람 한 사람에게 감사의 말을 전하고
는, 마지막에 파고를 꽉 껴안고 나서 방을 나갔다. 살금살금 계단을
내려가서는, 때로는 그늘에 몸을 숨기고 메이드를 피하며 1층 복도
를 잰걸음으로 빠져나갔다. 돌계단을 이용하여 늘 다녀서 익숙한
지하로 내려간 다음, 지하 2층의 장기 숙성용 셀러를 향해 발걸음
을 옮겼다.

　선반 뒤에 몰래 숨어 있는 문을 밀어 열고는, 준비해 온 촛대에
불을 붙였다. 가로로 낸 굴로 들어가 촛불로 앞을 비추면서 지하도
를 걷기 시작했다.

돌바닥은 울퉁불퉁해서 걷기 힘든 데다 셔츠 한 장 차림으로는 닭살이 돋을 정도로 지하 공기도 싸늘했지만, 될 수 있는 한 발걸음을 멈추지 않고 걸었다.

아무튼 한시라도 빨리 레오의 손아귀에서 벗어나자 —— .

머릿속에는 그 생각밖에 없었다.

도중에 다 탄 초를 교환하면서 20분 정도 계속 걸었을까.

시야 앞이 희미하게 밝아져 왔다.

출구다!

그렇게 생각한 순간, 뛰기 시작했다. 막다른 곳은 확 트인 공간이었다. 돌벽에 철제 사다리가 달려 있었으며, 20미터 정도 상공에 구멍이 뻥 뚫려 있었다. 둥근 구멍에서는 여름이라 아직 밝은 바깥에서 희미하게 빛이 비쳐 들고 있었다.

아키라는 촛불을 끄고 촛대를 돌바닥에 놓은 다음, 사다리를 오르기 시작했다. 원형 출구에는 녹슨 쇠창살이 끼어 있었지만, 양손으로 쭉 밀어 올리니 천천히 움직였다. 스스로도 놀랐다. 밭일을 도운 덕분에 완력이 붙은 걸까? 아무튼 혼신의 힘을 다해 쇠창살을 밀어 제치고 울창하게 우거진 풀을 좌우로 헤쳤다. 그러고 나서 양팔의 힘으로 하반신을 질질 끌어 올리듯이 밖으로 기어 나갔다.

아키라는 네발로 긴 자세로 헉헉 숨을 가다듬으며 고개를 들고 중얼거렸다.

"눈부셔……."

어두운 지하에서 갑자기 지상으로 나온 탓에 한동안 시야가 트이지 않았지만, 눈이 익숙해졌을 쯤에 주위를 둘러보았다. 눈앞에 펼쳐진 푸르른 포도 나무.

포도밭 일각인 것 같았다. 배치도가 맞다면 이미 정문을 넘었을 텐데. 즉, 이곳은 로셀리니가의 영지이긴 해도【팔라초 로셀리니】저택 안은 아니라는 뜻이다.

슬랙스 주머니에서 지도를 꺼낸 다음, 자석을 사용하여 국도 방향을 확인했다.

"좋아. 저쪽이야."

차가 다니는 큰 도로를 목표로 해가 지기 전의 새빨간 태양 아래에서 흙먼지 길을 걷기 시작했다. 가도 가도 시야에 비치는 것은 포도와 올리브, 그리고 오렌지밭뿐. 더위도 어우러져서 정신이 아득해져 갔다.

30분이 지났을 무렵에는 한여름의 태양도 지고, 주변은 완전히 어두워졌다. 밭에는 외등도 없었다. 큰일이다. 초를 지하에 두고 오는 게 아니었다며 후회하던 그때, 부르르르릉, 앞에서 차 엔진 소리가 들려왔다. 깜짝 놀라 고개를 든 아키라는 다가오는 전조등을 표적 삼아 길 한가운데로 뛰어들었다.

양손을 크게 벌린 채 가로막고 서자, 트럭이 급브레이크를 밟고 멈췄다. 아키라는 사이드 윈도에서 얼굴을 내밀고 시칠리아 사투리가 강한 이탈리아어로 뭐라 소리치는 남자의 곁으로 뛰어가서 교섭하기 시작했다.

언뜻 봐도 착해 보이는 중년 농부에게 [저는 히치하이커인데, 질안 좋은 운전수한테 걸려서 몸에 지닌 것을 몽땅 털리고 나서 포도원에 버려지고 말았어요. 경찰서에 가고 싶은데, 가장 가까운 마을까지 태워 주시겠어요?' 하고 간곡히 부탁했다.

그러자 그는 크게 불쌍해하면서 조수석 문을 열어주었다.

선량한 농부에게 거짓말을 한 데 약간의 죄책감을 가지면서도 트럭 조수석에 앉아 숨을 휴우 내뱉었다. 고가의 가죽 구두는 흙투성이가 되었고, 레오가 사준 옷도 꽤 더러워지고 말았다. 쉬지 않고 계속 걸은 탓인지 발바닥이 욱신욱신 저리고, 무릎에 힘이 들어가지 않았다.

움직이기 시작한 트럭 창문으로 해가 완전히 저물어버린 과수원을 바라보면서 겨우 저택을 탈출했다는 실감이 났다.

사로잡힌 몸이 아닌 상태는 시바타의 저택에서 감금됐던 기간까지 합치면 몇 개월만인가.

'마을에 도착해서 경찰서에 가기만 하면……, 정말로 자유로워질 수 있어.'

그러나 해방감도 잠시. 점차 가슴속이 쿡쿡 아프기 시작했다.

정신없이 여기까지 왔지만, 역시 아무한테도 작별 인사를 하지 못한 점이 지금에 와서 마음을 무겁게 내리눌렀다.

자신이 도망간 사실을 알게 된 단테는 아마 상당히 충격을 받을 것이다. 어쩔 수 없다고는 해도 감쪽같이 골탕 먹이는 식이 되고 말았다. 그렇게나 잘해주었는데.

마에스트로를 포함한 지하 양조장 직원들, 포도밭 농부들, 메이드, 보이, 요리장, 마구간 조교사, 보디가드, 두 번 다시 만나지 못할 사람들의 얼굴이 연달아 떠오르는 바람에 그때마다 가슴이 조여드는 것처럼 따끔따끔 아팠다.

사람만이 아니었다. 매일 생장을 지켜보던 포도 나무. 겨우 조금씩 마음이 통하기 시작한 말들. 매일 같은 방에서 잠들던 파고.

함께 식사를 하고, 함께 잠들고, 때로는 싸우고, 때로는 서로 껴안고 —— 저택에 있던 거의 모든 시간을 함께 보낸 남자는 일부러 생각하지 않고자 했다. 그를 생각하기 시작하면 더욱더 견딜 수 없을 만큼 가슴이 괴로워질 것 같은, 이상한 예감이 들었기 때문이다.

떨쳐버리기 어려운 미련과 싸우는 사이에 트럭은 외등조차 없는 캄캄하고 울퉁불퉁한 길을 덜컹거리며 계속해서 달리다가 갑자기 멈춰섰다. 이곳이 마을 입구라는 농부의 말에 [Grazie mille.]라고 인사를 하며 조수석에서 내렸다.

지상에 내려선 순간이었다.

파앗, 느닷없이 눈부신 불빛을 뒤집어쓴 아키라는 반사적으로 한쪽 팔을 올려 빛을 가렸다.

"무슨······."

손가락 틈새로 실눈을 뜨고 살피자, 빛 속에서 자동차 실루엣 같은 것이 떠올라 보였다. 이윽고 차 문이 열리더니, 안에서 장신의 그림자가 나타났다.

긴 팔다리에 높은 허리 위치. 늘씬하게 균형 잡힌 9등신. 패션 모델도 이럴까 싶을 만큼 보기 드문 스타일은 요 한 달여만에 뇌리에 새겨져 있었다. 실루엣만으로도 그 사람이 누군지 알 정도로.

"레⋯⋯오⋯⋯?"

그래도 반신반의하며 중얼거렸다.

"어, 째서?"

왜 이곳에 레오가 있는 걸까?

사정을 이해하지 못하고 혼란스러운 채로 주위를 둘러보고는 깨달았다.

"여기는⋯⋯."

다시 시선이 포착한 그곳은 근처 마을이 아니라 방금 전에 빠져나온【팔라초 로셀리니】정문 앞이었다.

"말도 안 돼⋯⋯."

황급히 트럭을 돌아보자, 레오의 충실한 '영지 주민'인 운전석에 앉은 농부가 미안하다는 듯 어깨를 움츠렸다. 그러나 속아 넘어간 충격보다도 도망치는 데 실패한 충격이 훨씬 컸다.

탈출에 지하도를 사용한 점을 이미 들켰는지 어떤지는 모르지만, 조만간 발견되어 봉쇄당하는 일은 시간 문제일 것이다.

이것으로 이제 자력으로 탈출할 수 있는 길은 없어지고 말았다⋯⋯.

실망한 나머지 멍하니 서 있는 아키라에게 천천히 다가온 레오가 약간 앞에서 발길을 멈추었다.

"저택에 돌아오고 나서 곧바로 네가 없다는 사실을 깨달았다."

"⋯⋯⋯⋯⋯."

아키라는 뭐라 말 할 수 없는 거북한 기분을 느끼며 험악한 표정에서 시선을 돌렸다.

"걸어서 도망치는 데는 한계가 있다. 어차피 차를 잡을 계획일 거라 예상하고 그물을 쳤지. 넌 그중 하나에 감쪽같이 걸려든 거다."

감정을 억누른 저음이 오히려 불안한 나머지, 겨드랑이 아래로 식은땀이 흘렀다.

'엄청나게 화났어…….'

"타라."

짧게 말한 레오가 아키라를 마세라티 콰트로포르테까지 끌고 가더니, 뒷자석에 밀어 넣었다. 레오가 차에 타는 타이밍을 엿보고 있었던 것처럼 정문이 스르륵 열리자, 검은색 리무진은 영주의 저택을 향해 외가닥으로 쭉 뻗은 길을 달리기 시작했다.

방금 막 도망쳐 나온【팔라초 로셀리니】로 되돌아가는 차 안. 아키라의 마음속은 평온하지 않았다.

이제 어떻게 될까?

옆을 곁눈으로 살펴보았지만, 레오는 언짢은 듯 앞을 응시하며 조금도 이쪽을 보려 하지 않았다.

레오는 자신을 어떻게 할 속셈일까?

어떤 무서운 '벌'이 기다리고 있을까?

아키라가 전전긍긍하고 있는 동안에 리무진이 속도를 떨어뜨리더니, 분수 주위를 반 바퀴 돌고 나서 현관에 정차했다.

"아키라 님! 무사하셨군요……!"

레오가 달려온 단테를 말없이 밀어제치듯 물러나게 하고는, 아키라를 억지로 끌고 저택 2층으로 올라갔다.

"아, 아파……, 아!"

항의의 목소리에는 전혀 귀를 기울이지 않고 계단을 올라가더니, 아키라의 방 앞에서 발걸음을 멈추었다. 문을 연 레오가 강한 힘으로 아키라를 실내에 억지로 들여보내는가 싶더니 무자비하게 힘을 실어 밀쳤다.

"………윽."

두세 발짝 헛발을 디디고는 몸을 돌린 아키라는 입구에 서 있는 남자를 조심스레 올려다보았다.

시선 끝의 얼굴은 가면처럼 무표정했고, 단정하기 때문에 뭐라 말할 수 없는 박력이 있었다. 말없이 싸늘한 눈빛에 꿰뚫린 아키라는 등을 오싹 떨었다.

"…………."

언제 폭발할까?

어떤 몹쓸 짓을 당할지 경계하던 아키라를 남기고는, 레오가 깨끗이 발길을 돌렸다.

'………응?'

당연히 호된 '보복'이 기다릴 줄 알았기 때문에 솔직히 허탕친 기분이 들었다.

"레……."

"변명 같은 건 듣고 싶지 않다."

엉겁결에 부른 목소리를 쌀쌀맞게 제지당했다.

변명을 일체 거부하는 듯한 그 등을 바라보는 사이에 새로운 불안이 서서히 치밀어 올랐다.

이미 시간을 들이는 것도 질색일 정도로 그만큼 분노가 깊다는 말인가?

"넌 내 명령을 거스르고 나한테서 도망쳤다."

등을 돌린 레오가 낮은 목소리로 말했다.

"그게 모든 사실이다."

레오가 얼음처럼 차가운 목소리로 말하자마자 문을 쾅 닫았다.

달칵, 그 직후에 문을 걸어 잠그는 무정한 소리에 아키라의 얼굴이 창백해졌다.

'문을 걸어 잠갔어!'

지금까지 저택과 부지 안에서는 자유롭게 움직일 수 있었는데!

그조차 금지당하여 정말로 감금 상태가 되고 말았다.

확실히 이건 무엇보다도 효과적이고 잔혹한 '보복'이었다.

아키라는 떠나가는 레오의 구두 소리를 들으면서 눈앞이 어두워지는 것을 느꼈다.

끝내는 새장 안의 새는커녕 날개까지 꺾이고 말았다…….

*　　*　　*

노여움의 깊이를 말해주듯, 레오가 그날 밤에 두 번 다시 아키라의 방에 얼굴을 내미는 일은 없었다. 저택 안에 레오가 있는데도 같은 침대에서 자지 않은 건 육체 관계를 맺고 나서 처음 있는 일이었다.

복합적으로 받은 충격에서 벗어나지 못 한 채 뜬눈으로 밤을 지새고 맞이한 다음 날 아침.

아침 식사를 가지고 온 단테는 레오가 이미 일을 하러 나갔다는 사실을 알려주었다.

"레오나르도 님께서는 아키라 님께 화가 나셨다기보다……, 상처받으신 것 같습니다."

단테가 식사 시중을 들면서 그 자신이야말로 걱정이 엿보이는 표정으로 말했다.

"상처받았다고요?"

"네. 요새는 그런 일이 없었지만……, 어젯밤에는 술을 꽤 많이 드셨거든요. 침실에도 가지 않고 살롱에서 아침을 맞이하셨습니다."

요새는 없었다. 그 말은 전에는 빈번하게 있었다는 뜻인가?

"세 번째 사모님이 돌아가시고 나서 선대께서는 사모님과의 추억이 많이 남은 이 【팔라초 로셀리니】에서 지내는 게 괴롭다며 로마에 있는 저택으로 거처를 옮기셨습니다. 그 후에 에두아르 님께서도 이 땅을 떠나시고, 루카 님께서 고등학교 진학을 계기로 피렌체로 가시고 난 후로 레오나르도 님께서는 오랫동안 줄곧 혼자셨습니다."

언젠가 안뜰에 있는 올리브 나무를 바라보며 단테가 옛날을 그리워하는 듯 중얼거린 말을 떠올렸다.

―― 예전에는 곧잘 저 올리브 나무 아래에서 가족분들이 단란하게 지내셨습니다만……

먼 옛날에는 이 저택에도 진정한 '패밀리'의 모습이 있었을 것이다.

"레오나르도 님과 대등하게 대화를 할 수 있는 사람은 이곳에는 없습니다. 줄리오도 저도 대화 상대는 될 수 있습니다만, 역시 입장이 대등하지 않으니까요. 요 몇 년 동안 레오나르도 님께서 저택을 비우시는 일이 많아진 것도 어쩔 수 없는 일이라고 생각했습니다."

"…………."

"하지만 아키라 님께서 이곳에 오시고 나서부터 레오나르도 님은 변하셨습니다. 거의 쉬는 날도 없이 일에 몰두하시던 분이 저택에서 지내시는 시간이 길어진 데다, 휴일에도 제대로 쉬시게 되었습니다. 표정도 무척 밝아지셔서……, 사용인들은 다들 무척이나 기뻐하고 있었습니다."

레오의 변화가 자신 탓인지 어떤지는 모른다.

예전의 레오를 모르기 때문에 정말로 변했는지 어떤지도 모른다.

그래도 자신이 취한 행동으로 말미암아 레오가 상처를 받았다 ―― 단테가 그런 뜻을 넌지시 비추자, 이유없는 죄책감이 치밀었다.

―― 아키라……, 아키라.

애절하게 이름을 부르며 꽉 끌어안던 팔.

── 너는……, 어디로도 가지 마.

── 어디로도 가지 마. ……여기에 있어.

목덜미에 얼굴을 묻은 레오의 매달리는 듯한 목소리가 귓가에 맴돌 때마다 점점 가슴이 괴로워졌다.

확실히 명령을 어겼다. 그의 고독함을 알면서 그에게서 도망쳤다. 그것을 배신 행위라고 비난당해도 어쩔 수 없다.

'하지만…….'

애당초 자신의 의사로 이곳에 온 것은 아니었다. 납치당해 억지로 온 것이다. 사로잡힌 몸에서 해방되길 바라는 건 죄일까? 자유를 위해 도망치길 꾀하는 건 나쁜 일일까?

역시 아무리 호의적으로 해석해도 약탈에 연금까지 한 레오의 수법은 억지로 여겨졌다. 전에 "너를 위해서 납치했다."는 어린아이 같은 말을 했지만, 그 생각을 실행에 옮기는 힘을 가진 것만으로도 진짜 어린아이보다 몇 백 배는 악질이다.

그럼 예를 들면 레오가 좀 더 자유를 주었다면 어땠을까? 바깥 세상과의 왕래가 허락되었다면 도망치지 않았을까?

정문을 열어젖히고 남을지 떠날지 고르라고 하면 자신은……, 어떻게 할까?

……모르겠다.

생각하면 생각할수록 머리가 혼란스러웠다. 스스로도 스스로를 잘 모르겠다.

단 하나 알 수 있는 사실은 가령 독방이라 해도 이 방에 있으면 마음이 편하다는 것, 또다시 단테와 파고를 만나게 되어서 기쁨을 느끼고 있다는 것이다.

그 단테가 아키라의 모습을 보러 얼굴을 비출 때 말고는 방에 감금된 상태로 반나절이 지나고 —— 일과였던 포도밭에도, 마구간에도 가지 못한 채 맞이한 저녁 시간에 【팔라초 로셀리니】 현관에 페라리가 한 대 주차되었다.

창문에서 그 모습을 바라보던 아키라는 운전석에서 내려선 남자를 보고 깜짝 놀랐다.

키가 크고 플래티나 블론드색 머리 —— 손님은 차남 에두아르였다.

시칠리아를 싫어해서 이곳에도 좀처럼 발길을 향하지 않는다고 들었는데.

'일부러 밀라노에서? 무슨 용건일까?'

갑작스런 방문에 허를 찔린 채 있으려니, 얼마 지나지 않아 복도에서 언쟁하는 목소리가 들려왔다.

[레오나르도 님께서는 부재 중이십니다.]

[레오를 만나러 온 게 아니야. 그 일본인은? 이 방 안에 있나?]

[에두아르 님, 멋대로 들어가시면 곤란합니다!]

단테의 제지를 뿌리치듯 열쇠가 달칵 돌아가는 소리가 나더니 문이 열렸다. 방 안에 발을 들여놓은 키가 큰 남자가 그 아이스블루색 두 눈으로 카우치소파에 앉은 아키라를 똑바로 응시했다.

"하야세 아키라?"

완벽한 일본어 억양으로 이름을 불린 나머지, 두 눈을 크게 떴다.

"어째서 내 이름을?"

성큼성큼 걸어온 에두아르가 아키라의 앞에서 발걸음을 멈췄다. 그러더니 레오나 단테에게 뒤지지 않는 유창한 일본어로 말을 걸어 왔다.

"얼마 전 루카의 생일날 밤에 여기서 봤을 때부터 네가 신경 쓰여서 알아봤어."

"알아봤다고?"

"그 결과, 레오가 너를 일본에서 납치해 온 사실을 알아냈지."

에두아르는 약간 험악한 표정으로 그렇게 말하더니, 아키라를 가만히 쳐다보았다.

"그렇게까지 해서 레오가 너를 원한 이유를 알고 싶어?"

"에두아르 님!"

안절부절못하는 모습으로 조마조마하게 흘러가는 상황을 지켜보던 단테가 타이르는 듯한 목소리를 냈다. 그러자 에두아르는 자신의 등 뒤에 서 있는 집사를 어깨너머로 힐끗 보더니, 딱 잘라 말했다.

"그에게는 진실을 알 권리가 있어."

말문이 꽉 막힌 단테가 천천히 어깨를 떨구었다.

"주제넘은 짓을 해서……, 죄송합니다. —— 실례하겠습니다."

단테는 고개를 푹 숙인 채 조용히 방을 나갔다.

문이 탁 닫히기를 기다리다가 또다시 아키라에게 시선을 돌린 에두아르가 다시 한 번 같은 질문을 반복했다.

"이유를 알고 싶어?"

아키라는 프랑스의 유명 여배우의 피를 이어받았다고 하는 차남의 세련된 외모를 올려다보며 확고한 말투로 단언했다.

"알고 싶어."

그 점이야말로 줄곧 수수께끼였다. 왜 레오가 자신에게 그렇게까지 집착하는 것일까?

"그럼 이야기하지. —— 네 어머니는 네가 아직 어렸을 때 집을 나갔지?"

아키라는 갑자기 이야기의 흐름과는 관계없는 어머니의 이야기가 나와 당황하면서도 고개를 끄덕였다.

"……그래. 다섯 살 때."

"네 부친과 헤어지고 1년 후, 어학에 뛰어났던 네 어머니는 이탈리아로 건너와 어떤 가문에 고용됐어. 그리고 아이들의 보모 겸 가정교사로서 일하던 약 2년 동안, 아내를 연달아 잃은 고용주와 사랑에 빠져 그와 재혼했지."

이야기의 진행 상황에 막연한 두근거림을 느끼던 아키라는 어렴풋이 미간을 찌푸렸다.

"마침내 그녀는 남자아이를 한 명 낳았어."

"설마……."

"그래, 그 설마야."

에두아르가 천천히 긍정했다.

"네 어머니가 고용된 곳은 로셀리니가. 가정교사를 맡고 있던 아이가 레오와 나. 재혼한 상대는 우리 아버지 카를로 에르네스토 로셀리니. 태어난 아이가 막냇동생인 루카야."

"……윽."

충격적인 사실을 알고 숨을 삼킨 다음 순간, 뇌리에 딱 한 번 본적이 있는 삼남의 얼굴이 떠올랐다.

다정해 보이는 얼굴에 가냘픈 청년.

그를 본 찰나에 일본인이라고 착각한 건 그가 일본인의 피를 이어받았기 때문이었구나.

"그럼……, 그럼 그는."

"너와 피가 이어진 동생이야."

"동생……."

아키라는 멍하니 중얼거렸다. 아버지를 잃고 난 이후로 줄곧 천애고아인 줄 알았던 자신에게 동생이 있다니, 당장은 믿겨지지가 않았다.

"못 믿겠다는 표정이네? 루카는 모친의 이름에서 한 글자를 따서 지은 '루카'라는 일본 이름도 있어. 정식 이름은 루카 에르네스토 로셀리니."

"…………."

"갑자기 동생의 존재를 알게 된들, 당장은 실감이 나지 않는 것도 이해해."

"…………."

"하지만 루카는 너를 보고 뭔가 느낀 게 있는가 보더군. 그 후에 단테한테 '그 사람은 누구야?' 하고 자꾸 물었거든. 레오가 입막음을 해 두었는지, 단테는 '레오나르도 님의 손님이십니다.'라는 대답밖에 하지 않았지만."

아키라의 약한 반응에 이해를 표하던 에두아르는 갑자기 목소리를 착 깔았다.

"너를 봤을 때, 한순간 미카가 살아 돌아온 줄 알았어."

미카 —— 20년 만에 듣는 어머니의 이름에 심장이 쿵쾅 뛰었다.

"넌 그 정도로 미카와 닮았어. 늠름하고 시원한 자태. 하얗고 작은 얼굴. 윤기가 도는 검은 머리에, 촉촉한 검은 눈동자……."

눈을 천천히 가늘게 뜬 에두아르가 애달픈 목소리로 중얼거리자, 아키라는 느릿느릿 고개를 들었다.

"……어머니는?"

선대의 아내들이 다 세상을 떴다는 이야기는 단테에게서 들었지만, 한번 더 확인하지 않을 수가 없어서 입에 담았다.

"안타깝게도……, 병으로 돌아가신 지 올해로 10년째야."

에두아르가 침통한 표정으로 말하자, 역시 그랬다며 납득하면서도 몸에서 힘이 빠졌다.

'돌아가셨구나.'

어렸을 적부터 왠지 모르게 어머니에 대해 아버지에게 물어보는 건 나쁜 일이라는 생각을 가지고 있었기 때문에 그에 관한 화제는 가급적 피하며 지내 오고 말았다. 아버지도 세상을 뜬 지금, 어머니의 소식을 알게 될 일은 이제 없을 거라며 포기하고 있었는데……, 이런 형태로 알게 될 줄이야.

자신과 가족을 버리고 간 어머니를 잊자고 노력하는 한편, 어딘가에서 행복하게 살았으면 좋겠다고 바라기도 했었다. 아마 아버지도 같은 마음을 품고 있었을 것이다. 말수가 없던 사람이었기 때문에 마지막까지 입에 담는 일은 없었지만.

아키라 부자의 바람은 과연 닿았을까?

"미카가 가정교사로서 저택에 오자마자 우리는 금세 그녀에게 푹 빠졌어. 우리뿐만 아니라 사용인들 모두, 【팔라초 로셀리니】의 모든 사람들이 그녀에게 푹 빠졌지. 그녀를 정말 좋아했기에 같은 말로 이야기를 나누고 싶어서 어렵다고 하는 일본어도 열심히 공부했어. 그래서 아버지가 미카와 결혼하게 됐을 때는 이제 쭉 함께 있을 수 있다고 정말로 기뻐했고. 그때까지는 미카가 언제 일본에 돌아가버릴지 걱정이 되어서 견딜 수가 없었거든."

그 답은 머지않아 에두아르가 가져다주었다.

"나도, 레오도 미카를 친어머니처럼 따랐어. 아니……, 어쩌면 친어머니 이상으로……. 우리의 친어머니들은 철이 들기 전에 돌아가신 데다……, 게다가 미카는 정말로 아름답고 총명하고 마음 착한 여자였거든. 루카와 우리를 차별하지 않고 철저히 평등하게 사랑해주었지."

바다를 넘어 이국 땅으로 건너와서 새로운 인생을 살았다는 어머니가 모두에게 사랑을 받았다는 사실을 알고 조금 구원받은 기분이 들었다.

'그렇구나…….'

당초의 충격이 서서히 수습됨에 따라 그와 교대하듯 서서히 감회가 복받쳤다.

그랬구나.

자신과 로셀리니가 사이에는 기묘하게도 그런 인연이 있었구나.

'미카'라는 키워드를 끼워 넣으니 마치 퍼즐이 풀린 것처럼 지금까지 이상했던 일들을 쉽게 이해할 수 있게 되었다.

레오나 단테가 현지인과 별반 다르지 않는 억양으로 일본어를 할 수 있었던 이유. 시바타의 저택에서 처음 만났을 때, 레오가 그리워하는 듯한 표정을 지었던 이유. 단테가 때때로 향수를 띤 눈빛을 향하던 이유도. 사용인들이 이국 사람인 자신에게 처음부터 다정했던 것도…….

그러나 여전히 가장 큰 의문이 남아 있었다.

"레오는……, 왜 나를 여기로 데리고 왔을까?"

아키라가 혼잣말을 하듯 중얼거리자, 에두아르가 예쁘게 생긴 눈썹을 찡그렸다.

"이건 내 추측일 뿐인데, 레오는 네 안에 있는 미카의 모습을 좇고 있는 걸지도 몰라. 레오에게 미카는 첫사랑이자……, 특별한 존재였으니까."

어머니가, 레오의?

'첫사랑······?'

"그 미카와 똑같이 생긴 너를 보고는, 데리고 귀국하고 싶다는 충동을 억누르지 못했겠지."

레오는 내 안에 있는 어머니의 모습을 보고 있다고?

"미카가 세상을 떠난 후, 레오는 심하게 침울해졌어. 물론 아버지나 루카를 필두로 우리 모두가 비탄에 잠겼지만, 그중에서도 특히 눈에 띄게 황폐해져서······."

"············."

"미카가 죽고 나서 가족이 하나둘 이 땅을 떠난 후에도 레오만은 완강하게 그녀의 추억이 남은 이곳【팔라초 로셀리니】에서 떠나려고 하지 않았어. 어쩌면 너를 이곳으로 데리고 돌아와서 살게 하면서 미카가 살아 있을 무렵의【팔라초 로셀리니】를 재현하고 싶었던 걸지도 모르지."

약간 향수를 띤 눈빛으로 중얼거린 에두아르가 불현듯 표정을 다잡았다.

"그런데 아무리 미카를 향한 마음에서 그랬다고는 해도 납치 감금은 범죄야. 만약 앞으로 네가 일본에 돌아가길 원한다면 내가 형을 설득할게."

에두아르는 딱 잘라 말하더니, 재킷 앞가슴에서 얄팍한 케이스를 꺼냈다.

"내 연락처야."

그는 아키라에게 명함을 건네더니, "언제든지 꺼리지 말고 나한테 상담해."라고 말을 덧붙였다. 그리고 명함을 건네고 난 다음, 이번에는 트라우저스[39]주머니에 손을 넣었다.

"2층 막다른 곳에 잠겨 있는 방 있지?"

전의 그 출입이 금지된 방?

"내 이야기가 진실인지 아닌지 직접 눈으로 확인하고 싶으면 그 방에 들어가봐."

그렇게 말한 에두아르가 주머니에서 꺼낸 열쇠를 아키라의 손바닥에 떨어뜨렸다.

＊　　＊　　＊

에두아르가 저택에서 떠난 후에도 아키라는 한동안 카우치소파에서 일어서질 못했다.

머릿속에서 방금 전에 에두아르가 했던 말이 빙글빙글 돌았다.

──　레오는 네 안에 있는 미카의 모습을 좇고 있는 걸지도 몰라. 레오에게 미카는 첫사랑이자……, 특별한 존재였으니까.

──　그 미카와 똑같이 생긴 너를 보고는, 데리고 귀국하고 싶다는 충동을 억누르지 못했겠지.

──　어쩌면 너를 이곳으로 데리고 돌아와서 살게 하면서 미카가 살아 있을 무렵의 【팔라초 로셀리니】를 재현하고 싶었던 걸지도 모르지.

---

39 트라우저스: 남성이 입는 예장용, 신사복 양복 바지.

막냇동생 루카 대신인가 생각한 적도 있었지만……, 그렇지 않았다.

레오는 자신의 안에서 미카의 모습을 보고 있었던 건가?

자신은……, 레오에게 어머니의 대역일 뿐이었나?

물음표를 머릿속에서 굴리고 있는 사이에 점점 산소가 모자른 것처럼 숨 쉬기가 괴로워진 나머지, 손안에 든 열쇠를 꽉 쥐었다. 몇 번인가 심호흡을 반복했지만 술렁거리는 가슴이 아무리 하여도 진정되지 않자, 아키라는 결국 일어섰다.

비틀비틀 걷다가 정신을 차려 보니 방문 앞에 서 있었다. 문은 에두아르가 나갔을 때 그대로였고, 잠겨 있지 않았다. 아키라는 살며시 문손잡이를 돌려 복도로 나갔다.

2층 복도를 몽유병 환자 같은 불안한 발걸음으로 나아가다가 전의 그 방 앞에서 멈추었다.

결코 안을 들여다보아서는 안 되는 금지된 방.

── 내 이야기가 진실인지 아닌지 직접 눈으로 확인하고 싶으면 그 방에 들어가봐.

에두아르의 마지막 말을 뇌리에 되새기면서 떨리는 손으로 열쇠 구멍에 열쇠를 집어넣었다. 달칵, 잠금 장치가 돌아가는 소리에 호응하며 쿵쾅쿵쾅 심장 박동 수가 빨라졌다. 땀으로 축축한 손으로 문손잡이를 돌려 문을 밀어젖히면서 실내로 발을 들였다.

먼저 눈에 들어온 것은 정면에 마리아상을 모신 작은 제단이었다. 사용인들도 이용하는 자가용 예배당은 따로 있으니, 이곳은 극히 일부 친족만이 기도를 바치기 위해 마련한 제단일지도 모른다.

또 하나의 특징은 창문이 없다는 점이다. 그 대신에 벽 사방 전체에 많은 초상화가 즐비해 있었다. 선대인 돈 카를로의 그림도 있었다.

로셀리니가 역대의 초상화?

방 한가운데까지 가서 벽 사면을 휙 둘러본 아키라의 시선은 한 초상화에 못 박히듯 고정되었다. 다른 초상화는 전부 양장에 몸을 감싼 인물이 그려져 있는 가운데, 그 그림만이 기모노 차림인 여자가 그려져 있었기 때문이다.

'……어머니?'

갸름하고 하얀 얼굴. 가는 눈썹. 눈꼬리가 깊이 째진 가늘고 긴 두 눈. 머리색이 그대로 반영된 듯한 검은 눈동자. 가는 콧날에 얇은 입술.

다섯 살 때 헤어진 이후로 보지 못한 친어머니와 20여 년 만에 먼 이국 땅에서 대면한 아키라는 잠시 동안 말을 잃었다.

유소년기 때의 기억이기 때문에 그 모습은 꽤 희미했지만……, 이렇게 보니 확실히 에두아르가 말한 것처럼 자신과 닮은 것 같다는 느낌이 들었다. 아니, 자신이 그녀를 닮은 건가?

에두아르의 이야기를 들었을 땐 솔직히 아직 어디선가 반신반의하는 부분도 있었지만, 이렇게 움직이지 않는 증거를 실제로 보니 틀림없는 사실이라는 실감이 났다.

정말로 10년 전까지 이곳에 어머니가 있었던 것이다. 이【팔라초 로셀리니】에서 어린 레오와 에두아르를 키우고, 돈 카를로를 사랑함과 동시에 그에게 사랑을 받았으며, 루카를 낳고…….

어머니의 그림 앞에 우두커니 선 채 머나먼 옛날에 생이별을 한 자신이 지금 이 저택에 있는 운명을 기이하게 생각하던 아키라는 곧바로 어머니가 입고 있던 기모노 무늬에 시선이 갔다.

보랏빛이 도는 감색 천에 화초와 봉황이 물든 아름다운 기모노.

본 기억이 있는 그 기모노는 실내복으로 받은 기모노 중 하나였다.

그 사실을 알아차린 순간, 머리에 냉수를 맞은 것처럼 온몸이 쓱 차가워졌다. 아련하게 달콤새큼한 향수의 감정도 싹 가셨다.

레오는 어머니 —— 미카의 기모노를 자신에게 입혔다.

외국인이라서 여자옷과 남자옷을 구별하지 못하는 건 줄 알았는데, 그렇지 않았다. 다 알고 남자인 자신에게 일부러 여성용 기모노를 입힌 것이다.

—— 어쩌면 너를 이곳으로 데리고 돌아와서 살게 하면서 미카가 살아 있을 무렵의【팔라초 로셀리니】를 재현하고 싶었던 걸지도 모르지.

에두아르의 추측은 옳았다. 역시 자신은 죽은 어머니의 대역이었던 것이다.

시바타에게서 빼앗은 것도, 저택에 숨겨 둔 것도, 날 안은 것도 전부 —— .

'어머니 대신이었어……!'

뒷통수를 둔기로 퍽 맞은 것 같은 충격으로 머리가 뿌옇게 흐려졌다. 반쯤 넋을 놓고 그 자리에 못 박힌 아키라의 등 뒤에서 목소리가 들렸다.

"거기서 뭐 하는 거지?"

감정을 억누르고 묻는 저음이 들리자, 아키라는 느릿느릿 돌아보았다.

언제 일을 마치고 돌아왔는지, 활짝 열린 문 앞에 험악한 얼굴을 한 레오가 서 있었다.

"어떻게 이 방에 들어왔지?"

거듭되는 질문에, 아키라는 힘없이 입을 열어 목에 엉겨붙어 잠긴 목소리로 말했다.

"에두아르가……."

"에두가?"

"아까 찾아와서……, 열쇠를 건네주었어."

"그 녀석……, 쓸데없는 짓을!"

혀를 찬 레오가 미간을 콱 찌푸린 채 갈라진 목소리로 확인했다.

"다 들은 건가?"

"……응."

"……미카에 대해서도?"

아키라가 고개를 끄덕이자, 한순간 괴로운 듯 얼굴을 일그러뜨리더니 하늘을 올려다본 후에 깊은 한숨을 내쉬었다. 그러더니 무거운 발걸음으로 천천히 방에 들어와서 아키라의 옆에 섰다.

아키라는 말없이 미카의 초상을 바라보는 옆얼굴을 노려본 다음, 낮은 목소리로 물었다.

"날 이곳으로 데리고 온 이유는……, 내가 '미카'의 아들이었기 때문이야?"

레오는 아키라의 질문에는 대답하지 않고 엄한 표정으로 계속해서 초상화를 쳐다보았지만, 이윽고 마음을 굳게 먹은 듯이 조용히 이야기하기 시작했다.

"확실히 너를 이곳으로 데리고 온 이유는 미카의 아들이었기 때문이다."

아키라의 어깨가 흠칫 떨렸다. 레오가 간단히 인정하는 바람에 온몸에서 힘이 빠져나갈 뻔했지만, 어금니를 꽉 물고 이겨 냈다.

"미카가 일본에 아들을 하나 두고 온 건 그녀 본인한테서 들었다. 미카는 항상 네 이야기를 했어. 아키라가 얼마나 착하고 용기 있고 영리했는지. 네가 어린 나이에도 모친인 미카를 지키려고 분투한 에피소드를 매일 듣는 사이에 난 어느샌가 만난 적도 없는 그 아키라라는 아이에게 친근감을 느끼게 되었다."

"……."

레오의 이야기를 듣고 멍하니 떠올렸다.

그러고 보니 어렸을 적에 자신은 부잣집에서 곱게 자란 어머니를 지킬 사람은 자신이라며 필사적이었다. 아버지는 가족 말고도 짊어져야 하는 것이 많이 있었기 때문이다.

"미카가 이곳【팔라초 로셀리니】에 오고 나서부터 로셀리니가에도, 그리고 이 저택에서 일하는 자들에게도 행복한 시간이 10년 남짓 계속됐다. 하지만 미카가 병으로 쓰러져서 그녀라는 기둥을 잃은 순간에 가족이 뿔뿔이 흩어지고……, 하나둘씩 시칠리아를 떠나갔다. 무엇보다도 '일족의 유대'를 소중히 하는 마피아 패밀리가 지금은 형태만 남은 집단이 되어버렸으니……, 참 얄궂지."

레오가 괴로운 목소리로 중얼거렸다.

"나는 오랫동안 가족을 잃은 상실감에서 회복하지 못하는 나날을 보냈지만, 5년 전 어느 날 문득 생각이 나서 미카가 남겨두고 온 아들을 만나기 위해 일본을 방문해보기로 했다. 그 전까지도 일로 몇 번인가 일본에 가본 적은 있었지만, 사적으로 방문한 적은 처음이었지."

레오가 그쯤에서 일단 말을 끊더니, 아키라에게 시선을 향했다.

"일본에 도착해서 가장 먼저 햐쿠닌쵸에 있는 하야세 저택을 찾아내어 마침 회사에 출근하던 중인 너를 차 안에서 보았다. 넌 놀랄만큼……, 미카를 닮았더군."

"………뭐?"

아키라는 그렇게 예전에 레오가 일본에 왔었고, 더욱이 자신을 보고 있었다는 충격적인 사실에 두 눈을 크게 떴다.

"너무 닮은 나머지, 오히려 주눅이 들어서 말을 걸지 못했을 정도야."

그답지 않은 나약한 말을 입에 담은 레오가 자조적으로 웃으며 입을 일그러뜨리고 나서 또다시 이야기를 시작했다.

"그러고 나서 너희 일족에 대해 알아보고 로셀리니 패밀리와의 수많은 공통점을 발견했다. 점점 친근감을 느낀 나는 일로 일본에 갈 때마다 너를 멀리서 바라보게 되었지."

"…………."

"일본과 이탈리아에 떨어져 있긴 했지만, 어떤 경로를 이용해서 네 동향은 파악하고 있었기 때문에 작년에 너희 아버지가 돌아가시고, 네가 태어나 자란 본가를 나간 일도 알고 있었다. 하지만 알았다고 해서……, 딱히 뭘 어떻게 할 생각도 없었다. 그저 미카의 아들이 잘 지낸다면 그걸로 충분했어."

5년 동안 말도 걸지 않고 그저 멀리서 지켜보았다……고?

그런 폭군 이미지와 어울리지 않는 고백을 들어도 당장에는 믿을 수 없었다.

"그렇지만 네가 그 야쿠자의 손에 넘어간 사실을 알고 이건 이미 수수방관하고 있을 사태가 아니다, 이대로 내버려 두면 돌이킬 수 없는 일이 벌어질 것이라는 생각이 들었다. 자존심이 높은 네가 순순히 노리개가 되기를 감수할 거라고는 생각할 수 없었거든. 네가 스스로 목숨을 끊기 전에 그 야쿠자에게서 빼앗자. 그렇게 결심하고 계획을 짰다. ……결과적으로 강경 수단으로 나가게 되고 말았지만, 여하튼 시칠리아까지 데리고 가버리면 일본 야쿠자도 쫓아올 수 없을 거라고 판단했으니까."

그게 그 약탈극 무대 뒷배경이었구나.

그날 밤, 레오가 시바타의 저택에 나타난 건 우연이 아니었다. 모든 것이 처음부터 자신을 빼앗기 위해 꾸며진 계획이었던 것이다.

무척이나 바쁜 와중에 일부러 그 계획을 위해 일본에 찾아와 위험을 감수하면서까지 구해준 데는 감사한다.

덕분에 자살을 면했다.

'하지만……'

문득 시선을 느끼고 얼굴을 들자, 레오가 자신을 가만히 쳐다보고 있었다. 아키라는 애달프면서도 뜨거운 눈빛을 받으면서 자신의 마음이 조용하게 식어 가는 것을 느끼고 있었다.

그 모든 것이 자신을 향한 집착이 아니었다.

'미카'를 향한 집착인 것이다. 그렇게까지 해서 구해준 것도 자신이 '미카'의 아들이었기 때문에. 생김새가 그대로 그린 것처럼 '미카'를 쏙 빼닮았기 때문에.

지금 이 순간에도 레오가 보고 있는 사람은 자신이 아니었다. 칠흑 같은 눈동자에 비치고 있는 사람은 하야세 아키라가 아닌 것이다. 레오는 자신을 통해서 '미카'를 보고 있었다…….

대역이 되었다는 데에 대한 분노, 그리고 이해할 수 없는 실망감에 꽉 쥐고 있던 주먹이 떨렸다. 위가 메슥거리며 구토감이 들었다.

자신이라는 인간의 인격을 무시한 레오를 용서할 수 없었다.

레오가 아키라의 싸늘한 시선에 아름다운 얼굴을 일그러뜨렸다. 그 입술에서 고통스러운 목소리가 흘러나왔다.

"네가……, 기분 나쁘다고 여겨도 어쩔 수 없다. 스스로도 확실히 상식을 벗어난 집착이었다고 생각한다. 하지만 도저히 마음을 억누를 수 없……."

"쭉 애타게 연모하던 새어머니 대신에 그 아들을 안아서 만족했어?"

아키라가 낮은 목소리로 말문을 막자, 레오가 허를 찔린 듯이 미간을 찌푸렸다.

"무슨……, 소리를 하는 거야?"

수상쩍은 표정을 지은 레오가 손을 뻗어 왔지만, 아키라는 몸을 재빨리 뒤로 빼고 접촉을 거부했다.

"……아키라?"

그러나 접촉에서 벗어난 어깨를 레오에게 억지로 잡히자, 머리에 피가 확 솟구쳤다.

그렇게 또 끌어안고 얼버무릴 속셈인가?

이제 그런 걸로는 속지 않는다. 또다시 미카의 대역이 되는 건 이제 싫다.

'딱 질색이야.'

아키라는 몸 안에 충만했던 분노의 감정에 압도되듯이 격렬하게 몸을 비틀었다.

"만지지 마!"

그래도 놓지 않는 손을 마침내 철썩 쳐서 뿌리쳤다. 아키라는 놀란 듯이 눈을 휘둥그레 뜬 레오를 쏘아보며 큰 소리로 외쳤다.

"난 미카가 아니야! 그 더러운 손으로 두 번 다시 날 만지지 마!"

"………윽."

시야 안의 레오가 주춤거리더니, 그 얼굴이 점차 창백해졌다.

그 누구보다도 도도한 남자가 처음으로 드러내는 동요와 충격.

아키라는 자신의 말에 상처 입은 그의 표정을 눈앞에서 보고는, 자신은 나쁘지 않은데도 송곳으로 깊은 곳까지 뚫린 것처럼 가슴이 콕콕 쑤시듯이 아팠다.

동통을 견디지 못한 아키라는 레오를 밀어제치며 방을 뛰쳐나갔다.

복도를 단숨에 달려 자신의 방으로 도망쳤다. 그런 다음, 침대에 푹 엎드리고 베개에 얼굴을 꽉 눌렀다. 그렇게라도 하지 않으면 무슨 뜻인지 모르는 말을 큰 소리로 쏟아 내고 말 것 같았다.

'가슴이 아파……'

짓눌리는 것처럼 아팠다.

그것은 29년 동안 살면서 태어나서 처음 맛보는 아픔이었다.

제 8 장

격렬한 분노와 깊은 실망과 가슴이 찌부러질 것 같은 아픔이 뒤섞인 격정의 폭풍에 농락당하여 번민으로 잠들지 못한 채 밤이 밝았다.

결국 그 후에 레오는 아키라를 쫓아오진 않았다. 방에 얼굴을 내밀지도 않았다.

나쁘게 매도당해서 화가 난 걸까?

미카의 대역으로 삼았던 일을 당사자에게 규탄받아서 역시 거북한 걸까?

변명 정도는 하라고!

화가 났지만, 변명할 필요도 없이 그것이 진실이라는 뜻인지도 모른다.

5년이나 전부터 무슨 조사 기관을 써서 몰래 동향을 살피게 하는 등, 시바타에게서 지키기 위해서라고는 해도 【팔라초 로셀리니】로 데리고 와서 연금하는 등, 미카와의 관계에 대해 말하지 않는 등, 레오의 처사는 어느 것이고 다 용서하기 힘들었지만, 무엇보다 용서할 수 없는 건 첫사랑인 여자 대신에 자신을 안았던 일이다. 그런 남자의 애무로 느끼며 문란해진 자신도 용서할 수 없었다. 될 수 있다면 그날로 돌아가서 그때의 자신을 후려 갈겨주고 싶은 기분이었다.

'제길……, 바보 취급이나 하고.'

잠이 부족한 데다 격앙된 감정 탓인지 침대에서 욱신욱신 아픈 머리를 끌어안고 있으려니, 갑자기 침실 문이 열렸다.

레오의 모습을 시선 끝으로 포착하고 어깨를 흠칫 떨었다. 뭐 하러 왔냐며 경계하고 있자, 침대까지 곧장 다가온 레오가 아직 담요를 뒤집어쓴 채 있는 아키라에게 짧게 말했다.

"짐 싸."

"뭐?"

위에서 내려온 갑작스러운 명령에 자신의 귀를 의심했다.

── 짐을 싸라고?

"짐……이라니?"

"옷장에 있는 옷. 구두. 내가 준 건 다 네 것이다. 짐을 싸도록 해."

레오가 감정이 보이지 않는 무표정을 유지한 채 사무적으로 말하자, 점점 혼란스러워진 아키라는 미간을 찌푸렸다.

"······왜?"

"알리탈리아 항공 저녁 비행기를 확보했다. 팔레르모에서 로마로 날아간 다음, 거기서 도쿄행 직항편으로 환승해. 그게 제일 빨라."

"무······무슨 뜻이야······?"

"여기서 해방시켜 주겠다고 하는 거다. 더 기뻐해봐."

"해방?"

그래도 아직 무슨 뜻인지 이해하지 못하고 앵무새처럼 그대로 그의 말을 따라했다.

"일본으로 돌아가라. 그리고 될 수 있는 한 그 야쿠자의 눈에 닿지 않는 지방에서 지내."

"······으."

갑자기 "일본으로 돌아가라."라는 말을 들은 아키라는 말문이 막혔다. 너무 갑작스러운 전개라서 머리가 따라가지 않았다. 바로 어제까지는 아무리 간절하게 부탁해도 절대로 놔주지 않았으면서.

'진심······인가?'

진의를 살피고자 레오의 얼굴을 지그시 쳐다봐도 가면 같은 무표정에서 심정이라고는 털끝만큼도 간파할 수 없었다. 어제는 보기 드물게 동요를 드러냈지만, 오늘 아침의 레오는 딴 사람처럼 방어가 견고해서 전혀 파고들 틈이 없었다.

갑작스러운 급전개에 당혹스러워하는 동안, 레오가 재킷 가슴 주머니에서 뭔가를 꺼내 툭 던졌다.

새하얀 리넨 위에 던져진 그것은 일본에서 발행된 여권이었다. 반사적으로 손을 뻗어 무의식적으로 펼친 페이지에서 자신의 사진을 인식하고는 숨을 삼켰다. 정말로 자신이 쓴 게 아닌지 스스로의 눈을 의심할 정도로 정교한 사인까지 있었다.

"내 여권이야⋯⋯?"

"위조 여권이지만, 완성도는 진짜와 조금도 다를 바 없다. 출입국 관리에서 걸릴 걱정은 아마 없을 거다."

담담하게 설명하는 남자를 천천히 올려다보았다.

수중에 있는 여권과 몹시 진지한 레오의 표정을 견주어 보고는, 간신히 실감이 나기 시작했다.

진심⋯⋯이다.

진심으로 레오는 자신을 일본에 돌려보내려고 한다.

줄곧 염원했던 해방. 갑자기 눈앞에 던져진 자유.

그날이 오면 환희가 밀려 오다못해 끓어오를 줄 알았는데, 그렇지는 않았다. 예상과는 반대로 기분이 들뜨기는커녕 푹푹 가라앉았다.

억지로 잡아당기는 손에 이끌려 산길을 오르다 이제 겨우 정상이 보인다고 생각했더니, 갑자기 그곳에서 밀려 떨어진 것 같은 실추감.

'그렇구나.'

어두운 눈동자로 '자유를 향한 티켓'인 여권을 1분 정도 쳐다보던 끝에 겨우 이해했다.

자신은 이제 필요 없게 된 존재. ⋯⋯다시 말해 그런 뜻인가.

레오가 원했던 건 자각 없이 미카의 대역을 연기해줄 인형.

그렇지 않아도 자신은 미카와 달리 여자가 아니다.

진실을 알아버린 남자인 자신은 이미 필요 없는 존재라는 뜻이다…….

*　　　*　　　*

그로부터 출발까지 몇 시간은 실로 분주했다.

짐을 챙긴다고 해도 원래 맨몸이었기 때문에 쉬울 거라고 생각했지만, 레오는 무슨 일이 있어도 자신이 사준 옷이나 구두를 아키라에게 들려 보내고 싶은가 보다. 아키라의 입장에서는 어머니의 유품인 기모노 하나만 넘겨준다면 그걸로 충분했지만.

레오의 명령을 받은 단테와 메이드들이 다급히 짐을 싼 결과, 가죽으로 만든 트렁크 세 개라는 어마어마한 숫자가 되고 말았다. 현실적으로 남기고 간들, 사이즈 문제가 있기 때문에 다른 누군가가 입을 수도 없으니 성가시기만 할 뿐이라는 것도 알지만…….

왠지 레오가 자신의 흔적을 모조리 지워 없애려고 하는 듯한 기분이 들어서 더욱더 마음이 우울해졌다. 이런 식으로 완전히 태도가 바뀌어 내쫓듯이 돌려보내려는 것도 이제 하루라도 오래 자신의 얼굴을 보고 싶지 않기 때문일까?

레오 본인은 단테에게 짐을 꾸리도록 명령한 이후 자신의 방에 틀어박혀 버리고 말았다.

아키라는 마구간에서 말들에게 작별을 고하고, 포도밭에서 마지막 점검을 한 다음, 양조장에 얼굴을 내밀고 나서 셔츠 위에 재킷을 걸쳤다.

마지막으로 레오의 방에 인사를 하러 가야 할까 말까 망설였다. 가봤자 빨리 돌아가라는 듯 매정한 취급을 당하기만 할지도 모른다고 생각하니 좀처럼 용기가 나지 않았다.

게다가……, 지금 얼굴을 보면……, 하지 않아도 될 말을 해버릴 것 같았다.

망설이고 있으려니 문을 노크하는 소리가 났다.

"아키라 님, 타고 가실 차를 준비했습니다."

타임 오버. 이것도 신의 뜻일 것이다. 아키라는 다른 모든 사람들에게 제대로 인사를 할 수 있었던 것만으로도 다행이라며 자신을 위로하고 일어섰다.

"출발하실 시간입니다."

문을 연 단테에게 슬픈 표정으로 재촉받으며 한 달 남짓 지낸 방을 나갔다. 아키라는 계단을 내려가면서 옆에 있는 초로의 집사에게 말을 걸었다.

"두 번 다시 만나지 못하는 것도 아니잖아요."

"네……. 그건 알고 있습니다."

"맞다. 일본에 놀러 오세요. 일본을 방문하신 적은 있나요?"

"저는 이 나라를 떠나본 적이 없습니다."

"그렇다면 마침 잘됐네요. 제가 안내할 테니 줄리오와 함께 놀러 오세요."

"다정한 말씀 감사합니다, 아키라 님."

아키라는 문득 발걸음을 멈추고 단테를 돌아보았다. 그리고 그 성실해 보이는 맑은 눈동자를 바라보고는, 머뭇거리며 물었다.

"저는 그렇게나……, 미카……, 어머니를 닮았나요?"

그러자 단테는 점점 두 눈을 가늘게 떴다. 그리고 회갈색 눈동자에 새겨 넣으려는 것처럼 아키라의 얼굴을 천천히 바라본 다음, 무겁게 고개를 가로저었다.

"확실히 생김새나 늠름한 모습, 착한 마음씨는 많이 닮으셨습니다. 하지만 사모님은 사모님, 아키라 님은 아키라 님대로 전혀 다른 매력을 가지고 계십니다."

그 말에 날카로워져 있던 마음이 조금씩 치유된 아키라는 작게 미소 지었다.

"단테, 고마워요."

"저야말로 꿈 같은 시간을 보내게 해주셔서 감사드립니다. 짧은 기간이었지만, 아키라 님의 시중을 들 수 있었던 건 뜻밖의 기쁨이었습니다."

단테는 떨리는 목소리로 그렇게 말하고 나서 깊이 고개를 떨구었다. 아키라는 집사를 살며시 끌어안고는 그 등을 톡톡 부드럽게 두드렸다.

【팔라초 로셀리니】에서 밖으로 나오자, 현관에 배웅을 나온 사람들이 쪽 늘어서 있었다. 그중에서 마에스트로 줄리오가 앞으로

나와 모자를 벗었다. 그는 입안에서 무슨 말을 중얼거리더니, 가슴 앞에서 십자성호를 그었다.

[건강하세요.]

[줄리오도 건강히 지내세요.]

[올해 네로 다볼라의 작황은 최고 수준입니다. 와인이 완성되면 보내드릴게요.]

[고맙습니다. 기대할게요.]

[아키라 님, 건강하세요!]

[다들 정말 여러모로 고마웠어요.]

[쓸쓸해지겠네요⋯⋯. 그래도 언젠가 또 시칠리아에 놀러 와주실 날을 다들 고대하고 있겠습니다.]

[고마워요. 안녕히 계세요.]

아키라는 줄리오와 양조장 직원들, 메이드, 보이, 요리장, 마구간 조교사, 보디가드, 포도원 농부들 ──【팔라초 로셀리니】의 모든 사람들과 작별 인사를 나누고, 마지막으로 파고를 꼭 껴안은 다음에 미련을 끊어 내듯이 리무진 뒷자석으로 올라탔다.

어느 정도 예측은 하긴 했지만, 역시 레오는 배웅을 나오지 않았다.

레오만이 그 자리에 없었다.

이제 마지막 인사조차 시간 낭비라고 생각한 걸까?

차 뒷창문으로 저택 2층에 있는 레오의 방을 올려다보았다. 발코니 창문에 사람 그림자가 보인 것 같은 기분이 들었지만, 커튼 때문에 분명한 확신을 얻을 순 없었다.

잠시 후, 마세라티 콰트로포르테가 소리도 없이 달리기 시작했다. 아키라는 몸을 뒤로 돌린 채 배웅하는 사람들에게 손을 흔들었다.

"멍! 멍!"

이변을 느낀 듯한 파고가 짖으며 차를 쫓아왔다. 슬픈 울음 소리에 가슴이 죄이는 것처럼 삐걱거렸다.

이곳에서 지낸 건 한 달 남짓인데, 7년을 근무한 【와타나베 무역】을 떠났을 때보다 괴로운 마음에 어금니를 악물고 손을 흔드는 사람들의 모습을 눈에 새겨 넣었다.

이렇게 되고 보니……, 이제 와서 뼈저리게 깨달았다.

자신의 마음속에서 【팔라초 로셀리니】가 얼마나 큰 존재가 되어 있었는지를.

아무리 자신이 이곳 사람들을, 풍요로운 자연을, 시칠리아에서의 생활을 사랑했었는지를.

그러나 이제 와서 깨달아도 때는 늦었다. 당주인 레오가 "돌아가."라고 말해버린 이상, 더는 저택에 있을 수 없다. 그리고 아마 두 번 다시 이곳을 찾아올 일도 없을 것이다.

칠흑 같은 덩어리가 천천히 멀어지더니, 산호색 영주관도, 배웅하는 사람들의 실루엣도 점점 작아져 갔다. 어느새 파고의 울음 소리도 들려오지 않게 되었다.

정문을 빠져나가 부지에서 나갈 때까지는 손을 계속 흔들었지만, 시야 안에 사람 그림자가 전혀 보이지 않게 된 시점에서 아키라는 느릿한 동작으로 팔을 내렸다. 그리고 정면을 향해 고쳐 앉은 다음, 몸을 축 늘어뜨리며 시트 등받이에 기댔다.

창밖을 흐르는 포도밭 일대를 멍하니 눈 가장자리로 포착하고는, 한동안 정신을 놓고 있었다.

'끝났어……'

노도 같던 몇 개월, 그 너무나도 싱거운 끝.

—— 어쩌면 너를 이곳으로 데리고 돌아와서 살게 하면서 미카가 살아 있을 무렵의 【팔라초 로셀리니】를 재현하고 싶었던 걸지도 모르지.

에두아르는 그렇게 말했지만, 결국 자신은 미카의 모조품에 불과했다. 진짜가 아니기 때문에 레오가 바란 것처럼 지난날의 '패밀리'를 재현할 수 없었던 것이다.

만약 자신이 여자였다면 레오는 어떻게 했을까? 미카 대신에 자신을 사랑했을까?

아키라는 쫓겨난 이유를 성별 탓으로 돌리려 하는 그런 자신이 싫어서 입술을 꽉 깨물었다.

그렇지 않아. 아마 남자든 여자든 상관없어.

레오에게는 미카가 아니면, 진짜가 아니면 아무 의미가 없는 것이다.

자신은 레오의 고독을, 상처를 치유할 수 없었다.

그의 마음에 뻥 뚫린 구멍. 그것을 채울 수 없었다.

그래서 쫓겨난 것이다…….

창밖의 풍경이 서서히 흐릿해지는 바람에 그때가 되어서야 겨우 자신이 울고 있음을 깨달았다.

단 하나밖에 없던 육친인 아버지가 돌아가셨을 때도, 시바타가 덮치는 바람에 자살할 생각을 했을 때조차 눈물을 흘린 적은 없었는데.

왜 울고 있는 건지 스스로도 명확한 이유를 알지 못한 채 눈물은 하염없이 계속 흐르고 —— 목까지 타고 내려온 따뜻한 액체가 이윽고 셔츠 가슴팍을 적셨다.

'레오…….'

막 일어났을 때 내는 잠긴 목소리. 자다 일어나서 무방비한 얼굴. 이따금 보이는 다정한 미소. 서로 안았을 때 향하는 뜨거운 시선. 달콤한 테너톤의 속삭임.

레오의 여러 가지 표정과 목소리가 열을 품은 뇌리에 떠오르고는 사라졌다.

멋대로 시칠리아까지 데리고 와선 상대방의 사정이나 마음 따윈 개의치 않고 휘두르다가 껴안고, 키스를 하고, 피부의 온기를 주고, 함께 잠드는 편안함을 가르쳐주고, 의외의 본모습과 미소를 보여주고 —— 그리고 갑자기 장난감에 질린 어린아이처럼 밀쳐 낸……, 형편없는 남자.

그런데도 자신은 그런 형편없는 남자 때문에 지금 눈물을 흘리고 있었다.

'레오…….'

왜 내 앞에 나타난 거야?

이런 식으로 내칠 거였으면 어째서 납치한 거야?

왜 다정하게 대했어? 왜 약점을 보였어? 왜 안았어? 왜……? 어째
서……?

가슴속으로 제멋대로인 남자를 욕하면서도 계속 울다가……, 평
생 흘릴 눈물을 다 흘린 것 같다는 생각이 들었을 무렵, 기분이 겨
우 진정되기 시작했다.

"후우………."

아키라는 유리창에 비친 자신의 얼굴을 보며 혼잣말을 중얼거렸
다.

"……지독한 얼굴이군."

눈물로 축축하게 젖은 얼굴을 닦으려고 손수건을 찾았지만, 재
킷 주머니에는 들어 있지 않았다. 차에 올라타기 직전에 단테가 건
넨 가죽 가방을 끌어당겨 지퍼를 열고 한 손을 넣어 안을 뒤적거리
던 아키라의 손끝에 딱딱한 무언가가 닿았다.

꺼내 봤더니 조금 큰 봉투였다. 봉투를 열어본 아키라는 눈을 휘
둥그레 떴다.

두터운 유로 지폐 다발이……, 다섯 개?

다급히 봉투 안으로 손을 집어넣어 지폐 다발을 잡아 뺀 찰나, 종
이가 팔랑 떨어졌다. 발밑에 훨훨 떨어진 두 번 접힌 종이를 주워서
펼쳤다.

【당분간 생활 자금으로 써라.】

펼친 종이 한가운데에 퉁명스럽게 갈겨 쓴 글과 레오의 사인이 있었다.

"이게 뭐야……."

어안이 벙벙해서 잠시 동안 메모와 지폐 다발을 번갈아 가며 쳐다보았지만, 그러는 사이에 점점 배 주위가 뜨거워졌다.

"뭐 하자는 거야……."

작별 인사 한마디도 없이 배웅할 때도 나타나지 않고, 사람을 통해서 돈만 툭 건넨 —— 사람을 완전히 깔본 레오의 수법에 분노가 울컥 치밀어 올랐다.

이건 마치 애인한테 주는 위자료잖아?

바보 취급 하지 마! 이런 걸 받겠어? 애당초 도움을 받을 이유 같은 건 없다고.

'본인한테 돌려주겠어!'

분노로 일어난 충동에 따라 마음이 움직이는 대로 허리를 들어 유리로 된 칸막이를 노크하고 [저택으로 차를 돌려줘요.] —— 그렇게 말하려던 때였다. 느닷없이 끼긱, 급브레이크가 걸리며 차체가 크게 흔들렸다. 그 충격으로 아키라는 몸이 앞으로 크게 기우는 바람에 좌석에 엉덩방아를 찧었다.

"무슨……!"

무슨 일인가 하고 칸막이 너머 앞을 봤더니, 차체가 검은색인 알파로메오가 전방을 막고 있었다. 상황에서 추측하건대, 저장고 뒤에서 갑자기 튀어나온 알파로메오와 부딪칠 뻔해서 간발의 차이로 충돌을 피했나 보다.

[Vaffanculo!!]

운전사가 낮은 목소리로 욕을 하며 문을 열고 뛰쳐나갔고, 아키라가 파워 윈도를 내린——그 직후, 팟, 팟, 마른 소리가 났다.

운전사의 등이 차체에 쿵 부딪치며 지면으로 주르륵 내려앉았다. 그의 몸이 흘러내린 유리창에 끈끈한 혈흔이 묻어 있는 것을 본 아키라는 두 눈을 크게 떴다.

"………윽."

무슨 일이 일어났는지 사태를 파악하기도 전에 뒷자석 문이 열리더니, 눈앞에 소음기 권총 총구가 불쑥 나타났다.

[내려!]

이탈리아어 명령과 동시에 손이 뻗어 오더니 위팔을 난폭하게 잡았다. 그러고 나서 권총을 이마에 밀어붙인 상태로 억지로 차 안에서 아키라를 끌어냈다. 아키라는 순간적으로 주위를 둘러보았지만, 주변은 끝없이 펼쳐진 포도밭인 데다 공교롭게도 사람의 기척 또한 없었다.

초조해하며 운전사 쪽을 살펴보니 그는 차체에 기대듯 지면에 털썩 주저앉아 있었다. 가슴에서 피를 흘리고 있었지만, 어렴풋이 어깨가 위아래로 움직이는 상태였다.

아직 살아 있다.

달려가고 싶었지만, 양팔을 뒤로 구속당해서 그럴 수가 없었다.

[걸어가!]

총구로 등을 쿡 찔려 운전사를 힐끔 돌아보면서 걷기 시작했다.

선글라스를 쓰고 온몸에 검정색 복장을 착용한 이탈리아인 두 사람이 아키라를 사이에 끼워 넣은 모양새로 아까 측면에서 돌진한 알파로메오까지 걷게 했다.

[타라!]

털보가 문을 열고, 나머지 스킨헤드에 덩치 큰 남자가 세단 뒷자석으로 아키라를 밀어 넣었다. 이어서 덩치 큰 남자가 옆에 올라탔고, 털보는 운전석으로 갔다. 그러더니 곧바로 엔진이 걸리며 차가 달리기 시작했다.

남겨진 운전사의 안부도 걱정됐지만, 사로잡힌 입장으로는 어떻게 할 수도 없었다.

되도록 빨리 누군가가 지나쳐주길 빌 수밖에 없었다…….

*   *   *

[당신들, 목적이 뭐야?]

[…………]

[날 어떻게 할 생각이야?]

[…………]

[어디로 데리고 갈 속셈이야?]

[…………]

침묵을 지키기로 작정한 남자들에게 던진 질문을 모조리 무시당했다. 아키라는 하늘을 올려다보며 한숨을 쉬었다.

아무래도 이 두 사람은 이 유괴극의 수모자가 아닌 것 같았다. 아마 뒤에서 조종하는 흑막이 있을 것이다. 차는 그 흑막이 기다리는 곳으로 향하고 있는 것이 틀림없다.

그곳으로 끌려간 결과, 난 어떻게 될까?

이번에는 어떤 시련이 기다리고 있을까?

【팔라초 로셀리니】에서 해방되자마자 새로 닥친 재앙. 정말이지 자신이라는 인간은 저주를 받았나 보다. 이쯤 되면 신에게 미움을 받고 있다고밖에 생각할 수 없었다.

초조와 불안을 길동무로 삼아 인상이 나쁜 2인조와 차에 흔들리기를 약 한 시간. 차 밖의 경치가 포도밭 일면에서 산골짜기의 풍경으로 바뀌더니, 꾸불꾸불한 산길을 빙빙 올라간 곳에서 갑자기 알파로메오가 멈추었다.

[내려!]

또 권총으로 쿡 찔린 아키라는 세단에서 울퉁불퉁한 비탈면으로 내려섰다. 그런 다음에 차도 지나가지 못할 것 같은 가늘고 꼬불꼬불 구부러진 산길을 한참 걷자, 산 중턱에 돌로 만들어진 집이 보였다.

울창한 나무 사이에 우두커니 지어진 이 집이 목적지인가 보다.

산속의 은신처 같은 분위기가 느껴지는 집 바로 앞까지 끌려가서 현관으로 들어가는 줄 알았더니, 그 직전에 있던 돌계단을 내려가게 했다.

어둑어둑하고 천장이 낮은 지하 공간에는 녹슨 철문 두 개가 나란히 있었다. 그중 하나를 연 몸집이 큰 남자가 아키라를 안으로 밀어 넣었다.

남자가 등을 퍽 밀치는 바람에 휘청거리는 사이에 뒤에서 철문이 닫히더니 철컹 자물쇠가 잠겼다. 남자들은 큰 일을 하나 끝냈다는 듯이 잡담을 하면서 계단을 올라갔다.

지하실에 혼자 남겨진 아키라는 우선 재빨리 자신이 처한 환경을 관찰했다.

예전에는 저장고인지 뭔지였는지, 창문도 없이 돌로 만들어진 네모난 방이었다. 마치 지하 감옥처럼 지면도, 벽도, 천장도 가공되지 않은 돌로 되어 있었고, 두텁고 튼튼한 철문은 온몸의 체중을 실어 밀어보았지만 꿈쩍도 하지 않았다.

이건……, 도저히 스스로 탈출하기는 어려울 것 같았다.

어떤 목적이 있어서 자신을 납치했는지, 앞으로 어쩔 속셈인지, 적이 어떻게 나올지 볼 수밖에 없었다.

각오를 다진 아키라는 체력을 온존하기 위해 돌바닥에 앉았다.

'일단 양손을 묶이지 않은 건 행운이었어.'

그러고 보니 그 운전사는 어떻게 됐을까? 늦기 전에 누군가에게 발견되어 적절한 조치를 받을 수 있다면 좋을 텐데…….

만약 빨리 발견되었으면 이미 레오에게 소식이 갔을지도 모른다. 레오는 차가 습격을 당해 자신이 유괴된 일을 알면 어떻게 할까?

온갖 수단을 다해 구해줄까?

아니……, 레오는 이미 자신에게 흥미를 잃었다. 질린 장난감을 위해 일부러 노력과 시간을 쓰진 않을 것이다.

스스로 이끌어 냈음에도 불구하고 혹독한 결론이라는 생각에 마음이 푹 가라앉았다.

뇌리에 문득 총알을 맞아 쓰러진 운전사의 모습이 되살아났다.

정체는 모르겠지만, 적어도 검은 옷을 입은 그 두 사람은 사람의 목숨을 빼앗는 데 아무런 망설임도 품고 있지 않았다.

조금도 주저하지 않고 쉽게 사람을 쏜 냉혹함을 떠올리자 등이 오싹거렸다.

아마도 암살의 프로.

지금까지는 연이어 닥친 사고를 아슬아슬한 타이밍에 겨우 피하며 최악의 사태를 면했지만, 이번만은 불가능할지도 모른다.

자칫하면 이대로 이곳에서 자신의 명운이 다할 것이다.

어두운 예감에 미간을 찌푸리고, 두 눈을 감았다. ── 눈꺼풀 아래에 떠오르는 한 남자의 얼굴.

어둠처럼 새카만 칠흑 같은 눈동자를 가진 이국적인 미모.

'레오…….'

그렇게 되면 이제 두 번 다시……, 만날 수 없다.

'레오……, 레오.'

기도하듯 깍지 낀 손을 이마에 대고 두 번 다시 만날 수 없을지도 모르는 남자의 이름을 뇌 속에서 되풀이하며 중얼거리고 있으려니,

얼마 지나지 않아 뚜벅, 뚜벅, 계단을 내려오는 구두 소리가 울리기
시작했다.

누가 왔다. 혼자가 아니었다. 여러 사람의 발소리. ……두 사람
은 있었다.

귀를 쫑긋하고 듣고 있는 사이에 문 건너편에서 발소리가 멈추
었다. 마침내 철컥철컥 자물쇠를 여는 소리가 들리더니, 철문이 끼
익 열렸다.

"앗."

선두에 있는 피부가 거무스름한 남자를 본 아키라의 입에서 목
소리가 흘러나왔다.

새카만 머리를 올백으로 넘기고, 약간 윤곽이 진한 전형적인 라
틴계 얼굴 ── 레오의 사촌인 마리오였다.

'흑막은 이 자식이었어!'

경악하여 두 눈을 크게 뜬 아키라의 앞에 쪼그리고 앉은 마리오
가 아키라의 턱에 손을 대고는 쭉 들어 올렸다. 마리오의 등 뒤에서
스킨헤드에 덩치 큰 남자는 아키라의 심장에 총구를 맞추고 서 있
었다.

[이 녀석이 레오가 숨겨 두던 일본 인형인가?]

마리오가 아키라의 얼굴을 여러 각도에서 이리저리 뜯어본 후
중얼거렸다.

[확실히 평판대로 돈 카를로의 세 번째 부인이었던 자포네제 여
자와 닮았군. 레오는 그 미카라는 여자한테 홀딱 반해 있었으니까

말이야. 자기 애비 여자한테는 손을 대지 못해도, 미카의 아들이라면 마음대로 할 수 있다는 거군.]

[……어째서 그걸 아는 거지?]

왜 자신이 미카의 아들이라는 사실을 이 남자가 알고 있는 걸까?

마리오가 놀라는 아키라를 보며 씨익 웃었다.

[꽤 전부터 그 저택 안에는 내 입김이 닿은 사람을 잠입시켜 놨거든. 본가의 동향에 따라서는 이쪽도 여러모로 어떻게 나갈지 태도가 바뀌니까 말이지.]

'입김이 닿은 사람 —— 스파이?'

그 스파이로부터 정보가 새어 나가 차로 잠복당하고 만 건가?

직원 중에 배신자가 있었다는 사실에 충격을 받았지만,【팔라초 로셀리니】에서는 허드렛일을 하는 사람까지 포함하면 방대한 인원이 일을 하고 있었다. 마리오의 소개가 있었다면 저택 안으로 잠입하는 일도 그렇게 어렵지는 않았을 것이다.

[흐음, 과연. 여자들한테도 그렇게나 인기 있는 레오가 뭘 잘못 먹고 남자한테 정신이 팔렸을까 싶었는데……, 이 정도라면 레오가 홀딱 빠진 것도 납득이 가네.]

아키라가 한창 머리를 굴리고 있는 중에도 마리오는 계속해서 노골적인 시선으로 아키라의 몸을 훑듯이 뚫어지게 쳐다보았다.

[보기에는 연약할 것 같은 예쁘장한 남자지만, 묘하게 색기가 있어. 남심을 자극한다고나 할까?]

그 호색적인 눈초리에 아키라가 미간을 찌푸리자,

[레오가 밤마다 귀여워해 주던가?]

마리오가 의도적으로 귓가에 속삭이자, 등골에 오싹 소름이 끼쳤다. 마리오는 싫어하면서 얼굴을 돌리는 아키라를 보며 히죽히죽 천박한 웃음을 띠었다. 그러더니 아쉽다는 듯 턱에서 손을 떼고 일어섰다.

[30분쯤 전에 레오의 휴대전화로 '소중한 것을 맡아 두고 있다.'라고 메시지를 보냈다. 되찾고 싶으면 혼자서 받으러 오라고 말이지.]

아키라는 그 말에 어깨를 흠칫 떨며 마리오를 올려다보았다.

'레오한테?'

한순간 얼굴에 당혹감이 떠올랐지만, 금세 빈정거리는 웃음으로 감추고 말했다.

[당신한테는 안됐지만……, 나 같은 걸 인질로 잡아도 레오는 오지 않아.]

왜냐하면 자신은 레오에게 있어 '소중한 것'이 아니기 때문이다. 아무래도 상관없는 사람을 위해 함정이라는 걸 뻔히 알면서 두 눈을 멀뚱멀뚱 뜨고 적지로 향하겠는가?

[기다려도 소용없어.]

아키라가 턱을 치켜 올리고 도전적인 표정으로 말하자, 마리오가 호들갑스럽게 어깨를 움츠렸다.

[글쎄……, 과연 어떨까?]

자신만만하게 호언장담하는 남자를 노려본 그때, 누군가가 계단을 다급하게 뛰어 내려오는 발소리가 들렸다. 털보남이 지하실로 뛰어 들어왔다.

[레오나르도 로셀리니가 왔습니다!]

* * *

—— 레오가 왔다고?

"거……짓……말."

[자, 일어나!]

마리오는 반신반의하는 아키라를 일으켜 세우더니, 지하 감옥 안에서 끌어냈다. 아까 왔을 때와는 다른 안쪽 계단을 사용해서 등에 총이 닿은 채 1층으로 올라갔다. 뒤에서 털보와 스킨헤드도 따라왔다.

계단을 다 올라간 곳에는 거실 같은 방이 있었다. 기둥이 눈에 띄며 천장이 높은 공간에 테이블과 의자가 몇 개, 소파, 난로 등이 여기저기 흩어져 있었다. 회반죽을 바른 벽 때문인지 묘하게 추운 방이었다.

[걸어.]

재촉당하여 이어지는 방까지 걸어간 아키라는 입구를 통과한 직후에 흠칫거리며 다리를 움츠렸다. 몇 미터 앞, 현관에서 이어진 홀에 검은 슈트 차림의 레오가 서 있었기 때문이다.

"레오……?"

자신의 눈을 의심했지만, 몇 번을 깜박여도 레오의 모습은 사라지지 않았다.

'정말로……?'

와준 거야? 날 위해서? 홀로 위험도 고려하지 않고?

그 모습을 눈앞에 두고도 더더욱 믿을 수가 없어서 우두커니 서 있자, 레오가 그 시선을 알아차렸는지, 아키라 쪽으로 고개를 돌렸다. 슈트에 감싸인 어깨가 움찔 흔들렸다.

[아키라!]

[어이쿠, 멋대로 움직이지 마!]

마리오가 이름을 부르며 달려오려는 레오를 제지했다.

[이 녀석을 넘겨주는 건 거래가 끝난 후다.]

이 녀석 —— 이라고 한 부분에서 그가 아키라의 뒷통수에 총을 꾹 밀어붙였다. 미간을 확 찌푸린 레오가 앞으로 내민 한쪽 발을 조금씩 원위치로 돌렸다. 그러고 있는 사이에도 아키라의 온몸에 재빨리 시선을 보내며 눈에 띄는 외상이 없는 데 안도한 듯이 숨을 내쉬었다.

[내가 지시한 대로 혼자서 여기로 뛰어들 줄이야. 기특해라. 그건 그렇다 쳐도 꽤 빨리 도착했군. 어지간히 마음이 급했나 보네.]

마리오가 빈정거리며 묻자, 레오가 퉁명스럽게 대답했다.

[너한테서 연락이 오기 전에 이미 이곳으로 향하고 있었거든.]

[연락이 오기 전에?]

레오가 한쪽 눈썹을 치켜 올린 마리오를 향해 고개를 끄덕였다.

[두 시간쯤 전에 포도밭을 순찰하던 농부가 피투성이가 되어 쓰러져 있는 운전사를 발견하고 알려주었다.]

그 찰나, 아키라는 권총의 존재도 잊고 레오의 이야기에 끼어들듯이 목소리를 냈다.

[운전사는?!]

[곧바로 병원으로 옮겨서 목숨은 건졌다.]

그 말을 들은 아키라는 안도하며 가슴을 쓸어내렸다.

[……다행이다.]

레오가 그렇게 중얼거리는 아키라에게 아주 잠깐 동안 온화한 표정을 지은 후, 또다시 입가를 다잡고는 여기까지 오게 된 경위에 대해 이야기했다.

[잠복하고 있었다는 건 오늘 아키라가 떠난다는 정보를 외부에 흘린 자가 있었다는 셈이지. 저택 사용인들은 대부분 신뢰할 수 있는 사람들뿐이지만, 안타깝게도 쥐새끼가 한 마리 섞여 있었던 것 같더군. 요 며칠 동안 거동이 수상했던 자를 철저히 캐내어 스파이를 찾아냈다. 그 쥐새끼한테서 수모자가 너라는 사실과 은신처를 듣자마자 곧장 이곳으로 향했다.]

[겉멋으로 패밀리의 톱을 맡고 있는 건 아닌가 보군.]

레오는 빈정거리는 말에는 상대하지 않은 채 사촌에게 단도직입적으로 추궁했다.

[바라는 게 뭐지?]

[다음 최고 간부 회의에서 마약 거래에 참가하겠다고 로셀리니

패밀리의 대표로서 신청해라.]

레오가 예상했던 대로라는 표정으로 미간을 찌푸렸다.

[거절하겠다고 하면?]

[이 일본인을 죽이겠다.]

그렇게 즉답한 마리오가 슬라이드를 당기더니, 초탄을 약실에 장전했다.

[말해 두는데, 난 고상한 너와 달리 내 손을 피로 더럽히는 짓 따윈 아무렇지도 않거든. 에두처럼 실업가인 척할 생각도 없어.]

허세가 아니라 진심일 것이다. 실제로 마리오의 부하는 운전수를 죽이려 했다. 비정한 수법을 떠올린 순간, 등이 쌔하게 차가워지더니 모공에서 서서히 식은땀이 솟아 나왔다.

여태까지 겪은 온갖 곤경 중에서도 지금이 사상 최악의 위기일지도 모른다.

[네 대답에 따라서는 가차 없이 당길 거다.]

[············.]

레오가 낮은 목소리로 공갈하는 마리오를 보고는 미간을 세게 찌푸렸다. 사촌의 잔인함은 어느 정도 알고 있는지 초조와 고뇌가 뒤섞인 표정의 레오를 향해 마리오가 목소리를 높였다.

[자, 어떻게 할 거야? 네놈의 그 대단한 신념을 취할 건지, 네가 안고 자는 이 예쁜 인형을 취할 건지.]

결단을 강요하는 마리오의 입술은 비웃듯이 징그럽게 일그러져 있었다. 이때라는 듯이 레오를 우롱하고 우월감을 느껴 보려는 꿍

꿈이속이 훤히 보였다.

'지금까지는 레오의 기백에 져서 맥없이 달아났던 주제에.'

인질을 방패로 삼았을 때만 큰 소리를 치는 이런 비겁하고 비열한 남자에게 굴복해서는 안 된다. 절대로 굴복하길 원하지 않았다.

아키라는 분노로 인한 충동에 마음이 움직인 것처럼 [레오!] 하고 소리쳤다.

[이런 놈의 협박에 굴복해선 안 돼! 네 신념을 꺾어서는 안 돼!]

[시끄러워! 넌 닥치고 있어!]

노성을 낸 마리오가 총구로 퍽 찌르자, 아키라는 얼굴을 찡그렸다.

[아파……!]

[거칠게 다루지 마! 아키라를 다치게 하면 가만 두지 않겠다.]

격앙된 레오가 낮게 위협하자, 마리오가 무의식중에 몸을 휙 움츠린 자신에게 짜증이 난 듯 고함쳤다.

[너야말로 빨리 대답해! 이 녀석의 머리를 날려버려도 좋아?!]

마리오의 짜증이 바싹 닿은 총구에서 전해져 오자, 쇠가 닿은 부분이 서서히 저려 왔다. 식은땀이 축축하게 관자놀이를 타고 흘렀고, 온몸이 가늘게 떨렸다. 아키라는 당장에라도 비명을 질러버릴 것 같았지만, 어금니를 악물고 견디었다.

[레오! 대답해라!]

마리오가 침을 튀기며 고함쳤다.

[…………]

아름다운 얼굴을 고뇌로 일그러뜨린 레오가 바짝 긴장된 무거운 침묵을 깨고 천천히 입을 열었다.

[……알겠다. 네 조건을 받아들이지.]

그 순간, 마리오가 의기양양해하며 우렁차게 외쳤다.

[네놈의 신념 따윈 그 정도다, 레오! 꼴좋구나!]

아키라는 기고만장하고 날카로운 웃음 소리를 들으며 멍하니 그 이름을 중얼거렸다.

[레……오?]

믿을 수 없었다.

무엇보다도 '명예'를 중요시하는 시칠리아 마피아의 보스가.

에트나 화산보다 자존심이 높은 남자가 ── .

자신을 구하기 위해 신념을 꺾다니…….

아키라는 몇 초 동안 말을 잃고 나서 황급히 고개를 가로저었다. 자신을 구하려고 해주는 마음은 기쁘다. 눈물이 날 만큼 기쁘지만, 그것만은 안 된다.

"레오……, 안 돼! 철회해."

레오의 눈을 가만히 바라보며 일본어로 호소했다.

"네 결정으로 인해 많은 사람들의 인생이 바뀐단 말이야!"

"알고 있어……."

그 칠흑 같은 눈동자에 한탄과 번민을 깃들인 레오가 마침내 망설임을 끊어버리듯이 딱 잘라 말했다.

"하지만 난 너를 잃고 싶지 않아."

진지한 눈빛. 진지하고 솔직한 말에 깜짝 놀라며 번개를 맞은 듯한 충격이 온몸을 내달렸다.

—— 잃고 싶지 않아.

'나도야…….'

나도 너를 잃고 싶지 않아. —— 레오.

가슴 깊은 곳에서 치미는 뜨거운 감정. 그 감정은 물밀듯이 차서 넘치더니, 몸 구석구석에 퍼져 갔다.

이 남자를 사랑한다고 자각한 순간이었다.

언제부터인지는 확실히 모르겠다. 하지만 남자인 자신이 같은 남자인 레오를 스스로 몸 안에 받아들였을 때는 이미 그를 사랑하고 있었던 것 같다.

어쩌면 처음에 안뜰에서 얼굴을 마주하고 사나울 정도로 강렬한 눈빛을 내뿜는 검은 눈동자에 매료됐을 때부터 끌리기 시작했던 걸지도 모른다. 시칠리아로 끌려온 이후에 고상하면서도 고독한 영혼을 마주하고, 그 힘과 나약함, 그리고 다정함을 알아 가면서…….

'매일매일 네 존재가 내 안에서 커져 갔어.'

"레오……."

"설령 네게 미움을 받고 있다 하더라도……, 나는."

애절한 목소리로 혼잣말을 하듯 중얼거린 레오가 뜨겁게 얽혀 있던 시선을 천천히 피하며 사촌에게 돌렸다.

[네 요구는 받아들였다. 약속대로 아키라를 풀어줘.]

그러나 마리오는 응하지 않았다.

[이 녀석의 신병은 최고 간부 회의에서 네가 신청하는 걸 확인한 후에 건네주겠다. 그때까지는 내가 맡아 두지.]

마리오는 그렇게 말하자마자 아키라를 끌고 조금씩 뒤로 물러났다.

[이 인형은 네 대신에 내가 매일 밤 귀여워해줄 테니 안심해라.]

레오가 천박한 조소를 머금은 사촌을 향해 이를 바득 갈았다. 금세 그의 온몸에 분노의 오라가 끓어올랐다.

[마리오, 네놈!]

두 눈을 번뜩이며 한 발짝 내딛은 레오에게, 마리오가 총을 쐈다.

팟, 팟.

아마 위협 삼아 쏜 것처럼 보이는 몇 발 중에 한 발이 레오의 오른쪽 허벅지를 관통했다.

[크윽…….]

레오가 미간을 콱 찌푸리고는, 총에 맞은 오른쪽 다리를 손으로 눌렀다.

"레오!"

상처를 누르는 레오의 손가락 사이에서 배어 나오는 새빨간 선혈을 보고 머릿속이 새하얘졌다. 정신을 차려 보니 아키라는 자신을 구속하고 있던 마리오의 팔을 뿌리치고 있었다. 게다가 마리오를 퍽 밀치고 레오를 향해 뛰어갔다.

[Vaffanculo!]

허를 찔린 마리오가 욕하는 소리가 뒤에서 들렸지만, 뒤돌아보지 않고 달렸다.

"레오!"

얼굴을 든 레오가 달려오는 아키라를 보고 두 눈을 크게 뜨며 초조함을 띤 목소리로 소리쳤다.

"아키라! 위험……."

뻗어 온 레오의 손이 팔을 움켜쥐더니 쭉 끌어당겼다. 아키라가 앞으로 넘어질 듯 바닥을 향해 슬라이딩함과 동시에 레오가 그를 덮쳤다. 아키라가 레오의 아래에 깔린 직후 파밧, 하고 바로 가까이서 마른 소리가 나더니 밀착한 몸이 흠칫 떨렸다.

[윽…….]

갈라진 신음 소리. 코를 찌르는 화약 연기와 피 냄새에 아키라는 천천히 눈을 휘둥그레 떴다.

"……레오?"

아키라는 대꾸가 없는 데 불안을 느끼고 살며시 몸을 일으켰다. 레오의 아래에서 기어나온 아키라는 천천히 옆으로 누운 남자의 오른쪽 어깨 안쪽 주위가 서서히 피로 물들어 가는 것을 확인하고 숨을 삼켰다. 자신을 감싸고 등에 총을 맞았다는 사실을 이해할 수 있게 되기까지 몇 초가 걸렸다.

"레……오?"

망연자실한 상태에서 제정신을 차리자마자 그의 몸을 와락 덮었다.

"레오! 레오……, 레오!"

괴롭게 얼굴을 일그러뜨린 채 가슴을 헐떡이는 남자의 이름을 미친듯이 부르던 아키라는 곧바로 등 뒤에서 이상한 낌새를 느끼고 깜짝 놀라 돌아보았다.

먼저 새까만 총구가 —— 이어서 검붉게 물든 마리오의 얼굴이 시야에 비쳐들었다.

[레오, 꼴 한번 좋군.]

이쪽에 총구를 겨냥한 채 비틀거리며 서 있는 마리오의 두 눈은 핏발이 선 데다, 눈꼬리가 이상하리만치 치켜 올라간 상태였다. 완전히 상도를 벗어난 그 눈빛에 등줄기가 오싹 전율했다.

[꼬맹이 때부터 뭐만 하면 비교당하고, 다 크고 나선 연하인 너한테 건방지게 명령이나 듣고……. 내가 너 때문에 얼마나 믿던 사람들에게 발등 찍혀 호되게 당해 왔는지 알아?]

마리오가 오랜 세월 동안 쌓아 온 원한을 곱씹듯이 중얼거리더니, 두터운 입술을 일그러뜨렸다.

[하지만 남자 따위에 눈이 뒤집힌 탓에 너도 끝이다. 목숨까지 빼앗을 생각은 없었지만, 이렇게 됐으니 숨통을 끊어주마.]

갈라진 목소리로 흘러나온 비정한 선언에 온몸이 스윽 차가워졌다.

[둘 다 사이좋게 저세상으로 보내줄 테니 감사해라.]

이대로라면 둘 다 죽임을 당할 것이다.

초조해하며 다시 한 번 레오를 보자, 이마에 비지땀이 맺힌 레오는 고통을 견디듯 미간을 꽉 찌푸린 채 얕은 호흡을 반복하고 있었다. 급소는 피했지만, 총알을 두 발이나 맞았다. 서두르지 않으면 출혈 과다로 목숨이 위험하다.

'레오⋯⋯.'

아키라는 복받치는 눈물을 꾹 참고 자신을 질타했다. 울고 있을 상황이냐? 타개책을 생각해!

아직 죽을 수 없어.

아직 레오에게 자신의 마음을 전하지 않았으니까.

죽고 싶지 않아!

어금니를 악문 그때, 레오의 왼손이 어렴풋이 움직였다. 레오는 그대로 떨리는 손끝으로 상의 가장자리를 잡더니, 살며시 들추었다. 그 동작을 무의식적으로 좇고 있던 아키라의 시선이 레오의 슈트 재킷 안으로 빨려 들어갔다. 옆구리 언저리에 검은 총 손잡이 뒷부분이 언뜻 보였다.

'권총!'

숨을 삼키고 레오의 눈을 보았다. 뭔가를 호소하는 듯한 올곧은 눈빛.

── 이걸⋯⋯, 내가?

일본어로 말하는 입술의 움직임을 본 레오가 살짝 고개를 끄덕였다. 그런 동작에도 통증이 스치는 듯, 그 직후에 얼굴을 찡그렸다.

── 알았으니까 이제 움직이지 마.

아키라는 레오를 눈으로 제지하고는 마른침을 꿀꺽 삼킨 다음, 마리오가 알아채지 못하도록 손을 뻗었다. 그리고 그대로 손잡이를 잡고 홀스터에서 권총을 뺐다. 묵직한 무게의 그 권총은 신형 리볼버였다. 이거라면 한 번에 쏠 수 있다. 단, 연사는 불가능하기 때문에 확실하게 한 방에 맞춰야 한다.

다시 한 번 레오를 보았다.

── 할 수 있겠어?

검은 눈동자가 그렇게 묻고 있는 듯한 기분이 들었다.

사격은 어렸을 적에 아버지한테서 딱 한 번 공기총을 쏘는 방법을 배웠을 뿐이다. 실탄을 쏜 경험은 없지만, 오른손잡이인 레오가 오른쪽을 맞은 이상 자신이 쏠 수밖에 없었다.

아키라는 자신을 계속 가만히 보고 있는 레오를 향해 고개를 끄덕였다.

── 해볼게.

하지 않으면 죽는다. 달리 목숨을 건질 방법은 없었다.

각오를 다지고 긴장으로 경직된 손가락을 방아쇠에 걸고 '그때'를 기다리며 숨을 죽였다.

[작별 인사는 끝났나?]

코웃음을 치는 마리오의 목소리를 들으며 양손으로 리볼버를 꽉 쥐었다. 목덜미가 따끔따끔 타들어 갈 듯이 긴장된 분위기 속에서 유일하게 자신이 기댈 곳이라는 양 오로지 레오의 눈을 쭉 쳐다보았다.

'레오……, 나에게 힘을 줘.'

우리 둘의 미래를 위해서 ── .

[그럼 슬슬 작별할 시간이다. ……잘 가라, 레오.]

그 찰나, 눈을 부릅뜬 레오가 일본어로 소리쳤다.

"지금이다!"

[죽어라!]

레오와 마리오의 외침이 제창처럼 들린 순간, 아키라는 뒤돌아
보는 것과 동시에 쥐고 있던 총의 방아쇠를 당겼다.

탕!

세찬 충격을 느끼며 상체가 붕 떴다.

"큭……."

엉덩방아를 찧을 뻔했지만 이를 악물며 혼신의 힘으로 참고 버
텼다.

[으악…….]

절규한 마리오가 깜짝 놀란 것처럼 동공이 커진 채 뒤로 풀썩 쓰
러졌다. 곧바로 아키라는 몸을 일으켜서 위를 향해 벌렁 나자빠진
마리오의 옆에 섰다. 그리고 왼쪽 다리 허벅지에서 피를 흘리는 그
의 이마에 총구를 바싹 가져다 댔다.

덜컥, 격철을 뒤로 당기면서 허를 찔려 굳어 있는 털보와 스킨헤드
를 날카로운 눈빛으로 응시했다. 두 사람의 얼굴을 번갈아 가며 꿰
뚫어 본 다음, 저항을 용서하지 않겠다는 낮은 목소리로 명령했다.

[총을 내려놔.]

남자들은 가는 몸에서 피어오르는 오라에 압도된 것처럼 흠칫
놀라며 몸을 주춤거렸다.

[그렇지 않으면 너희 보스의 숨통을 끊겠다.]

[…………]

두 사람이 말없이 총을 내려놓는 것과 거의 동시에 현관에서 레오의 부하들이 우르르 들이닥쳤다.

[보스, 총성이!]

[레오 님, 괜찮으십니까?]

밖에서 대기하고 있던 것으로 보이는 힘세 보이는 검은 옷차림의 남자들을 보자마자, 아키라는 팽팽해져 있던 긴장의 끈이 툭 끊기며 바닥에 비틀비틀 주저앉았다. 현장을 보고 바로 상황을 이해한 그들은 다리를 맞은 마리오를 끌어내고, 그의 부하 두 명을 연행했다.

'살았……나?'

"아키라."

이름을 불려 돌아보자, 레오와 눈이 마주쳤다. 레오는 부하에게 몸을 부축받으면서도 미소를 지었다.

"……잘했다."

레오가 일본어로 위로의 말을 건네자 겨우 실감이 난 아키라는 몇 번이나 고개를 끄덕였다.

제9장

팔레르모에 있는 종합병원까지는 헬리콥터를 타고 이동했다.

진찰 결과, 레오가 오른다리에 맞은 총알은 관통했지만, 오른쪽 어깨에 맞은 총알은 아직 몸 안에 남아 있었기 때문에 총알을 제거하기 위한 수술을 받게 되었다.

아키라는 이동침대로 수술실에 옮겨지는 레오를 배웅한 후, 힘세 보이는 부하들과 함께 진정되지 않는 마음으로 바작바작 속을 태우며 수술이 끝나기를 기다렸다.

약 두 시간 후, 수술이 끝났다.

수술을 집도한 외과의에게서 무사히 총알을 제거했고, 뼈와 신경에는 손상이 없었다는 이야기와 함께 [후유증은 남지 않을 겁니다.]라는 말을 듣고 부하들 모두가 안도했다.

그 후, 아키라는 마취 효과로 계속 정신없이 자는 레오 옆에 밤낮으로 붙어서 지냈다. 병원에서 가장 넓은 VIP용 1인실에는 부엌을 시작으로 욕실, 응접 세트, 간병인용 침대까지 완비되어 있었지만, 아키라는 그 침대를 쓰지 않고 레오 옆에 의자를 끌어다 놓고 앉아 자는 얼굴을 쭉 지켜보았다.

그러나 역시 몸도 마음도 몹시 지쳐 있던 탓인지, 새벽쯤에 레오의 침대에 푹 엎드려서 깜박 졸고 말았나 보다.

"음……."

머리를 쓰다듬는 다정한 손길을 희미하게 느끼면서 한동안 꿈과 현실 사이를 왔다 갔다 하다가 —— .

"………응?"

아키라는 두 눈을 몇 번 깜박깜박한 후, 상반신을 벌떡 일으켰다.

"레오……?"

언제부터 깨 있었는지, 레오가 아키라의 머리를 쓰다듬던 왼손을 천천히 뗐다.

"미안해. 깨워버렸네."

레오가 깊은 어둠을 띤 눈동자로 조용히 바라보며 듣기 좋은 감미로운 저음으로 사과하자, 아키라는 고개를 가로저었다.

"언제부터 일어나 있었어?"

"10분 전쯤인가?"

"바로 깨워줬으면 좋았을 텐데."

아키라는 레오가 10분이나 자신의 자는 얼굴을 보고 있었다는 사실이 쑥스러워서 불평을 했다. 그러면서 문득 레오의 맨살에 감긴 붕대를 보고는 애처로움에 미간을 찌푸렸다.

"상처……, 아픈 건 어때?"

"진통제가 들었는지 지금은 진정됐어."

"그렇구나. 다행이다."

아키라는 레오의 얼굴을 쳐다보며 중얼거렸다.

'정말 다행이다……'

이렇게 말을 나눌 수 있는 것만으로도 기뻐서 눈이 촉촉해졌다.

한때는 죽음도 각오했으니까.

둘이서 나란히 지금 이곳에 있는 행복을 새삼 곱씹고 있으려니, 레오가 물었다.

"넌 다친 데 없었어?"

"난 괜찮아. 하지만 네가 두 발이나……."

"이 정도 상처는 별것 아니야. 한 달만 있으면 나아."

다부진 표정으로 입술을 비쭉거린 레오가 또다시 들어 올린 왼손 손등으로 아키라의 뺨을 살며시 어루만졌다.

"그보다……, 네가 무사해서 다행이다."

진심이 담긴 말임을 알 수 있는 깊이 있는 목소리에 가슴이 뭉클거리며 뜨거워졌다.

아키라는 무의식중에 레오의 손을 잡고는, 스스로 뺨을 가까이 가져다 댔다.

그 행위가 어지간히 의외였는지, 레오가 두 눈을 크게 떴다. 아키라는 자신의 얼굴이 비친 검은 눈동자를 바라보고는, 무엇보다 먼저 하고 싶었던 말을 입에 담았다.

"어제는 구해줘서 고마웠어. ……기뻤어."

"아키라……."

"기뻤지만……, 네가 마리오의 총에 맞았을 땐 충격으로 머리가 새하얘져서……, 정신을 차려 보니 총도 뭐도 다 잊고 널 향해 달려가고 말았어."

"…………."

"그 때문에……, 날 감싼 탓에 네가 부상을 당하고……, 미안해."

"애당초 네가 마리오의 부하에게 습격당한 건 내 탓이야. 네가 사과할 필요는 없어."

레오는 확고하게 단언하고 나서 미안하다는 듯 말을 덧붙였다.

"나야말로 일족의 분쟁에 널 끌어들이고 말았어. ……미안하다."

아키라는 레오의 사과를 듣고는 고개를 살래살래 저으며 천천히 시선을 떨구었다.

"진심을 말하자면……, 네가 이제 정이 떨어져서 날 버렸으니 구하러 와주진 않을 거라며 체념하고 있었거든. 그래서 네 모습을 봤을 때는 내 눈을 의심했어. 당장에는 믿을 수가 없어서……."

"아키라, 그게 아니야."

레오가 놀란 표정을 지으며 부정했다.

"나야말로 네게 미움을 받고 있는 줄 알았어. ……솔직히 고백하자면 너와 지낸 날들이 너무나도 즐거워서 난 조금 우쭐해져 있었어. 너 또한 같은 마음을 공유해주고 있다고 말이야. ……지금 생각하면 바보 같은 이야기지. 억지로 시칠리아에 끌려와서 연금 상태에 있었던 네가 좋아서【팔라초 로셸리니】에 있는 것도 아니었는데."

아키라는 레오의 자조 섞인 고백에 시선을 들고 그의 얼굴을 보았다. 그러자 애달픈 시선과 마주쳤다.

"들떠 있었던 만큼 네가 지하도를 사용해서 도망친 사실을 알았을 때는 충격이 컸다. 그래도 너를 놔줄 수 없는 나 자신에게 혐오감이 들었을 때 마침 미카 일로 매도당해서……, 이걸로 이제 완전히 미움받았다며……, 여간해선 회복할 수 없을 만큼 침울해졌지."

"…………."

침울해졌어? 레오가?

"그날 밤에 밤새 자지 않고 생각하면서 내 집착이 더 이상 심해지기 전에 너를 자유롭게 해줘야만 한다는 결론에 다다랐다. 스스로 결심한 일이었지만, 당일 아침에는 괴로웠어. 결심이 무뎌지는 게 두려워서 배웅도 하지 않았어. 너도 이제 내 얼굴이 보고 싶지 않을 것 같았고 말이지."

절절한 목소리로 솔직한 심정을 토로하는 레오의 모습에 당황하면서도, 그 꾸밈없는 말이 가슴속에 스윽 떨어지듯 납득이 갔다.

상대의 사소한 말이나 태도에 들뜨거나 동요하거나 침울해져 잠이 들지 못하는 날을 보내거나 ── .

자신과 마찬가지였다.

레오는 나이보다 훨씬 어른스러운 데다 어떤 일에도 동요하지 않을 거라고 믿고 있었지만.

'나와 마찬가지야.'

친근감을 느끼자, 오만불손한 폭군이 왠지 귀엽게마저 여겨졌다.

그와 동시에 레오에 대해 필요 이상으로 고집스러웠던 자신의 행동을 반성했다.

고집을 부리지 않고 더 빨리 이런 식으로 이야기를 했으면 좋았을 텐데. 그렇게 하면 쓸데없이 엇갈리는 일도 없었을 텐데.

"우리……, 서로를 오해하고 있었네."

아키라는 감회가 깊은 듯 중얼거리고 나서 레오의 얼굴을 가만히 쳐다보았다.

레오의 솔직한 심정을 듣고 나니 더더욱 가슴 깊은 곳에 자리잡은 앙금.

그 떨떠름한 원흉을 큰 마음을 먹고 입에 담았다.

"네게 나는 아직 어머니의……, 미카의 대역일 뿐이야?"

레오가 한순간 허를 찔린 것처럼 눈을 휘둥그레 뜬 다음, 천천히 고개를 가로저었다.

"넌 미카의 대역 같은 게 아니야. ……확실히 처음에는 '미카의 아들'을 만나러 갔다. 하지만 너를 멀리서 바라보고 있는 사이에 어느새 난 네 자신에게 마음을 빼앗기고 말았어. 미카와 닮아서가

아니야. 얼핏 보면 얌전한 것 같지만, 심지는 올곧고 늠름한 네가
── 어릴 적부터 마음속에 그리던 '하야세 아키라' 그 자체였기 때
문이다."

"레오……."

아니었다. 미카의 대역이 아니었다……!

달달한 벌꿀처럼 환희가 끈적하게 치밀어 오르며 온몸이 기쁨으
로 떨렸다.

"그때부터 '미카의 아들'이 아니라 '하야세 아키라'를 한번 보고
싶다는 그 마음 하나로 시간을 내서 일본을 찾았다."

"……5년이나?"

"그래, 5년, 이나."

레오가 그 긴 시간을 곱씹듯이 천천히 고개를 끄덕였다.

"단지……, 동성인 내 마음을 받아줄 거라고는 생각할 수 없었기
때문에 말을 걸 용기는 가지지 못했다."

레오는 조금 먼 곳을 바라보는 눈으로 마피아 보스에 어울리지
않는 나약한 말을 흘렸다.

"요전에 '그저 미카의 아들이 잘 지낸다면 그걸로 충분했어.'라고
했던 말은 진심이야. 내 마음을 전하고 너를 혼란스럽게 만들 생각
도 없었다. 1년에 한두 번 네 모습을 멀리서 바라볼 수 있다면 그걸
로 만족했다. ……하지만 네가 그 야쿠자의 노리개가 되는 것만큼
은 절대로 잠자코 보고만 있을 순 없었어."

낮게 고백한 그 순간에만 검은 눈동자에 강한 빛이 감돌았다.

"난폭한 짓을 한 건 사과할게. 당초 예정은 일단 시칠리아에 격리하고 진정되면 그 후에 어딘가 안전한 지역에서 조용하게 지내게 할 생각이었다. 하지만……, 내 옆에 한번 놓고 말았더니 이미……, 손에서 놓을 수 없게 되었어."

레오의 고백에 표면적으로는 알지 못했던 사정이 점차 소상하게 밝혀졌지만, 아직 도저히 씻을 수 없는 불안.

자신은 남자인 데다 그렇게 어리지도 않다. 레오 정도 되는 남자한테서 그렇게까지 칭송을 받을 만한 사람이 아니다. 역시 레오는 자신의 뒤에서 미카의 환영을 보고 있는 건 아닐까?

"하지만 난 네가 그렇게까지 생각해줄 만한 인간이……."

저도 모르게 흘러나온 자신 없는 중얼거림의 말꼬리를 잡듯, 레오가 조금 화난 목소리로 말했다.

"너는 스스로를 너무 과소평가해. 그러니까 자신의 몸을 그 야쿠자한테 바치는 짓을 하는 거야. 그 한 달 동안 내가 얼마나 마음을 졸였는지……. 일이 제대로 손에 잡히지 않았다고."

떠올리는 것도 고통스럽다는 듯이 모양 좋은 눈썹을 찡그렸다.

"네가 죽어도 아무도 슬퍼하지 않을 거라는 생각 같은 걸 하고 있다면 그거야말로 자만이야."

확실히 예전에는 그렇게 생각했다.

친척도 친구도 연인도 없는 자신의 죽음을 슬퍼할 사람 따윈 없을 거라고.

죽고 싶지 않다고 절실하게, 강하게 생각한 건 어제가 처음이었

다. 레오를 향한 연정을 자각하고 나서 처음으로 삶에 대한 집착과
미련이 솟아났다.

"자신을 좀 더 소중히 해. 가령 회사 사람을 지키기 위해서였다
고 하더라도."

생각지도 못한 부분에서 설교를 당한 아키라는 그 말을 듣고 눈
을 크게 떴다.

"알고 있었어?"

레오가 물론 알고 있었다며 고개를 끄덕였다.

"하지만 아무리 가혹한 운명도 받아들이고 도망치지 않는 그 버
들 같은 나긋한 힘이 네 가장 큰 매력이라는 점도 함께 지내게 되고
나서 알았다. 저택에 오고 나서도 넌 자신이 자유가 되기 위해 주위
사람을 상처 입히는 짓은 절대 하지 않았다. 도망칠 때 필요한 자금
을 위해 저택에 있는 귀금속에 손을 대는 일도 하지 않았지. 마음만
먹으면 기회는 얼마든지 있었는데."

"…………."

"단테나 줄리오를 시작으로【팔라초 로셀리니】의 사람들이 너와
작별할 때 눈물을 흘린 건 네가 미카의 아들이었기 때문이 아니다.
두터운 '인의'에, '이치'에 따라 행동하는 —— 그야말로 '임협도(任
俠道)' 그 자체인 네 삶에서 '마피오소'의 정신을 발견하고 패밀리의
일원으로서 사랑했기 때문이다."

패밀리의 일원으로서 —— 라는 레오의 말이 가슴 가장 깊은 곳
까지 스며들었다.

"패밀리……."

말을 되풀이하는 아키라를 바라보는 칠흑 같은 두 눈이 서서히 가늘어졌다.

"그런 너를 알면 알수록 도저히 놓아줄 수 없게 되고 말았어……."

말을 끊은 레오가 아키라의 손을 잡더니, 그 손등에 입을 맞추었다. 그러더니 고개를 들고 한동안 뜨거운 시선을 보내고 나서 엄숙하게 고백했다.

"너를……, 사랑한다."

결코 평탄하지 않았을 5년치의 마음이 그 짧은 고백에 응축된 것 같아서 마음이……, 온몸이 떨렸다.

동성인 점, 다른 국적, 패밀리의 보스로서, 또한 로셀리니가의 가장을 맡은 자로서 짊어진 무거운 책임 —— 그 모든 것을 뛰어넘은 고백이기에 담긴 무게.

아키라는 그 무게를 단단히 받아들여 가슴에 새겼다.

더할 나위 없이 온순한 표정을 한 레오를 앞에 두고, 긴장으로 굳어진 목을 열심히 열었다.

"레오……, 나도……."

그 찰나, 레오의 눈이 천천히 커졌다.

"다시 한 번……, 말해줘."

갈라진 목소리로 재촉당하자, 이번에는 좀 더 또렷한 목소리로 고백했다.

"나도 사랑해……, 사랑해, 레오……, 사랑……."

되풀이하고 있는 사이에 레오의 얼굴이 천천히 녹아들기 시작했고, 그 행복한 듯한 표정을 보고 나서야 비로소 아키라의 마음에도 달콤한 도취감이 끓어올랐다.

"아키라."

레오가 유일하게 자유롭게 움직일 수 있는 왼손을 아키라의 등에 둘렀다.

아키라는 양손으로 껴안을 수 없는 연인을 위해 몸을 내밀어 스스로 먼저 사랑스러운 남자의 입술에 입을 맞추었다.

* * *

입술을 포개고 다시 떼고, 누가 먼저랄 것도 없이 또다시 겹쳤다.

부드럽고 다정하게 닿기만 하는 키스를 몇 번이나 반복한 후, 유혹하듯이 살짝 입술을 벌렸다. 곧바로 레오의 뜨거운 혀가 살며시 들어왔다.

"응……, 흐, 웃……."

레오가 치열을 가르고 위턱을 혀끝으로 훑으며 혀를 붙들자, 달콤한 한숨이 코로 빠져나왔다.

서로의 입안을 더듬으며 혀를 휘감고, 한숨을 한데 섞었다.

사랑스러운 남자와의 깊은 입맞춤에 도취되어 레오의 가슴 위에 가슴을 겹친 채 체중을 맡기고 있던 아키라는 입술이 떨어지는 것과 동시에 천천히 두 눈을 깜박였다.

'……맞아. 안 돼.'

그만 정신없이 키스를 나누고 말았지만.

"미안……. 너, 다쳤는데."

황급히 몸을 빼려고 하던 아키라는 자신의 등을 감싸고 있던 연인의 왼손에 저지당했다.

"레오?"

아키라는 바로 앞에 있는 얼굴을 들여다보았다. 레오가 뜨거운 눈빛으로 마주 쳐다보았다.

"떨어지지 마."

"하지만……."

연인에게 부담을 주지 않도록 품 안에서 안절부절못하며 몸을 움직이고 있으려니, 레오가 아키라의 눈을 응시한 채 속삭였다.

"……원해."

조르듯이 살짝 달콤함을 띤 테너톤에 온몸이 오싹 전율했다.

"……레오."

"너를 원해."

레오가 요염한 음성으로 거듭 청하자, 몸 안의 관능에 불이 붙을 것 같았다.

자신도……, 마찬가지였다. 원하지 않는다고 말하면 거짓말이었다.

말로 마음을 서로 확인한 후에 몸으로도 서로 확인하고 싶다고 생각하는 건 당연한 일이었다.

"하지만 너……, 막 수술한 참이라고."

"마취됐으니까 괜찮아."

레오가 딱 잘라 말하자 더더욱 당혹스러웠다.

확실히 레오는 젊고, 체력도 있다. 마취가 됐다는 말도 진짜일 것이다. 하지만 무리해서 상처가 벌어지거나 나중에 회복하는 데 영향이 생기면…….

"아키라."

레오가 망설임에 입술을 깨무는 아키라를 올려다보며 속삭였다.

"지금 너를 원해. 네가 내 것이라는 사실을 몸으로 느끼고 싶어."

레오의 뜨거운 설득에 서서히 넘어갈 것 같은 자신에게 두려움을 느낀 아키라는 품고 있던 또 하나의 걱정을 입에 담았다.

"여기, 병실이야. 만약 누가 오기라도 하면……."

"문도 잠갔고, 너스콜을 누르지 않는 한 아무도 안 와."

하지만 그 또한 쉽게 일축해버렸다.

'어떡하지?'

이 상황에서 끝까지 거부한다면 레오는 내일이라도 당장 병실을 빠져나가버릴 것 같았다.

'엄청 그럴 것 같아.'

게다가 아키라 본인도 레오가 퇴원할 때까지 기다리는 건 솔직히 힘들었다.

"……정말 제멋대로인 남자네."

"그런 점도 좋아하잖아?"

아키라는 불손한 말투로 말하는 남자를 살짝 노려보고는, 입술 한쪽 끝을 씨익 들어 올렸다. 그러더니 저항하기 힘든 매력적인 그 얼굴을 힐끔 곁눈으로 보고 한숨을 쉬었다.

"알았어."

레오의 얼굴이 활짝 빛났다.

"그 대신에……, 내가 주도권을 쥘 거야."

아키라가 망설임을 떨쳐버리고 선언했다. 레오가 허를 찔린 것처럼 미간을 찌푸렸다.

"아키라?"

"그러니까……, 너는 될 수 있는 한 움직이지 않도록 해. 알았지?"

아키라는 그렇게 말하자마자 침대 위로 기어 올라가서 담요를 걷었다. 레오의 상반신은 알몸이었지만, 아래에만 옅은 파란색 잠옷을 입고 있었다. 아키라는 다리의 상처에 닿지 않도록 신중하게 걸터앉은 다음, 하의를 약간만 아래로 내렸다. 그리고 주뼛주뼛 손을 뻗어 안에서 묵직한 질량을 가진 것을 꺼내들었다.

"………윽."

지금까지는 이런 식으로 찬찬히 관찰할 기회가 없었기 때문에 자신과는 전혀 다른 그 사나움을 보고 숨을 삼켰다.

잘할 수 있을까?

레오의 욕망을 눈앞에 두고 태어나서 처음으로 도전하는 행위에 주눅이 들었다.

겁을 먹은 채 한동안 굳어 있던 아키라는 레오의 표정을 힐끔 엿보았다.

아키라의 머뭇거림이 전해졌는지, 연인은 "무리하지 마."라고 말하고 싶은 듯 묘한 표정으로 그를 가만히 바라보고 있었다. 자애로 넘치는 그 눈빛을 쳐다보면서 아키라도 뜨거운 욕구가 몸속에서 끓어오르는 것을 느꼈다.

연인을 사랑하고 싶다. 자신의 몸으로……, 사랑하고 싶다.

그 마음 하나로 몸을 구부려 살며시 얼굴을 가져다 댔다. 한 손으로 지탱하듯 쥔 그것을 입안에 가득 머금었다. 기세 좋게 목 안까지 단숨에 푹 찔러 넣는 바람에 숨이 확 막혔다.

"쿨럭……, 헉……."

순간적으로 입에서 떼고 기침을 하자, 레오가 걱정스럽다는 듯 말을 걸었다.

"괜찮아?"

"괜……찮아."

눈에 눈물이 고인 채 고개를 가로저었다. 다시 한 번, 이번에는 될 수 있는 한 입을 크게 벌리고 열 덩어리를 신중하게 머금었다.

"으……, 음……."

목 안까지 한가득 찬 이물감에 조금 익숙해졌다는 생각이 들었을 때, 조심조심 혀를 날름 내밀어보았다. 레오가 조금씩 팽창해 감에 따라 등을 떠밀려 축에 혀를 휘감았다. 끝의 매끈한 부분을 고양이가 우유를 핥듯이 할짝할짝 소리를 내며 핥고 빨았다.

"응……, 크, 응."

처음에는 자신이 봉사하는 것으로만 머리가 가득찼었지만, 다부지게 자란 레오 자신으로 입안의 성감대가 자극되는 사이에 서서히 몸이 달아오르기 시작했고, 점차 도취된 기분이 들었다.

"아키라……."

아키라는 뺨에 부드럽게 미끄러지는 레오의 손가락에 황홀해하며 눈을 가늘게 떴다. 검은자 위가 촉촉하게 글썽거렸다.

그래도 레오가 빈말로도 잘한다고는 할 수 없는 자신의 서투른 애무로 조금씩 커져 가는 것이 기뻤다.

레오가 조금이라도 느꼈으면 좋겠다. 기분 좋아졌으면 좋겠다.

뜨거운 감정에 마음이 움직이는 대로 복잡한 융기를 혀로 더듬었다. 턱이 뻐근해질 때까지 정신 없이 입 전체를 사용하여 애무했다.

"아키라……."

레오는 한숨 섞인 요염한 목소리로 아키라의 이름을 부르더니, 커다란 손으로 그의 머리를 쓰다듬었다.

머리를 쓰다듬는 그 손바닥에서 레오의 마음이 전해져 오는 것 같아서 온몸이 차츰 뜨거워졌다. 손발 끝까지 달콤하게 저렸고, 허리가 지끈지끈 욱신거렸다.

"하아……, 흑……."

어느새 입안에 다 담을 수 없을 만큼 성장한 욕망을 주체하지 못하면서도 입술로 훑었다. 그러자 단단하게 우뚝 솟은 선단에서 끈적한 점액이 흘러나오며 비릿한 풋내가 혀끝에 닿았다.

그 직후, 레오의 손이 느닷없이 움직임을 멈추었다.

"………윽."

머리 위에서 숨을 죽이는 기척이 난 찰나, 레오가 살며시 아키라의 머리를 밀어내더니 욕망을 쑥 뺐다.

"앗…….."

완전히 익숙해진 그 감촉이 아쉬웠던 아키라는 엉겁결에 비난이 담긴 목소리를 냈다.

"이제 됐어……. 충분해."

레오는 약간 괴로운 듯한 목소리로 중얼거리고는 속삭였다.

"아키라……, 옆으로 와."

레오가 왼손으로 아키라를 끌어당기더니, 가슴과 가슴이 맞닿는 것과 동시에 꽉 껴안았다. 아키라는 자신이 폭 감싸이고 만 넓은 어깨에 얼굴을 묻고 뜨거운 한숨을 내쉬었다. 긴장한 거무스름한 피부에 뺨을 가까이 가져다 대고 튼튼한 심장 고동 소리를 들었다.

'기분 좋아…….'

상대가 연인이면 서로 안고 있기만 해도 이렇게나 기분이 좋은 줄은 처음 알았다.

"……어땠어?"

레오의 체온에 듬뿍 빠져든 후, 첫 시도에 대한 평가를 물었다.

"최고로 좋았어."

감정이 담긴 그 대답에 만족하며 아키라는 연인의 가슴에서 살며시 몸을 떼었다.

상체를 일으킨 아키라는 입고 있던 옷을 하나씩 벗기 시작했다.

연인의 뜨거운 시선에 노출되는 수치에 타들어 갈 것 같으면서도 마지막으로 걸치고 있던 옷을 걷어 내고는, 실오라기 하나 걸치지 않은 모습으로 다시 한 번 레오의 위에 걸터앉았다. 그러고 나서 다리를 벌려 레오의 몸을 중심에 둔 채 무릎을 꿇고 섰다.

그대로 손을 뒤로 하고 자신이 키운 다부지게 우뚝 솟은 그곳에 손가락을 휘감았을 때, 레오가 아키라를 불렀다.

"그대로 하면 네가 힘들어."

그렇게 말한 레오가 왼손을 들어 올려 아키라의 얼굴 앞에 들이밀었다. 한순간 고개를 갸우뚱했지만, 곧 의도를 헤아리고 연인의 긴 손가락을 입안에 받아들였다.

손가락 두 개에 혀를 날름거리며 적시자, 레오가 입술에서 손가락을 뺐다. 타액이 듬뿍 얽힌 손가락이 아키라의 벌어진 다리 사이에 바짝 닿더니 경계를 찾았다. 그러더니 얌전히 입을 다문 움푹 패인 곳 주위를 달래듯이 부드럽게 쓰다듬고 나서 푹 밀고 들어왔다.

"응……, 앗."

아키라는 먼저 한 개 —— 마디진 긴 손가락이 자신의 안으로 들어오는 감촉에 미간을 찌푸렸다. 레오는 이물질을 밀어내려는 내벽의 움직임을 거스르듯이 뿌리끝까지 찔러 넣었다.

"앗, 응."

레오가 안을 주물럭거리자 달콤한 신음 소리가 입술에서 새어 나왔다. 다시 좁은 관을 억지로 넓히려는 것처럼 손가락이 하나 더

들어왔다.

"으, 웃……, 응, ……홋."

손가락 두 개가 민감한 점막을 뒤섞자, 허리가 흔들렸다.

녹아든 내벽 주름이 딱딱한 손가락에 음탕하게 휘감기는 것을 알 수 있었다. 레오의 물건을 입에 담았을 때 이미 형태를 바꾸기 시작했던 자신의 욕망이 내부에서 오는 자극을 받아 탱탱하게 일어섰다.

"굉장해. ……물어 뜯을 것 같아."

감탄이 섞인 속삭임에 얼굴이 화악 뜨거워졌다.

"싫어, ……하앙."

탐욕스러운 자신이 부끄러운데도 의지와는 반대로 그의 손가락을 꽉꽉 죄고 말았다.

참을 수 없이 느끼는 관능 포인트를 손가락 바닥으로 문질리자, 온몸이 전율하며 욕망의 선단에서 꿀이 쿨럭쿨럭 넘쳤다.

"하, 윽……."

쾌감이 너무 강해서 다리가 덜덜 떨렸다. 연인 위에 풀썩 쓰러질 뻔했지만 필사적으로 참았다.

"슬슬……, 괜찮지?"

레오가 아쉽다는 듯 달라붙는 내벽의 주름을 달래면서 손가락을 뺐다.

"……윽."

아키라는 상실감 때문에 '안'이 실룩거리는 감각이 괴로워서 입술을 악물었다. 그러고 나서 숨을 후우 내뱉고는, 몸안에 쌓인 열을 조금 떨어뜨렸다.

아무튼 이것으로 레오를 받아들일 준비는 갖추어졌다.

몸 뒤로 손을 뻗자, 손가락에 연인의 욕망에 닿았다. 아까 전보다 한층 사나워져 있었다. 그 열기에 전율하면서도 뒤로 돌린 손으로 작열하는 쐐기를 꽉 쥐었다.

목을 꿀꺽 울리고 나서 조준을 맞춘 다음, 천천히 허리를 내렸다.

하지만 쿠퍼액으로 젖은 레오의 선단이 미끌거리면서 좀처럼 위치가 고정되지 않았다. 그런 시행착오를 보다 못한 레오가 왼손을 아키라의 허리에 가져다 대며 거들었다.

연인의 손에 떠받쳐진 상태로 한 손으로는 우뚝 솟은 그것을 잡고, 다른 한 손으로는 이제부터 레오를 받아들일 곳에 가져갔다. 손가락 두 개로 오므라진 곳을 벌린 채 숨을 멈추고 천천히 몸을 내렸다.

"윽……, 아아……."

단단한 선단이 살을 가르며 찌르듯이 들어왔다. 자신의 체중 때문인지 흡사 꼬챙이에 꿰이는 듯 했고, 그 충격에 숨이 멎는 것 같았다.

"아……, 들어왔어……."

아키라는 하얀 목을 뒤로 젖히며 헐떡였다. 자신을 유린하는 견고한 수컷으로 인해 눈물이 왈칵 솟아올랐고, 위를 향한 입술에서 목소리가 되지 않은 비명이 흘러나왔다.

"히익……, 앗."

그러나 이윽고 빈틈없이 연인을 착 머금고 있는 부분에서 고통만이 아닌 뭔가가 서서히 배어 나오기 시작하면서 등이 파르르 떨렸다.

"웃, ……웅, 앗."

아키라는 젖은 신음 소리를 흘리고 허리를 비틀면서 씩씩한 연인을 받아들였다.

어떻게든 전부를 가장 안쪽까지 삼키는데 성공한 후 숨을 헐떡이고 있으려니, 마찬가지로 깊은 숨을 내뱉은 레오가 물었다.

"아프지 않아?"

"………웅."

괴롭지만 아프진 않았다. 게다가 고통을 웃도는 충실감이 있었다.

지금 레오와 빈틈없이 하나가 되었다는 충족감.

'녹아서 하나로 섞였어…….'

레오가 왼손을 뻗어 오더니, 만지지도 않았는데 툭 서버린 젖꼭지를 만지작거렸다. 뾰족한 선단을 손가락으로 잡힌 순간, 달콤한 전류가 찌릿 내달리더니 아키라의 허리가 공중으로 실룩 떴다. 그 반동으로 단단하고 곧은 그것을 보다 깊이 물고 말았다.

"웃……, 깊어……."

헐떡인 직후, 레오가 거듭 아래에서 위로 치받는 바람에 목소리가 터졌다.

"아, 응!"

아키라는 이 체위가 아니면 얻지 못할 깊이로 레오를 느끼며 가는 허리를 음란하게 꿈틀거렸다. 발끝까지 저리는 듯한 희열이 퍼지면서 쾌감의 바로미터처럼 욕망이 휘었다.

"앗, 앗, 앗……."

강인한 허리로 찔러 올릴 때마다 선단의 얕고 가는 구멍에서 흘러 떨어지는 꿀이 끈적하게 축을 타고 결합부까지 떨어졌다. 끼익, 끼익, 침대가 삐걱거리는 소리와 함께 질척, 철퍽, 젖은 물소리가 울렸다.

"흐, 앗……."

아키라는 활처럼 힘차게 젖혀진 레오의 그것이 가장 약한 곳을 문지르자 달콤하게 울었다. 병실이기 때문에 될 수 있으면 참아야만 하는 건 아는데도 목소리가 흘러나오고 말았다.

정신을 차려 보니, 아키라는 스스로 허리를 움직여 느끼는 포인트를 단단하고 우뚝 솟은 그것에 문질러 대고 있었다. 망측한 자신의 모습에 현기증이 났지만 도저히 멈추지 못했다. 누그러진 연한 주름이 환희에 넘실거리며 탐욕스럽게 연인을 휘감았다.

처음에는 머리 한구석에 있었던 연인의 상처도, 이곳이 병원이라는 사실도 어느새 멀리 쫓아내고……, 레오가 가져다주는 쾌감에 온몸을 지배당한 채……, 이제 뭐가 뭔지 몰랐다.

단 하나, 확실한 것은 —— .

"좋아해……. 레오……, 좋아해."

넘치는 말을 입에 담은 찰나, 몸속에 있던 흥분한 그것이 점점 맥동했다. 더욱더 커진 흉기와도 같은 욕망에 격렬하게 흔들리는 아키라의 입에서 교성이 끊이지 않았다.

"응……, 좋아……, 아, 앙…….."

── 이제……, 갈 것 같아.

방탕한 예감을 느낀 아키라는 스스로의 욕망을 향해 뻗은 손을 레오에게 잡혔다.

"안 돼. 내 것으로가 아니면."

아키라는 거만한 명령에 고개를 횅횅 저었다.

"그, 건……, 힘들어…….."

거절하려던 그때, 아래에서 쿵 치받는 바람에 "앗." 하고 신음했다.

"하아……아앗."

연달아 쉴 새 없이 꿰뚫린 아키라는 높은 곳으로 내몰렸다. 눈꺼풀 안에서 불꽃이 튀며 뒤로 젖혀진 하얀 몸이 움찔움찔 경련했다.

"이제……, 갈 것 같, 아……, 갈 것……, 아아……!"

뒤에서 주어진 감각만으로 한계에 이른 직후, 몸속의 열이 튀는 것을 느꼈다. 천천히 피스톤질이 이어지면서 몸 가장 깊은 곳으로 뜨거운 격류가 콸콸 쏟아졌다.

"아……아…….."

아키라는 절정의 여운에 몸을 떨고는, 녹초가 되어 앞으로 고꾸라지듯이 쓰러졌다.

"아키라."

거친 숨을 내쉬는 레오가 입술을 가져다 댔다. 이어진 채로 몇 번
이나 격렬하게 입술을 포갰다. 겨우 입술을 뗀 연인이 쉰 목소리로
달콤하게 속삭였다.

"아키라, 사랑해……."

아키라는 땀에 촉촉히 젖은 레오의 가슴에 기대어 행복한 한숨
을 흘렸다.

종 장

레오의 회복은 의사가 놀랄 만큼 빨랐다.

일찌감치 팔레르모 병원을 퇴원한 레오는 상처가 완전히 나을 때까지 일을 쉬고 【팔라초 로셀리니】에서 요양하게 되었다.

"신이 주신 휴가라고 생각하고, 일은 잠시 잊은 채 느긋하게 쉬십시오. 레오나르도 님께서는 지금까지 너무 일만 하셨으니까요."

순순히 단테의 말에 따라 그룹의 지휘를 에두아르에게 맡기고 완전히 일을 쉰 게 다행이었는지, 다리에 입은 상처는 얼마 안 있어 나았다. 이제 목발 없이도 천천히 걸을 수 있을 정도였다.

아키라 또한 레오의 곁을 한시도 떠나지 않고 연인의 손과 발이 되어 한달을 보냈다.

아침에 함께 침대에서 눈을 뜨면 둘이서 포도밭을 돌고 나서 네로 다볼라 생육 상태로 일희일우하며 양조장에서 줄리오와 이야기를 나누고, 마구간에서 말들을 보살핀 후, 저녁에는 또 같은 침대에서 잠이 들었다.

그야말로 신이 주신 밀월이었다.

"오늘은 뒤쪽 언덕을 오르자."

구름 하나 없이 화창한 어느 날 오후, 레오가 그런 말을 꺼냈다.

"오랜만에 언덕 위에서 에트나 산을 보고 싶어."

오후의 산책은 일과가 된 데다 거리도 날마다 늘었지만, 역시나 아직 언덕길을 오르는 건 힘들지 않을까? 아키라가 걱정하자, 레오는 엄청난 말을 아무렇지도 않게 입에 담았다.

"그럼 말을 타면 되지."

말을 타는 것이야말로 위험하다고 다들 맹렬하게 반대했지만, 왕은 그 정도로 발을 뺄 만큼 고분고분한 성격이 아니었다. 한번 입 밖으로 내면 누가 뭐라 해도 듣지 않는다.

"너무 오래 타지 않으면 말도 스트레스가 쌓인단 말이지. 걱정되면 같이 타자."

할 수 없이 가죽 장화로 바꿔 신고 폭군 레오의 애마인 네로를 마구간에서 데리고 나왔다. 승마복 차림인 주인을 본 칠흑색 앵글로아랍[40]은 코를 히히힝 울리며 기뻐하면서 어리광을 부리듯이 레오

---

40 앵글로아랍: 아랍종과 서러브레드종(영국순종)을 교배시켜 만든 품종으로, 체질이 튼튼하고 지구력이 우수하여 승마용으로 활용.

의 어깨에 콧등을 가까이 가져다 댔다.

앞에 아키라, 그 뒤에 레오, 이렇게 두 사람이 앞뒤로 포개듯이 네로의 위에 걸터앉았다. 레오는 아직 오른손이 완전히 낫지 않았기 때문에 고삐는 아키라가 쥐었다.

요 몇 주 동안 말들과 더욱더 교류를 돈독히 하면서 승마 자체도 꽤 늘었다고 레오 교관에게 칭찬의 말을 들었지만, 유감스럽게도 둘이서 말을 타는 건 처음이기 때문에 가장 느린 걸음으로 신중하게 말을 달리게 했다. 뒤에서는 파고도 터벅터벅 따라왔다.

"주먹과 다리 쓰는 법이 좋아졌어. 말의 움직임에도 꽤 익숙해졌군."

아키라는 뒤에 앉은 레오가 치켜세우는 말을 들으면서 말을 이끌어 과수원을 가로질러 뒷문을 빠져나간 후, 약간 높은 언덕을 올랐다.

비탈에 펼쳐진 포도밭도 서서히 색을 띠었고, 휘어지게 열린 네로 다볼라 송이가 수확일이 머지않았음을 알려주고 있었다.

언젠가 레오와 걸어서 올랐던 구릉의 정상에 드디어 도착했다.

말 위에서 바라보니 전에 왔을 때보다 훨씬 시야가 환하게 트여 보였다.

"굉장해……."

180도 파노라마뷰에 저도 모르게 감탄의 소리가 새어 나왔다.

진한 초록색에서 금색 언덕으로 깊은 색조를 띠는 그러데이션을 그리는 풍윤한 대지.

눈이 뜨이는 것 같은 청록색 지중해와 하늘이 띠는 푸른 색의 조합.

그리고 시칠리아의 상징 에트나 산.

오늘의 에트나 산은 가로로 길게 뻗친 구름을 두르지 않은 채 그 웅대한 모습을 당당히 드러내고 있었다.

아키라는 한 장의 완성된 그림 같은 광경을 한동안 넋을 잃고 바라보고 난 후, 예전에 레오가 여기서 마찬가지로 에트나 산을 바라보며 하던 말을 떠올리고는 불쑥 중얼거렸다.

"확실히……, 에트나 산 앞에 있으면 내가 얼마나 보잘것없는 존재인지 뼈저리게 깨닫게 돼."

그러자 등 뒤에 있던 레오가 아키라의 몸에 두르고 있던 왼손에 힘을 주고 꽉 껴안았다.

"나에게 네 존재는 결코 작지 않아."

레오는 깊은 테너톤으로 속삭였다.

"이미 너 없는 생활을 생각할 수 없을 정도로 커."

"응……, 나도야."

고개를 꾸벅 끄덕이는 아키라의 귀에 살며시 입술이 닿았다. 그대로 부드러운 키스를 몇 번인가 한 다음, 레오가 이름을 불렀다.

"아키라."

"응?"

레오는 뭔가를 주저하는 듯 한 박자 간격을 두고 이야기를 시작했다.

"옛날에……, 미카에게 물어봤던 적이 있다. 그만큼 귀여운 아들을 두고 왜 집을 나왔는지."

"…………."

아키라는 당돌하게 느껴지는 타이밍에 어머니의 이야기가 나와서 당혹스러웠다.

그 이야기는 오랫동안 자신의 안에서 터부가 되어 있었다. 끝까지 파고들면 괴로워지기 때문에 스스로 봉인하고 생각하지 않고자 해 왔다.

그러나 레오가 일부러 이야기를 꺼낸 이상, 전하고 싶은 뭔가가 있을 것이다. 각오를 다진 아키라는 "그래서?" 하고 이어지는 말을 재촉했다.

"너희 아버지로부터 일방적으로 절연당했다더군."

"아버지가?!"

처음 듣는 사실이라서 무심결에 큰 소리가 나오고 말았다.

"원래 미카는 유복한 명문 가문에서 태어난 딸로, 너희 아버지와는 신분이 다른 상황에서 파란만장한 연애 끝에 맺어졌다고 한다. 야쿠자와 하나가 되는 데 앞서 당연히 부모님으로부터는 엄청난 반대를 받았고, 특히 부친이 깊이 분노하는 바람에 본가에서 의절당했나 보더군."

"의절……. 그랬구나."

어머니가 유복한 환경에서 곱게 자란 건 알고 있었지만, 생가에서 의절당한 이야기는 처음 들었다.

"딸의 의절 소식에 충격을 받은 본가의 모친이 가슴앓이를 하던 끝에 병으로 쓰러졌고, 미카는 모친을 간병하고 싶다고 빌었지만 의절당한 몸으로는 허락되지 않았지. 그런 미카를 위해 너희 아버지가 먼저 절연을 제안했다고 하더군. 다만 당시에는 무조건 '절연한다. 당장 나가. 아키라는 후계자니까 두고 가라.'라고 명령하기만 하는 탓에 엄청나게 상처 입었나 보더군."

"…………."

자신의 심정을 구태여 이야기하지 않는 점이 말재주가 없는 아버지답다고 생각했다. 그렇게까지 해서 단호하게 내치지 않으면 어머니가 나가지 못할 거라고 생각했을 것이다. 자신을 두고 가라고 했던 것도 야쿠자의 피를 이어받은 손자를 할아버지가 받아들이지 않을 거라는 생각에서 그랬을지도 모른다.

"미카는 남편에게 새 여자가 생겼다고 생각하고 울면서 하야세가를 나와 본가로 돌아갔다. 그리고 모친의 임종을 지켜본 후, 상심한 마음을 그대로 품은 채 이탈리아로 건너왔지. 그 이후의 이야기는 네가 에두아르에게서 들은 대로야. ……아버지와 재혼하여 루카가 태어나고 나서 힘든 추억으로 봉인하고 있었던 첫 결혼을 돌아볼 마음의 여유가 생겼고, 그때 남편의 처사는 자신을 생각해서 했던 일이었음을 서서히 이해하게 되었다고 나한테 이야기했었지."

"……야쿠자가 싫어서 집을 나간 게 아니었어?"

아키라는 레오가 말을 끊길 기다렸다가 조금 멍한 표정으로 중얼거렸다. 어머니가 집을 나가 행방을 감춘 배경에 그런 사정이 있었을 줄은 전혀 몰랐다.

"틀림없이 그런 줄 알았어⋯⋯."

"미카는 항상 너를 걱정했다. 어린 네 사진을 화장대에 두고 매일 말을 걸곤 했지. 시칠리아에서 재혼하고 새로운 행복을 찾았어도, 일본에 남기고 온 아들을 잊은 날은 하루도 없었을 거야."

레오의 진지한 목소리를 듣고 있는 사이에 오랜 세월 동안 꽉 막혀 있던 가슴이 서서히 녹아내리는 것을 느꼈다.

줄곧 어머니에게 버려졌다고만 생각했으나 그렇지 않았다.

'⋯⋯사랑받지 않았던 게 아니었어.'

복받치는 감회를 곱씹고 있으려니, 레오가 조용히 물었다.

"'하야세파'에는 이제 정말 미련이 없어?"

애당초 아키라가 야쿠자 가업을 무척이나 싫어했던 건 어머니가 자신과 아버지를 두고 나간 일이 가장 큰 원인이었다. 그것이 오해였음을 알게 된 지금, 새삼 스스로에게 물어보았다.

할아버지가 세우고 아버지가 끝까지 지킨 하야세파. 그 하야세파를 이을 마음이 자신에게 있는가?

아마 자신이 잇고 싶다고 말하면 핏줄을 중시하는 지금의 두목은 기뻐하며 우두머리의 자리를 내줄 것이다.

천천히 생각한 후, 아키라는 고개를 가로저었다.

"옛날의 그 좋던 임협의 시대는 끝났어. '하야세파'도 예전 수입 그대로로는 꾸려 나갈 수가 없어서 다른 조직 산하에 들어갔고. 새로운 시대의 흐름 속에서 살아남기 위해 간부들이 선택한 길이기 때문에 내가 이러쿵저러쿵 할 말은 없는 데다, 그들이라면 새로운 체제 아래에서도 조만간 두각을 드러내겠지. 단, 할아버지와 아버지가 사랑했던, 작지만 독립을 유지하던 '하야세파'가 이미 존재하지 않는 이상, 나한테는 이제 전혀 미련이 없어."

아키라는 망설임이 없는 말투로 딱 잘라 말하고는, 몸을 비스듬히 돌려 뒤에 있는 레오를 보았다.

"너야말로……, 괜찮아?"

"괜찮냐니?"

"그러니까……, 그, 후계자라든가."

얼마 전부터 신경이 쓰이던 일을 큰 마음 먹고 입에 담았다. 그러자마자 레오가 부루퉁해졌다.

"후계자? 결혼은 안 한다고 말했잖아?"

"응……, 그래도."

── 평생 아내는 들이지 않을 거야. 너만을 영원히 사랑할게.

병원에서 퇴원한 날 밤, 레오는 선조들의 역대 초상화가 걸린 자가용 예배당에서 엄숙하게 맹세했다.

그 맹세는 울고 싶을 만큼 기뻤다.

하지만 이대로 로셀리니가의 당주가 독신을 관철하는 일이 정말로 허락될까?

"내가 결혼하지 않아도 에두나 루카의 자식이 이을 수 있고, 두 사람이 자식을 얻지 못한 경우에는 우리 대에서 끝내도 좋다."

그 말은 무척 의외였다.

레오는 마피오소의 자손인 자신과 로셀리니 가문에 긍지를 가지고 있다고 생각했기 때문이다.

"그저 오로지 가독을 존속시키기 위해서 자손을 남기는 건 어리석은 짓이야."

"…………."

"임협의 종언과 마찬가지로 마피아가 마피아답게 살아가는 건 어려운 시대니까 말이지."

아키라는 멀리 에트나 산을 쳐다보는 레오의 옆얼굴을 바라보면서 저번에 단테에게서 들었던 이야기를 떠올렸다.

소동이 있고 나서 로셀리니 패밀리에서 추방당한 마리오는 아무래도 미국으로 건너간 모양이다. 코사 노스트라가 지휘하는 신천지에서 반격을 꾀할 속셈일까?

원래 '패밀리'에 부정적인 에두아르도 있으니, 로셀리니 패밀리는 이렇게 서서히 마피아로서 실체를 잃어 갈지도 모른다.

시대의 흐름은 아무도 막을 수 없다.

'하지만……'

그래도 변하지 않는 것이 있을 터.

거듭되는 침략과 점령, 지진과 분화, 전쟁과 압제 정치 등 —— 가혹한 역사의 거친 파도에 휩쓸리면서도 압도적인 아름다움을 잃지 않고 계속해서 풍윤한 열매를 맺는 시칠리아의 대지처럼.

"앞으로 말인데……"

에트나 산에서 시선을 돌린 레오가 아키라를 쳐다보며 말했다.

"만약 네가 바란다면 일본에 돌아가도 좋아."

아키라는 생각지도 못한 연인의 제안에 눈을 휘둥그레 떴다.

"레오?"

"지금 이곳에 네가 있는 건 네 스스로의 의지가 아니다. 내가 억지로 납치하지 않았다면 넌 이 땅을 밟을 일도 없었을 거야. 물론 난 이 【팔라초 로셀리니】에서 함께 지내길 원하지만, 그것과 우리가 서로 사랑하는 건 또 별개의 이야기야. ……난 네게 억지를 쓰고 싶지 않다."

"레오……."

예전에는 억지로 빼앗기만 했던 폭군이 자신의 욕망을 억누르면서까지 아키라의 의사를 존중하고자 해주는 데 깜짝 놀랐다.

"떨어져서 지낸다고 해도 마음까지 떨어지는 건 아니야. 게다가 내가 자주 만나러 가면 되니까."

아키라는 한층 더 믿음직스럽게 성장한 남자의 칠흑 같은 눈동자를 눈부신 것이라도 보는 것처럼 두 눈을 가늘게 뜬 채 바라보고 나서 천천히 입을 열었다.

"제안하고 싶은 게 하나 있는데."

"제안?"

"네로 다볼라가 얼마나 훌륭한지 세계에 널리 전하기 위해서는 전략적 접근이 필요해."

"…………."

아키라는 갑자기 무슨 말을 꺼내나 싶어 수상쩍은 표정을 짓는 연인에게 생긋 미소를 보였다.

"일본어 말고도 영어, 이탈리아어, 불어, 독일어를 할 줄 아는 데다, 무역과 인터넷 비즈니스 경력이 있는 우수한 홍보 직원을 고용할 생각은 없어?"

"……아키라."

아무래도 아키라가 하고자 하는 말을 알아챘나 보다. 레오의 미모가 천천히 녹아들어 갔다.

"어학에 능통한 데다 무역과 인터넷 비즈니스에 밝은 미인 홍보직원을 우리 로셀리니 그룹의 일원으로서 아무쪼록 맞아들이고 싶군."

아키라는 필요 이상의 형용사를 멋대로 덧붙인 레오의 앞에 손가락을 하나 세웠다.

"단, 이쪽도 조건이 하나 있어."

"조건?"

"종신 계약밖에 받아들이지 않을 거야. 중도 해고는 허락하지 않을 테니, 그렇게 알고 있어."

그 직후, 여태까지 중에서 가장 행복한 미소를 지은 레오가 왼팔로 아키라를 끌어안았다.

상체를 비틀며 연인의 어깨에 손을 댄 아키라는 평생의 반려자인 새로운 보스와 달콤한 계약의 키스를 나누었다.

첫 여행

9월 말.

네로 다볼라 수확 시즌이 찾아왔다. 마을 사람들이 총출동하여 밭으로 나가 정성스럽게 키운 포도를 땄다.

아키라도 줄리오에게 부탁하여 포도 수확에 참가했다.

포도 따기에 숙련된 마을 사람들에게 비법을 배우면서 한 송이, 한 송이를 정중하게 가위로 잘랐다.

이때 중요한 점은 자른 그 자리에서 바로 음미하고 부패한 열매나 아직 덜 익은 열매가 달린 송이를 수확물 바구니에 넣지 않도록 하는 것이다.

선별 기준에 대해서는 줄리오가 엄하게 전달했다.

조금 썩은 것 같은데 어쩌지? ……라고 망설일 정도라면 버려라.

무심결에 아깝다는 마음이 작용해 버리지만, 그럴 경우에는 마음을 모질게 먹을 필요가 있었다.

수확물 바구니에 가득 차면 운반용 상자에 옮겨 담는데, 그래도 그때 식별에 능한 사람이 상한 열매가 없는지를 이중으로 확인한다. 운반할 때도 상자에 한번에 채우지 않고 소량씩 옮긴다. 그때도 사람이 상자를 양손으로 안아 옮긴다.

품과 시간은 들지만, 그렇게까지 해야 겨우 포도를 상처 없이 발효 탱크까지 들고 갈 수 있다고 한다.

실제로 수확에 참가해보니, 아키라는 기계를 일체 쓰지 않고 정말로 시종일관 수작업으로 행해지는 데 놀랐다.

세상에 자동 수확기가 존재하지 않는 것도 아닌 데다, 실제로 와이너리에 따라서는 기계로 수확해서 트렁크나 덤프카로 옮기는 곳도 있다고 한다.

그러나 그렇게 함부로 다루면 모처럼 수확한 단단한 껍질을 가진 훌륭한 포도에 상처가 생겨버릴 가능성이 커진다.

열매가 상처 입으면 산화 위험성이 높아진다.

[그렇기 때문에 저희는 반드시 손으로 땁니다.]

딱 잘라 말하는 줄리오의 옆얼굴에는 여태까지 소중히 키워 온 포도를 이 단계에서 조금도 다치게 하고 싶지 않다는 의지가 강하게 감돌고 있었다.

다들 줄리오의 포도 재배에 공감하고 있기 때문에 그 생각에 찬

성하여 힘든 작업을 불평 하나 없이 맡고 있는 것일 테다.

작업 자체에는 조금씩 익숙해졌지만, 반나절이나 지나니 어깨, 팔이 근육통으로 비명을 질렀고, 허리도 아팠다.

시칠리아의 포도는 땅에서 직접 자란다. 높이도 억지로 낮게 억제하고 있기 때문에 포도를 자를 땐 계속 반쯤 일어선 엉거주춤한 자세로 있어야만 한다. 이게 제법 힘들다.

9월 말이라고는 해도 햇빛도 뜨거워서 밀짚모자를 쓰고 있어도 머리 위가 이글이글 타들어 가는 느낌이 들었다. 목에 두른 타월로 닦고 또 닦아도 계속해서 땀이 뿜어져 나왔다.

그러나 자신의 아버지나 어머니, 부모님은커녕 할아버지, 할머니 세대의 나이 든 사람들이 척척 작업하는 모습을 보니 우는 소리는 할 수 없었다.

나이 든 사람만이 아니었다. 아이들도 제대로 도와주고 있었다.

이렇게 어렸을 적부터 작업에 참가하고, 장래에는 우수한 포도 재배자가 되어 가는 것이다.

게다가 지금 수확하고 있는 것은 아키라가 이 땅에 오고 나서 성장을 지켜보던 포도였다.

올해 네로 다볼라는 최고 수준의 작황이라고 자랑하던 줄리오의 말대로, 알이 크고 껍질이 두꺼우며, 검은 보석처럼 윤기 있게 빛나고 있었다.

덩굴이 휠 정도로 탄탄하게 열매를 맺은 검은 과실의 묵직한 무게를 손으로 받아 들자, 잘도 이렇게 훌륭하게 컸구나, 하고 감회가 복받쳤다.

자신의 눈으로 직접 수확을 지켜보는 일은 이루어지지 않을 거라고 한 번 포기했었기 때문에 더더욱 감회 깊은 부분이 있었다.

될 수 있으면 한 알도 빠지지 않고 맛있는 와인이 되길 바랐다.

아키라는 소원을 담아 손에 들고 있던 그 한 송이를 바구니에 넣은 다음, 다음 한 송이에 손을 대고 가위질을 했다.

*　　*　　*

"정말로 수확에 참가했어?"

그날 밤 늦게 팔레르모에서 돌아온 레오가 목에 맨 넥타이를 풀면서 말했다. 먼저 벗은 겉옷은 단테가 받아 들어 손질을 하기 위해 행거에 걸었다.

"했어⋯⋯. 다들 이것저것 알려줬어."

아키라는 레오의 방에 있는 카우치소파에 앤티크 기모노 차림으로 누운 채 나른하게 대답했다.

목에서 뺀 넥타이를 손에 든 레오가 씨익 웃었다.

"힘들었지?"

아키라는 그 얼굴을 보고 울컥했지만, 지금 현재 몸을 일으킬 수 없을 만큼 엄청나게 피로한 건 틀림없는 사실이었기 때문에 분하지만 부정할 수 없었다.

이래저래 하루치 노동량은 끝냈지만, 그 단계에서 이미 몸을 똑바로 펼 수 없을 만큼 허리가 욱신욱신 아팠다. 기듯이 저택으로 돌아와서 욕조에 오랫동안 몸을 푹 담그고 나서야 겨우 조금 아픔이 가신 참이었다. 그래도 아직 서는 게 힘들었기 때문에 귀가한 레오를 현관까지 마중 나갈 수 없었다.

어깨도 아프고, 팔도 나른해서 들 수가 없었다.

"지금부터 그러면 내일은 더 지독한 근육통이 올 텐데."

레오가 으름장을 놓았다. ……못된 남자다.

아키라가 수확을 돕고 싶다는 말을 꺼냈을 때, 레오는 반대했다. 초짜가 갑자기 참가할 수 있을 만큼 만만한 일이 아니라면서.

레오는 그 반대를 무릅쓰고 참가한 점이 마음에 들지 않는 것이다.

"내일은 얌전히 견학해."

아키라는 레오의 명령조에 점점 화가 치밀었다.

"괜찮아. 하룻밤 자면 나아."

"글쎄? 오히려 모두에게 거치적거리지 않을까?"

"줄리오의 말로는 아키라 님께서 무척 열심히 일하셨다고 합니다. 포도 따는 멤버의 일원으로서 훌륭한 전력이 되셨다면서요."

보다 못한 단테가 아키라를 감싸주었다.

"뭐……, 조금이라도 전력이 되었다면 다행이지만."

단테의 말에는 왠지 만족스러운 표정을 지은 레오가 너그러운 말을 내뱉었다. 단테에게 넥타이와 커프스 단추를 건네고는, 아키라가 드러누운 카우치소파에 다가갔다.

한동안 상공에서 내려다보고 있던 레오가 "고생했어." 하고 말을 걸었다.

노고를 위로하는 말에 아키라도 전투 모드를 풀었다.

"아니……, 내 손으로 따보고 싶었으니까. 나도 조금은 연관된 포도잖아."

"그래. 넌 곧잘 포도를 돌봤지. 덕분에 올해 작황은 최고 수준이야."

"레오……."

자신을 가만히 내려다보는 검은 눈동자와 눈이 맞았다. 레오가 서서히 두 눈을 가늘게 떴다. 그는 자애로 넘치는 눈빛으로 아키라를 바라보았다.

"허리 아프지? 나중에 주물러줄게."

"……고마워."

결국 자신은 기본적으로 거만한 폭군이 때때로 보이는 다정한 일면에 약하다. 인간으로서 느슨할 때와 팽팽할 때가 조화되었다고 할까. 이 상황에 레오가 그저 다정하기만 한 남자였다면 이렇게 마음을 빼앗기는 일은 없었을지도 모른다.

"그러고 보니 그쪽은 어땠어?"

문득 뭔가를 떠올린 아키라는 반대로 물었다.

오늘 레오는 팔레르모에 정기 검진을 다녀왔다.

사촌인 마리오가 쏜 총알을 맞고 쓰러진 여름부터 경이적인 회복력으로 부활한 레오는 이미 목발 없이도 걸을 수 있게 됐다.

걷는 모습을 봐도 예전과 전혀 다르지 않았다.

그러나 만일을 위해 한 달에 두 번 간격으로 수술을 담당한 의사에게 진찰을 받았다. 경과 관찰이라는 것이다.

"꽤 양호하대. 전혀 문제 없어. 다음 진찰은 3개월 후로 잡자고 하더군."

"그래…… . 다행이다."

재활 치료를 겸해 등산을 하거나 승마를 하는 등 지나치게 건강할 정도라서 걱정은 하지 않았지만, 그래도 역시 안도했다.

'후유증이 남지 않아서…… , 정말 다행이야.'

"이걸로 정식으로 의사의 보증을 받았는데. —— 아키라, 다음 달에 여행 가지 않겠어?"

당돌한 제안에, 아키라는 "뭐?" 하고 목소리를 높였다.

"여행?!"

"일에 복귀하면 쉬는 날을 그리 쉽게 잡을 수가 없어져. 너도 일하기 시작할 거고."

레오의 복귀와 동시에 아키라도 로셀리니 그룹의 일원이 되어 홍보 직원으로 팔레르모 사무실에 근무하기로 정해졌다.

"너, 시칠리아는 팔레르모와 이곳밖에 모르잖아?"

그 말은 사실이었다. 오랫동안 이【팔라초 로셀리니】에 사로잡힌 몸으로 있었던 데다, 레오의 부상이 나을 때까지 옆에 붙어 있었기 때문에 거의 이 땅을 나간 적이 없었다.

레오가 입원했던 동안에는 팔레르모의 별장에 머물렀지만, 관광

을 할 만한 마음의 여유가 없어서 별장과 병원을 왔다갔다 하기만
하고 끝났다.

"여행 말씀이십니까? 좋은 생각이십니다!"

아키라가 대답하기 전에 단테가 들뜬 목소리를 냈다.

"시칠리아에는 역사적 가치가 높은 건축물이나 풍광명미한 관광
지가 많습니다. 아키라 님, 아무쪼록 꼭 다녀오십시오."

이 섬에서 태어나고 자란 단테에게도 시칠리아의 명승구적은 자
랑거리일 것이다. 그는 여행을 몹시 추천했다.

"다음 달 초에는 수확도 끝나서 작업도 일단락될 테니, 다른 와
이너리 시찰을 겸해 3박 4일 정도는 어때?"

"와이너리 시찰……."

그 또한 매력적인 제안이었다. 앞으로 할 일을 생각하면 다른 지
역의 와이너리가 어떤 식으로 홍보 활동을 하며 마케팅을 전개하고
있는지 봐 두고 싶었다.

아니, 일에 도움이 되는 건 물론 매력적이지만, 무엇보다도…….

'레오와 첫 여행.'

생각만 해도 가슴이 뛰었다.

"다쳐서 걱정을 끼쳤으니까. 사과할 겸 말이지."

아키라는 레오가 덧붙인 말을 듣고 웃었다. 폭군인 것 같지만 제
대로 상을 주는 걸 잊지 않는다. 훌륭한 군주님이다.

"알았어. 여행 가자는 그 제안, 감사히 받아들일게."

레오의 얼굴이 아키라의 대답을 듣고는 환하게 밝아졌다. 아키

라는 극적으로 변한 그의 표정을 보고 깜짝 놀랐다.

'설마……, 거절당할 수도 있다고 생각한 건가?'

만약 그렇게 생각해서 내심 두근거리고 있었다면.

그 반동으로 한층 위압적인 태도를 취했던 거라면…….

엄청 귀여워!

레오가 큭큭큭 웃기 시작한 아키라를 보며 한쪽 눈썹을 치켜 올렸다.

"뭐야? 왜 웃는 거야?"

이상하다는 듯이 물었다. 아키라는 그 물음에는 대답하지 않고 레오를 내팽개친 채 한동안 웃고 나서 "아무것도 아니야." 하고 고개를 저었다.

"……여행, 기대하고 있을게."

아키라는 눈가의 눈물을 손가락으로 닦아 내고는, 사랑스러운 폭군을 향해 생긋 미소 지었다.

*　　　*　　　*

여행 계획은 레오가 세워주었다.

이동에는 자가용 비행기를 사용하며, 시칠리아 섬 안의 주요 와이너리를 세 군데 돌 예정이다.

첫 번째는 아그리젠토 멘피에 있는 정상급 와이너리.

두 번째가 마르살라에 있는 마르살라 와인과 단맛을 띠는 파시토[41]제조가 특기인 와이너리.

세 번째가 트라파니에 있는 신진 기에 와이너리.

레오가 줄리오와 상의를 거쳐 이왕이면 유형이 다른 와이너리를 보는 편이 견문을 넓힐 수 있다며 이 세 군데를 고른 것 같았다.

각각의 와이너리에 타진했더니 수확으로 바쁜 시기임에도 불구하고 흔쾌히 방문을 받아주었다.

와이너리 시찰이 주목적이긴 하지만, 주변의 마을이나 관광 명소를 돌 예정도 짜 놓았다. 각지에서 1박, 총 3박 4일 여행이다.

떠나는 날에는 운 좋게도 하늘이 맑았다.

시칠리아는 이 시즌에 비만 내리지 않으면 가을이 되어도 따뜻하다. 하늘이 쾌청해서 멀리 있는 경치까지 훤히 전망할 수 있었다.

더위는 한풀 꺾여 여름만큼 햇빛도 강하지 않으니 아그리젠토 유적을 보고 돌아다니는 데는 최고로 좋은 날일 것이다.

"다녀 오십시오. 다니는 길 조심하시고요."

아키라와 레오는 단테와 저택 사용인들의 배웅을 받으며 저택 안의 자가용 비행기 이착륙장을 출발하여 여행을 떠났다. 비행기에 탄 멤버는 조종사과 부조종사 두 명과 레오와 아키라를 합해 총 네 명이었다.

아그리젠토에 도착하자 곧바로 고고학 지구로 향해 '신전의 계곡'을 견학했다. 현지 가이드를 한 명 고용하여 헤라클레스 사원, 테론의 무덤, 콩코르디아 신전과 그리스 시대의 유적을 돌아보았다.

---

41 파시토: 수확 후 자연 건조시켜서 당도를 높인 포도로 만든 매우 달콤한 디저트 와인.

날씨가 좋은 탓인지, 도착했을 때는 이미 많은 단체 관광객이 평온한 전원 지대를 산책하고 있었다.

[이 주변 일대는 일찍이 아크로폴리스였던 구시가지 바로 아래에 펼쳐진 대지(臺地)입니다.]

아키라는 가이드의 설명에 귀를 기울였다.

[아크로폴리스……]

[고대 그리스 도시의 성새입니다. 자연 상태의 언덕을 방벽으로 굳힌 다음, 그 안에 신전을 세운 거죠. 군사적 목적이라기보다는 종교적, 정신적 중심지였으며, 사람들에게는 성지가 되었습니다.]

구름 한 점 없는 맑은 가을 하늘을 배경으로 삭아 가는 엔타시스[42]가 즐비한 모습은 장대하면서도 어딘가 신비적이었다.

이런 광경을 보니 일찍이 시칠리아가 그리스의 지배하에 있었다는 사실을 실감할 수 있었다. 그 후, 로마, 반달, 동고트, 동로마, 이렇게 몇 천 년에 걸쳐 계속해서 타국에 세금을 착취당했다. 게다가 이슬람의 지배 시대를 거쳐 노르만, 스페인…….

가이드의 설명을 들어도 머리가 혼란스러웠다.

전에 레오가 "시칠리아의 역사는 곧 침략의 역사다."라는 말을 한 적이 있는데, 그 말에 과장된 부분은 하나도 없었음을 느꼈다.

아키라는 곁에 서 있는 남자를 힐끔 돌아보았다.

셔츠에 재킷을 걸치고 선글라스를 쓴 레오도 황토색 응회석 기둥을 가만히 쳐다보고 있었다. 아키라는 실은 레오도 아그리젠토

---

42 엔타시스: 고전 건축에 사용된 원주의 약간 불룩한 곡선부.

의 유적을 보는 건 처음이라는 사실을 비행기 안에서 알았다. 본고장 사람들은 그 지역의 관광지화된 곳에는 무심할 정도로 발걸음을 옮기지 않는 법일지도 모른다. 아키라도 일본의 유명한 관광지와는 그다지 인연이 없었다.

이번에는 아키라를 위해 특별히 유적 답사를 짜 넣어준 것일 테다.

선글라스에 감추어진 검은 눈동자는 무슨 생각을 할까?

오랫동안 계속해서 이국에 착취되어 온 시칠리아.

같은 섬나라라도 일본과는 상황이 전혀 다르다.

일본인인 자신이 하루아침에 그들의 복잡한 마음을 이해할 수는 없을 것이다.

'하지만 난……, 이해하고 싶어.'

이 섬 사람들을. 그들의 긍지와 깊은 향토애를.

이곳에서 사랑하는 사람과 함께 살아가기로 결심했으니까.

새삼 그 결의를 가슴에 되새기고 있으려니, 레오가 "모처럼 왔으니 더 가까이까지 가보자." 하고 재촉했다.

"……응."

아키라도 먼저 가는 관광객들을 쫓으며 레오와 걷기 시작했다.

*　　*　　*

두 사람은 유적을 둘러본 후에 리무진을 타고 멘피에 있는 와이너리로 이동했다. 비행기 조종사들에게는 구시가지에 호텔을 잡아

주고 내일 합류할 때까지 자유 시간을 주었다.

현지 가이드와도 헤어진 후, 레오와 아키라 둘이서 와이너리【그란데】로 향했다.

"【그란데】는 일찍부터 세계 시장을 눈여겨보고 세계 품종을 들여왔어. 또한 향토 품종 재배에도 힘을 들이고 있지. 이곳 창업자인 조반니와 우리 줄리오는 오랜 친구이자 좋은 라이벌이야."

"오오. 줄리오와……."

"둘이서 절차탁마해서 시칠리아 와인의 기초를 쌓아 올려 왔지. 현재 조반니는 몸이 안 좋아서 입원한 상태이고, 그의 아들들과 손자들이 사실상 와이너리를 움직이고 있어."

레오의 설명을 들으며 리무진을 타고 찾아간【그란데】는 그야말로 모던풍으로 지어진 와이너리였다. 유리를 많이 사용한 근대적 건물은 중세 귀족 저택인【팔라초 로셀리니】와는 정반대였다. 5년 전쯤에 막 다시 지은 참이라는 이야기를 듣고 납득했다.

【그란데】는 시칠리아 각지에 포도밭을 소유하고 있지만, 이곳 멘피에 본사 기능을 집약시켰다고 한다.

[세뇨르 로셀리니!]

현관 옆 주차장에 댄 리무진에서 내리자, 건물 입구에서 키가 큰 남자가 마중을 나왔다. 검은 머리를 짧게 깎았으며, 디자인을 중시한 안경을 쓰고 있지만 제법 잘생긴 남자였다. 나이는 20대 중반 쯤일까? 이렇게 젊은데 홍보를 담당하고 있으니 와인에 관한 지식이 상당할 것이다.

[기다리고 있었습니다.]

[살바토레, 오랜만이군.]

레오가 환영의 뜻을 보이며 양팔을 벌린 남자를 가볍게 포옹하고는 등을 톡톡 두드렸다.

[바쁜 와중에 미안하네.]

[당치도 않습니다. 로셀리니가 당주를 뵐 수 있어서 영광입니다. 마에스트로 줄리오는 잘 지내시나요?]

[그래, 잘 지내. 지금은 한창 와인 만들 준비 중이라 바빠.]

[아직 현역이시니 믿음직스러울 뿐이네요.]

미소 짓던 살바토레가 안경 너머로 아키라를 보았다. 레오가 그 시선을 알아채고 소개했다.

[아키라 하야세다. 이번에 우리 홍보를 맡게 됐어. 아키라, 【그란데】의 PR과 마케팅 담당인 살바토레다. 조반니의 손자에 해당하지.]

살바토레가 오른손을 내밀며 [처음 뵙겠습니다. 살바토레 벨리나라고 합니다.] 하고 이름을 댔다. 아키라도 그가 내민 손을 잡으며 [벨리나 씨, 처음 뵙겠습니다. 하야세입니다.]라고 자기 소개를 했다.

[죄송합니다. 아직 명함이 없어서요.]

[괜찮습니다. 괜찮으시면 나중에 휴대전화 번호를 교환하죠. 일본분이신가요?]

[네, 도쿄에서 왔습니다.]

[이탈리아어를 정말 잘하시네요.]

살바토레는 겉치레 인사를 하고 나서 [전에도 이쪽 일을 하셨나요?]라고 물었다.

[수입 식재료를 취급하는 인터넷 쇼핑몰 회사에 8년 정도 근무했습니다. 유럽 담당이었지만, 와인은 전문이 아니었기 때문에 공부 중입니다.]

[호오…….]

두 눈을 휘둥그레 뜬 살바토레가 [그 정도면 충분한 경력이군.] 하고 중얼거리더니, 레오를 돌아보았다.

[프로 홍보 담당을 고용하다니, 드디어 잠자는 사자가 진심으로 나오시는 겁니까?]

[잠자는 사자?]

아키라가 의아하다는 듯한 목소리를 내자, 살바토레가 미소를 지었다.

[네로 디볼라 붐의 주역 —— 마에스트로 줄리오를 거느리는 귀족의 와이너리. 그 실력은 국내에서 높게 평가되어 왔지만, 지금까지 적극적으로 세계에 진출하는 일은 없었습니다. 그 희소성 때문에 와인에 정통한 사람들 사이에서는 환상의 와인이라고도 일컬어지며 고가에 거래되고 있지만요.]

[…………]

로셀리니가 와인 사업에 그다지 본격적으로 나서지 않는 건 다른 와이너리와는 달리 와인으로 먹고사는 게 아니라는 이유가 클

것이다. 영지에 사는 주민들이 생활해 나갈 수 있을 만큼만 수익을 올릴 수 있으면 된다는 것이 솔직한 심정일지도 모른다.

그리고 잠자는 사자 —— 라는 비유는 로셀리니 가문(家紋)의 사자에서 유래한 것 같았다.

[이탈리아 와인 르네상스라 불리는 1970년대 이후 진행된 급속한 이탈리아 와인의 근대화. 그 첫걸음은 당시에는 와인 산지로는 전혀 무명이었던 토스카나에 보르도 품종을 심은 어느 한 귀족의 '착상'이었죠.]

살바토레가 마치 노래하듯이 혼잣말했다.

[마리오 인치사 델라 로케타 후작의 사시까이아 말인가?]

레오가 해답을 입에 담았다.

[맞습니다. 슈퍼 투스칸[43]의 대유행을 불러일으킨 사람이죠. 지금까지도 귀족의 변덕이 슈퍼 와인을 낳은 경위가 있습니다. 천재라 불리는 양조가와 결속력이 높은 포도 농가를 떠안은 당신이 전속 홍보 담당을 고용했습니다. 레오나르도, 저는 시칠리아 와인이 앞으로 어떻게 성공할지 그 열쇠를 쥔 사람은 당신이라는 점에 주목하고 있습니다.]

[꽤나 과대평가하는군.]

레오가 모양 좋은 입술에 미소를 지었다.

---

43 슈퍼 투스칸: 슈퍼 토스카나. 침체된 이탈리아 와인 시장의 변화를 꾀하며 토스카나 지방에서 내려오던 전통을 과감히 깨고, 새로운 품종을 자국 품종과 블렌딩하여 제조된 와인을 가리킴. 사시까이아 와인의 엄청난 성공을 계기로, 해외에서는 이탈리아 와인 중 최고급 와인으로 평가받고 있음.

[저희도 멍하니 있을 수는 없겠네요.]

[오늘은 공부하러 왔다. 잘 부탁하네.]

레오가 저자세로 나가자, 살바토레가 어깨를 움츠렸다.

[무서워라. ……아니요, 물론 될 수 있는 한 협력하겠습니다. 할아버지와 마에스트로 줄리오는 와인이라는 같은 젖을 먹고 자란 형제와 다름없으니까요.]

[조반니의 상태는 어떤가?]

[……별로 좋다고는 할 수 없겠네요. 와인 제조 준비가 좀 안정되고 나서라도 상관없으니, 마에스트로 줄리오가 얼굴을 보여주시면 좋겠습니다. 할아버지도 맹우를 만나면 분명히 기운이 나실 겁니다.]

[알았다. 그렇게 전하지.]

[고맙습니다.]

살짝 고개 숙여 인사한 살바토레가 [그럼 바로 시설을 안내해드리죠.] 하고 말했다.

*   *   *

탱크가 나란히 놓인 양조장과 숙성통이 쌓인 셀러 같은 데는 【팔라초 로셀리니】와 비교했을 때 그다지 새롭지는 않았다. 일하고 있는 직원 수는 단연 많지만, 애당초 규모가 다르기 때문에 어떤 의미로는 당연할 것이다.

아키라의 관심을 끈 것은 살바토레가 안내해준 도서관이었다.

[이쪽에는 18세기부터 생산된 포도와 와인에 관한 장서가 갖추어져 있습니다. 컴퓨터도 완비되어 있고, 일반인이라도 사전에 신청하면 이용이 가능합니다.]

【팔라초 로셀리니】에도 서고가 있는 데다 와인에 관한 장서가 갖추어져 있지만, 이곳처럼 오픈된 공간은 아니다.

[환하고 전임 직원도 있으니 이용하기 편하겠어요.]

[실제로 연간 이용자 수가 상당합니다. 대학교 양조학부 학생들이 이용하는 경우도 많습니다. 저희 홈페이지에 장서 목록이 올라와 있기 때문에 거기서 필요한 자료를 체크할 수도 있죠.]

살바토레가 대답했다.

[우리 장서도 공개해 나가야 할지도 모르겠군.]

[그러게.]

레오가 말을 꺼내자, 아키라도 찬성했다.

[【팔라초 로셀리니】의 서고에도 귀중한 문헌이 많이 잠들어 있다. 사람에 따라서는 읽고 싶은 마음이 굴뚝같은 자료도 있을 테지.]

[저도 읽어보고 싶네요. 저희 도서관에 있는 책은 거의 다 제패해 버렸거든요.]

살바토레가 눈을 반짝였다.

[장차 각 와이너리 장서나 와인 제조에 관한 데이터를 인터넷상으로 집약시키는 것도 좋겠네요. 클라우드화해서 누구나 접속할 수 있게 한다든가.]

[아, 그거 좋네요!]

살바토레가 아키라의 아이디어를 듣고는 몸을 앞으로 내밀었다.

[젊은 사람들이 숙련된 사람의 경험치나 지혜를 쉽게 접할 수 있게 된다면 시칠리아 와인의 가능성이 무한대로 펼쳐질 거예요.]

[맞아요! 저도 항상 그렇게 얘기해요. 하지만…….]

처음에는 고조됐던 살바토레가 중간부터 목소리를 낮추었다.

[……단, 그렇게 말은 해도 좀처럼 발이 맞지 않더라고요. 각 와이너리에게 각각의 숙성법과 블렌딩은 생명선입니다. 오랜 시간을 들여 축적해 온 노하우를 무상으로 남에게 알려줄 도량이 있는 양조가나 오너는 없죠.]

[처음부터 무리라고 포기하고 있으면 아무것도 시작되지 않는다.]

레오가 가라앉은 톤으로 말한 살바토레의 이야기를 듣고선 말을 이었다.

[방금 전 이야기에 나왔던 마리오 인치사 델라 로케타 후작의 사촌인 피에로 안티노리 후작은 사시까이아를 본인들끼리 독점하지 않고 호기롭게 양조법을 공개해서 보여주었다. 그 덕분에 이탈리아 와인 전체의 수준이 올라갔지.]

[그야말로 귀족다운 행동이네요.]

[우리가 시작함으로써 찬동하는 자가 나올지도 모른다. 나도 돌아가서 줄리오에게 상의해보지. 자네도 조반니 부군께 제안해봐주게.]

[네, 그렇게 해보겠습니다.]

살바토레는 어딘가 기쁜 표정으로 고개를 끄덕였다. 레오를 바라보는 눈에는 존경의 마음과 선망이 깃들어 있었다.

살바토레의 안내로 도서관에서 오크로 만든 긴 카운터가 있는 카브[44]로 이동했다. 이 카브에는【그란데】창업 당시에 만든 올드 빈티지부터 최신 와인까지, 또한 전 세계에서 모은 와인이 저장되어 있다고 한다.

[이 카브에서는 예전에 만들어진 와인과 세계 각국의 와인을 시음할 수 있습니다. 밖에서 마시면 파산할 만한 빈티지도 이곳이라면 원가로 마실 수 있습니다.]

웃으면서 그렇게 설명해준 살바토레는 자신의 추천 와인 한 병을 땄다.

[네로 다볼라 100퍼센트로 만든 로소입니다.]

아키라는 와인잔에 따라진 루비색 와인에 코를 가져다 대고 톱노트[45]를 맡았다.

[체리와 오렌지 같은 네로 다볼라다운 향기네요.]

[그러게. 붉은 과일 향이 화려하군.]

레오도 동의했다.

다음으로 카운터 위에서 천천히 스월링을 하며 다시 한 번 향기를 맡았다.

---

44 카브: 와인을 저장하는 지하 저장 창고.
45 톱노트: 와인을 개봉했을 때 처음으로 감지되는 향.

[신선한 블루베리와 카시스의 향이 온화하게 퍼지네요.]

아키라는 아로마와 부케를 즐긴 후, 와인을 한입 머금었다. 그리고 혀로 굴렸다.

[깔끔한 산미가 느껴지고……, 고급스러운 맛이 지속되네요. 같은 네로 다볼라 100퍼센트이긴 해도 로셀리니에서 만드는 로소와는 풍미가 달라요. 우아하고, 입에 부드럽게 닿아요. ……타닌도 매끄럽고, 많이 마셔도 물리지 않는 와인인 것 같네요.]

[그러게. 우리 【ROSSO DEL LEONE】이 '동적'이라고 한다면 이쪽은 '정적'. 배가 한가득 채워지는 와일드한 그릴 요리보다도 저온 조리된 오리 요리가 맞을 것 같군. 전에는 오크통 효과가 있어서 맛이 더 파워풀했던 걸로 기억하는데.]

아키라와 레오의 말에 귀를 기울이고 있던 살바토레가 두 눈을 천천히 크게 떴다.

[두 분 다 이 로소의 특징을 정확하게 맞춰 주셨습니다.]

양팔을 벌린 살바토레가 [역시나.] 하고 감탄의 표정을 지으며 말했다.

[이건 저희 대표작입니다만, 요 몇 년 동안 양조가와 개량을 거듭하여 예전보다 가벼운 맛을 지닌 완성도를 의식했습니다.]

[그건 국제 시장을 의식한 건가요?]

살바토레는 아키라의 질문에 대해 [Si.]라고 긍정했다.

[특유의 맛이 강한 와인은 단독으로 봤을 땐 평가가 높지만, 그 반면에 요리와의 하모니에서는 너무 센 경향이 있습니다. 만인에게

받아들여지지 못하고, 레스토랑 와인 리스트에 오르기도 힘들죠.]

　[세계 전략을 생각하시는군요.]

　감탄한 목소리로 중얼거리자, 살바토레가 [그쪽도 마찬가지잖아요.] 하고 되받아쳤다.

　[일본인이 가진 와인에 대한 지식과 탐구심은 정말 훌륭해요. 일본은 시장으로서도 매력적이죠. 최근에 시칠리아 와인 수요가 급속히 늘기도 했고요. 그 점에 주목한 레오나르도는 역시 대단하다고 느꼈어요.]

　무의식중에 레오와 얼굴을 마주 보았다.

　아키라가 로셀리니 홍보 담당 자리에 취임한 건 어디까지나 레오와의 생활이 주목적이고, 일은 부산물로 생겨났지만……, 밖에서는 그렇게 보이는구나.

　[게다가 이만큼이나 되는 혀를 가진 사람은 그렇게 많지 않아요. 외모도 '기업의 얼굴'이 되는 홍보에 적합하시고요. 이렇게 딱 맞는 인재를 찾으시다니, 레오나르도는 운이 좋으시네요.]

　묘하게 치켜세우는 살바토레의 말에 아키라가 머쓱해하고 있으려니, 그가 [맞다.] 하고 스마트폰을 꺼냈다.

　[하야세 씨, 전화번호를 교환하죠.]

　[아, 네.]

　아키라도 황급히 휴대전화를 꺼내 자신의 번호를 가르쳐주었다. 살바토레가 그 자리에서 곧바로 전화를 걸었다.

　[좋았어, 이걸로 등록 완료. 앞으로도 홍보 담당자로서 유익한 정

보는 서로 공유해 나가도록 해요.]

  [잘 부탁드립니다.]

  살바토레가 생긋 웃으며 찬동을 구하자, 아키라는 진지한 얼굴로 그에 응했다.

＊　　　＊　　　＊

  그 후에는 살바토레의 아버지와 삼촌에 해당하는 【그란데】 경영진과도 이야기를 나누었고, 저녁이 되고 나서 살바토레와 셋이서 【그란데】가 경영하는 호텔로 이동했다. 오늘 밤에는 이 호텔에 숙박을 잡았다.

  객실 수는 고작 14개 방인 아담한 부티크 호텔로, 【그란데】가 소유하는 포도밭 일각에 지어졌다.

  1층 메인 레스토랑에서는 시칠리아의 최첨단 요리를 【그란데】 와인과 함께 즐길 수 있는 점이 세일즈 포인트라고 한다.

  시칠리아 요리라고 하면 세련된 부분이 약간 부족한 인상이 있지만, 이곳 셰프는 프렌치에서 수행을 한 적도 있는 신진 기예의 젊은 셰프이며(인사하러 왔는데, 정말 아직 젊었다), 맛은 물론 플레이팅에도 공을 들였다. 지역 채소를 사용한 색감도 아름다웠고, 얼핏 보면 프렌치 같았다.

  메인 요리는 암반석에서 구운 소 등심살이었다. 네로 다볼라에 고기를 재워 구운 일품 요리였지만, 그런 이유도 있어서인지 제공

된 네로 다볼라 100퍼센트 로소와 잘 어울렸다.

세 명이서 잘 마시고, 잘 먹고, 잘 이야기하다 보니 저녁 식사는 밤 아홉 시가 넘어서야 끝이 났다.

여덟 시부터 식전주를 마시기 시작하는 시칠리아에서는 이제부터가 술판이 벌어지는 시간대지만, 레오와 아키라는 내일도 아침 일찍부터 여행 일정이 꽉 차 있기 때문에 이른 시간에 실례하기로 했다.

[결국 반나절이나 붙잡고 말았군. 무척 즐거웠어. 고맙네.]

레오가 악수를 청하자, 살바토레가 그 손을 꽉 잡았다.

[저야말로 두 분을 만날 수 있어서 정말 즐거웠습니다. 일본과 다른 나라의 이야기를 많이 듣게 되어서 공부가 되었습니다. 고맙습니다.]

[살바토레, 여러모로 고마웠어.]

[아키라, 아무쪼록 또 봬요. 연락 드릴게요.]

식사 중에 완전히 마음을 터놓은 아키라와 살바토레는 서로를 퍼스트 네임으로 부르는 사이가 되었다. 두 사람도 악수를 나누었다.

[좋은 밤 보내세요.]

[푹 쉬어.]

레스토랑 앞에서 살바토레와 헤어진 후, 호텔 방으로 돌아왔다. 저녁 식사 전에 체크인을 끝내 둔 방은 2층 맨 끝에 있는 스위트룸이었다. 아마 살바토레가 호텔에서 가장 좋은 방을 잡아주었을 것이다.

메인룸에 붙은 테라스에서 라이트업된 수영장이 바로 아래에 보였다. 이미 해가 지고 말았지만, 아침이 되면 주위에 있는 포도밭을 한눈에 볼 수 있을 것이다. 이 테라스에서 아침 식사를 하면 분명히 무척 기분 좋겠지?

"좋은 호텔이네."

아키라는 테라스 난간에 기댄 채 밤바람을 쐬며 와인으로 달아오른 몸을 식히면서 말했다.

"그래……, 집처럼 마음이 편해지는 호텔이야. 직원들도 젊은 데다 의욕이 넘치고."

레오가 곁에서 마찬가지로 수영장을 내려다보며 동의했다.

"와이너리에 견학을 와서 호텔에 묵고, 레스토랑 와인을 즐긴다. 와이너리가 경영하는 호텔 입장에서는 이상적인 비즈니스 모델이야. 기회가 있으면 에두아르한테도 시찰하러 오라고 말해야겠어."

아키라는 그 말을 듣고 떠올렸다.

"그러고 보니 시칠리아에는 로셀리니 그룹의 호텔이 없네?"

로셀리니 호텔 부문은 이탈리아 각지각처를 시작으로 세계에 널리 사업을 전개하고 있지만, 본거지인 시칠리아에는 호텔을 가지고 있지 않았다.

"호텔 부문 총괄은 에두아르가 맡고 있으니까."

레오가 어깨를 움츠렸다.

"에두아르가 시칠리아를 싫어하기 때문이야?"

레오가 그 질문에는 대답하지 않고 낮게 중얼거렸다.

"그 녀석도 언젠가 고향과 마주할 수 있는 날이 오면 좋겠는데……."

레오에게 시칠리아라는 토지는 몸 일부라고 해도 과언이 아닐 만큼 소중한 존재지만, 형제 모두가 그 마음을 공유하고 있다고는 할 수 없었다. 로셀리니 3형제의 경우, 서로 어머니가 다르니 각자의 사정이라는 게 있을 것이다.

"지금은 아직……, 때가 아닐지도 모르겠군."

억지로 강요해도 좋은 결과는 생기지 않는다. 레오는 그렇게 생각하고 있는 걸지도 모른다.

"그러게……. 언젠가 그런 날이 오면 좋겠다."

아키라가 맞장구를 치자, 수영장 수면을 바라보고 있던 레오가 아키라를 향해 고개를 돌렸다. 검은 눈동자가 아키라를 지그시 쳐다보았다.

"……왜?"

"여행 첫째 날은 즐거웠어?"

레오가 다정한 목소리로 질문하자, 아키라도 미소로 대답했다.

"무척 즐거웠어. 아그리젠토 유적도 흥미진진했고, 무엇보다 다른 와이너리를 견학할 수 있어서 엄청 자극이 됐어. 살바토레와도 마음이 맞아서 얘기도 무르익고, 앞으로 홍보 일에 몰두하는 데 선배가 있으니 마음이 든든해."

중간까지는 기쁜 듯이 고개를 끄덕이던 레오가 미간을 잔뜩 찌푸렸다.

"젊은데도 야무진 데다, 무엇보다 열정과 비전을 가지고 일에 매달리고 있어. 나도 배워야겠다는 생각이 들더라고. 역시 홍보라는 일은……."

아키라는 레오가 내뿜는 불온한 공기를 깨닫고는 말을 끊었다.

'응? 아까까지 기분이 좋았는데…….'

"왜 그래? ……무슨 일 있어?"

"……아무것도 아니야."

"그런 식으로 미간에 또렷이 주름이 졌는데 아무것도 아닐 리가 없잖아?"

난간에서 몸을 일으킨 아키라가 레오의 위팔을 잡았다. 그러더니 얼굴을 가까이 대고 눈동자를 들여다보았다.

"레오?"

레오가 시선을 쓱 피했다. 거만한 레오가 먼저 눈을 피하다니, 신기한 일도 다 있다.

"마음에 들지 않는 점이 있으면 말해. 모처럼 여행 왔는데, 네가 가슴에 뭘 담아 둔 채 있는 건 싫단 말이야."

그렇게 되면 처음 온 여행이 엉망이 될 것이다.

시칠리아에 온 지 얼마 안 됐을 무렵에는 레오가 무슨 생각을 하는지 몰라서 혼란스러웠던 적이 곧잘 있었다.

하지만 마음이 통하고 나서부터는 서로 될 수 있는 한 가슴에 담아 두지 않고 말로 의사 소통을 도모하려고 하기 때문에 엇갈리는 일도 거의 없어졌는데.

"이봐, 레오, 레⋯⋯."

연인을 추궁하고 있자니, 우웅, 우웅, 휴대전화가 울렸다. 문자가 왔다. 일단 레오에게서 눈을 뗀 아키라는 재킷 주머니에서 휴대전화를 꺼냈다.

"⋯⋯살바토레한테서 왔어. '오늘은 정말로 즐거웠어요. 아무쪼록 다음에는 제가 【팔라초 로셀리니】로 찾아뵙고 싶어요.'라네. 성급하네, 벌써 날짜를 타진했어. 우리 서고가 어지간히 궁금한가 봐. 살바토레도 와인 오타쿠구나."

키득거리며 휴대전화 화면에서 얼굴을 든 아키라는 레오와 눈이 마주쳤다. 검은 눈동자에는 지금까지 본 적이 없는 종류의 '열'이 담겨 있었다. 눈동자 안에서 하늘하늘 피어오르는 듯한 그 '열'을 수상쩍게 바라보고 있으려니, 레오가 곧 입을 열었다.

"⋯⋯꽤나 마음이 맞는가 보군."

"살바토레랑?"

"⋯⋯그래. 서로 이름으로 부르면서 전화번호도 교환하고."

"그야 뭐⋯⋯, 일도 열심히 하고 머리도 좋으니 싫어할 이유가 없잖아. 살바토레도 네게 동경 비슷한 감정을 품고 있는 것 같던데?"

"내가 아니겠지."

레오가 짜증스러운 목소리로 부정했다.

"그 녀석이 마음에 들어 하는 건 너야."

레오가 이의를 받아들이지 않겠다는 강한 말투로 단정하는 바람에, 아키라는 미간을 찌푸렸다.

뭔가가 이상해. 화가 치민 듯한 표정을 보이는 레오에게 위화감을 느낀 아키라는 이윽고 뇌리에 번뜩인 가능성에 저도 모르게 "앗." 하고 소리를 냈다.

"레오……, 설마."

정말로 그런 바보 같은 일이 있나 싶긴 하지만, 생각하면 생각할수록 그렇게밖에 여겨지지 않았다.

아키라는 침을 꿀꺽 삼키고 나서 마음을 크게 먹고 그 의문을 입에 담았다.

"너……, 설마 질투해?"

레오가 꽉 힘을 주고 미간에 주름을 새겼다. 입 밖으로 내지 않으면 긍정이나 마찬가지다.

정말이야?

'질투? 레오가?'

"거짓말이지……?"

믿을 수 없다는 목소리가 무심결에 흘러나왔다.

"아니……, 말도 안 돼. 오늘 막 만났을 뿐이잖아."

레오가 무서운 얼굴로 쏘아보았다.

"하지만 앞일은 몰라. 앞으로 같은 홍보 담당으로서 이야기를 나누거나 만날 기회도 늘겠지. 적어도 그 녀석은 네게 호의를 품고 있어. 난 알아."

아키라는 연달아 주워섬기는 레오를 보고는, 한동안 멍하니 있었다.

'그 말은 즉, 레오는 내가 살바토레에게 변심할 가능성을 의심하고 있는 거야?'

터무니없는 누명에 화가 울컥 치밀었다. 아키라도 눈앞의 남자를 노려보았다.

"내가 바람필 거라고 생각하는 거야?"

"그런 생각은 안 해."

의외로 레오는 고개를 가로저었다. 그 모습을 본 아키라는 자신을 믿어준다며 안도하는 것과 동시에 뱃속에서 짜증이 치밀어 올랐다.

"그럼 왜!"

"그렇게 생각하지 않아도 불안해."

"······불안."

레오가 입에 담은, 폭군에게 도저히 어울리지 않는 단어에 허를 찔렸다.

누구보다도 아름답고 자존심이 높은 데다 강한 남자가?

"살바토레와 비교해서 내가 뒤떨어진다고는 생각하지 않아. 하지만 그렇다고 해서 네 마음이 움직이지 않는다는 보장은 없어. 사람의 마음은 붙들어 매어 둘 수 있는 게 아니니까 말이지."

혼잣말을 하듯이 중얼거린 레오가 미간에 주름을 새긴 채 눈을 감았다.

"······이런 기분이 든 건 태어나서 처음이야."

아키라는 신음하는 듯한 레오의 목소리를 듣고는 왠지 모르게 자신까지 마음이 괴로워졌다. 당황스러워하는 레오의 마음이 손바닥 보듯이 전해져 왔다.

'어떤 마음인지 이해해……'

나도 그렇다. 마찬가지다. 레오와 이렇게 되고 나서 많은 감정을
새롭게 알게 되었다.

기쁘다, 즐겁다, 그런 유쾌한 감정만이 아니었다.

분명히 혼자 있었을 때가 훨씬 강했다. 자신의 목숨 이외에 잃을
것이 없었기 때문이다.

하지만 지금은 소중한 존재가 많다. 잃고 싶지 않은 것이 많다.

그만큼 불안으로 금방 마음이 근들근들 흔들린다.

약해졌다. 진실한 사랑을 알게 된 자신은 약해졌다…….

"하지만……."

레오가 갈라진 목소리로 말하며 천천히 눈을 떴다. 그러더니 칠
흑 같은 두 눈으로 아키라를 똑바로 쳐다보며 입을 열었다.

"불행하다고는 생각하지 않아. 너와 만나지 않았다면 알지 못했
던 감정이야. 이 감정이 너를 사랑한 대가라고 한다면 난 뭐든지 받
아들이겠어."

레오가 힘찬 말투로 딱 잘라 말했다.

"레오……."

자신을 위해 질투와 불안도 받아들이겠다 —— 그렇게 말해주었다.

괴로웠던 마음속에서 다른 감정이 배어 나왔다. 따뜻하게 젖은
감정이었다.

사랑스럽다. 이 남자가 사랑스럽다.

"고마워……."

아키라는 레오에게 다가서서 그대로 체중을 맡겼다. 레오가 그를 꽉 껴안아주었다.

조금 괴로울 정도로 느껴지는 그 포옹이 기분 좋았다.

레오가 아키라의 머리에 입술을 묻고는 속삭였다.

"아키라……, 사랑해."

아키라는 연인이 자아내는 사랑의 말에 몇 번이나 고개를 끄덕이며 "나도 사랑해." 하고 넘쳐흐르는 마음을 입에 담았다.

*　　　*　　　*

침실 침대에 앉은 아키라의 발밑에 긴 다리를 굽힌 레오가 무릎을 꿇었다.

"레오……, 그런 짓 하지 마."

적어도 귀족의 피를 이어받은 남자에게 그런 자세를 취하게 하는 게 마음이 내키지 않아서 그만하라며 제지했지만, 레오는 "내가 하고 싶어서 하는 거야."라고 말하며 양보하지 않았다.

아키라의 가죽 구두에 손을 댄 레오가 끈을 풀고 벗겼다. 한쪽 발씩 벗기고, 게다가 실크 양말까지 벗겼다. 그러더니 맨발이 된 발등에 입을 맞추었다. 아키라는 입술의 열기에 몸을 흠칫 떨었다.

레오는 몇 번이나 입을 꾹 대고 나서 천천히 몸을 뗀 후, 무릎을 꿇고 상체를 일으켰다.

그러더니 아키라의 허리에 손을 뻗어 트라우저스 똑딱단추를 풀었다. 지퍼를 내리고 앞을 느슨하게 푼 다음, 아직 부드러운 욕망을 속옷 안에서 꺼냈다.

따뜻하고 축축한 숨결이 선단에 닿자, 아키라의 등이 오싹 전율했다. 기대와 흥분으로 몸이 서서히 뜨거워졌다.

오늘은 안을 일이 없을 거라고 생각했다. 여행 첫날인 데다, 내일도 아침 일찍부터 일정이 있다.

하지만 테라스에서 몇 번이나 키스를 나누고 레오에게 꽉 안겨 있자니 몸도 마음도 고조되고 말았다.

그리고 그렇게 된 건 아키라만이 아니었나 보다. 키스를 나눈 후, 레오가 말없이 아키라의 손을 끌고 침실로 데려 갔다. 그리고 나서 아키라를 침대에 앉힌 다음, 자신은 그 앞에 무릎을 꿇은 것이다.

레오가 뜨겁게 젖은 입안에 아키라를 머금어 갔다.

"……읏."

아키라는 깊이 있는 입안에 깊숙이 물리자 목을 뒤로 젖혔다. 혀가 촉촉하게 축을 휘감았다.

"흐읏……."

뒤쪽 힘줄을 혀끝으로 핥아 올리자, 목소리가 새어 나왔다. 레오가 잘록한 부분을 한 바퀴 휙 더듬었다. 단단하고 튼튼한 이가 얇은 살갗을 잘근잘근 깨물었다.

그러는 동안에 커다란 손이 음낭을 감싸더니, 두 개의 구슬을 서로 비비듯이 주물러 댔다.

"응……, 앗……."

교묘하고 음란한 입의 움직임에 금세 쫓기며 아플 정도로 발기한 아키라는 어깨를 들썩이며 숨을 쉬었다. 레오의 검은 머리에 손가락을 넣은 채 미친 듯이 흐트러졌다.

음경 전체를 세게 빨아 올리자, 아키라의 손가락에 힘이 꽉 들어갔다. 그러자 레오의 두상을 알 수 있었다. 이 남자는 이런 곳까지 완벽했다.

일단 입에서 욕망을 내뱉은 레오가 눈을 위로 치켜 뜨며 아키라를 보았다. 욕정으로 젖은 채 빛나는 칠흑 같은 눈동자와 눈이 맞은 순간, 아키라의 목덜미가 오싹 전율했다. 심장이 쿵쿵 맥박 쳤다.

아키라는 귀족스럽고 높은 콧날과 긴 그림자가 지는 속눈썹을 넋을 잃고 바라보았다. 육감적으로 부풀어 오른 입술을 귀두에 바싹 밀어붙인 레오가 혀로 투명한 꿀을 핥아 닦았다.

"아키라……, 네 맛이야."

관능적으로 쉰 목소리가 속삭이자, 다시 쿠퍼액이 쿨럭, 하고 넘쳐흘렀다. 이미 음낭까지 끈적거렸다.

이대로 레오의 입안에서 가고 싶은 욕망과 더 깊이 이어지길 원하는 욕구가 가슴속에서 서로 싸우는 나머지, 아키라는 애절한 목소리로 연인의 이름을 불렀다.

"레오……, 레오."

"……어떻게 하고 싶어?"

매혹적인 테너톤 목소리가 물었다.

"입안에서 갈래?"

아키라는 고개를 끄덕끄덕했다. 머지않은 곳까지 사정감이 밀려 올라온 상태였다.

"잘했어."

어르듯이 낮은 목소리로 대답한 레오가 다시 한 번 입안에 깊게 물었다. 입안에 넣고 빨면서 입술로 압력을 가하고, 혀끝으로 선단의 구멍을 만지작거렸다. 레오가 구멍을 빙글, 하고 쑤신 찰나, 전류가 온몸을 찌릿찌릿 꿰뚫었다.

"하아앗."

아키라가 높은 목소리를 내며 레오의 입안에서 사정했다.

"하아……, 하아…….."

작게 열린 아키라의 시야에 미간을 살짝 찌푸린 레오가 비쳤다. 그의 뾰족한 울대뼈가 위아래로 크게 움직였다.

'삼켰어……?'

아무리 생각해도 맛있는 건 아니었다. 뱉어 낸다 한들 아무도 나무라지 않는다. 그런데도 레오는 그것을 남김없이 삼켰다.

"레오…….."

사랑받고 있음을 실감하며 달콤하게 저리는 몸을 맡기고 있으려니, 레오가 몸을 일으켜서 아키라의 하의를 벗겨버렸다. 그러더니 맨다리가 드러난 아키라의 무릎을 잡고 크게 벌렸다.

"허리를 띄워봐."

아키라는 명령에 따라 리넨천이 깔린 침대에서 허리를 띄웠다.

레오가 엉덩이 사이에 손가락을 쏙 넣었다. 그리고 긴 손가락으로 항문 주위에 타액을 골고루 칠하더니, 얕게 넣고 빼기를 반복하며 익숙해지도록 했다. 그곳이 점차 풀리면서 손가락이 깊게 들어감에 따라 스스로도 의식하지 못한 채 이물질을 꽈악 조이고 말았다.

손가락보다 더 굵고 뜨거운 것이 자신의 안에 들어오는 감각을 상상하는 것만으로도 목이 한심스럽게 꿀꺽 울렸다.

레오를 원해. 어서……, 빨리.

아키라의 말없는 재촉을 감지했을까? 아니면 레오 본인이 이미 한계였을까? 손가락이 스르륵 빠져나가더니, 그 대신에 젖은 선단이 꾹 닿았다.

몸에 익숙해진 열기와 굵기.

레오였다.

두 다리가 기쁨으로 가늘게 떨렸다.

안쪽 허벅지를 잡고 아키라의 다리를 크게 벌린 레오가 선단을 푸욱 물리기 시작했다.

"으……읏……."

아픔에 아키라의 온몸이 굳었고, 눈물막이 눈동자를 희미하게 적셨다.

항상 그랬지만, 몸을 찢기는 고통과 사랑하는 사람에게 꿰뚫리는 기쁨은 표리일체였다.

그래도 그 앞에는 아찔해지는 쾌감이 기다리고 있다는 것을 알기 때문에……, 견딜 수 있었다.

레오가 아키라의 욕망을 한 손으로 애무하면서 조금씩 침식하기 시작했다.

"흐……윽……, 흐읏."

두 사람은 서로 이어지기 위해 호흡을 맞추었다. 가장 원시적인 공동 작업이었다.

겨우 전부 다 들어가자 두 사람의 몸이 빈틈없이 딱 결합했다. 레오가 몸을 구부리며 아키라의 젖은 뺨에 키스를 했다.

"음, 응……."

입술로 이동한 키스를 입을 벌려 끌어들이고는, 한동안 서로 혀를 휘감은 입맞춤에 취했다.

"움직일게……."

이윽고 레오가 그렇게 선언하더니 움직이기 시작했다. 깊이 꿰뚫린 아키라의 몸이 레오로 한가득 채워졌다.

자신의 안을 내주고 함께 쾌감을 쫓아갔다.

아키라에게 그 상대는 레오 이외에는 있을 수 없었다.

레오니까. 상대가 레오이기 때문에 이렇게나 무방비한 자신을 드러낼 수 있었다.

그리고 아마 레오도 상대가 자신이기 때문에……, 형제들에게조차 보이지 않는 약점을 보여주는 것이다.

"하앗……, 앗……, 앗."

아키라는 강인한 허리 움직임에 빠졌다. 몸 이곳저곳에서 관능의 불꽃이 튀었다.

레오가 가장 느끼는 포인트를 찔러 올리자, 얼얼한 쾌감이 혈관을 뛰어다녔다.

"앗……, 하앗……, 아앗."

뒤로 젖힌 등이 욱신욱신 쑤셨다. 레오를 한 방울도 남기지 않고 쥐어짜 내고자 허리가 자연스럽게 꿈틀거렸다.

"……제길."

레오가 낮은 신음 소리를 내더니 피스톤질에 속도를 올렸다. 그 거친 동작에 아키라의 목에서 새된 비명이 터져 나왔다.

"하……앗……!"

서로 절정이 다가오고 있다는 것을 알 수 있었다.

"레오……!"

"아키라……!"

서로의 이름을 부르며 동시에 절정을 향했다.

한층 세게 부딪힌 찰나, 레오가 안에서 터졌다. 아키라도 자신의 가장 안쪽이 뜨겁게 젖는 느낌에 이끌리며 절정에 달했다.

"후우……."

레오가 만족스럽게 한숨을 내쉬었다.

"아키라."

"……응?"

"너를 더 원하지만……, 내일도 일찍 일어나야 하니까……."

레오가 귓가에 조금 아쉬워하듯 중얼거리자, 아키라는 미소를 지었다.

그래. 아직 여행 첫날이다. 둘만의 시간은 아직 충분히 남아 있다.

그렇게 생각하니 아직 자신의 안에 있는 남자를 향한 사랑스러움이 한층 복받치면서 아키라의 입술에서 흡족한 한숨이 흘러나왔다.

Episode Zero ~from 수호자~

한껏 차려입은 손님들이 떠들썩하게 웃는 소리와 악단이 자아내는 연주가 천장이 높은 홀에 울려 퍼졌다.

이 로마에 있는 저택은 본가인 중세식 저택【팔라초 로셀리니】와 비교하면 꽤나 현대적 건축물이었다. 규모가 작고 역사적 가치도 낮지만, 그만큼 살기 편하게 만들어진 것처럼 느껴졌다.

흰색을 기초로 한 홀도 쓸데없는 장식을 될 수 있는 한 배제한 깔끔하고 심플한 구조였으며, 놓인 가구나 장식품도 주로 현대 미술이었다. 아마 아버지는 시칠리아에서 로마로 이주하기에 앞서 환경을 싹 바꿔 기분을 완전히 새롭게 하고 싶었을 것이다.

괴롭고 슬픈 과거는 시칠리아에 남긴 채 새로운 곳에서 인생을 다시 시작하고 싶다는 마음도 모르는 건 아니었다.

무엇보다 시칠리아 땅에서 사랑하는 아내를 셋이나 잃었으니까…….

오늘은 아버지의 생일이다. 현재 아버지의 본거지인 로마 저택에서 생일 파티가 열렸고, 많은 손님들이 아버지를 축복하러 달려왔다.

물론 우리 세 아들 —— 장남 레오나르도, 차남 에두아르, 그리고 삼남인 나 루카도 아버지를 축하드리러 급히 달려왔다. 레오나르도는 본거지 시칠리아에서, 에두아르는 밀라노에서, 나는 피렌체에서. 우리 가족은 현재 이탈리아 각지에 흩어져서 살고 있다.

지금 내가 서 있는 곳에서는 두 형과 아버지가 담소를 나누는 모습이 보였다.

검은 머리에 검은 눈동자, 거무스름한 피부를 가졌으며 귀족적 분위기와 야취가 절묘하게 섞인 장남 레오나르도. 흘러내리는 듯한 플래티나 블론드색 머리와 쿨한 아이스블루 눈동자가 트레이드 마크인 차남 에두아르. 그리고 50을 넘어도 쇠하지 않는 미모의 소유자인 아버지.

턱시도에 몸을 감싼 미장부 세 사람이 나란히 서자, 그 모습만으로도 스포트라이트가 쏟아지는 것처럼 빛나 보였다. 유아등에 모여든 것처럼 많은 손님들이 그들을 에워싸면서 필연적으로 큰 집합체가 생겨나 있었다.

원래라면 나도 저 중심부에 참가해야만 한다. 가족의 일원이니까.

알고는 있어도 왠지 모르게 주눅이 들어서 무리 안으로 들어갈 수 없었다.

아름답고 현명한 형들과 아버지는 피가 이어져 있는데도 불구하고 평범한 나에게는 눈부시고 먼 존재라서…….

그렇다고 가까이에 있는 모르는 누군가와 잡담을 하는 건 낯을 가리는 나에게는 아무리 애써도 무리였다.

홀 한구석에서 몸둘 바를 모르겠는 불편함을 주체하지 못한 채 빛나는 로셀리니가의 남자들을 바라보고 있던 나는 바로 옆까지 다가온 사람의 기척을 알아채지 못했다.

"루카 님."

등 뒤에서 침착한 저음으로 이름을 불리자, 나는 어깨를 흠칫 떨었다. 들은 적이 있는 목소리였기에 뒤돌아본 나는 어느샌가 뒤에 서 있던 남자의 모습에 눈을 휘둥그레 떴다.

한 가닥도 흐트러짐 없이 빗어 올린 애시브라운 머리. 수려한 이마와 이지적인 눈썹. 단정한 입술. 은색 테 안경이 그 영리한 미모를 돋보이게 했다.

"막시밀리안……."

나는 오랜만에 얼굴을 마주한 남자의 이름을 갈라진 목소리로 중얼거렸다.

막시밀리안은 일찍이 우리 3형제를 보살펴주던 남자였다. 내가 태어나기 전부터 【팔라초 로셀리니】에서 일했지만, 아버지의 이사에 따라 로마로 거점을 옮겼다.

나는 어릴 적에 자타가 공인할 만큼 막시밀리안을 쫓아다녔다. 항상 막시밀리안 뒤에 딱 붙어서 다녔고, 그 긴 다리 뒤로 몸을 숨겼다.

따돌림당하던 나에게 완전무결을 그림으로 그려 놓은 듯한 막시밀리안은 엄하지만 의지가 되는 존재였다. 그러나 그는 6년 전에 아버지와 함께 로마로 가버렸다.

따로 떨어지고 난 이후로 오늘까지 거의 얼굴을 마주한 적도 없었다. 개인적으로 연락을 주는 일도 없었고, 분명히 일이 바빠서 나 같은 건 잊어버렸을 거라고 생각했다.

그 막시밀리안이 안경 렌즈 안에서 내 얼굴을 지긋이 바라보며 입을 열었다.

"오랜만에 뵙습니다."

"……응, 오랜만이야."

"잘 지내시는 것 같네요."

"……막시밀리안도."

공백이 너무 길어서 제대로 말을 할 수가 없었다. 무슨 말을 하면 좋을지도 몰랐다.

턱시도 탓인지, 잘 아는 사이인 막시밀리안이 왠지 모르는 남자처럼 보여서…….

내가 눈을 마주치지 못하고 고개를 숙인 채 주뼛거리고 있자, 막시밀리안이 물었다.

"피렌체에서 다니시는 학교 생활은 어떠신가요?"

"응……, 재미있어."

거짓말이었다. 사실은 24시간 보디 가드가 착 붙어 있어서 친구도 생기지 않은 데다, 교실에서는 항상 외톨이였다.

하지만 그런 얘기를 하면 걱정할 것을 알고 있기 때문에 입 밖에 낼 수 없었다.

"잘 어울리십니다."

거짓말을 하고 만 자신에게 죄책감을 느끼고 있으려니, 막시밀리안이 불현듯 그렇게 말했다.

"응?"

고개를 들자 눈이 마주쳤다. 청회색을 띤 두 눈이 서서히 가늘어졌다.

"턱시도도 제대로 맵시 있게 잘 입으시고……, 훌륭해지셨네요."

칭찬받았다고 깨달은 순간, 얼굴이 확 뜨거워졌다. 얼굴이 빨개진 자신에게 당황한 나머지 입을 뻐끔거리고 있자, 나이 많은 신사가 다가와서 막시밀리안에게 말을 걸었다.

"돈 카를로는 어디 계신가?"

"안녕하십니까, 세뇨르 바르톨리. 지금 안내해 드리겠습니다."

나에게 "그럼 나중에 또 말씀 나누죠. 실례하겠습니다." 하고 가볍게 고개를 숙여 인사한 막시밀리안이 백발의 신사를 아버지에게 데리고 갔다.

나는 그 꼿꼿이 편 등을 지켜보며 무의식적으로 한숨을 쉬었다.

나중에 얘기를 나누자고 했지만, 아버지의 오른팔로서 오늘 파티에서도 큰 역할을 맡은 그와 다시 한 번 이야기를 나눌 수 있는 기회가 있을 거라고는 생각되지 않았다.

'좀 더 제대로 많은 얘기를 나눠 둘걸.'

언제나 그랬다. 나라는 인간은 항상 나중이 되어서야 후회한다.

변하고 싶다. 더 자신감을 가지고 싶다.

막시밀리안과 눈을 마주치며 당당하게 이야기할 수 있도록.

나는 나에게 있어서는 커다란 야망을 가슴에 품으며 인파에 섞이고 만 그를 언제까지고 계속 눈으로 좇고 있었다.

후 기

처음 뵙겠습니다. 안녕하세요. 이와모토 카오루입니다.

'로셀리니가의 아들 약탈자'를 구매해주셔서 감사합니다.

본 작품은 2006년에 발행된 단행본의 문고판입니다(일본 기준). '약탈자'로 가도카와쇼텐에서 처음 일하게 되고 나서 그 후로 로셀리니가 3형제 시리즈로 '수호자', '포획자', '공범자', '계승자(상하)'를 발행했습니다.

그리고 이번에 감사하게도 문고판을 제안해주셔서 루비문고 라인업에 새롭게 참가할 수 있게 되었습니다. 이것도 전적으로 여러분의 응원이 있었기에 이루어진 일입니다. 감사드립니다.

루비문고에서는 이 로셀리니에서 파생되어 이어지는 작품으로 사랑 시리즈('독재자의 사랑', '정복자의 사랑', '지배자의 사랑', '유혹자의 사랑', '구혼자의 사랑', '절대자의 사랑(상하), '열애자의 사랑')를 펼쳐 나갔습니다. 루비문고 독자님 중에 이 시리즈는 읽은 적이 있는 분이 계실지도 모르겠네요. 이 사랑 시리즈에서 주역을 꿰차고 있는 캐릭터가 로셀리니에서는 조연——이라고 해도 꽤 중요한 역할로 출연하고 있습니다. 본편과 스핀오프의 문고판 발행 순서는 반대가 되고 말았지만, 그런 점도 재미있게 봐주셨으면 좋겠습니다.

여기서 이야기가 살짝 벗어나지만, 그야말로 딱 맞는 타이밍에 사랑 시리즈 '지배자의 사랑'과 '유혹자의 사랑'의 드라마CD 제작이 결정되었습니다. 자세한 내용은 마린 엔터테인먼트 홈페이지를 봐주세요.

마린 엔터테인먼트에서는 로셀리니 시리즈의 '약탈자', '수호자', '포획자', 그리고 사랑 시리즈의 '독재자의 사랑', '정복자의 사랑'이 이미 드라마CD로 발매되었습니다. 전부 다 호화 2장 구성인 데다, 멋진 성우 여러분께서 연기해주셨습니다. 관심이 있으시다면 귀로 맛보는 로셀리니와 사랑 시리즈도 아무쪼록 잘 부탁드립니다.

본론으로 돌아가겠습니다.

9년 전으로 거슬러 올라가서 '약탈자'를 썼을 무렵, 무척 긴장했던 걸 기억하고 있습니다. 처음으로 책을 내게 된 출판사, 처음으로 내는 4 · 6판 단행본, 처음으로 한 팀이 된 일러스트레이터분……. 아무튼 모든 것이 다 처음이라서 주눅이 들고 소심했던 저는 위축된 나머지, 무슨 이야기를 쓰면 좋을지 알 수 없게 되고 말았습니다. 한동안 머리를 뱅뱅 굴리며 계속해서 고민하고 자신을 극한까지 몰아넣은 끝에, 에잇, 쓰고 싶은 걸 다 채워 넣자! 하면서 정색하고 돌변했습니다.

결과적으로 3형제, 시칠리아, 마피아, 귀족, 야쿠자, 와인, 새 신부 약탈, 집사, 총격전이 꽉 찬 작품이 되었습니다. 세상에 나가고 나서도 한동안은 너무 이것저것 담았나……? 라는 생각에 불안했지만, 예상외로 여러분께서 받아들여 주셔서 진심으로 안도했답니다.

그저 그 작품이 그 후에 저의 대표작 중 하나가 될 만큼 큰 시리즈로 발전할 줄은 생각지도 못했습니다. 당시에는 해외를 무대로 한 작품, 외국인이 주인공인 이야기는 어렵다는 말들이 많았으니까요.

그랬는데 로셀리니로 다섯 작품, 사랑 시리즈로 일곱 작품, 하나의 세계관을 이렇게나 크게 부풀릴 수가 있어서 정말 즐거웠고, 행복했습니다. 여러분께서 어느새 늘어난 등장인물들을 사랑해주셔서 작가는 정말 과분할 정도로 감사드릴 따름입니다.

이것도 다 저를 지탱해주신 편집부 여러분, 그리고 파트너인 하스카와 아이 님의 힘 없이는 있을 수 없는 일이었습니다. 특히 하스카와 님의 수려한 일러스트에 얼마나 구원을 받았는지! 독자님들의 등장인물들을 향한 사랑의 반 이상은 비주얼에 의한 점이 크다고 생각합니다. 저 자신도 일러스트를 보며 몇 번이나 동기 부여가 되었고요. 진심으로 감사 인사를 드립니다.

그리고 물론 가장 큰 감사는 오랜 시간에 걸쳐 시리즈를 응원해 주신 독자 여러분께…….

그런 연유로 이 '약탈자'를 시작으로 로셀리니 시리즈 문고판이 4개월 연속으로 발행됩니다. 모처럼 이런 기회를 주셨으니, 본편에서는 다루지 못했던 에피소드 등을 담아 내면서 각 권마다 추가로 실리는 오리지널 스토리도 열심히 작업하겠습니다.

또한 통권 오리지널 스토리 소책자 전원 서비스도 있습니다. CD 발매도 포함하여 작은 축제 같은 식으로 분위기를 띄워 가고자 하니, 여러분도 부디 참가해주세요. 저도 즐길게요. 아무쪼록 잘 부탁드리겠습니다. (※ 일본 현지 내용입니다.)

다음 달에는 2권이 동시 발행됩니다. 로셀리니가 삼남 루카의 이야기 '수호자', 차남 에두아르의 이야기 '포획자'에서 뵙겠습니다.

2014년 한여름
이와모토 카오루

로셀리니가의 아들 1
◆약탈자◆

초판 1쇄 인쇄 / 2019년 8월 9일
초판 1쇄 발행 / 2019년 8월 19일

지은이 / Kaoru Iwamoto
일러스트 / Ai Hasukawa
옮긴이 / 심이슬
펴낸이 / 오영배
편집진행 / 조혜영, 김은경, 오정인
책임편집 / 삼양코믹스 일본만화 편집부
디자인 / 이희종
펴낸 곳 / (주)삼양출판사

주소 / 서울 강북구 도봉로 173 캠프 6층
편집부 전화 / (02) 980-2140
영업부 전화 / (02) 980-2112
FAX / (02) 983-0660
등록번호 / 제 9-46호
등록일자 / 1999년 3월 11일

THE SON OF THE ROSSELLINI FAMILY Volume 1 SPOLIATOR
ⒸKaoru Iwamoto 2006, 2014
Illustration by Ai Hasukawa
First published in Japan in 2014 by KADOKAWA CORPORATION, Tokyo.
Korean translation rights arranged with KADOKAWA CORPORATION, Tokyo.

ISBN 979-11-283-9694-6 04830 / ISBN 979-11-283-9693-9 (세트)

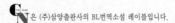 은 (주)삼양출판사의 BL번역소설 레이블입니다.